들꽃 연가

들꽃 연가

김명희 장편소설

 신아출판사

| 목차 |

첫사랑

첫사랑

    바람 한 줄기가 맞은 편으로부터 불어왔다. 흰색의 작은 꽃들 사이로 대추 알 만한 첫 열매를 매달기 시작한 고추포기들을 흔들며 바람은 다가왔다. 그렇게 설렁설렁 다가온 바람은, 어디서 몰고 온 수풀 냄새 꽃냄새, 그리고 거름 냄새와 땀 냄새 같은 걸 뿌리며 설렁설렁 지나갔다.

    한낮의 바람은 웃옷의 목 언저리를 손끝으로 헤치며 애써 앞가슴 맨살에 맞아들여 봐도 마냥 후텁지근할 뿐이었는데, 이 바람에는 미처 덜 가신 땀방울조차 씻겨나갈 만큼의 서늘함이 담겨 있었다. 해가 설핏하게 서쪽으로 기울고 있었다. 내리꽂히는 뙤약볕 아래서 간절했던 등목 생각도 슬그머니 사라지고, 일손은 더욱 바빠졌다. 바짝 서둘지 않으면 오늘 내로 일을 매듭짓지 못할 것 같았다. 어제와 그저께 이틀을 어머니 한동댁과 함께 꼬박 이곳 머룻골 고추밭에서 살았다. 모내기와 누에 치기가 한꺼번에 겹친 까닭에 밭작물에는 한동안 손길이 미치질 않아, 동네 아낙네들이 너나없이 자주 쓰는 말마따나 호랑이가 보금자리 틀고 새끼 칠 지경으로 잡초가 뒤덮인 꼴이 되었다. 마을의 누구네 집이나 마찬가지여서, 품앗이조차 제대로 되지 않았다. 곡식 잘되라고 질러 준 거름을 비름이나 바랭이, 명아주나 방동사니 따위의 잡초들이 다 빨아먹고 있었다. 그것들의 왕성한 생명력이 농작물들을 뒤덮어 압도하는 판이라, 내 집 일을 미뤄두고 남의 논밭에 붙어있을 마음들이 아니었다.

그런 가운데서도, 한동댁과 몇몇 아낙네들은 안 골목 최 씨네 묘목밭을 매러 갔다. 현금이 귀한 동네 아낙네들인지라, 자기 전답의 밀린 일을 제쳐두고 틈틈이 현금이 생기는 남의 집 품 일로, 아이들 학용품값이나 소소한 곗돈 따위를 메워 나갔다.

어제 저녁때 집으로 돌아가면서 한동댁이 눈어림하기로, 오늘 하루만 딸 혼자서 애쓰면 이곳 머룻골 일은 무난히 마칠 성싶었다. 그리하여 오늘 아침 일찍 호미를 들고 나서며 미안한 듯 말했다.

"놉을 얻어도 시원찮은 마당에 품삯 몇 푼 받자고 나가는 게 조깨 그렇다만, 순이 옴마랑 정식이 옴마랑 모다 약속을 해놔서, 오늘 딱 하루만 최 샌네 밭으로 가야 되겠다."

한동댁이 어제 했던 눈어림은 크게 어긋나지 않았다. 하지만 만만하게 해치울 정도가 아닌 일감이어서, 다부지게 서둘러야 했다. 남희는 왼손 아귀로 잡초를 크게 한 줌씩 움켜잡으며 빠르게 호미질을 해나갔다. 고추 포기 사이를 맬 적에는 조심성이 필요했지만, 손놀림의 속도는 변하지 않고 일정하게 빨랐다. 그렇다고 고추포기가 상하거나 뽑히는 일은 거의 없을 만큼, 그녀는 제법 능숙한 농사꾼이었다. 칙칙하게 들어찼던 잡초를 골라내 준 뒤 말끔해진 밭이랑을 바라보자면, 먼지를 흠뻑 뒤집어쓴 머리를 감았을 때처럼 후련하고 개운했다.

선선한 바람이 또 한 줄기 지나갔다. 덥지 않다는 것만으로도 새로운 기운이 솟았다. 일하기에 좋은 해거름 녘은 길지 않았지만, 무더위 속에서라면 다 못했을 일을 그 짧은 시간에 속도를 내어 해치웠다.

"야야, 그만하고 내리가서 저녁밥 해야 안 되겄냐? 여그가 높아 놔서 동네보담 늦게 해가 떨어지니라."

완만하게 경사진 배수로를 경계로 이웃해 있는 밭에서, 아래뜸 안골댁이 소리쳤다. 안골댁은 벗어든 머릿수건으로 얼굴을 닦으며, 뽕나무가 늘어서 있는 배수로 쪽으로 걸어 나왔다.

"참말로, 사람 손이 좋기는 좋다 이. 이 밭 역시 호랭이가 보금자리 틀고 새끼 치게 생겼더니만, 사람 손으로 다듬어 논게 훤한 고추밭이 됐구먼!"

"모내기 전에 두 벌 매기를 해 줬는데도 비름이랑 바랭이가 금방 짓던걸요."

"글매 말이다. 어데서 그 많은 풀씨는 나오고, 어찌 그리도 빨리 짓는지 원. 오죽했으면 옛 여자들이 밭을 맴서, '밭에 가면 바랭이 웬수 집에 가면 시누이 웬수'라는 노래조차 불렀겄냐."

안골댁이 뽕나무 가지에 걸어 두었던 물 주전자를 내리며 노랫가락을 흥얼거리고는, 주전자 꼭지를 입으로 가져갔다.

"물이 닝닝하게 데워져서, 목이 타는데도 잘 안 넘어간다."

안골댁은 한입 머금었던 물을 반만 넘기고 뱉은 다음, 나머지를 뽕나무 뿌리에 대고 주르륵 부었다.

"오늘 같은 볕에는 콩도 볶아 먹겄더만. 에구, 그새부터 이리 쪄대니, 진진 여름날을 어찌 살아낼꼬."

안골댁의 시름겨운 혼잣소리를 등 뒤로 들으며, 남희는 듬성듬성 한 무더기씩 놓인 잡초를 밭둑에까지 안아다 버렸다. 상추 쑥갓이며 파를 심어놓은 밭 윗녘 머리로 옮겨가며, 남희가 안골댁을 불렀다.

"아지미, 상추 좀 드려요?"

"오냐, 그래라."

잘 자라서 큼직하면서도 연한 치마상추를 큼지막한 댕댕이 소쿠리에 그득 담아 밭둑에 나섰을 때, 해는 서산마루에 겨우 초승달만큼 걸려 있었다. 노을은 짙고도 넓게 퍼져, 구름조차도 온통 붉은 빛이었다.

안골댁은 머릿수건으로 상추를 정성스럽게 감아 안고서 오솔길로 들어섰다.

"집에서 먼 데 있는 뒷번덕 마늘밭에만 남새를 갈아 놨더니, 바쁠 때는 그것 땜시 일삼아 찾아갈 엄두가 안 나는 통에, 때아니게 남새 가난을 겪는구나."

"여기, 머룻골 밭에 오실 때면 아무 때나 뽑아 가세요. 골고루 심은 푸성귀가 다 잘 됐어요."

"고맙다."

모두가 고만고만한 살림살이가 말해주듯이, 이 마을의 사는 형편은 대개 농촌 마을들에 비하여 나을 것이라곤 없었다. 산으로 겹겹이 둘러싸인 속에 포옥 들어앉았으면서도 지대가 높은 분지로, 마치 탁자 위에 올려놓은 바구니와 같은 형상이었다. 그 한가운데 평지에는 읍내가 자리를 잡고, 병풍 같은 산자락에 기댄 촌락들이 읍내를 둥글게 에워싸고 있었다. 양지말은 읍내에서 십 리쯤 떨어진 동쪽에 있었다. 마을 주변의 평지에 펼쳐진 논벌은 그다지 넓지 않고, 산기슭의 졸졸대는 실개천에 의지한 층계 논, 물길이 닿지 않은 고지대의 완전한 천수답, 그리고 이 산 저 비탈에 누덕누덕 붙어있는 밭뙈기들을 부치다 보니, 같은 면적의 농사를 짓자면 평야지보다 갑절이나 일거리가 많았다.

마을로 이어진 내리막길로 접어들며, 남희는 비로소 하루 동안 쌓인 피곤을 실감했다. 하지만, 서늘해진 저녁의 수풀 사이를 걸으며 멀리 마을에서 피어오르는 몇 줄기 연기를 바라보자면, 형언할 수 없는 따뜻함과 안도감을 느꼈다. 오늘 하루도 잘 보냈다는 뿌듯함 속에 느끼는 피로는 차라리 상쾌했다.

작년에 새마을 사업의 하나로 뚫어놓은 널찍한 농로로 나섰을 때, 서쪽 하늘은 완전한 붉은 빛이었다. 초록의 수풀과 논밭들은 붉은 셀로판지를 한 꺼풀 깔아놓은 듯했다. 풀벌레 소리와 새 울음소리, 들길을 걸어 집으로 돌아가는 사람들 소리가 하나로 어우러져 들렸다.

동네로 접어드는 귀목나무 숲 근처에서, 남희는 풀 짐을 지고 돌아오는 아버지를 만났다. 풀 짐에 온몸이 가려진 뒷모습이어서 처음에는 몰라봤다가, 아주 가까워졌을 때야 아버지임을 알았다.

검정 고무신을 꿴 두 발, 그리고 짝짝이로 걷어 올린 헐렁한 바짓가랑이가 풀 짐 아래로 드러나서 망정이지, 뒤에서 보는 그 모습은 풀이 우거진 산 하나가 서서히 이동하는 것과 다르지 않았다. 위로도 옆으로도 네모지고 찹찹하게 눌러 묶은 풀 짐은 집채만 한데, 그 위로는 칡넝쿨이 척척 늘어져서 흔들거리며, 힘에 겨운 듯 천천히 앞으로 나아가고 있었다.

짐을 참 무겁게도 꾸렸다고, 풀 짐을 지고 앞서가는 사람이 누구인지 모른 채 조금 안타까웠던 남희는, 그가 아버지임을 알게 되자 가슴이 답답해지면서 일말의 슬픔조차 느꼈다. 그것은 단순한 풀 짐이 아니라, 아버지가 짊어진 인생의 짐인 듯싶었다.

서둘러 동네 앞에 이르렀을 때, 남희는 손발의 흙을 대충 씻어내기 위해 도랑으로 내려섰다. 물은 여전히 맑았지만, 한동안 가물었던 탓에 양이 그다지 많지 않았다. 흰 자갈과 굵은 모래의 바닥이 드러난 가장자리에는 백설같은 마른 자갈이 깔리고, 그 너머 둔치에는 여뀌와 고마리가 잔뜩 우거져 있었다. 남희가 뿔 슬리퍼를 신은 채 물 가운데로 들어설 때, 아버지는 동네 한가운데 냇물을 가로질러서 놓인 콘크리트 다리를 건너고 있었다.

무심한 듯 아버지한테서 눈길을 거둔 남희는, 위쪽에서 상추를 씻고 있는 밤실댁에게 말을 걸었다.

"오늘 겁나게 덥더만, 순애는 뭔 일 했어요?"

"순애도 고추밭 맸다. 내남없이 고추밭 산도밭 땜시 난리 아니냐."

남희는 손발과 얼굴에 묻은 흙먼지를 대강 씻어내고 있었다.

"아이고, 저, 저런! 예펜네가 어찌 저리 조심성이 없다냐. 세상에, 등짐진 남정네 뒤에, 소를 몰고 저리 바짝 붙어서 따라갈 일이여?"

밤실댁의 혀 차는 소리에, 남희는 냇물 아래쪽에 놓인 다리 위를 올려다보았다. 그리 길지 않은 콘크리트 다리 위에는, 가뜩이나 짐에 눌린 몸에 안간힘을 주며 버티고 서있는 아버지 박만식 씨, 그의 풀짐에서 늘어진 칡넝쿨 두어 가닥을 물고는 낚아채려 도리질하는 커다란 암소, 그리고 그 암소의 뒤에서 고삐를 잡아당기고 있는 길갓집 새터댁이 일렬종대로 늘어서 있었다.

"해해해, 미안해서 어쩌까요 잉."

가까스로 풀 짐에서 소를 떼어낸 새터댁이 사과랍시고 한마디 던지고는, 소 옆구리를 가볍게 찰싹 때리며 박만식 씨를 앞질렀다. 마치, 먹성 좋은 암소를 못 견디게 대견해하는 모양새였다.

남희는 아버지의 새까맣게 여윈 얼굴에 흐르는 땀과, 지치고 화내고 또 체념하는 표정을 보았다. 그의 상한 기분을 더 이상 상하지는 않게 하려고, 흙이 덜 씻긴 발에 하늘색 슬리퍼를 아무렇게나 꿰고 총총히 골목으로 들어섰다. 그리고 쫓기듯이 급하게, 마루와 부엌의 전등부터 켰다. 학교에서 돌아온 아이가 집에 엄마가 안 보일 때 그러하듯이, 남자들이 들일에 지쳐 돌아온 저녁이면 집안이 밝고 따뜻해야 기분 좋은 법이라고 일찍부터 알고 있었다. 집안이 어둡고 냉기가 돌면, 머릿속으로야 그 사정을 이해할지언정 부아를 내는 남자들이 많다는 것쯤, 아낙네들끼리 주고받는 잡담만 들어도 알 수 있는 노릇이었다.

"거 참, 방정맞은 예펜네 같으니라고..."

우거진 산과도 같은 풀 짐에 눌려있던 만식 씨는, 짐을 부리고서야 비로소 그 한마디로 불쾌감을 토해냈다. 그는 툇마루에 털썩 주저앉았다. 그대로 툇마루에 몸을 뉘고 한잠 잤으면 싶은 노곤함이 온몸을 휘감았다.

하지만 눕는 대신에, 끄응, 하고 신음 소리를 내며 아래채로 내려가 쇠죽을 안치고 통나무 앉을개에 엉덩이를 걸치고서 불을 지폈다.

"담배 종이도 다 됐구나. 시험지 같은 거 있으면 갖고 오니라."

그는 종이 모서리에 침을 묻혀 가루담배 풍년초를 말면서, 몸채 부엌에 대고 무뚝뚝하게 일렀다.

"나디오도 조깨 내 오고."

"예."

마른 솔잎 쏘시개에 붙은 불이, 부엌 바닥으로 기어 나오고 있었다. 그것을 아궁이 속에 톡 차 넣고, 남희는 안방에 가서 라디오를 들고 나왔다. 아버지한테 잘 들리라고 마루 끝에다 위태롭게 올려놓은 라디오에서는, 저녁 7시 40분에 시작해 20분 동안 이어지는 일일 연속극이 끝나는 중이었다.

"어허, 해가 질어져서 눈앞이 번하다고, 여덟 시가 되드락 사람들을 붙잡고 있는 겐가."

박만식 씨가 풍년초 연기를 내뿜으며 문간 쪽으로 얼굴을 돌렸다. 최씨네 아카시아 묘목밭을 매러 간 아내 한동댁이 여태 돌아오지 않는 걸 두고 하는 말이었다. 묘목밭 옆 둔덕에 풀이 좋아 거기다 소를 매 둔다면서, 소도 한동댁이 몰고 나간 터였다.

"철부지 아덜 맹이로, 이 바쁜 철에 이년 농사 제쳐두고 넘의 집 일을 가서 밤중끄장 잽혀 있기나 하고, 원."

한동댁은 제법 어두워져서야 돌아왔다. 소 울음소리가 골목을 들어서자, 박만식 씨는 얼른 일어나 문간으로 걸어 나갔다.

"아, 우리 일 치워내기도 벅차구먼, 뭔 품조차 팔러 댕기니라고 이러는 가."

은근히 걱정됐는지라, 쇠고삐를 받아 쥐며 내뱉는 그의 말은 핀잔 투이 면서도 지극히 부드러웠다. 하기는 내 일 남의 일 가릴 것도 없이, 살림에 보탬이 되는 일이면 하고 볼 형편이라는 걸 모르지 않는 그였다.

"요새 바쁜 철이라 놉이 영 귀해 갖고 일이 많이 쳐졌는개벼. 그래, 목 돈 딜여서 시작한 농사 헛짓 되게 생겼다고 우는소리를 해 쌓는디, 인정 상 딱 잡아뗄 수가 있어야 말이지."

굳이 상대방이 들어야 할 필요를 못 느낀 듯, 한동댁은 부엌문 앞의 수 도꼭지를 틀면서 연신 혼잣소리를 이어갔다.

작년 가을에 산에서 끌어내린 간이 상수도였다. 농로도 간이 상수도도, 나라에서 자금 지원을 받아 마을 사람들의 노동력을 모아 이루어낸 것이 었다. 바가지에 물을 받아 벌컥벌컥 들이컨 한동댁은, 남희가 뜯어다 놓 은 채소를 소쿠리에 담아서 들고 밖으로 나갔다. 나이 든 여자들일수록, 집안에 수돗물을 두고도 웬만하면 마을 앞 냇물을 애용했다. 확 트인 냇 가에 앉아 이웃들과 이야기도 나누면서 일하는 게 아직은 편하게 여겨졌 다.

"아줌마들 많이 왔어?"

남희가 시렁에서 밥상을 내려 닦으며 물었다. 아버지한테는 확실하게 높임말을 쓰지만, 어머니한테는 편한 대로 반반씩만 높임말을 썼다. 무슨 뜻이 있어서라기보다는, 젖먹이 적부터의 습관이었다.

한동댁은 씻어 온 상추 한 줌을 허공에다 흔들어 물기를 털고 있었다.

"많이 안 왔어. 갈말이랑 새말꺼정 놉 얻을라고 그제부터 돌아댕겼다 더만, 원체 바쁜 때라 놔서."

허공에 흔드는 팔놀림을 따라, 한동댁의 낡은 적삼이 커튼처럼 나부꼈다. 남희는 상위에 수저를 놓으며, 어머니 몸에 살이 좀 붙으면 좋겠다고 생각했다. 뱃가죽이 등에 닿도록 몸피가 마른 터라, 제일 나은 옷으로 차려입고 나들잇길에 나서도 어딘지 초라해 보일 때가 있었다.

"오늘 참, 무던히 덥더라 잉?"

"응, 땀 많이 흘렸네. 그나저나 엄마는, 새참 국수라도 한 그릇 얻어먹고 그리 늦었던 거요?"

"일손이 부족한 집에서야 원래, 쬐깐한 빵 한 개씩만 주는 모냥이여"

한동댁은 주머니를 뒤적거리더니 손아귀에 쏙 들어갈 만한 봉지 하꺼냈다.

"아나, 받아라. 저녁나절에는 속이 조깨 거북해서 주머니에 넣어 두고 깜빡 잊었던갑다."

남희는 무심한 표정으로 그것을 받아 찬장 안 구석에 넣어 뒀다. 그리고 수돗가의 고무 함지박 물에 잠긴 작은 항아리에서, 열무김치를 꺼내 종지에 담았다. 보리밥에 상추 겉절이와 된장국으로 된 저녁 밥상 앞에서, 박만식 씨 내외는 근심인 듯 희망인 듯 도란도란 주고받았다.

"봄 뉘를 그런대로 키웠다지만, 나올 돈은 뻔하고 들어갈 데는 천지라 도무지 표시가 안 나는구면."

"보잘것없는 촌 살림살이도, 뽀시락 뽀시락 돈 들어갈 데가 많응게...."

"그런 거야 살던 대로 살면 그만이지만, 학원비라는 게 생각보다 비싸서, 고등학교 댕길 때보다 심에 부치네."

박만식 씨의 야위고 검은 얼굴에 수심이 어렸다. 남희는 수돗가에서 그릇을 씻어다 들여놓고, 무쇠솥 전에 팔을 짚고 엎드렸다. 솥 바닥의 밥풀 찌꺼기를 수세미로 문지를 때, 머릿속이 흐릿해지며 졸음이 밀려왔다. 엎드린 채 한참을 졸다가 퍼뜩 정신을 차린 다음에야, 솥을 마저 닦고 물을 부었다. 그때까지도, 박만식 씨 내외는 돈 이야기를 계속하고 있었다.

"우리 헹펜으로는 그저, 고등학교 졸업하고 취직하는 게 맞는 것도 같고...."

박만식 씨는 답답한 심사를 스스로 달래려는 듯 말을 이었다.

"허긴, 누구는 공부를 시키고 싶어도 당사자가 싫어해 못 시키는디, 지가 알아서 그 질을 가 주니 얼매나 장한가! 부모라먼 고생도 낙이려니 해야지."

마찰 면이 닳아서 날이 선 바가지로 솥 바닥의 물을 퍼내며, 남동생이 이 집에 심어준 꿈은 나날이 싱싱하게 자라난다고 남희는 생각했다.

조상의 제사를 모시고, 그 조상들이 물려준 성씨를 이어가고, 쟁기 물림조차 할 녀석이 태어났다고 할머니는 무던히 좋아했다. 사내아이라는 것만으로도 크게 만족인 터에, 그 손자는 자랄수록 잘 생기고 똘똘하기까지 했다. 그 모습을 지켜보는 할머니의 바람은, 소박하기 그지없는 쟁기 물림에서 좀 더 넓은 세상으로 나아갔다. 이 골짝 초촌리는 물론 읍내 바닥까지도 주름잡고 이끌어가는 인물이 될 것이라고, 할머니는 공공연히 입 밖에 내어 예언했다.

아버지는, 학교 성적으로 확실히 증명되고 구체화 된 아들의 총명함에 희망을 걸었다. 아들의 총명함과 반듯함으로, 대대로 짓눌리고 착취당하고 곤궁하게 살아온 농투성이 가문이 변화하기를 기대했다. 형편에는 벅차게 먼 도시로 고등학교를 보낼 때, 삼 년만 있으면 읍내 관공서의 한 자리를 차지하고 있을 아들 모습을 그리며 미리 마음 설레기도 했다.

굳이 일제 강점기까지 기억해 낼 건 또 무언가. 아직도 그때의 악습이 남아있는 관공서 분위기란, 가난한 농투성이들에게 불친절할뿐더러 젊은 공직자가 늙은 농부를 노골적으로 하대하는 일이 종종 발생했다. 그쯤은 예사로워서, 놀라울 게 없었다. 그런저런 이유로, 적지 않은 촌사람들은 자기 자식이 관공서 책상 하나 꿰차고 앉기를 꿈꾸었다.

고등학교 삼 년 동안 뒤를 대는 데에도, 웬만큼 넉넉하게 산다는 집의 대학생 두엇 둔 것과 맞먹는 어려움이 있었다. 이 골짝 저 언덕에 골고루도 찢어 붙여놓은 척박한 논밭은, 사람 몸만 한정 없이 고달팠지 기껏 일해야 가족 식량이나 겨우 되는 살림이었다. 제법 땅마지기를 부치는 집에서조차, 큰맘 먹어야 읍내 농고라도 보내는 형편들이었다.

박만식 씨는 아내와 딸을 앞에 앉혀놓고 비장한 얼굴로 말했었다.

우리 세 사람이 힘을 합쳐서 경수 하나를 밀어준다면 못 할 것도 없다, 고생할 각오 하고 시작해 보자.... 다른 말이 필요 없던 그날의 결의는 지금 실현되는 중이었다.

"조깨만 더 참고 고생하자. 경수가 졸업하고 취직을 하게 되면, 넘의 전답 죄다 내놔 벤지고 우리 땅만 부칠란다. 예부터 논 광작은 해도 밭 광작은 일이 많아 못 한다는 말이 있는디, 넘의 밭한질라 보태서 많이 짓다 봉게 니 고생이 참 많다."

지친 모습으로 뽕나무에 기대앉아 쉬고 있는 딸을 보고, 박만식 씨가 위로의 말을 했다. 남희는 정작 그 말에 큰 위안을 못 느꼈지만, 아들을 향한 아버지의 애정과 기대감을 거스르고 싶지는 않았다. 남희도 경수가 귀히 되길 바랐고, 그리될 것이라는 믿음도 있었다.

가난한 집 자식의 티가 전혀 안 나는 희고 잘생긴 얼굴, 날카롭되 정직해 뵈는 눈빛과 큰 키의 든든한 체격, 게다가 공부를 잘한 경수는, 일찌감치 주위 사람들의 찬사와 기대에 익숙해져 있었다. 경수는 아버지 박만식 씨의 꿈이며 긍지이고, 집안의 꿈이기도 했다.

'나는 부모님께 어떤 꿈을 주고 있을까?'

저녁 일을 마친 남희는 아래채의 제 방으로 들어서며 불현듯 그런 생각을 했다. 안방에서 간간이 주고받는 양친의 이야기 소리가 근심인 듯 희망인 듯 나직하게 흘러나왔다.

박만식 씨에게는 남자 동기가 없었다. 그는 딸만 내리 셋을 낳은 모친이 낮과 밤 치성을 드린 끝에 얻은 외아들이었다. 자식 열을 낳았다 쳐도 그중에 아들 하나가 섞여 있지 않으면 자식 못 낳은 여자로 불리던 세상에서, 무던히 마음고생한 모친이었다. 그이는 며느리를 보기가 바쁘게 아들 손자부터 기다렸다.

하지만 며느리 한동댁은 시집온 지 일곱 해가 지나도록 태기가 없다가, 가까스로 배가 불러 열 달 가까이 채웠다는 게 사산이었다. 산모가 너무 배를 곯은 것이 탈이었다.

그 해는 전쟁의 상처에 흉년까지 겹쳐, 농민들의 삶은 그지없이 피폐했다. 쌀밥 보리밥 찾는 것은 꿈같은 사치일 터, 쑥이며 칡뿌리며 송기며 무룻에 둥굴레까지, 산야에 자생하는 구황식품들이 남아날 새가 없었다. 임신 중인 한동댁도 자신의 배고픔은 뒷전으로 한 채, 가족들의 배고픔을 해결하는 데에 심신을 다했다. 황숙기가 채 되지 않은 보리 이삭을 풋바심하여 밥상에 올리고, 초가을에는 수확기가 아직 먼 고구마 줄기에서 고구마 뿌리를 떼어 왔다. 고구마 한 포기에서 먼저 굵어진 한 알씩만 떼어내고 나머지는 자라서 살이 탈 때까지 아껴둬야 했으므로, 호미 아닌 손가락을 흙 속에 넣어 조금 먼저 된 고구마 한 알을 더듬어 찾아냈다. 온 밭을 헤매면서 손가락으로 고구마 알을 따내자면, 임신 중인 뼈마디가 무너지듯 욱신거렸다.

그럭저럭 산달은 무난히 채웠지만, 제대로 힘을 쓰지 못하고 기진해버린 산모는 결국 죽어있는 아이를 낳았다. 죽은 아이는, 그토록 간절히 바라던 고추를 달고 있었다.

시어머니의 낙담은 이만저만이 아니었다. 당사자인 한동댁이 되레 무색할 지경으로, 며칠 동안 밥도 못 먹고 끙끙 앓았다. 죽은 아이의 앙증맞은 고추가, 자다가도 눈에 삼삼하여 벌떡 일어나 앉았다. 시일이 지나고 그것이 차츰 희미해질 무렵부터, 그이는 당신의 아들을 원하던 때의 간절함으로 치성을 드렸다. 근동에서 영하다고 소문난 단골무당을 불러다 굿을 하기도 몇 차례였다.

이윽고 며느리한테 태기가 보였을 때는, 사내아이라는 예감에 사로잡혔다. 당신의 정성이 하늘에 닿아 며느리의 배가 부르게 된 바에는, 당연히 사내아이를 보내줄 것만 같았다. 아들에게 일러 미역도 때깔 좋은 것으로 한 뭇 사다 횃대에 걸어놓고, 장롱 깊숙이 아껴 두었던 무명 한 필을 꺼내어 배냇저고리도 짓고 기저귀도 잘라 두었다. 시어머니의 분위기에 휩쓸리어, 한동댁도 어느덧 자신이 아들을 낳을 것으로 믿게 되었다.

그런 속에서 태어난 아이가 남희였다. 그녀는 세상에 나오자마자, 어머니로부터 볼기짝부터 한 대 얻어맞았다. 한동댁은, 아이를 받아 놓고 밖으로 나간 시어머니한테 송구해서 견딜 수가 없었다. 자신이 불효막심한 죄인이거니 싶었다. 그녀는 아이의 연하디연한 볼기를 손바닥으로 한 대 치고는 돌아누워서 눈물을 흘렸다. 어디 때릴 데가 있어 제대로야 때렸을까만, 새 생명에게 건네는 세상의 인사치고는 가혹한 것이었다.

그로부터 남동생 경수가 태어날 때까지, 남희의 머리는 언제나 사내아이처럼 짧은 상고머리였고, 긴 옷고름으로 등을 한 바퀴 돌려서 묶는 남아용 저고리에다 바지 차림이었다.

"말 잘하는 우리 앵무새, 어데다 터를 팔 젠가?"

수도 없이 반복되는 할머니의 물음에, 남희는 어떤 대답을 해야 좋은지 알고 있었다. '논에'라거나 '고추밭에'라고 대답하면 칭찬을 받고, 때로는 주머니 속 동전 한 닢도 얻어냈다.

할머니는 남희에게서 남동생을 볼 징후를 찾아내려고 끊임없이 애썼다.

"인제 봐라, 우리 남희는 지 동상한테서 '누' 소리를 듣는다. 틀림없니라."

할머니는 남희의 미간을 가로지른 푸른 핏줄을 가리키며 며느리를 향하여 희망을 이야기했다.

"이거 봐라, 이게 서 있으면 '성' 소리를 듣고, 누워 있으면 '누' 소리를 듣게 되는디, 야는 딱 누워 있는 게, 천생 남동상을 보게 생깄다."

누워있는 미간의 핏줄 덕분이었는지, 논이나 고추밭에 터를 팔고 나왔노라고 무수히 종알거린 덕분이었는지, 과연 남동생이 태어났다.

논갈이가 한창이던 그 봄날, 칠십 넘은 할머니는 쌀과 미역이 담긴 함지박을 이고 마을 앞 샘터로 달려갔다. 도랑물을 바삐 건너는 그의 모습은, 징검다리 위를 나는 한 마리 새와 같았다.

아껴 두었던 귀한 쌀과 미역으로 며느리의 첫국밥을 지어서 들여주기가 바쁘게, 그이는 아들이 쟁기질하고 있을 새터들 논까지 한달음에 쫓아갔다. 그이의 외치는 소리는 감격으로 떨렸다.

'봐라, 너그들만 아들 낳는 게 아니다. 행여라도 나나 우리 아들을 시삐 봤다면, 시방부터 그런 생각일랑 치워라.'

들판 이곳저곳에서 일하고 있는 사람들을 향하여, 그런 소리라도 질러 보고 싶었던 양, 그이의 음성은 멀리까지 울려 퍼졌다.

"야야아! 느그 식구가 몸을 풀었다. 고치다! 우리 집에 장손이 태어났다!"

박만식 씨는 쟁기를 세워두고 논 가로 나왔다. 늙은 어머니 앞에서 너무 좋아하기가 쑥스러워 담배 한 대를 피우려고 하는데, 어머니가 아들의 흙 묻은 소매를 잡아끌었다.

"어여 가서 삽짝에 경구줄부터 쳐야제! 쟁기 조깨 세워 둔다고 벨일이사 있겄냐."

집안의 모든 관심은 경수에게 쏠렸다. 할머니는 경수를 들여다보고 또들여다봤다.

"세상천지에 꽃도 많다지만, 무신 꽃을 보기가 요리 좋을꼬. 꽃은 보다가 질릴 때도 있다지만, 우리 강아지는 보고 또 봐도 더 보고만 잡네. 우리 강아지는 똥도 안 더럽지."

그이는, 덩달아 아기를 들여다보는 남희에게도 흔연스레 칭찬을 나눠 주었다.

"말 잘하는 우리 앵무새, 너는 못 달고 나왔어도 터를 잘 팔아 남동생 봤응게, 달고 나온 거 진배없니라."

남희는 그 말에 만족했다. 제가 그다지 중요한 존재는 아니어도, 뭔가 큰일을 해낸 듯싶은 뿌듯함조차 느꼈다. 또, 비로소 빨간 치마 색동저고리를 입어볼 수 있어서 좋았다. 고추밭에 터 팔고 나온 상으로, 할머니는 어머니를 시켜서 남희에게 때아닌 꼬까옷을 해 입혔다.

"이건 니 동상 덕에 입는 옷이다."

남희도 경수가 귀엽고 예뻤다. 이웃집 순애와 소꿉놀이 중에, 남희는 순애한테 호되게 당했다.

"우리 애기는 똥이랑 오줌도 안 더럽단다."

할머니가 들려준 말을 그대로 되풀이한 것뿐인데, 순애는 치켜든 턱을 남희의 코밑에 들이대며 다부지게 대들었다.

"이 거짓말쟁이야, 똥이 안 더러면 그래 어디 먹어 봐라, 먹어 봐!"

아들 며느리가 들에 나가고 없는 집에 남아서, 할머니는 새하얀 쌀밥을 반 그릇쯤 들고 마루에 나와 경수의 간식으로 먹이곤 했다. 대부분의 동네 집에서 꽁보리밥과 감자를 주식으로 삼는 여름날이었다. 간장으로 비빈 쌀밥을 경수의 입에 떠넣는 할머니의 손을 따라, 남희의 눈동자도 오르내렸다. 꽁보리밥 짓는 솥 한 귀퉁이에 쌀 한 줌을 얹어서 약처럼 익혀 낸 그 밥이 썩 먹음직해 보였다. 하지만 뭔지 모르게 제가 탐내어서는 안 될 것만 같았다. 그러다 할머니가 선심 쓰듯 한 입 떠 넣어주면, 한 입으로는 정 없다는 말을 곁들여 또 한 입 떠 넣어주는 그 순간을 설레며 기다렸다.

"나도 이담에 시집가서, 떡 많이 해 이고 올라네."

한동네 사는 육촌 언니처럼 친정 나들이 때 떡 보따리를 이고 오고, 맛있는 손가락과자랑 눈깔사탕이며 엿도 푸짐하게 풀어놓는 것이 어린 남희의 장래 희망이었다. 말이 한창 늘던 무렵의 남희가 또랑또랑 재잘대는 그 말에, 가족들은 맞장구를 치면서 즐거워했다. 꿈부터 소박했던 남희는 욕망을 지그시 억누르는 법을 일찌감치 터득했고, 그렇게 길이 들었다.

맛난 음식은 할머니와 아버지와 경수한테 먼저 돌려줘야 하는 걸로 알았고, 다른 가족 몫으로 남겨둔 별미 음식을 조금씩 몰래 덜어 먹고 싶은 어린애다운 욕구도 신통하게 참아냈다. 친구들이 더러 하듯이 암탉 둥우리에서 알을 몇 개 훔쳐다가 군것질을 해 본다거나, 학용품을 사라고 준 돈으로 소소한 장난감을 사 볼 용기도 못 냈다. 가족들은 착하다고 칭찬해 주었고, 칭찬을 받은 긍지와 책임감으로 남희는 점점 더 참을성 많은 소녀가 되어갔다.

한번은, 머리 자를 때가 되었으니 미장원에 들렀다 오라는 어머니의 명을 어긴 적이 있었다. 이유를 묻는 어머니에게, 머리를 기르고 싶다고 말했다. 뒤로 묶어 빨간 리본을 맨 여자아이의 긴 머리가 하도 예뻐 보여서였다.

"그냥도 괜찮은디 뭘 머리를 질궈? 그러다 이 생길라고..."

한 번 더 조르면 들어줄 법도 한 어머니의 시들한 한마디에, 남희는 지레 단념해 버렸다.

읍내 사는 그 아이는, 허벅지가 드러나는 짧은 치마에다 새로 나온 분홍색 샌들을 신고 다녔다. 그 아이가 발걸음을 옮길 적마다, 샌들 뒤축이 발뒤꿈치에 올라붙으며 찰싹찰싹 경쾌한 마찰음을 냈다. 남희는 그 소리가 갖고 싶었지만, 끝내 입 밖에 내지 않고 속으로만 삭였다.

학교 문제도 그랬다. 어찌어찌 어렵사리 중학교는 마칠 수가 있었지만 거기까지였다. 그녀가 굳세게 밀고 나갔더라면 읍내의 농업고등학교도 그런 식으로 가능했을 터였다. 하지만, 양식 걱정도 놓지 못한 형편에 중학교를 다닌 것만도 송구스럽기만 해서, 공부를 계속하고 싶다는 간절한 바람을 지그시 억누르고 물러앉아 버렸다.

"해필 니가 중학교를 졸업할 때 경수가 초등학교를 졸업하는구나. 우리 형펜에 한목에 두 사람 입학금을 챙기기는 무리니, 하나가 양보해야지 어쩌겠냐."

아버지의 말에, 남희도 마음으로부터 간단히 동의했다. 남희는 그렇게 새내기 농사꾼이 되었다.

어두운 수돗가에서 땀을 씻어내고 들어온 남희는, 로션을 손바닥에 덜어 얼굴에 발랐다. 이제야말로 혼자만의 자유로운 시간이었다. 거칠어진 얼굴에 크림을 문지르고, 여러 날 전에 빌려왔건만 아직도 절반을 못 넘긴 책장도 펼쳐보고, 불 끄고 누워 라디오의 심야 음악 프로를 듣는 일도 이 시간을 즐기는 방법이었다. 책상 위에는, 어젯밤에 쓰다가 졸음에 겨위 중단해 버렸던 편지가 놓여 있었다. 서울에 있는 소꿉친구 영자한테 보낼 답장을 쓰는 중이었다.

'....너희 부모님도 요사이는 그저 평화롭게 지내신다. 너는 두 분이 전생에 원수지간이었다고 말하지만, 내가 보기에 그렇지만은 않아. 두 분은 잘 지내시는 중이고, 이 평화가 꼭 농사일이 바빠서만은 아닌 것 같다.

네가 반했다는 그 탤런트는 아직 못 봐서 얼마나 멋진지 실감이 안 난다만, 진옥이네 집 아니면 갈말까지 가서라도 텔레비 연속극을 본 다음에 감상을 적어 보낼게.....'

남희는 편지를 끝맺음해서 봉투에 넣어 두고는 불을 끄고 누웠다. 열다섯 시간은 족히 될만한 노동은, 젊음의 고뇌마저 피로 속에 쓸어 넣어 버리듯 마냥 잠이 쏟아졌다.

-학교 후문으로 이어진 철조망 울타리 밖의 골목길을, 키 큰 남학생 혼자서 돌아 나오고 있었다. 소녀는 교실 창문가에 자리한 제 책상에 팔꿈치를 괴고, 열린 창문 사이로 소년을 훔쳐보았다. 어린애 티를 벗을 무렵부터의 미혼남녀끼리는 터놓고 가까이 지내지 않는 마을 분위기 탓이었는지, 혹은 그저 어색해서였는지, 두 사람은 한마을에 살면서도 언제부턴가 만나면 눈길을 피하고 지나치기 일쑤였다. 중학교와 한 울타리 안에 있는 농업고등학교는 후문 가까이에 있었는데, 한승우는 운동장을 가로지르는 대신에 모퉁이 골목길을 돌아 후문으로 드나들기를 잘했다. 창문을 열면 그 길이 내다보이는 교실에서, 남희는 간간이 승우를 훔쳐보았다.

'그랬었지, 소매 짧은 흰 남방셔츠에 쑥색 바지를 입고, 조금 고개를 숙

인 듯 지나가는 승우를 발견하면 까닭 없이 은밀히 즐거웠지.'

검정 치마에 흰 블라우스를 입은 남희는 새하얀 구절초 꽃다발에 묻혀 산모퉁이를 돌아오고, 길이 내려다보이는 야트막한 둔덕 잔디밭에 승우가 앉아 있었다. 서로의 눈길이 마주치자, 두 사람은 누가 먼저랄 것도 없이 고개를 조금 돌려 눈길을 거두었다. 승우와 둘이 우산을 받고 걷다가 무슨 말엔가 함께 웃음을 터뜨리기도 했다.

어느덧 잠이 얕아지며 꿈도 사라지고, 목이 몹시 말랐다. 꿈속의 어떤 장면은 직접 겪은 사실이었고, 어떤 장면은 그야말로 꿈이었다. 그것들을 서로 가리는 일에 부질없이 열중하다 보니, 어느덧 창호지에 푸릇한 여명이 물들어 왔다.

누에가 섶에 오른 지 닷새가 지났다.

"나는 소 갖다 매고 논 한 바쿠 둘러보고 후딱 올 텡게 그리 알거라."

"영자 저그매가 와서 돕는다고 했응게, 찬찬히 일 보고 와도 되겠소."

구정물 통을 들고 돼지우리로 가는 딸에게 박만식 씨가 양해를 구하듯 말하자, 한동댁이 대신해서 대꾸해 주었다.

꼬박 닷새 동안, 그들 내외는 그나마 억지로 남겨놓은 안방의 아주 좁은 공간에서 새우잠을 잤다. 몸채의 두 칸 방을 모조리 채우고도 모자라, 남희가 쓰는 아랫방에까지 솔가지 섶을 들여세우고 누에를 올렸다.

논에 갔다 돌아온 박만식 씨가 방에서 고치 섶을 하나씩 내어주면, 한동댁과 영자 엄마 노루말댁은 광주리에다 고치를 따 담았다. 마른 청솔가지에는 눈처럼 새하얀 누에고치가 사랑스럽게 조랑조랑 열려 있었다.

남희는 마당에 쌓여가는 빈 솔가지를 다발로 묶어서, 부엌 바로 옆에 있는 나뭇간으로 날라다 쟁였다. 그러는 틈틈이 마루를 마주하고 서서 고치를 따내고 있자니, 순애가 마당에 들어서며 인사를 건넸다.

"집안 좀 대충 치우고 오느라고 늦었네요."

"너그 집 일도 바쁠 텐디 뭘라고 기어니 오고 그러냐."

"남희한테 품 앗으러 왔어요. 내일모레 바로 우리 집에 품 갚으러 와야 해요, 호호."

"이이고 그렇지, 그라면 잘 왔다."

한동댁과 순애가 주거니 받거니 하는 사이로 노루말댁이 끼어들었다.

"우리 영자랑 자아들은 에리서부텀 노상 한데 모아 갖고 시시덕거리 쌓더만, 우리 영자는 그 생각 나서 어찌 산가 모르겄네."

노루말댁은 거친 손바닥 거스러미에 들러붙은 고치를 떼어 광주리에 던져 넣으며 한숨을 쉬었다. 남희는 순애의 눈화장까지 한 얼굴을 건너다보며 장난스레 웃었다.

"가시나, 기껏 누에고치나 따러 오는 것이 화장하느라 애썼네."

"야, 뙤약볕 안 쬐어도 되는 오늘 같은 날이 얼마나 되겄냐? 울 엄마 몰래 맘 졸임서 사 둔 화장품, 요럴 때라도 부지런히 써먹어야 본전 뺄 거 아니냐."

"대처 그렇구나. 니 말이 옳다!"

한동댁과 노루말댁이 맞장구를 치며 웃었다. 나뭇간에 빈 솔가지가 수북이 쌓여감에 따라, 여자들이 제각기 맡은 광주리와 소쿠리들에도 백설같이 희고 동글동글한 고치가 쌓여갔다. 집안의 광주리란 광주리, 소쿠리란 소쿠리에는 모두 누에고치가 담겼다.

"성님네는 방에 바람이 잘 통해서 그런가, 벨달리 수선 피움서 키우도 않더만은 해마다 뉘가 잘 되네 이."

"글매, 녁 잠을 자고 막 깨났을 적에 해필이면 비가 오잖았는가. 비 맞음서 딴 뽕이라서 그랬는가, 잘 널어 말린다고 말려서 멕있는디 올라가기 직전에는 두어 대접 택이나 나갔다네, 그래도 고치가 깨끗하게 돼서 좋구 먼."

"허기사, 잘 되기만 하먼 뭐한디야? 잘 들어가야 돈이 옹골지지. 우리네는 내처 농사 잘 지어 갖고도 이날 생전 수등(秀等) 한 번 못 받아 봤네, 참말로. 갈밭 점식이네는 잘 키우건 못 키우건, 해마다 맡아 놓고 수등이랍디다. 고치 받은 검사원 중에, 점식이 저그매 친정 쪽으로 어떻게 끈이 닿는 사람이 하나 있다고 모다 그래 쌓더만."

시렁 위에 얹혔던 짚 섶을 마룻바닥에 내놓으며, 박만식 씨가 한마디 거들었다.

"이눔에 세상, 그저 뉘고치 하나를 달리는 디도 빽이 따라댕기니 원. 불쌍한 건 이도저도 없는 백성들 아니겄소."

누에고치나 잎담배를 수매할 때뿐만 아니라, 힘없고 줄 없는 농사꾼이라서 받는 차별 대우는 사방에 널려 있었다. 하다못해 등본 한 장을 떼러 간 면사무소에서조차, 사무원과 안면이라도 있는 이에게 당연한 듯 앞 차례를 빼앗기고 서서 기다려야 했다.

"그렇게, 경수라도 어여 공부해서 출세하라고 그러씨요. 그 덕에 이런 사람도 억울한 세상 조깨 멘해 볼라요."

노루말댁은 말이 너무 앞서간 듯싶었는지 지레 소리를 높여 웃었다.

"글씨 말이요, 그렇게만 된답사 오죽 좋겠소만, 당장은 그저 허리가 휠라고 하요. 고치 이거 갖다 내 봤자 그눔한티 들어갈 것도 모지래게 생겼으니."

박만식 씨는 나지막하게 한숨을 내쉬었다. 하지만 노루말댁의 실없는 부추김이 싫지는 않았다.

부엌으로 새참을 챙기러 간 남희를 순애가 따라왔다.

"야, 너 오늘 밤 내 방에 좀 와 봐."

"왜?"

"와 보면 안다고."

남희는 아버지의 술안주로 고추장과 햇마늘 쪽을 챙기며 순애를 돌아보았다. 알맞게 살이 붙은 복스러운 얼굴이 발그레 홍조를 띠고 있었다.

"그냥, 와 보면 안다니까."

"음, 또 무슨 영어 공부할 일이라도 생겼는갑다."

"야는, 나한테 생기는 일은 맨날 그 일인 줄 아나?"

순애는 남희를 곱게 흘겨봤다.

벌써 오래전 일이 되었다. 발신인의 이름도 없이 순애 앞으로 날아온 연애편지 때문에, 순애와 남희는 꽤 골치가 아팠다. 둘은 책꽂이 귀퉁이에 틀어박아 뒀던 영한사전을 찾아 놓고, 마주 앉아 끙끙댔다. 그 편지는 한글 편지였지만, 너무 자주 질서 없이 영어 단어를 끼워 넣고 있었다.

'서로 손을 뜨겁게 잡고 한없이 달리고 싶은 저 푸른 낭만의 초원, 나와 당신의 까만 동공에는 사랑이 숨을 쉬고...'

긴가민가 애매한 구절에다 공부한 적 없는 영어 단어조차 종종 들어가 있는 통에, 편지 읽는 일이 고역이었다.

"뭐 이런 편지가 다 있냐? 어떤 인간인지 정체를 알고 싶네."

"호호호, 보통 유식한 사람이 아닌 것 같다."

두 소녀는 편지 쓴 사람을 궁금해하면서도, 비아냥거리는 투로 소리 내어 읽으며 깔깔거렸다.

그 편지는 옆동네 철민이 서울에서 보냈다는 게 오래지 않아 밝혀졌지만, 두 번째 세 번째 편지도 내내 그런 식인지라 철민의 편지만 오면 두 사람은 영한사전을 펼쳐놓고 생각지 않던 단어 공부를 해야만 했다. 읽고 보면 굳이 비밀일 것도 없이 그저 알쏭달쏭한 내용의 연속이어서, 두 사람은 편지를 웃음거리 삼아 며칠을 유쾌하게 보내곤 했다.

그렇게 시간이 쌓여가면서, 순애의 태도는 조금씩 바뀌어 갔다.

철민은 일 년 중에 설과 추석 두 명절로 고향에 내려왔다. 고향에 내려오면 어둠을 틈타 순애를 불러내곤 했는데, 그가 올 때쯤이면 순애는 플라스틱 롤러로 정성껏 머리를 말았고, 다른 아이들보다 먼저 화장도 시작했다. 어떤 날은, 철민이 비록 학교는 많이 다니지 못했어도 학교 많이 다닌 사람 이상으로 아는 게 많더라고 자랑하기도 했다.

늦은 점심을 먹기 전에 누에고치 따기는 끝났지만, 이런저런 뒷설거지하는 데는 꼬박 한나절이 걸렸다. 점심을 먹고 나자, 박만식 씨는 헛간 더그매에서 고치 겉껍질 까는 기계를 내려다 남희에게 맡기고, 영자네 뒤꼍 처마 밑에서 또 한 대를 들고 왔다. 기계라고 해 봤자, 칼도마 모양의 두툼한 나무판 위에 두 개의 고리를 양쪽에 붙이고, 그 고리에 연필 굵기의 쇠꼬챙이를 가로질러 꽂아놓은 거였다. 나무판 위에 누에고치를 올려놓고 쇠꼬챙이 손잡이를 돌리면, 겉껍질을 이루고 있는 섬유가 말려 들어가며 고치가 곱게 허물을 벗는 거였다. 그것은 매우 단순했지만, 십수 년 전까지도 고치 하나하나를 일일이 집어 들고 손가락을 돌려 벗겨냈던 걸 생각하면, 수십 배의 능률을 올릴 수 있는 훌륭한 기계였다.

솔가지와 짚으로 된 섶을 다 들어내서 훌쩍 넓어진 방안에 자리를 잡고, 남희와 순애는 각자 맡은 기계 한 대씩을 돌리기 시작했다. 노루말댁은 고치를 두 손으로 한 움큼씩 집어 올려 각자의 기계 왼쪽에다 수시로 놓아 주었다. 망사처럼 비치는 엷은 막으로 고치를 둘러싸고 있는 겉껍질의 섬유는 서로 가볍게 엉켜있어서, 맨 앞의 고치 겉껍질이 회전축에 말려들기만 하면 다른 것들은 저절로 딸려 들어갔다. 부성부성 들떠 있던 겉껍질을 벗어 백설처럼 희고도 매끈해진 고치는, 다그락 다그락 가볍고 맑은 소리를 내며 오른쪽 바닥으로 떨어져 쌓였다. 한동댁은 그중에서 누릇한 오물이 묻은 걸 가려내거나 제대로 다듬어지지 않은 걸 집어서 손질해 가며 다른 광주리에 담았다. 박만식 씨가 덜 치운 솔가지며 시렁에 얹었던 몇 개의 잠반, 누에 오줌으로 얼룩진 신문지 따위를 거든거든 치워놓고 마당에서 들어왔다.

"천생 낼 아침꺼정은 여그 둬야 하는디, 미리 자루에 담아서 두면 눅눅해서 못 쓸 것이고..."

깨끗이 손질된 누에고치 광주리 하나를 윗목에 올려놓으며 그가 말했다.

"시방도 말라서 이리 고실고실한 걸 하룻밤 더 말리면 손해가 많을 거여 잉."

"많이 말랐다고 수등 받으란 법도 없응게 알맞게 꼽꼽한 데다 잘 두씨요. 어떤 집에서는 속에다 쌍잠(누에 두 마리가 든 고치)도 섞어서 내도 못 알아보더라고 글더만,"

한동댁과 노루말댁이 한마디씩 했다. 박만식 씨는 또 한 광주리를 윗목에 놓으며 말했다.

"쌍잠이나 물 묻은 고치 섞어서 내는 사람들 뽄을 따서야 쓰겠소? 다아, 모지랜 사람들이 벨 것도 아닌 일에 양심을 팔아 묵고 그라지. 아닌 게 아니라 담배 감정하러 갈 때도 속에다 물 축인 담배를 넣어서 근대를 올리고, 심하면 깡탱이꺼정 집어 넣니라고 애쓰는 사람이 있답디다. 물건을 제대로 해서 내놓고 돈 욕심도 부리야지, 원,"

"이 집 고치는 시방도 겁나게 잘 말랐당게요,"

고치 한 개를 집어서 귓가에 대고 흔들면서, 노루말댁은 아쉬운 얼굴이었다.

이웃 사람들이 돌아간 뒤에도, 다음날 이른 시각에 고치 내러 갈 준비는 한참이나 계속되었다. 한동댁은 남편의 모시 한복을 다리고, 남희는 어머니의 흰 고무신과 아버지의 구두를 닦아 두었다. 벌써 여러 해째 신는 단벌 구두는, 신는 횟수가 워낙 적었으니만치 아직도 새것처럼 멀쩡했다.

어디서 타타타타, 하고 탈곡기 돌아가는 소리가 들렸다. 누가 벌써 밀이나 보리를 타작하기 시작한 모양이었다. 박만식 씨가 저녁상 앞에서 뒤로 물러앉으며 시름겹게 내뱉었다.

"아이고, 뉘는 끝났응게, 인제부터 보리 꺼끄락을 둘러써야 할랑갑다."

"아직 밭에 서 있는 보리가 쌔 번졌더만, 누군가 참 부지런하네."

마루에서 부엌으로 통하는 샛문 너머로 물린 밥상을 내주며, 한동댁이 혼잣말을 했다.

남희는 건너편 저만치에 보이는 노란 전등 불빛을 바라보았다. 언제라도 마음만 먹으면 편안하게 찾아갈 수 있는 순애 방의 불빛이었다. 수돗가의 콘크리트 바닥에 잇대어 이끼 낀 돌담이 야트막하게 서 있고, 야트막한 그 위로 포도덩굴이 높직한 나무 기둥을 의지해서 늘어져 있었다. 순애 방의 불빛은 포도 잎사귀에 절반쯤 가려져, 우거진 숲속에 들어앉은 외딴집의 불빛을 연상케 했다.

남희가 가벼운 기척을 하며 순애의 방문을 열었을 때, 순애는 한 손을 살짝 들어 보일 뿐 그대로 반듯하게 누워 있었다. 그녀의 얼굴은 달걀노른자가 배 나온 가제 수건에 덮여있는데, 두 눈하고 콧구멍 부분에만 구멍이 뚫려있어 흡사 괴물 가면을 쓰고 있는 꼴이었다.

"이 꼴을 영어 박사가 본다면, 다시는 연애편지 안 쓸지도 몰라."

남희는 달걀 반죽이 남아있는 그릇이며 화장품 단지들을 윗목에 밀쳐놓고 순애 곁에 누웠다. 순애를 웃겨서 달걀 팩을 실패하게 하려는 장난기가 솟았다.

"웃어라, 웃으면 복이 온다."

남희가 순애의 겨드랑이를 살짝 간지럽히자, 순애는 발길질로 남희를 밀어내 버렸다.

남희는 순애 웃기기를 단념하고, 곁에 있는 라디오의 볼륨을 조금 높였다. 남희가 그러하듯 순애도 라디오를 들판으로 끌고 다니기 때문에 라디오 틈새마다 흙먼지가 끼어있고, 오래되지도 않았는데 지글지글 끓는 소리를 냈다. 라디오에서는 지금 막 가슴 아픈 이별 장면이 펼쳐지고 있었다. 헤어진 애인에게 품었던 큰 오해가 풀리는 순간이지만, 오랜 날이 지나는 동안에 이미 돌이킬 수 없는 상황이 되어 있었다. 절규하는 남자, 슬피 우는 여자. 이럴 때 영자라면, 손뼉을 한 번 짝, 치고는 요란스레 애통해했을 것이다.

'저걸 어짠다냐, 내가 미친당게! 애고, 참말로 어쩌야 옳이여?'

오 학년을 채 못 마치고 영자는 초등학교를 그만두었다. 맏이인 그녀가 막냇동생을 업어줘야만 어머니가 농사일을 해낼 수 있어서였다. 그런 영자에게 라디오 방송은, 재미 이상의 의미를 지니고 있었다. 그것은 영자가 누릴 수 있는 최대의 문화 혜택이며 학습의 수단이기도 했다. 순애와 남희의 경우가 크게 다를 것은 없었다. 하지만 영자는 특별히 라디오 듣기를 좋아했고, 특히 연속극은 그랬다.

처음, 라디오가 있는 집은 동네에서 겨우 한두 집이었고, 대개의 가정에서는 마루 벽이나 안방의 시렁 위에 유선방송 스피커를 매달아 놓았다. 읍내의 유선방송 업자에게는, 한 해에 보리 한 말 벼 한 말씩을 청취료로 주었다. 유선방송은 언제나, 서울중앙방송만을 보내주었다. 그래도 덕분에, 촌사람들이 세상 돌아가는 소식에 깜깜하지 않을 수가 있었다. 6.25 전쟁이 나고 사흘이 지나도록 그 사실을 까맣게 몰랐던 사람들이, 이제는 그보다 작은 일들도 제때 알게 되었다. 국가 재건 최고 위원회 박정희 의장이 오늘은 어디에 가고 내일은 누구를 만난다는 것도 알았으며, 돈에 눈이 먼 어떤 청년이 이웃집 아이를 유괴했다 잡힌 일도 금방 알았다. 영화 한 편 본적도 없지만 영화배우 결혼식장에 하객이 얼마나 많이 몰렸는지도 들어서 알았다.

하여튼 처음부터 오래도록 유선방송은 멋대로였다. 방송실 사정이나 기계 만지는 사람의 기분에 따라 아무 때고 불쑥 정규방송이 중단되고, 늘어진 소리의 레코드판이 연속으로 돌아가기도 했다. 그 정도는 괜찮았다. 바람이 세게 불어서 그러할 때야 어쩔 수 없다손 치더라도, 누군가 일부러 방송을 방해하는 일도 종종 있었다. 연속극이나 뉴스를 한창 듣는 중에 뚜,뚜,뚜,뚜,뚜... 일 초도 못 되는 간격으로 소리가 마구 끊어져서 튈 때는, 소녀들뿐 아니라 점잖은 어른들까지도 끓어오르는 부아를 숨기지 못했다.

그런 일은 대개, 학교에서 돌아오다 심심해진 사내아이들이 후미진 길모퉁이 어디쯤에서 장난질하는 경우였다. 유선방송 전선을 끊어서 양손에 한 가닥씩 잡고 붙였다 떼기를 반복하면, 초촌리 골짜기 안의 청취자들은 그 아이 손에 놀아나는 꼴이었다. 그러다 어른한테 붙잡혀 혼쭐난 아이도 서넛은 되었지만, 기막히게 재미있는 그 장난을 아이들은 쉽사리 포기하지 않았다.

연속극을 듣는 중에 그런 일이 생기면, 누구보다 영자의 흥분하는 모양이 가관이었다. 그녀는 스피커 몸체를 이리 만지고 저리 만져보다가, 아예 탕 내팽개쳤다.

"한참 재미나는 판인디, 누가 이 지랄을 한다냐!"

영자는 부엌으로, 마당으로, 공연히 종종걸음을 치면서 쩔쩔매곤 했다.

좋아하는 배우가 출연한 영화의 포스터가 동네 회관 외벽에 붙기만 하면, 영자는 무슨 수를 써서라도 읍내 극장에 가야만 직성이 풀렸다. 영화 한 편을 보기 위해서 꼬박 하루 동안 뙤약볕 아래서 품을 팔기도 하고, 어머니가 보물처럼 아끼는 쌀을 한 됫박 훔쳐내어 동네 어귀의 구멍가게에 내기도 했다. 영자는 언제나, 가슴속에 잘생긴 남자배우나 가수 같은 스타들을 품어두고 열렬하게 흠모하며 살았다. 영자가 서울에 가서 보내왔던 첫 편지를 떠올리면, 남희는 저절로 웃음이 지어졌다.

읍내 사람 소개로 식모살이를 가게 됐다면서 영자는 훌쩍훌쩍 울었고, 떠나기 전날 밤에는 친구들과 헤어지는 것이 싫어 순애랑 남희랑 한방에서 잤다. 읍내 버스정류장에서도 눈물을 글썽이며 잡은 손을 놓을 줄 몰랐었는데, 얼마 후에 날아온 첫 편지 내용은 좀 엉뚱했다.

'....이영준! 정말 한 번 보고 싶었던 이영준을 오늘도 보았단다. 목소리도 그렇게 좋더니, 얼굴은 더 잘 생겼어. 여덟 시 삼십 분 드라마에 나오는데, 연기도 진짜로 진짜로 잘해....'

라디오 연속극에 종종 주인공으로 출연하여 음성이 귀에 익은 남자 성우가, TV 탤런트로도 활약 중이라는 서울 소식이었다.

"영자는 잘 있겠지?"

깍지 낀 두 손을 베고 누우며 남희가 처량하게 말했다. 일어나서 괴물 가면을 벗겨낸 순애는, 얼굴에 묻은 찌꺼기를 닦아내고 있었다.

"잘 있을 테지 뭐. 무소식이 희소식이라는 말도 있잖아. 근데 말이지, 우리도 서울 같은 도시에 가서 살면, 최소한 얼굴은 하얘질 것이다, 잉."

"맞아, 그렇지만 얼굴 하얘지자고 서울 갈 수도 없으니, 달걀이나 열심히 발라야지 뭐."

"달걀은 뭐 맘대로 바르는 줄 아냐? 흐흐, 지난번에 울 엄마한테 들켜서 난리 한 번 났잖아. 먹기도 모자라는 걸 쓸데없이 낯바닥에 처발라 싼다며, 나무 양푼이 쇠 양푼 되냐고 소리 지르는데, 누가 들을까 싶어 조마조마하더라."

이것저것 뚜껑을 여닫으며 바르고 두드리고 비비고 하기를 마친 순애가, 정색하며 남희를 불렀다.

"이거 한번 볼래?"

순애는 서랍에서 편지 한 통을 꺼내 주었다.

"이건, 영어 박사가 아니잖아?"

그것은 구혼 편지였다. 낭만적인 말들을 영어 섞어가며 알쏭달쏭하게 늘어놓던 철민의 편지와 달리, 결혼하면 고생시키지도 않고 행복하게 해 줄 테니 결혼하자는 직설적인 말투였다. 연락만 주시면, 결혼식 계획을 세울 겸 한 번 만나러 가겠다는 말도 적혀 있었다.

지난봄에, 어른들의 권유에 못 이긴 순애가 호기심 반으로 선을 본 남자였다.

"나이 많고 무뚝뚝해서 매력은 꽝이더라만, 능력은 괜찮대. 양복점 재단사라는데, 열심히 저축해서 집도 한 채 사 놨고, 곧 자기 가게를 낸다고 하더라. 정은 살면서 차차 드는 법이라고, 울 엄마가 요새 부쩍 야단이다. 근데 내가 대답을 안 하니까 얼굴에 달걀 바르는 꼴도 봐 주기 싫은 것이여. 그래서 생각해 봤는데, 나 그냥 효도 한번 해 봐?"

"철민 씨는 어쩌고?"

순애와 철민은 벌써 오 년 가까이 교제하고 있었다. 알쏭달쏭한 편지를 주고받으며, 철민이 명절 쇠러 고향에 왔을 때 동네 주변에서 데이트하는 정도였지만, 그들은 엄연한 애인 사이였다. 어느 해 설 명절의 끝자락 데이트에서 돌아와, 순애는 울고불고 야단이었다. 철민이 느닷없는 키스를 했다면서, 순결하던 입술이 더러워졌다고 손수건을 꺼내 입술을 힘주어 문지르고, 그 손수건으로 또 눈물을 닦았다. 그렇다고 철민을 더 이상 안 만난다거나 싫은 기색도 아니었다.

"연애 따로 결혼 따로라더니, 나 같은 경우를 두고 생긴 말인갑다. 철민이가 싫은 건 아닌데, 결혼을 생각해 보면 막막해. 지난번에 읍내 갔다 오는 길에 그 사람 숙모한테 들은 말 있잖아. 그 말을 들은 뒤로 더 마음이 산란해졌어."

아랫마을에 사는 철민의 숙모를 우연히 만나 함께 길을 걷게 된 날, 남희도 곁에 있었다. 철민과 순애의 사이를 아는 젊은 숙모는, 순애가 모르고 있는 철민의 근황을 들려주었다.

철민은 가정 형편상 중학교를 중퇴하고 서울로 갔다. 사실, 근동의 또래 중에는 상급학교에 진학한 사람보다는 철민과 비슷한 길을 걷는 사람의 수가 더 많았다. 목공소, 비누공장, 플라스틱 공장, 염색 공장을 전전하던 철민은, 중학교 때 유독 흥미를 보였던 영어 공부를 혼자서 틈틈이 했다. 말하고 듣는 공부는 제대로 하기 힘들었지만, 읽고 쓰는 공부는 제법 했다고 자신하였다. 그것을 믿고 어느 개인 사무실에 고졸이라는 거짓 이력서를 내고 들어간 그는, 얼마지 않아 학력이 들통나서 쫓겨나고 말았다. 그까짓 고졸 학력 아니어도 일하는데 별지장 없지만, 거짓 이력서를 낸 정직성이 문제라는 게 쫓아내는 사람의 변이었다. 또 다른 직장에 한 번 더 거짓 이력서를 냈으나 곧 들통이 났다.

그러기를 몇 차례, 군대에서 돌아온 철민은 마치 이력서 내는 것이 목적인 양 이곳저곳에 거짓 이력서를 냈지만, 아직 취직이 안 되고 있다는 소리였다.

"그냥 몸으로 벌어먹는 직장을 잡으라고 해도, 애써 공부한 것이 아까워서 그런가 말을 안 들어. 각시라도 얻어서 살면 좀 야물어질란가 어쩔란가."

그러한 철민의 소식은, 선을 보고 싱숭생숭해 있던 순애를 더욱 심란하게 했다. 지금까지의 순애는, 철민의 밥벌이 능력을 의심하거나 걱정해본 적이 없었다. 명절 때면 말쑥하게 차리고 와서 작은 선물조차 건네는 그이니만치, 서울이라는 곳에 가면 누구나 먹고사는 일에서 어느 정도 놓여나는 것으로 막연히 믿었다. 어쨌든 순애는, 얼마 전 철민의 편지가 왔을 때까지도, 정성스레 애인다운 답장을 보내는 눈치였다.

"소도 언덕이 있어야 비빈다는데, 니 생각에는 나 어쩌면 좋겠냐?"

"긍게 잉..."

남희도 자신 있게 해줄 말이 없었다. 그럴 때 이 지역의 어른이고 애고 내놓는 짧은 대답이 '긍게 잉...'이었다. 어차피 그 일은 순애가 정할 수밖에 없는 데다, 충고나 조언을 해줄 만한 안목도 없었다.

열어놓은 창문에는 방충망이 붙어있지만, 모기 울음소리가 제법 시끄럽게 났다.

"에휴, 파리랑 모기 꼴 보기 싫어서도 도시에 가서 살긴 해야겠는디..."

순애가 눈앞을 나는 모기 한 마리를 손바닥으로 잡아내며 마음속에 남은 갈등을 토해냈다. 그녀가 요 며칠 사이에 부쩍 외모에 신경 쓰는 것이, 철민도 누구도 아닌 맞선 본 남자 때문이었다는 것을 알자, 남희는 어쩐지 허무하고 철민이 가엾어졌다. 두 사람 사이에는 한동안 말이 없었다. 순애가 말머리를 돌렸다.

"승우랑 너는 어쩔 거냐?"

"몰라."

"벌써 갈라고?"

순애가 별로 정성이 들어가지 않은 손놀림으로 구혼 편지를 집어넣으며 남희를 돌아보았다. 남희는 벌써 순애 방 앞의 툇마루를 밟고 있었다.

그해 대보름 날씨는 유난히 맑고 포근해서, 강추위였다면 달집에 한창 불이 붙은 뒤에야 얼굴 한 번 내비쳤을 노인들조차 초저녁부터 동네 앞으로 나왔다. 아직 달이 뜨지 않은 시각, 아낙네들은 두 손을 모아 잡고 동쪽 산마루를 올려다보며 달을 기다리고 있었다. 만월이 동산에 오르면 큰절로 맞이할 태세를 갖춰 기다리면서, 그때까지 드문드문 서로 한담을 나누고 있었다.

다리 밟기를 하기 위해 회관 골방에서 풍물을 꺼내 오는 남정네들, 동네 위아래로 공연히 쏘다니는 풋내기 총각들, 아직 불을 붙이지도 않은 달집 주위를 맴돌며 신바람을 잠재우지 못해 어쩔 줄 모르는 어린아이들로, 마을은 온통 술렁이고 있었다. 동네의 중심이랄 수 있는 다릿목에서 달집이 세워진 건너편 논들 바닥까지, 모든 소리와 움직임과 설렘이 한데 모인 듯했다.

짓궂은 사내아이들 몇은, 냇물에 담긴 오쟁이를 뒤지러 다니기도 했다. 그것은 대개 동네 사람들의 눈길이 닿지 않는 들판 쪽 상류의 물속에 돌로 눌러 잠겨 있었는데, 아이들은 그 오쟁이를 건져 물에 불은 오곡밥이며 나물 따위에 섞여 있는 동전 몇 닢을 찾아내는 거였다.

이윽고 샛노랗고 커다란 달이 동산 위로 얼굴을 내밀자, 기다리고 있던 아낙네들은 한해의 소원들을 담아 큰절을 올리고, 이미 한참이나 다리를 밟은 굿패들은 장구와 꽹과리와 징이며 북들을 구성지게 울려대며 달집 주위를 돌기 시작했다. 낮에는 동네 청년들과 어린아이들까지 한패가 되어, 산을 오르내리며 청솔가지를 날라다 달집을 지었다. 빈 논바닥은 넉넉히 넓었고 쌓아둔 솔가지도 넉넉했으므로, 둥글게 쌓아 올린 달집은 어지간한 산만치나 크고도 높았다.

아직도 수액이 뚝뚝 흐르는 생나무였지만, 속에다 마른 짚단 쏘시개를 충분히 질러 둔 달집에는 금방 불이 붙었다. 무수한 불똥을 허공에 흩뿌리면서 하늘로 치솟는 새빨간 불기둥은, 밝고 밝은 대보름 큰달을 무색하게 하는 장관이었다.

노인도 어린아이도 흥에 겨운 굿패에 뛰어들어, 어깨를 들썩이며 달집 주위를 맴돌았다.

그러는 가운데 여기저기서, 여자들의 비명 아닌 비명이 터져 나왔다.

"에구머니나, 깜짝이야!"

"옴마야!"

높거나 날카롭거나 우악스럽거나 간에, 그 소리에는 어딘지 싫지 않은 희열이 담겨 있곤 했다. 지난해의 액운을 태워 없애고 새로운 해의 행운을 바라는 의미에서, 사내아이들은 날리던 연을 내다가 불 속에 던져 넣고, 여자들은 저고리의 동정이나 블라우스 깃을 뜯어서 불 속에 넣었다. 아예 자기 손으로 저고리 동정을 뜯어서 들고 있다가 불길이 일어나기가 바쁘게 집어넣어 버리는 나이 든 부인네들과는 달리, 처녀들은 그것이 누군가의 손에 뜯겨나갈 때까지 무심한 척 서 있기가 예사였다. 그들은 해마다 그랬듯이 미리 헌 옷으로 갈아입거나 깃을 헌 것으로 바꿔 끼우고 나왔으면서도, 정작 총각들이며 아이들이 뒤로 몰래 다가서서 그것을 낚아채면 짐짓 호들갑을 떨며 놀란 듯 소리치곤 했다.

그날 밤 남희의 저고리 깃을 뜯어낸 사람이 한승우였다. 웃음 섞인 비명, 뜯어낸 동정을 들고 힘을 다해 달아나는 사내아이와 잡으러 가는 시늉으로 공연히 뒤쫓다 마는 새댁, 검정을 잔뜩 묻힌 손바닥을 뒤로 감추고 히죽거리며 장난칠 기회만 노리는 젊은이들을 구경하는 데에 정신을 빼앗기고 있을 때였다.

누군가 아주 가까운 등 뒤에 다가와 있는 기미를 알아채고 목을 움츠리며 돌아본 순간, 승우는 잽싸게 그녀의 저고리 깃을 뜯어내고는 손바닥으로 얼굴을 슬쩍 스치며 멀어졌다. 옆의 친구들이 소리 내어 웃는 바람에, 얼굴에 검정 칠이 되었다는 걸 알았다. 남희가 손수건을 꺼내며 쩔쩔매는데, 불길 저 너머에서 승우가 바라보며 웃고 있었다. 사람들 틈바구니를 빠져나와 차가운 냇물에 얼굴을 씻고 돌아왔을 때도, 기다리고 있기라도 한 듯 승우의 눈길과 곧바로 마주쳤다.

밤이 깊어 달집은 모두 타 버리고 사람들도 거의 집으로 돌아갔다. 좀체 불붙을 것 같지 않던 아름드리 통나무들이 이글이글한 불등걸로 바뀌어 있을 때, 마을 할머니 몇이 거기에 부럼을 볶고 있었다. 그들은 함부로 쓰는 냄비나 찌그러진 양재기, 혹은 둥근 숯다리미를 들고 나와, 거기에 콩이나 땅콩을 도란도란 볶았다. 다 볶은 부럼은 아직 불가에 남아있는 사람들에게 한 자밤씩 나눠준 다음, 남은 것을 들고 집으로 돌아갔다. 중천에 와 있는 보름달은 불이 어지간히 사그라진 그제야 비로소 제빛을 내었고, 사람들이 돌아간 논들은 고요하기만 했다.

남희와 소녀들은 한 줌씩 얻은 부럼을 깨물며 불가에 남아있었다. 매우 푹한 날씨였지만 대보름 달빛은 푸르고 차가웠다. 차가운 달빛에 덮인 논들 한가운데서 이글거리는 등걸불은, 별스럽게 따습고 정다웠다. 소녀들은 깔개를 하나씩 찾아서 그곳에 앉아 놀았다.

노래 한 곡을 소리 모아 불렀을 때, 어느 틈에 그곳에 승우와 그의 친구 몇이 와 있었다. 승우가 남희에게 말했다.

"아까 장난이 너무 심했지? 나도 놀랐어."

얼굴에 검정 칠한 걸 두고 사과하는 듯했다.

남희는 괜찮다는 뜻의 웃음을 지어 보였다, 어린 시절에도 별로 친할 기회는 없었지만, 자라면서 언제부턴가는 공연히 말을 끊어버린 그들 사이였다. 교실 창문 아래로 지나가는 승우를 훔쳐보았던 남희는, 이다음 길에서 마주치면 당당하게 인사를 걸어볼 것이라고 마음먹은 적도 있었다. 하지만 정작 저 앞에서 마주 오는 승우를 발견하면, 언제 그런 생각이 나 했더냐는 듯이 고개를 숙이고 서둘러 지나치곤 했다.

한번은, 으레 붙어 다니던 순애조차 없이 혼자서 집으로 오고 있었다. 길에는 코스모스가 흐드러지게 피어있고 지나다니는 사람도 별로 없는

데, 우연히 그 길에서 승우를 만났다. 두 사람은 몇 걸음 떨어진 채 일정한 속도로 그 길을 걸었다. 읍내에서 양지말까지는 삼십 분이 걸리는데, 처음의 그 간격을 유지한 채 끈덕지게 침묵을 지킴으로써 마침내 서로의 인내와 끈기를 뽐내는 데 성공했다. 한 사람은 머리를 조금 숙여 발치 너머의 땅을 내려다보며 대단한 사색이라도 하는 표정으로 왼쪽 논들과 경계를 짓는 코스모스 행렬을 따라 걷고, 한 사람은 야산과 논이 끊겼다 이어졌다 하는 오른쪽 길 가장자리에 바짝 붙어서 입을 봉하고 걸었다. 그 모습은, 몹시 싸운 두 사람이 마지못해 같은 방향으로 걸어가는 것처럼 보였다. 하지만 두 사람에게는, 다른 날엔 멀게 느꼈던 길이 이날따라 아쉽도록 가깝기만 했다.

대보름날 밤 이후에 그들은 좀 더 자연스러운 친구 사이가 되었다. 열일곱의 그 봄에, 남희는 이상하게도 승우와 우연히 마주치는 일이 잦았다. 설거지를 마치고 동네 앞 도랑물에 행주 따위를 빨러 나간 저녁, 조금 아래의 다릿목에서 시작된 휘파람 소리와 함께 승우가 천천히 다가왔다. 승우는 전혀 뜻밖이라는 듯 '어, 이게 누구야?'라고 천연스레 놀라는 시늉을 하고는 볼일이라도 있는 양 서둘러 지나갔고, 들길을 가자면 큰 나무 아래나 수풀 근처에 모습을 드러내기도 했다. 어쩌면, 남희의 눈에 그의 푸른빛 셔츠와 검은 바지가 유독 선명하게 들어오는지도 몰랐다.

'저 사람은 왜 하필 넓은 지름길을 놔두고 저 길을 걸으며 노래를 부를까?'

개구리 울음소리가 촉촉하게 젖어오는 봄밤에, 그 시간에 도통 지나갈 일이 없을 듯한 집 위쪽 들판의 좁은 샛길을 지나며 한승우는 부드러운 곡조의 노래를 불렀다. 남희는 마루 끝에 엉덩이를 불안정하게 걸치고 앉아서 노래를 들었고, 승우는 다시 또 노래를 부르며 그 길을 지나갔다.

남희는 언제부턴가 알 수 없는 설렘으로 서성거리곤 했다. 그런 남희의 마음을 어루만지고 달콤한 꿈을 주는 건, 아카시아 묘목밭 김매기 하루 품삯과 바꾸어 온 '세계의 명시집'이었다. 사랑해 주시지 않으렵니까, 기다리고 있어요... 즐거운 봄 돌아와서 온갖 꽃 피어날 때 이내 가슴에도 사랑이 싹텄다네... 남희와 순애는 틈만 나면 붙어 앉아서 그런 시들을 외우고 노트에 베끼기도 했다. 그들은 비가 오는 게 좋았다. 비가 오면 들일을 할 수 없으므로, 둘 중 누군가의 방에 나란히 엎드려 시를 베끼고 소설을 읽고 꿈에 잠길 수 있어서였다.

"이눔에 가시나들, 너그가 무신 박사라도 나갈래? 들일 안 하는 이런 날에는 식구들 헌 옷 타진 데라도 꿰매서 살림 배울 생각은 안 하고, 비만 오면 그저 나올 것도 없는 책만 디리다봄서 들앉을 궁리네, 응?"

순애어머니 밤실댁이 혀를 끌끌 차며 보고 있던 책을 홱 낚아채면, 둘은 마주 보고 웃으면서 어머니의 등 뒤에다 혀를 날름 내밀었다. 그리고 장단을 맞춰 합창했다.

"떡이 나오나, 술이 나오나?"

"쌀이 나오나, 콩이 나오나?"

둘이 그렇게 소리 내어 깔깔거리면, 밤실댁은 말뜻을 얼른 헤아리지 못한 채 덩달아 웃으며, 바닥에 책을 떨구어 놓고 방을 나갔다.

남희도 볼 일 없이 마을 앞길을 서성거릴 때가 있었다. 사색에 잠긴 철학자, 시상을 떠올리는 시인이 이렇게 산책했을지 모른다는 공상에 잠겨 걷자면, 마치 그것을 기다리기라도 했던 양, 저만치에 모습을 드러낸 검은 그림자가 머뭇머뭇 천천히, 그렇지만 당연하게도 그녀에게 다가왔다. 굳이 휘파람 소리나 노랫소리가 아니어도, 큰 키에 느릿한 걸음걸이만으로도 승우임을 금방 알 수가 있었다. 남희는 모르는 척, 아주 뜻밖인 척, 다가와서 멈춘 그를 대했다.

"앗, 깜짝이야!"

"난 진작 알아봤는데, 몰랐어?"

"응."

"저 위까지 조금 걸을까?"

그가 굵고 차분한 음성으로 말하며 뚜벅뚜벅 앞서 걸으면, 남희는 조금 뒤에서 따라 걸었다. 냇물을 따라 길게 늘어선 콘크리트 제방 위에, 그들은 별말 없이 나란히 앉아 있곤 했다. 남희는 더러 재잘거리기도 했지만, 승우는 그저 웃으며 들어주거나 앞만 보며 냇물에 돌멩이나 던지기 일쑤였다.

'이 사람은 속이 너무 꽉 차서 과묵한 건가, 아니면 말로 나타낼 만한 게 아예 없어서 그러는 걸까?'

장마 뒤 알맞게 불어난 물속에 일렁이는 노란 달을 바라보면서, 남희는 생각했다. 침묵으로 시간 보내기가 지루하진 않아도 승우의 속마음이 궁금해서, 한 번 시험해 보려는 맹랑한 마음이 일었다. 그녀는 목청을 한껏 가다듬어, 비 오는 날에 일일이 베껴가며 외워둔 시의 한 구절을 천천히 읊었다.

"미라보 다리 아래 양지천은 흐르고, 우리의 사랑도 흐르네..."

'센강'을 양지천으로 바꾸었는데도 승우는 그저 앞만 보고 있었다. 승우의 옆얼굴 표정은 언제나 그렇듯 부드러워 보였다. 끝까지 듣고 난 승우는, '쬐끄만 게...' 하며 낮게 웃었다. 그리고 남희의 이마에 살짝 꿀밤을 먹였다.

"쳇, 겨우 두 살 더 먹고서...."

"오뉴월에는 하룻볕 차이도 큰 거야."

승우는 돌멩이 하나를 냇물에다 힘껏 던졌다. 달은 산산조각이 났다가 가까스로 제 모양을 찾아, 물결 따라 다시 천천히 흔들렸다.

둘은 다시 냇물 속의 달을 향해 돌멩이 한 개씩을 던졌다.

어느 날은 모내기 마친 논둑에 두렁 갈이 콩을 심고 있는데, 건너편 언덕으로부터 귀에 익은 휘파람 소리가 들려왔다. 남희는 모종삽을 든 채 허리를 펴고 서서 둘레둘레 주변을 두리번거렸다.

"여기야! 일 다 된 것 같은데, 이쪽으로 잠깐 건너올래? 보리가 꼭 맞게 익었으니 구워 먹자."

남희는 전보다 빠른 손놀림으로 남은 콩을 마저 심었다. 그리고 논 옆을 흐르는 개울을 건너, 조금 올려다뵈는 둔덕에 자리한 승우네 보리밭둑으로 갔다. 냇가에서 둔덕으로 오르는 짧은 길가에는, 찔레꽃이 뭉게구름처럼 피어있었다.

승우는 뽕잎을 담던 망태를 나뭇가지에 걸쳐놓은 채 밭둑으로 걸어 나왔다.

"일요일도 아닌데 오전부터 들일이네?"

"오늘부터 농번기 휴가다. 어차피 대학에 갈 것도 아닌데, 일찌감치 뽕이나 따야지 뭐."

자조가 섞인 그 말에, 남희는 그가 이곳 아닌 다른 세계를 바라보고 있다는 야릇한 서운함을 느꼈다. 그래도 승우와 함께 있는 시간은 좋았다. 둘은 승우가 모아놓은 조그만 나뭇더미를 사이에 두고 풀밭에 마주 앉았다.

"내 발에 뭐 묻었나?"

"흐흠, 빨간 양말이 눈에 띄어서."

커다란 발에 어울리지 않는 승우의 빨간색 양말을 바라보며 남희가 짓궂게 생글거렸다.

"역시 보는 눈 있네. 이거, 우리 할머니가 장에서 고사리 낸 돈으로 사다 주신 거여. 기쁜 마음으로 학교에 신고 갔더니 훈장님이 공개적으로 극구칭찬을 하더만, 정열의 사나이라고!"

남희가 재미있어 못 견디겠다는 듯 깔깔거렸다. 승우는 지니고 있던 성냥으로 나뭇개비에 불을 붙이고, 센 불길이 다소 가라앉기를 기다렸다가 준비한 보리 이삭을 집어넣었다.

껍질이 검게 탄 풋보리 이삭을 두 손바닥으로 비벼서 후후 불면, 재를 날린 새까만 손바닥에는 녹색의 말랑말랑한 알갱이들이 남는다. 아직도 몽근 잿가루가 묻은 채인 그 알갱이들을 씹으며, 둘은 서로의 까매진 입 가장자리를 보고 또 웃었다. 종달새처럼 통통 튀는 소리로 웃는 남희를, 한승우는 큰 오라버니라도 되는 듯한 미소로 가만히 바라보았다.

"야, 찔레꽃이 한창 만발했구나! 남희는 무슨 꽃 좋아하지?"

"꽃은 다 좋아. 저기 만발한 찔레꽃도 좋고, 돌밭을 덮어버리는 흰싸리

꽃도 좋고, 아카시아꽃이랑, 구절초 꽃도....”

“흰 꽃을 특별히 좋아하는구나. 겨울에 내리는 눈꽃을 더하면 세상이 온통 하얗네.”

“음, 내 마음이 그렇게 하얘서 그래.”

풀잎 한 장을 뜯어 입김으로 후욱 날려 보낸 남희가, 과장된 어조로 대꾸하고 제풀에 웃었다.

“너도 꽃이야.”

“무슨 꽃?”

“비밀이야.”

“말해 봐, 얼른!”

남희는 타다 남은 보릿짚 한 올을 집어 들고 승우의 팔을 때리려 했지만, 부드러운 보릿짚은 그의 팔에서 낭창낭창 휘어졌다.

승우가 학교를 졸업한 뒤부터, 남희는 예전보다 부쩍 거울을 자주 보았다. 하루 중의 어느 때라도 그와 마주칠 가능성이 높아졌다는 사실을 은연중 마음에 둔 때문이었다. 들에 나가면서도 옷매무새를 살피고, 툇마루 바깥기둥에 걸린 작은 거울을 요리조리 들여다보았다. 들판 어디에서 먼 빛으로 눈에 들어와도 반가움에 설레는 사람, 친구들 여럿이 모여 재미있는 놀이를 꾀하고 있어도 단 한 사람 그의 모습이 보이지 않으면 어쩐지 의미 없고 시들한 느낌이 들게 하는 사람.

‘이것을 사랑이라고 부르는 것일까?’

어느 날의 일기장에 남희는 그렇게 적었다.

커다란 황소의 고삐를 쥐고 지게를 짊어진 승우는 제법 일이 몸에 익은 농부처럼 보였다. 그는 어른들의 품앗이 일에도 어울리고, 뜨거운 한낮에는 정자나무 그늘에서 동네 청년들이랑 마주 앉아 장기를 두기도 했다. 하지만 남희의 눈에, 그는 마지못해 그 자리에 낀 사람처럼 배도는 모습이었다. 승우가 늘 다른 세계를 꿈꾸며 이곳으로부터 도망칠 궁리에 사로잡힌 듯해, 남희는 가끔 불안해졌다.

여름날의 이른 아침, 패랭이꽃이 무더기무더기 피어있는 산밑 다락골 들길에서 마주쳤을 때, 남희가 말했다.

"난 이곳이 참 좋아. 만약 내가 이곳을 떠나야 할 일이 생긴다면, 이런 아침 때문에도 많이 망설일 거야."

그것은 진심이었다. 막 해가 솟아오를 찰나, 초원의 여름 아침은 건강한 아름다움이 넘쳤다. 눈부시지 않으면서도 한껏 밝은 빛, 풀잎마다 뽀얗게 송알송알 맺힌 이슬방울, 무성한 수풀 곳곳에 다투어 핀 들꽃들도 남희를 사로잡았다. 그녀가 버리고 떠날 수 없도록 좋아하는 것들은 참 많았다. 봄날의 보리밭 이랑으로 굽이쳐오는 바람과 그 바람에 쓸리는 초록빛 보리잎의 비단결 무늬, 그 비릿한 듯 향기로운 풋내를 들이마시며 잡초를 뽑고, 잡초에 섞인 달래를 골라 모으는 일도 즐거웠다. 검은 낙엽송 숲이 조금씩 연둣빛으로 물들어 가는 오월의 환희, 비 오는 날 낮에 뒷문을 열어놓고 내다보는 뜰의 풍경도 빼놓을 수 없었다. 그곳 뒤꼍에 심어놓은 토란잎 위로 진주처럼 하얗고 동그란 물방울이 끊임없이 맺혔다가 데굴데굴 굴러내리는 모양을 바라보는 일이며, 장마 뒤의 달밤에 친구들과 냇물에서 멱감으며 물장난하는 일도 그랬다. 초록의 들판과 꽃분홍 하늘이 맞닿은 시간에 집으로 돌아가는 소 울음소리도, 남희가 정말 좋아하는 것이었다.

"남희, 너는 시인이구나."

재잘대는 남희를 연민 어린 눈으로 바라보며 승우가 쓸쓸히 말했다.

"네가 말하는 그 모든 것을 나도 좋아해. 이곳 사람들 모두, 그런 것들에서 가난과 고달픔을 위로받으며 사는 거겠지. 하지만 나는 가끔, 아직 젊은 내가 꼭 이런 모습으로 여기에 서 있어야 하는가 싶어져."

"무얼 원하고 있는데?"

남희는 물어보면서도 은근히 겁났다. 그가 꿈을 찾아 내일이라도 어디론가 훌쩍 떠나버릴 것만 같아서였다.

"음, 첫째는 대학이라는 델 가 보고 싶고, 그게 아니라도 해 볼 게 많지."

먼 하늘을 바라보는 승우의 눈이 슬퍼 보여서, 남희는 마음을 고쳐먹었다. 그가 이곳을 떠나서라도 가고 싶은 길을 가면 좋겠다고, 아니, 도울 힘만 있으면 저라도 돕고 싶은 마음이었다.

"자, 우리 그런 얘긴 그만하고, 어서 가서 일 하자."

두 사람은 오래된 소나무 한 그루가 우뚝 서 있는 갈림길에서 헤어졌다.

박만식 씨가 시름에 겨워 말했듯이, 누에고치를 낸 돈은 대부분 경수의 학원비와 하숙비로 들어갔다. 아들은 지금, 대학입시를 준비하는 재수생이었다.

인근 도시의 고등학교 삼 년 동안 학비와 하숙비를 대는 데도 힘겨웠던 박만식 씨인지라, 아무리 아들에 대한 기대와 사랑이 커도 감히 대학에 보낸 엄두는 못 내고 있었다. 그런 아버지에게 취직 대신 대학에 진학한다는 의사를 밝혔을 때, 십중팔구 펄쩍 뛰며 말릴 줄 알았다. 그런데 박만식 씨는 별로 놀라지도 않고 수월하게 승낙했다. 박만식 씨는 차츰 장성해 가는 아들의 입을 통하여, 넓은 세상의 다양하고 흥미롭고 동경할 만한 직업의 종류들을 귀동냥했다. 그가 이제까지 동경해 마지않았던 읍내 관공서의 말단 공무원 자리는, 아들이 꿈꾸는 직업의 우선순위에 들지 못했다. 아들이 입에 담는 몇몇 직업들은, 대학을 나오지 않고 접근하기가 매우 어려울 듯했다. 아버지는 어느덧, 눈높이를 아들에 맞추고 있었다. 아들의 직업에 대해서 삼 년 전에 꾸기 시작했던 꿈이 맥없이 시들해졌다. 집안 형편이 나아진 것은 전혀 없는데도, 대학에 가고 싶으니 도와달라는 경수의 요청이 내심 반갑기도 했다.

경수의 첫 입학시험은 실패로 돌아갔다. 취업을 염두에 두고 있다가 뒤늦게 시작한 입시 공부였던 만치, 실망도 크지는 않았다.

'한 해 재수해서, 아예 서울의 명문대에 도전하겠습니다.'

경수의 그 말이 무겁게 다가왔지만, 아버지는 그저 고개를 끄덕였다. 헤쳐 나갈 앞날의 무게만큼이나, 꿈 또한 성큼 자라 그의 가슴을 채웠다.

누에를 낸 며칠 뒤, 그동안 밀린 빨래와 청소 등으로 들에 나가지 못하고 있던 오전에 집배원이 왔다.

"등기 우편물인데, 집에 없으면 어쩔까 했더니 마침 있었구먼. 도장 갖고 나오소."

낯익은 집배원이 내미는 봉투에 영자의 이름이 씌어 있었다.

'....남희야, 이 돈은 그동안 내가 적금을 들어서 찾은 것이다. 처음으로 만져보는 큰돈이라서 어떻게 써야 할지 고민도 했지만, 역시 엄마한테 보내드리기로 했어. 이 돈을 직접 부쳤다가는 우리 집에 또 뭔 사달이 날 것만 같아서, 일단 너한테 부친다. 우리 엄마한테, 이 돈 없는 셈 치고 꼭 송아지라도 한 마리 사서 매라고 전해 줘. 아버지하고 상의할 것도 없이 우선 송아지부터 사다 매라고 말이여.

잠깐! 야, 너그들 요새 극장에 가끔 가나? 내가 나서서 서둘러대던 그때만큼은 못 다닐 줄 안다만, 아무튼 극장에 가서 영화 보던 일이 제일 생각난다. 그리고 내가 이름 적어 보낸 탤런트들 잊지 말고 잘 봐. 양지말에만 해도 텔레비가 두 대나 되고 초촌리 전체로는 거의 열 대나 된다면서 왜 여태 못 봤단 소리만 하는 거냐? 멋지게 생긴 것도 어딘데 연기조차 진짜 진짜 잘한다.....'

편지를 다 읽은 남희는, 함께 들어 있던 소액환 증서들을 소중하게 건사했다.

영화 좋아하고 쏘다니기 좋아하고, 노래를 불러도 동네가 떠나가라고 목청껏 소리 질러야 직성이 풀리던 영자였다. 밭에서 일을 하다가 더위를 참기 어려우면, 거침없이 웃옷을 벗어 뽕나무 가지에 걸쳐놓고 러닝셔츠 바람이 되어 일을 하던 야생마 같은 소녀였다. 이 돈을 모으기까지 그 얼마나 고향의 들판과 친구들을 그리워했고 얼마나 많은 고생과 외로움을 견뎌내야 했을까.

영자의 아버지 장구팔 씨는 술을 좋아했다. 술에 취한 그가 갈지자로 마을 길을 누비며 뽑는 육자배기 가락을 들어보지 않은 마을 사람은 없을 지경이었다.

　장날 해거름 녘, 저만치 동구 안쪽에 그의 모습이 나타나면 길가에 모여 놀던 아이들은 '아서라아 말어어라 싫걸랑 말어어라아....' 그가 혀 꼬부라진 음성으로 자주 부르던 노래를 흉내 내며 키득거렸다. 그런 버릇보다 장구팔 씨의 삶과 가정을 불안정하게 하는 것은, 화투장을 손에서 놓지 못하는 버릇이었다. 젊어서부터 이제까지, 그의 노름 버릇은 살림을 거덜 낸 건 물론이고 가정불화의 근원이었다.

　며칠 동안 집 근처에도 안 보이던 그가 술에 취해 비치적거리며 '아서라아 말어라아 싫걸랑 말어어라아'를 자학하듯 떠벌이며 나타났다 하면, 으레 노름판에서 큰돈을 잃었을 때였다. 그런 날이면 노루말댁의 울음 섞인 악다구니가 터져 나오고, 뒤이어 무엇인가 부서지고 깨어지는 소리가 들리게 마련이었다.

　잠시 후면, 합창하듯 높낮이가 어우러진 아이들 울음소리와 함께, 산발한 노루말댁의 맨발 차림이 우르르 골목을 거쳐 이웃집 마당으로 들어서는 것이었다.

　벌집이라도 건드려 놓은 듯이 와자하게 울며불며 이웃집으로 가족들이 피신하고 나면, 이번에는 장구팔 씨가 마당으로 들어섰다. 술기운으로 바로 서지 못한 자세로나마, 그는 일단 정중하게 인사부터 차렸다.

　"만식이 안에 있는가? 만식이, 뭐 하는가?"

　"아이고, 어여 들어오씨요."

　한동댁이 시치미를 떼고 반기지만, 그는 가족들이 이곳에 왔을 것을 확신하고 온 터였다.

"아짐씨, 우리 집 가털 어매 여그 왔을 것 맹인디, 조께 불러내 주면 어떠까요?"

"글매 말이요, 여그는 안 왔는디 저 앞 다리 건네 춘식이 집에라도 갔는가 모르겠네요."

한동댁이 나름대로 둘러대는 소리를, 장구팔 씨는 귓전에서 흘려버렸다.

그는 우선 닫힌 부엌문을 열어보고, 윗모퉁이 아랫모퉁이를 기웃기웃 살폈다. 주인보다 먼저 방으로 들어가서는, 일곱 마리 아기 염소를 잡으러 온 늑대처럼 구석구석을 기웃거렸다. 그러다 지치면, 방바닥에 주저앉아 시답잖은 푸념을 늘어놓았다.

"만식이 자네도 알다시피, 어떤 집이고 여자가 잘 들어와야 집구석 꼴이 제대로 되는 거 아닌가 잉. 그란디, 어짜다가 근본 없는 집구석에서 예펜네를 얻어 와서 내가 이 고생 아닌가. 아, 저 하나 예의범절 모르고 본데없는 것은 그렇다 쳐도, 그 밑에서 커나는 아새끼들 꼬라지를 보면 장래가 걱정이네. 참말로 한심시럽당게."

장구팔 씨는 번민에 찬 표정으로 천장을 올려다보며, 그 천장이 날아가라고 한숨을 쉬었다. 그는 물 대접을 내려놓는 한동댁에게 고개를 돌렸다.

"아짐씨한티 말하기는 조께 그렇소만, 하여간에 싸가지 없고 막돼먹은 예펜네요. 서방을 발톱에 때 만치도 안 예기니, 참말이지 넘 부끄러 못 살겄소."

물 한 대접 마시고 담배 한 대 피우는 동안에, 아내 잘못 만나서 어그러진 인생에 대한 넋두리만 흠뻑 늘어놓고 장구팔 씨는 일어났다. 그의 뒷모습이 삽짝 밖으로 사라지기도 전에, 미닫이문 하나 너머의 윗방 구석에 오밀조밀 붙어 섰던 가족들이 안방으로 내려왔다. 노루말댁은 밖을 향해 찢어지라 하얗게 눈을 흘기며, 남편을 비웃었다.

"옘병허고 자빠졌네. 곧 죽어도 지 잘못해서 집구석 망했단 소리는 안 한당게. 낫살이나 먹어서 암껏도 모르는 어린 각시 데리다가 오만 고생시킨 죄는 어따 두고, 본데없네, 교양 없네, 뭔 택도 없는 소리디야?"

열일곱 살에 시집이라고 와 보니, 열 살 위의 남편은 이미 손버릇 굳어진 노름꾼이었다. 철모르던 그녀가 한 번 야무지게 말려볼 틈도 없이, 부모한테서 물려받은 논 아홉 마지기는 순식간에 남의 것이 되어 버렸다. 처음엔 남편이 노름판에서 돈을 잃고 오든 살림을 날리고 오든 뭐가 뭔지도 모르던 그녀가, 조금 철이 들면서부터는 때마다 말려도 보고 방바닥에 퍼질러 앉아 통곡도 해 보았다. 하지만 아무 소용이 없었다.

세월이 지나, 어린 새끼들하고 이대로 굶어 죽을 순 없다고 모진 각오를 하게 되면서부터, 그녀는 억세고 드센 일꾼이 되었다. 가난하나마 혼자서도 생활을 꾸려나갈 수 있을 만큼 드센 여자가 된 지금에 와서는, 우스울지언정 무서운 게 없었다. 당장 눈앞에 들이대는 완력을 피해 쫓겨 다니기는 할망정, 결코 남편에게 지지 않는 그녀였다. 장구팔 씨가 한마디를 하면 열 마디로 맞섰고, 간혹 그가 남편에의 공경심을 아쉬워하는 낌새라도 보일라 치면, 소가 웃겠다는 표정으로 콧방귀를 뀌었다. 장구팔 씨가 술에 취해 늦잠이라도 자고 일어난 아침이면, 아이들만 데리고 먹은 아침상을 아예 흔적도 없이 치워버린 다음 들로 나가버렸다.

장구팔 씨는, 하늘 같은 남편을 그렇게 대우하는 아내의 몰지각함을 슬퍼하고 탄식했다. 혼자서가 아니라, 술김에 마주하는 사람 중 누구 앞에라도 털어놓으며, 오직 여자 복 없어서 어그러진 자신의 인생을 한탄하였다.

그날은 마침 정월 열 나흗날로 작은 보름이었다. 다음날인 정월 대보름 행사처럼 들뜬 축제 분위기는 아니어도, 이날 밤의 행사는 조용하면서도 의미가 깊었다. 부엌에서 시루떡이 익어가는 동안, 노인이나 남정네를 중심으로 한 다른 가족들은 방안에서 종이 심지를 만들었다. 무명실이나 한지로 가족 수만큼의 세 발 달린 심지를 꼬아 접시에 오밀조밀 담고, 들기름을 부었다. 다 쪄진 떡을 시루째 안방의 윗목 돗자리 위에 들여놓으면, 불붙은 들기름 접시를 시루떡 위에 얹어놓고, 한 해의 농사 풍년과 복을 빌었다. 영자네 집에서도 남들처럼 시루떡 행사를 치렀다. 하지만 그 저녁에, 아버지는 자리에 없었다.

낮에 바쁜 볼일이라도 있는 양 읍내로 나갔던 장구팔 씨는, 달이 둥실하게 떠오른 뒤에야 돌아왔다. 거나하게 취한 상태로 애창곡 '아서라 말어라'를 고래고래 뽑으며 들어서는 그를 아내는 눈을 흘기며 사납게 외면했고, 그는 또 불쾌감을 못 참아 시비를 걸었다. 그리고 얼마지 않아, 두 사람 사이에는 거칠고 원색적인 욕설이 난무했다.

그 무렵 영자는, 집 떠날 궁리로 고민이 많았다. 서울에 사는 친척의 집안일 돌봐 줄 사람을 구한다는 읍내 사람이, 몇 다리 거쳐서 노루말댁을 만난 거였다.

영자는 지긋지긋한 가난에서 탈출하고 싶고, 고생하는 엄마도 돕고 싶었다. 하지만 낯선 세상에 대한 두려움이 컸고, 정든 고향을 차마 떠날 용기도 없었다. 확답을 주기로 한 날짜가 내일모레로 다가왔는데도 마음을 못 정하고 있는 터라, 양친의 싸우는 소리는 윗방에 있는 영자의 신경을 전에 없이 날카롭게 했다.

언제나처럼 말다툼은 오래지 않아 행동으로 옮겨졌다. 와장창, 퍽. 깨어지고 부서지는 소음과 날카로운 비명이 동시에 들려왔다. 참견 안 하기로 작심했던 처음과 달리, 영자는 저도 몰래 밖을 내다보았다.

안방 윗목에 놓였던 떡시루가 이미 두 쪽이 나서 마당 가운데에 엎어져 있고, 방금 아버지가 마루에서 집어 던진 요강이 그 위로 날아가 겹치는 순간이었다.

"진짜, 진짜, 내가 이번에 떠나면 다시 안 온다, 이 집구석!"

영자는 눈앞에 보이는 대로 집어 든 다듬잇방망이를 아버지의 발치에 힘껏 동댕이치고는 문밖으로 뛰쳐나갔다. 그 후 영자는 영자대로 편지에서조차 아버지를 시큰둥하게 여겼고, 아버지 장구팔 씨는 또 그 나름대로, 아비한테 감히 방망이를 휘두른 못된 딸년이라고 마음이 잔뜩 옥아 있었다.

영자가 부쳐온 돈을 남희에게서 전해 받은 영자네 집에는, 이틀 뒤에 붉은 중송아지 한 마리가 들어왔다. 영자의 부탁대로 돈을 노루말댁한테만 몰래 전했는데, 그 소식은 장구팔 씨한테도 곧바로 전해졌다. 때마침 별일 없이 집안이 잘 굴러가는 중이었음을 짐작할 만했다.

두 사람은 장날 이른 아침에 화기애애하게 집을 나서더니, 점심 무렵에는 소를 몰고 돌아왔다. 더없이 기분이 좋아진 장구팔 씨는, 막걸리 한

되를 사 들고 박만식 씨를 찾아왔다. 그는 우선, 기분 좋아 보이는 표정과 상반되는 이야기부터 꺼냈다. 제 어미가 배운 게 없고 근본이 없어서 자식조차 아비를 불신하고 우습게 안다는 불평을 습관처럼 늘어놓았다.

딸의 돈과 더불어 소를 사서 매라는 부탁까지 전해 들은 노루말댁은, 기분이 들뜬 김에 남편한테 이 사실을 털어놓았다. 심지어, 영자가 아버지를 못 믿어서 돈을 남희 앞으로 부친 사실까지도 자식의 애교에 공감을 구하는 투로 전했다. 그 말을 들을 때 상했던 장구팔 씨의 기분은 쉽사리 풀리지 않았지만, 소를 사다 맨 기쁨을 덮지는 못한 듯했다. 가족들의 허물을 말하는 중에도, 그의 입은 연신 벙싯거렸다. 그는 박만식 씨의 충심 어린 나무람에도 모처럼 수긍하는 표정이었다.

"아덜이나 안 사람을 나무랠 게 아니라, 이럴 때 스스로 한 번 돌아보게. 멀쩡한 제 부모 두고 넘의 이름 앞에다 돈을 부칠 때는 가도 걱정이 많았을 테지."

박만식 씨는, 영자한테서 간간이 내려오는 푼돈을 헛되이 내다 버리곤 했던 장구팔 씨의 전적을 은근히 들춰가며 충고했다.

"인자 외양간에 소도 매고 했응게, 그 소나 한번 잘 키워보소. 자네 솜씨라면 똑같은 송아지를 갖고도 넘보다 배는 좋은 소를 맨들어 낼 것이네. 큰소 맨들어 새끼 몇 배 낳고, 그러다 보면 영자 시집보낼 적에도 제대로 한몫 할 거 아닌가."

"암, 자네 말이 맞네. 내가 이날 생전에 큰소리 칠 일 하나 못 해 놓은 걸 왜 모르겄는가. 알았네, 내가 시방부터라도 속을 채려야지, 암."

장구팔 씨는 못내 흡족한 표정으로 자리를 떠났다.

그는 유난히 솜씨가 좋았다. 하다못해 가마니 한 장, 망태 하나라도 남보다 빠르면서도 곱게 만들어내는 그였다. 또 모심는 솜씨는 동네 제일이어서, 그의 양옆은 다른 곳보다 넓게 비워 둬야만 못줄을 뗄 적에 남들과 손이 맞았다. 벼를 베고 풀을 베어도 헛짓하듯이 술술 해치웠고, 괭이질 하나를 해도 그랬다. 그럼에도 대부분의 날을 술에 젖어 보내는 데다 주기적으로 그놈의 노름 병이 발작을 일으키는 통에, 타고난 재주도 그의 인생에 별 도움을 주지 못했다.

남희는 흰 바탕에 검정 물방울무늬가 박힌 블라우스와 검정 주름스커트를 입고, 머리는 한쪽 귀밑으로 모아서 가슴에 드리워지도록 묶었다. 거울 앞에서 연분홍 립스틱을 바른 다음, 문틈으로 바깥 동정을 살폈다. 마당 귀퉁이의 거름 자리 앞에는 모깃불이 타고 있고, 그 생풀 연기가 뭉게뭉게 날아와서 흩어지는 가운데에 아버지가 앉아서 새끼를 꼬고 있었다. 담배를 엮을 적에 담배 발 양쪽에 대어 손잡이 겸 묶는 끈 용으로 쓸 새끼였다. 저녁상을 물리고 바로 시작했기 때문에, 팔뚝 길이만큼 짧고도 가는 새끼는 벌써 크게 한 다발이 되어가고 있었다. 남희는 문고리를 잡고 서서, 행여 아버지가 안방에 볼일이라도 있어 들어가실까 하고 기회를 엿보았지만, 도무지 그럴 기미가 보이지 않았다. 어머니는 마루에 함지박을 놓고 앉아서, 낮에 뜯어 둔 콩잎을 졸린 눈으로 개고 있었다.

"그렇게, 저렇게 하먼 참말로 통일이 되는 거요?"

남북 적십자 본회담을 열기로 했다는 라디오뉴스를 들으며, 한동댁이 천진한 어조로 물었다. 6.25 전쟁 말기에 행방불명된 친정 오라버니 때문에, 한동댁은 통일에 관심이 많았다. 어느 날 밤에 아는 친구가 잠깐 보자고 불러내어 허름한 고의적삼 차림으로 따라 나간 오라버니는, 그길로 죽었는지 살았는지 소식이 없었다. 다만, 인민군에게 붙잡혀 가다가 탈출한 이웃 마을 사람으로부터, 그를 언뜻 본 듯하다는 긴가민가 한 소식 한 줄기를 들었을 뿐이었다.

박만식 씨는 한참이나 못 들은 척 새끼만 꼬다가, 무뚝뚝하고 퉁명스럽게 대꾸했다.

"서로 총을 덜이대고 싸운 지도 얼매 안 됐고, 눈만 뜨면 그저 쥑일 눔 살릴 눔 으르렁거려 쌓는 터에 통일이 그리 쉽가니? 설사 남북에 갈려 사는 우리 동포가 맘을 맞춘다 해도, 미국이네 소련이네 큰 나라들 제쳐두고 쉽사리 되는 것이가니?"

한동댁은 아는 것 없이 더 이상 말해봤자 핀잔이나 들을 것 같아, 입을 다물고서 장아찌 담글 콩잎만 개고 있었다.

똑똑, 창문 두드리는 소리와 함께 순애 목소리가 들렸다.

"야, 뭐 해? 늦겠다."

남희는 시계를 한 번 보고는 하는 수 없이 방문을 열었다. 그리고 종종걸음으로 마당을 나섰다. 잘만 하면 아버지 눈에 띄지 않을 수도 있을 것 같았다. 그런 딸의 모습을 흘깃 돌아본 박만식 씨는, 대뜸 마뜩잖은 투로 한동댁에게 물었다.

"자는 어디를 나가는 거여?"

"순애 아니면 정님이한티나 가겠지, 가가 어디를 가겠소."

짐짓 무심한 말투로 대답하는 아내 또한, 박만식 씨는 못마땅했다.

"순애한티 감서 뭔 옷을 저리 빼입어?"

"아이고, 참 내!"

한동댁도 마뜩잖은 눈길을 남편한테 보냈다가 얼른 거두었다. 공연한 걱정일랑 좀 그만하라는 소리가 곧 나오려는 걸 지그시 눌러 참았다. 다시 콩잎 소쿠리로 시선을 옮기며 그녀가 혼잣소리로 중얼거렸다.

"나는 차라리 자가 돌아댕김서 신랑감이라도 하나 찾았으면 좋겠더만. 순애도 신랑감이 정해지는갑더만, 자는 뭔 속인가를 모르겠으니, 원."

박만식 씨가 새끼 꼬던 일손을 멈추고, 기막히다는 표정으로 한동댁을 노려보았다.

"허 참, 딸자석 가진 에미란 사람들이 말들을 저렇게 하니, 세상이 자꾸 말세로 돼 가지. 말세가 안 될 재주가 없어."

"말세가 뭣인가는 몰라도, 나도 속이 타서 그러요. 넘들은 저만한 딸이 있으면 예우살이 시킬 걱정에 정신이 없다는디, 몇십 년이나 델꼬 부리먹을 생각이거니 걱정한질라 못 하게 한가 모르겠네."

박만식 씨가 말없이 침통하게 새끼만 꼬는 걸 보자, 한동댁은 힘을 얻은 듯 덧붙였다.

"글고, 모다 지키보면 착하고 얌전시럽게 컸다고 잘 사는 거 아닙디다. 착하고 얌전시럽게만 큰 아덜은 꼭 고렇게 살아야만 할 데로 시집을 가고, 부모 속 쎅임서 돌아댕기던 아덜은 시집을 꼭 고렇게 활개 치고 살 만한 데로 갑디다."

참고 듣던 박만식 씨가 버럭 언성을 높였다.

"그래서! 다 큰 딸년이 밤마실을 더 안 댕겨서 애가 터진다는 소리여,

뭐여?"

"아이구 참, 왜 저렇게 억지 소리를 한디야? 아닌 게 아니라, 그 나이 되드락 허구헌날 작업복 입고 쎄 빠지게 일만 하는 아를 밤에나 조깨 채려입고 친구도 만내고 하게 냅둬야지,..."

"어흠, 세상이 막 된다고 덩달아서 물들어서는 안 되는 거여. 넘이사 모로 가든 거꾸로 가든, 내 집이라도 바로 가게 해얄 거 아녀!"

한동댁은 이제 입을 다물고, 하던 일에만 열중하고 있었다. 자주 있지도 않은 남편과의 충돌은 그렇게만 하면 피할 수 있다는 것을, 그녀는 오랜 경험으로 알고 있었다. 박만식 씨는 꼬던 새끼 한 가닥을 마무리 짓고, 저고리 섶에서 쌈지를 꺼냈다. 그는 손가락 끝으로 풍년초 가루담배를 집어 종이 위에 올려놓고, 골고루 침을 발라 둥글게 말았다.

하루 종일 논에서 김을 매고 밤에까지 일에 매달려있는 남편에게 공연한 일로 부아를 질렀는가 싶어진 한동댁이, 다독거리듯이 자분자분 말했다.

"한두 살 묵은 어린아도 아니고, 지가 잘 알아 처신할 텡게 걱정 안 해도 될 거요."

두 사람이 다시 도란도란 평화를 찾는 데는, 화제가 아들 경수 쪽으로 옮아간 덕분이었다. 경수 이야기를 할 때 그들은, 가슴 뿌듯한 희망과 더불어 갈등 없는 동지애를 느꼈다.

"중학교 댕길 적에도 굶으면 굶었지 지 손으로 밥 찾아다 먹을 줄 몰랐던 사람이, 객지 생활을 여러 해 하더니 일도 많이 늘었습디다. 방안도 어찌 그리 말끔하게 정리해 놓고 속옷도 지 손으로 잘 빨아 입냐고, 하숙집

쥔 아줌니가 치사를 해 쌌다."

한동댁은 며칠 전에 돈과 간식거리를 준비해 경수한테 다녀온 일 중에서, 어쩌다 빠뜨린 성싶은 소소한 부분을 이삭줍기라도 하듯 찾아냈다.

"에리서부텀 워낙 셍미가 반듯하고 지 몸 간수도 단정히 하던 아라, 가는 어디 내놔도 걱정이 없어."

라디오에서는 구슬픈 유행가 가락이 흘러나오고, 모깃불 연기는 매콤 쌉싸름한 마른 쑥 냄새를 싣고 감청색 하늘로 날아올랐다.

윤호를 만난 건 아랫동네 갈말 입구에서였다. 남희와 순애가 양지말 어귀에서부터 백 미터쯤 되는 그곳까지 내려갔을 때, 마중하듯 올라오는 윤호를 보았다. 달 없이 희끄무레한 별빛 속에서, 그들은 금방 서로를 알아보았다. 그리고 함께 읍내 방향을 보고 걸었다.

'우리, 내일 밤에 영화 보러 가자. 아까 읍내에 갔었는데, 돌아오는 길에 윤호 선배 만났어. 제대했다더라. 내일 밤에 나랑 함께 영화 보러 가고 하길래 그러자고 했어. 괜찮지?'

전날 저녁 무렵, 순애가 냇가에서 말했을 때 남희는 좋았다. 윤호가 고향에 돌아왔다니 반갑고, 모처럼 영화를 볼 생각도 좋았다. 그냥, 하루 종일 덥고 지루한 들일을 하는 중에 한줄기 청량한 바람이 불어온 듯했다. 세 사람은 반갑게 인사를 나누고, 이런저런 고향 이야기며 친구들 소식을 나누며 극장에 도착했다.

극장은 한산했다. 초촌리 골짜기에서는, 사는 형편이 원래 좀 낫다는 몇몇 집, 또는 월남전에 참전했다 돌아오면서 몇 종류 가전제품을 들고 온 집에나 텔레비전이 있었다. 하지만 극장에 가 보면, 읍내를 중심으로 텔레비전 보급률이 급격히 높아지고 있음을 짐작할 수 있었다. 극장 문 앞에 얼씬하지 않던 사람들보다는 극장에 다니던 사람들이 텔레비전도 먼저 장만하기 마련이었으므로, 텔레비전 보급률이 높아지는 데 비례하여 극장 손님은 줄어들어 있었다.

네모난 하얀 건물은 읍내 중심가에서 조금 떨어진 벌판에 있었다. 울 긋불긋 요란한 그림의 포스터가 붙어있는 문 앞에는 큼직한 외등이 달려 있고, 불빛을 보고 근처 논이며 수풀에서 모여든 날벌레들이 외등 둘레를 극성스럽게 맴돌고 있었다. 극장 문 앞만이 외롭게 밝을 뿐 그것을 둘러싸고 있는 벌판은 어둠에 잠겨 있었다. 정면에서만 볼 수 있는 울긋불긋한 그림들, 잡음을 동반하여 귀가 아프도록 요란하게 울리는 노랫소리는, 입장객이 모자라는 만큼이나 쓸쓸함을 더해주었다. 그들은 어두운 극장 안으로 들어가는 대신에, 좁은 마당 끝에 놓인 벤치에 앉아서 영화가 시작되기를 기다리기로 했다.

하나뿐인 극장은 처녀, 총각들의 가장 화려한 데이트 장소이면서, 호기심 가득한 청소년들이 모여드는 곳이었다. 찌그러진 학생모를 삐딱하게 눌러쓰거나 터부룩하게 긴 머리가 뒤통수를 내리덮은 소년 두서넛이, 나팔바지 자락을 펄럭거리며 오락가락하는 게 보였다. 한 소년은 버릇인 듯 연신 이빨 사이로 침을 내갈기며 어설픈 불량기를 흘리고 있었다. 한편에서는 그 또래의 소녀들이 건물 그늘에 몸을 숨기고 모여 서서 누군가 들어주길 바라는 듯 높고 작위적인 목소리들을 내고 있었다.

이윽고 확성기에서 흘러나오던 유행가가 뚝 그치더니, 영화를 시작하겠으니 입장해 주십시오, 하는 안내 방송이 나왔다. 극장 밖의 풍경을 구경하며 간간이 대화를 나누던 세 사람도 안으로 들어갔다.

그들은 나란히 앉아서, 고르지 못한 화면에 눈길을 보냈다. 배우의 얼굴이 두 배 넘도록 길게 늘어진 화면에는, 처음부터 굵은 소나기가 퍼뜻퍼뜻 눈을 어지럽히며 내리꽂히고 있었다. 예나 지금이나 자주 볼 수 있는 현상인지라 짜증을 못 참은 관객석에서는, '그따위로 늘어진 필름일랑 죄다 밀짚모자 공장에나 갖다 주라.'는 야유가 터져 나오기도 했다. 농부들이 쓰는 밀짚모자 챙에 두른 검은 장식 띠가 폐기된 영화 필름으로 보이니, 그런 데나 쓰라는 뜻이었다. 대개는 그럭저럭 무난히 영사기가 돌아가고는 했지만, 유독 상황이 나쁜 날도 있었다. 갑자기 화면이 칠흑 같은 어둠으로 변하며 휘파람 소리와 야유와 손뼉 소리가 들끓고, 가까스로 영화가 시작되었는가 싶으면 또다시 필름이 끊겨버리는 소동이 거듭되었다. 이날도 영화는 서너 차례나 중단되었다. 영화는 그렇게 뭐가 뭔지 엉망이 되고 말았지만, 그것은 이 극장의 관객들에게 익숙한 일이었으므로 길게 화를 내거나 정색하며 항의하는 사람은 없었다. 고작해야 문을 나서며 재미 삼아 야유의 휘파람을 불거나 낮은 소리로 투덜거릴 뿐, 모두가 순한 양처럼 집으로 돌아갔다.

달은 없어도 별빛이 거리를 부유스름하게 비추었다. 양지말에서 읍내 방향에 있는 갈말 도로변에는, 겨울 사료로 쓸 칡넝쿨이 냇둑을 따라 길게 널려 있었다. 그 위에서 돌베개를 하고 잠들어있는 마을 농부들이 있는가 하면, 고등학생쯤 되어 보이는 남자아이들이 서넛씩 뭉쳐서 그 길을 오르내리기도 했다. 둔치의 자갈밭에 모닥불을 피워놓고 기타 반주에 맞춰 노래하는 아이들도 있었다. 그런 풍경들을 뒤로 하고, 남희 일행은 양지말 쪽으로 걸었다. 갈말의 끄트머리쯤에 윤호네 집으로 통하는 샛길이 있었지만, 윤호는 그대로 지나쳐 좀 더 걸었다.

"작년하고 올해는 텃골 논에 수박 농사 안 지은 것 같더만, 그렇지?"

순애가 윤호에게 물었다.

"내가 입대했던 첫해에 아버지 혼자 고생이 많으셨던 모양이여. 이 골짝에서 소비하는 건 극히 일부고, 읍내나 다른 곳에 수시로 실어내야 하는데, 다른 농사랑 함께 하자니 일손이 딸려서 감당이 안 되더래. 잘 봐서 괜찮겠으면 내년부터 해야지."

"그럼, 앞으로도 농사일 할라고?"

농사일 잘 배우던 사람도 군대 갔다 와서는 도시로 나가는 일이 흔한 터라, 순애가 미심쩍어하며 물었다.

"제대 말년이 되면서 고민도 좀 했지만, 역시 이곳에 남기로 했어. 아버지가 연로하셔서 농사지을 사람도 마땅찮고, 뭐랄까, 그냥 이곳이 내 체질에 맞아."

"잘됐네, 인제부터 초촌리의 쓸쓸함이 좀 사라질 것 같아."

윤호가 하하 웃고는, 조금 전 지나쳐왔던 갈림길 옆 구멍가게까지 되짚어 다녀왔다.

"그냥 헤어지기 아쉬우니까, 모처럼 술을 한 잔씩 해 볼까?"

길 아래 냇가 둔치의 자갈밭에 둘러앉아, 라면과자의 조그만 봉지를 뜯으며 윤호가 말했다. 그는 라면과자 한 봉지를 다른 봉지에 쏟아 넣고는, 그 빈 봉지에다 소주를 따랐다.

"이 잔이 아주 간편하고 유용해."

윤호가 웃으며 말했다. 작은 병에 든 소주는 주로 윤호가 마셨지만, 술을 거의 못 마시는 남희와 순애도, 재미 삼아서 거드는 시늉을 했다.

무심히 얼굴 쪽으로 들어 올리는 순애의 손가락에, 양복점 재단사가 끼워준 알반지가 보였다. 윤호는 어느 사이 순애의 약혼 소식을 들은 모양이었다.

"참, 서울로 시집간다지? 떡국은 언제 줄 건가?"

"시집은 무슨. 나 시집 안 가."

"고향에 와서 처음 들은 빅뉴스가 그거였는데, 다른 말 하기 없기."

"맘대로 생각해. 난 그냥, 내 맘을 밝힌 거니까."

"알았어."

윤호는 저고리 주머니에서 하모니카를 꺼내 불기 시작했다. 오랜만에 듣는 윤호의 하모니카 소리였다. 이웃 마을 또래 친구 양순이가 한때 그 소리에 반해서 애를 태운 적도 있었다. 그 아이는 설렘을 감당하지 못하여 아무 데서나 불쑥 입 밖에 쏟아놓곤 하였다.

'윤호 얼굴 중에서는 눈이 젤 잘생긴 것 같아.'

'윤호는 아무한테나 친절하면서 왜 나한테는 냉정해 보일까?'

'나도 지금부터 하모니카를 배울까?'

늘 조금 들뜬 목소리로 윤호에 관련된 이야기만 꺼냄으로써, 보통 이상의 그 관심은 또래 친구들의 입줄에 오르내렸다. 그러다 나중에는 제풀에 지쳐 관심과 설렘은 다른 곳에 쏠리고, 친구들의 쑥덕거림도 사그라들고 말았다.

남희는 윤호의 하모니카 소리를 처음 가까이에서 들었던 여름밤이 기억났다.

　지금은 벼가 자라는 논으로 변했지만, 그해 여름 윤호네 텃골 논에는 둥그런 수박이 데굴데굴 열려 있었다. 영자와 순애와 함께 승우를 따라간 그곳 원두막에서, 윤호는 하모니카를 불고 있었다. 라디오에서 자주 듣는 유행가 곡조였는데, 남폿불이 가물거리는 밤의 원두막에서 흘러나오는 하모니카 소리가 퍽 구슬펐다. 승우가 이름을 불렀지만, 대답 대신 계속 들리던 하모니카 소리는 그들이 원두막에 바짝 다가가서야 비로소 그쳤다.

　새집처럼 덜름하게 올라앉은 원두막에서, 윤호는 천천히 사다리를 타고 내려왔다. 같은 골짜기에 살기 때문에 당연히 낯이 익었고 저 사람이 어느 집안 아들이고 딸이며 학교에서 몇 년 선후배라는 것까지 서로 훤히 알았지만, 말을 나누고 친구가 되기는 그날이 처음이었다.

　그날 이후로, 윤호는 두어 차례 더 친구들을 원두막에 청했다. 달이 밝은 밤, 원두막 지키기를 주로 맡고 있던 아버지를 집으로 들여보낸 윤호는, 때맞춰서 찾아온 친구들 앞에 잘 익은 수박을 쪼개 놓았다. 수박 핑계로 들판 가운데의 원두막에 모여서 웃고 떠들며, 윤호의 하모니카 소리에 맞춰 노래 부르는 일은 즐거웠다. 남희에게는 무엇보다, 승우와 함께라는 사실이 좋았다. 달빛과 이슬과 풀벌레 소리, 그리고 과일 향기 속에서 웃고 노래하며 지낸 다음, 논둑길을 밟으며 돌아오고 있었다. 한창 젊은 벼포기는 하늘 향해 씩씩하게 잎줄기를 뻗어 올리고, 그 잎들이 머금은 밤이슬 한 알 한 알에는 무수한 보석 알갱이를 뿌려놓은 듯 달빛이 스며들

어 빛나고 있었다. 길옆의 논바닥에 누워 따라오는 그림자들은, 금빛 후
광을 두르고 있었다.

"봤어? 저 무지갯빛 이슬들!"

남희는 가던 발길을 멈추고 서서, 뒤따라오던 승우를 돌아보았다.

"달빛 띠를 두른 그림자들이, 성모마리아 초상 같네."

'남자도 성모마리아 같냐?'라고 웃으며, 친구들이 앞질러 갔다.

승우는 논바닥에 누운 제 그림자 대신 남희의 얼굴을 지그시 보았다.
그의 손은 그녀의 어깨 위에 놓여 있었다.

"한 번, 안아보고 싶다."

그가 나직이 속삭였다. 남희는 저만치 앞서가는 친구들부터 보았다. 그
들이 뒤돌아볼까 불현듯 겁나기도 했다. 그녀는 말없이 앞으로 달려가서
친구들 무리에 섞였다.

"아무튼, 올해를 못 넘기고 순애도 서울 사람이 되기 쉽겠네. 그나저나
앞으로는 점점 더 많은 사람들이 도시로 떠나게 될 거야. 젊은 사람들은
거의 다 도시로 가 버리는 시대가 닥치고 있어."

또 한 곡조 연주를 마친 다음, 하모니카를 천천히 주머니에 넣으며 윤
호가 말했다.

"서울이라고 다 좋지는 않은 것 같던데, 뭐. 우리 큰집 오빠네는 삼 년
도 못 돼서 도로 싸 짊어지고 왔잖아. 서울 가서 벌어 먹고 살 수 있게 분
가를 시켜 달라, 못 시켜 준다, 사촌오빠하고 큰엄마하고 그렇게나 싸워
쌓더니."

순애가, 지난봄에 서울에서 돌아와 본가 맞은 편에 새집을 지은 사촌오

빠 내외를 두고 말했다.

"당연히, 그런 경우도 종종 있겠지."

윤호가 눈길을 하늘로 향한 채 말했다. 맑게 갠 짙은 남빛 하늘 한가운데를, 뿌연 은하수가 강물처럼 흐르고 있었다. 세 사람 사이에 잠시 침묵이 흘렀다.

"승우한테서 연락 와?"

이제야 생각났다는 듯이, 윤호가 남희를 돌아보았다.

"아니."

남희가 짧게 대답했다. 잠시 뜸을 들이다가 윤호가 말했다.

"잘 지내더군. 오는 길에 잠깐 만났어."

그는 바닥에 조금 남은 술을 병째 들고 마셨다. 남희는 윤호의 다음 이야기를 내심 기다렸지만, 빈 병을 자갈밭에 내려놓고는 묵묵히 앉아 있던 그가 전혀 다른 이야기를 꺼냈다.

"새마을 운동으로 동네가 참 많이 변했어, 좋아졌던데."

"정말, 우리도 얼마나 일을 많이 했다고."

그들의 이야기는 범국가적으로 진행된 새마을 운동으로 옮아갔다. 초가지붕을 함석이나 슬레이트 지붕으로 바꾸고 농로와 마을 안길을 수레가 다닐 정도로는 거의 다 넓혔으며, 산 중턱에 솟는 물은 호스를 땅속에 묻어 마을의 집집으로 끌어들였다. 그런 일들은 꼭 필요하되 미처 생각을 못 했거나 생각하고도 실현할 엄두를 미처 내지 못하던 것들이어서, 이참에 새마을 운동 덕을 크게 보았다고 마을 사람들은 입을 모았다. 반면에 농촌 실정을 잘 모르는 책상물림들이 계획을 세우고 일방적으로 지시하는 방식이다 보니, 결국 별 소용 없는 일에 강제로 매달리느라 농사일에 큰 지장을 초래하는 예도 적지 않았다.

하여튼, 농번기가 시작되기 전의 이른 봄이면 마을 사람들의 얼굴이며 행동거지를 휩싸고 돌던 께느른하고 무기력한 기운이 언제부턴가 걷힌 듯 보였다. 새벽종이 울렸네, 새 아침이 밝았네, 하고 그야말로 첫새벽부터 마을 하늘을 뒤흔드는 앰프 소리에, 사람들의 성품조차 부산하고도 활발하게 바뀐 것 같았다. 그런데, 눈에 띄는 이익과 연결된 것이 아니면 무작정 하찮게 여기는 쪽으로 사람들의 가치관이 급작스레 바뀌어 간다고 그들은 걱정했다.

"울엄마도, 전에는 채소가 남으면 당연히 동네 사람들하고 갈라 먹을 연구부터 했잖아. 근데 요새는 어떻게든 읍내까지 이고 가서 돈 만들어 올 궁리부터 한다니까. 갑자기 똑똑한 아줌마로 변한 것 같아 낯설기까지 해."

굳이 새마을 운동 때문이라고 할 건 없지만, 순애 말마따나 동네 아낙들이 부쩍 똑똑해진 것은 사실이었다. 남의 집 밭둑이나 마루 끝에 느긋하게 주저앉아서, 상대방의 길고 긴 신세타령을 무한정 들어주는 풍경도 거의 사라졌다. 객지 생활하던 동네 집 자녀가 돌아왔다는 소식에, 지난 고생담을 듣자고 모여들어 세월아 네월아 시간 죽이는 따위의 순박하고 훈훈하고 좀 어리석고 게으르기도 한 풍경들이 급격히 사라지고 있었다.

'봐라! 여태껏 오래오래 참 어리석게도 살았지? 지긋지긋한 가난이 싫거든 지금까지의 모든 생각과 행위를 깨끗이 떨쳐 버리고 실리적인 새사람이 되란 말이야. 너의 게으름과 무기력과 어리석음은 물론이려니와, 네가 오랫동안 별생각 없이 받들고 지켜온 전통이란 것도, 푼수 없는 이웃 사랑도 모두 가난의 원천일 뿐이었어!'

마을 사람들 스스로 깨닫고 변해간다기보다는, 누군가가 끊임없이 부추겨대는 분위기가 없지 않았다. 구체적으로 설득하고 지시하는 사람이 없어도, 마을 사람들의 단순하고 소박한 귀에는 정녕 그렇게 들렸다.

그럼에도 지독한 가난에서 헤어날 길은 마냥 아득하다며, 세 친구는 씁쓸한 기분을 나누었다.

"집 근처까지 바래다 줄게."

"괜찮아, 우린 둘이잖아. 여기가 중간지점이니, 헤어지기 딱 좋네."

윤호는 그 자리에 서 있고, 남희와 순애는 양지말을 향하여 천천히 걸음을 옮겨놓았다.

양지말 사람들

양지말 사람들

한승우는 농사일을 잘하고 있었지만, 다른 세계에 마음을 빼앗긴 듯 멍한 표정은 여전했다. 겨울밤 근동 친구들이 그의 방에 모여서 한담을 나누며 놀고 있을 때, 마을에서 돌아오던 아버지가 취한 목소리로 그를 불러냈다.

"니 성도 못 보낸 고등학교에 너를 보냈을 때는, 이렇게 주저앉으라고 보내지 않았니라. 정신 바짝 채리고 취직 시험공부를 하든가, 그것이 안 되먼 도시로 나가서 직장을 알아봐라. 니 성이사 배운 것이 그뿐이니 어쩔 수가 없다지만, 너꺼정 손바닥 만한 농토에 매달려서야 뭘 바라보겠냐. 나올 것도 없는 농사일 조깨 했다고 밤에는 모여 앉아 놀기나 하니 원, 내 속이 속이 아니다!"

"그려, 아부지 말씀이 옳다. 너는 농사 걱정 말고 딴 일을 해라."

어느새 부자의 틈에 끼어든 어머니가 거들었다. 그녀는, 초보 농사꾼 승우가 농사일을 썩 잘한다고 마을 사람들이 칭찬이라도 하면, 털어내듯이 손을 내젓곤 했다.

"에그, 우선 임시로 그러제, 질내 할 사람이가니. 사람이 원청 착실하 봉게 뭣을 맡겨도 잘하는 것이지, 펭생 해묵을 일이라 잘하는 건 아녀. 조께 있으면 농사일 멘하고 가던 질 찾아갈 사람이구먼."

제 한 몸에 쏟아지는 부모의 대책 없는 기대 때문인지, 스스로의 간절한 염원이 있어서인지, 승우의 눈동자는 종종 먼 허공을 향한 채 초점이 흐려지곤 했다. 금방이라도 어디론가 사라져 버릴 것 같은 승우의 표정이, 남희를 우울하게 했다.

우울한 딸의 마음도 모른 채, 행여 이성 친구들과 어울리다 나쁜 소문에 휩싸이기라도 할세라 감시만 하려 드는 아버지가 남희는 답답하고 딱했다.

남희에게는 방이 없었다. 동생 경수가 중학생이 되면서 아래채의 공부방을 그에게 물려주었는데, 고등학교에 올라가면서 객지로 나가게 되어서야 그 방을 되찾았다. 그래도 방학 때나 경수가 다니러 오는 주말에는 비워주었기 때문에, 온전한 자기의 방이 없는 셈이었다. 그보다는 점잖고 엄한 양반으로 소문난 박만식 씨였기에, 이성의 친구들은 아예 남희네 집에 발을 들여놓아 볼 엄두도 못 냈다. 그래서 간혹 남녀 혼성의 동창생들이라도 올라치면, 가까이에 있는 순애 집으로 안내하는 형편이었다.

윤호와 승우가 순애의 방에 놀러 왔던 밤에, 남희는 그 방의 웬만한 소리는 창문 너머 돌담길까지 다 들린다는 사실을 잊고 있었다. 초저녁에 동네 사랑방에 나간 아버지가 돌아올 시간은 아직 이르다고 내심 믿고 있던 터라, 마음 놓고 재잘대며 깔깔거렸는지도 몰랐다.

그날따라 전에 없이 일찍 사랑에서 돌아오던 박만식 씨는, 남자아이들의 굵은 음성에 섞여 나오는 딸의 웃음소리를 들었다. 그의 귀에 다른 소녀들의 소리는 모조리 지워지고, 남희와 사내아이들의 음성만이 높고 또렷하게 날아와 박혔다. 그는 가슴이 철렁 내려앉았다.

다 큰 딸이 밤으로 솔래솔래 마실 나다니는 것을 마뜩잖게 여기면서도, 급변하는 세상에 조금은 보조를 맞춰주는 게 순리이거니 싶어 눈을 질끈 감아주곤 했었다. 그 정도 아량은 있어야, 라디오 뉴스는 물론 한자투성이 신문도 거뜬히 소화하는 식자 농사꾼으로서 체면이 서는 것이려니, 스스로 다독이던 참이었다.

그런데 정작, 사내아이들의 목소리에 섞인 딸의 웃음소리를 듣고 보니, 자신이 그동안 실수라도 한 것 같았다. 집에 돌아온 그는 아내에게, 당장 딸을 불러오라고 시켰다. 남편의 말이니 어쩔 수 없이 순애의 방문 앞까지 온 한동댁은, 소리 낮추어 딸을 불러냈다.

안방으로 들어간 남희는, 윗목에 무릎을 꿇고 앉았다. 방 안 분위기만으로도 아버지가 화를 내고 있다는 걸 알았으므로, 차마 고개 들어 살필 엄두를 내지 못했다. 아버지는 폭포처럼 꾸지람을 쏟아내었다.

"니가 눈알이 푸르냐, 머리크락이 노리냐! 여그가 어느 나란 줄 알고 밤중에 가시나 머시마들이 한방에 들앉아서 조심성 없이 시시덕거리고 있는 게냐, 내 비록 가진 게 벤벤찮아서 잘 멕이고 잘 입히든 못했다마는, 너그 남매가 나쁜 본 보게는 안 키웠니라. 도대체 어디서 배워먹은 행실이냐!"

지금은 순애의 방이 된 바로 그 방에, 순애의 언니 경애가 걸핏하면 사내아이들을 불러들인다고, 공연히 못마땅해하던 박만식 씨였다. 그때 역시, 마을 사랑방에 다녀오자면 그 방 창문 아래의 돌담길을 지나는 게 병이라면 병이었다. 자신이라면 아무래도 딸자식을 그렇게 키우지 않을 것이라고, 어린 남희를 앞에 두고 자신감을 보이기도 했다. 그 기억이 박만식 씨를 더 화나고 흥분하게 했다.

"이눔에 세상이 암만 수세미 헌틀어 논 것맹이로 뒤죽박죽으로 궁글어 가도, 거그 휩쓸리잖는 사람들도 틀림없이 있는 벱이여. 쓰지 못할 서양 바람이 어짜다 이 골짝꺼정 들어와 퍼진 걸 보면 말세는 말센갑다만, 넘들 뿐만 보고 심지 없이 놀아날 생각을 말거라!"

그런 훈계는 상당히 오랫동안 이어졌다. 어쩌면 별로 길지 않았던 걸, 듣는 사람 느낌이 그랬을 수도 있었다. 더 이상 할 말도 없고 말할 기운도 남지 않게 된 박만식 씨는 끙, 하고 아랫목을 향해 모로 드러누워 버렸다.

남희가 밖으로 나오니, 문간에서 친구들이 조용히 기다리고 있었다. 그녀는 아버지가 저에게 쏟아부었던 말들을 그네들이 들었을 걸 생각하니 너무나 부끄럽고 미안하기도 했다. 그녀는 말없이 골목 밖으로 나섰다. 친구들이 뒤를 따랐다.

달이 없어도, 부유스름하게 약한 빛이 마을을 감싼 밤이었다. 적당히 포근한 가운데 주위의 사물은 오래된 흑백사진 속의 풍경처럼 흐릿하고 아늑했다. 어디선가 새싹 냄새인 듯 비릿하고 달착지근하며 옅은 풋내가 풍겨왔다. 봄이었다.

"꼰대들은 다들 그래. 그게 세대 차이라지?"

다 함께 다릿목에 멈춰 섰을 때, 윤호가 웃으며 말했다. 승우는 남희의 얼굴을 들여다보는 시늉으로, 허리를 조금 숙였다.

"울 줄 알았는데, 안 울었네?"

"울긴, 처음 듣는 말도 아닌데 뭐. 하지만 너무 부끄럽고 미안했어."

"미안하긴."

잠시 후, 윤호가 정색한 어조로 말했다.

"난 어쩐지, 아버님이 좋아졌어. 꼰대들은 할 수 없구나 싶으면서도, 어른답다는 생각 말이지."

그 말에는 아무도 대답하지 않았다.

이튿날, 감자 거름을 내던 박만식 씨는 위쪽 뙈기에서 보리밭을 매고 있는 남희에게로 갔다. 발그레한 뺨을 그대로 드러낸 채 호미질하고 있는 딸을, 그는 애처로운 눈길로 지그시 바라보았다.

"내가 너를 미워서 나무랬겠냐? 다 너 잘 되라고 그런 것이지. 펭소에 내가 너를 크게 믿는 데다 니가 말귀 알아들을 만하니 야단도 치는 것이니라."

부드러운 음성으로 그렇게 말하고는 다시 감자 심을 아래 밭으로 내려갔다.

남희는 호미를 쥔 채 한동안 그대로 앉아 있었다. 아직은 누렇게 마른 풀을 쓰고 있는 밭 주변 묘지 위에, 아지랑이가 어지럽게 피어오르고 있었다. 아버지가 어젯밤에 했던 말씀은 다 옳은 듯했고, 그 말씀들을 일부러 어길 생각은 없었다. 하지만 아지랑이처럼 스멀거리며 마음에 피어오르는 봄기운은, 아버지를 만족시켜 드리기 위해 방구석에만 처박혀 있겠다거나, 이성이라면 친구고 뭐고 그저 멀리만 두자는 따위의 강요된 결심을 비웃고 있었다. 그러기에는 너무 밝고 아름다운 열여덟 나이였다.

딸을 호되게 꾸짖은 박만식 씨에게는, 순애 아버지 오동기 씨에 대한 불만과 경멸의 심사가 있어 왔다. 오 씨의 큰딸 경애가 시집가기 전, 길 쪽으로 창문이 났을뿐더러 박만식 씨네 바깥마당 헛간에서도 빤히 건너다뵈는 그 방에 근동에 사는 딸의 친구들이 가끔 모여 놀았다. 더러는 무리에 섞인 사내아이들 목소리가 박만식 씨 일하는 헛간까지 넘어왔고, 어떤 날은 가림막도 없는 그 집 잿간에다 스스럼없이 오줌을 내갈기는 모습조차 눈에 띄었다.

자주 있는 일은 아니었지만, 박만식 씨로서는 도무지 용납할 수 없는 광경이었다. 만약 자기 집에서 그런 일이 일어났다면, 당장 딸의 방문을 열어젖히고 사내 녀석들을 내쫓는 건 물론이고, 한바탕 난리를 쳐서 딸의 행실을 바로잡아 놓을 터였다. 아니, 내 집에서 그런 일은 절대 일어나지 않을 것이라고, 박만식 씨는 내심 자신하고 있었다. 박만식 씨가 자식을 늦게 두었지만, 오동기 씨와 그는 나이가 비슷했다.

"원, 동네 사람들 나와 노는 사랑방에도 안 나옴서, 그 시간에 집안 단속이라도 좀 할 것이지 뭐 하나라고 그저 내방쳐 두는 겐지, 사람 참!"

박만식 씨는 오동기 씨의 속을 도무지 이해할 수 없었다. 오동기 씨는 좀체 집을 비우지 않는 데다 그 집 마당이 좁아 몸채와 아래채의 거리도 멀지 않건만, 아래채에서 벌어지는 일들을 아는지 모르는지, 전혀 참견하지 않았다. 그러던 차에 동네방네 요란하게 소문이 퍼졌다. 경애가 갈말 어떤 총각하고 붙어 다니더라는 목격담이 여기저기서 들리더니, 처녀 몸으로 임신까지 했다는 소문으로 이어졌다.

가는 곳마다 이어지는 수군거림을 못 견디고 달려와서는 계집애가 집안 망신시켰다며 죽이네, 살리네, 펄펄 뛴 사람은 한동네 사는 오동기 씨의 형이었다. 하지만 부친인 오동기 씨는 그런 형을 뜯어말렸다. 내 자식 내 알아서 할 테니 제발 조용히만 해 달라고, 그는 형한테 사정하며 매달렸다. 기왕에 터진 일인데 떠들어 봤자 득이 될 게 없다는 오동기 씨의 생각이었다.

경애는 큰아버지가 이웃에 구경거리 만들어 준 게 부끄럽고 속상해서, 차라리 죽어버리겠다며 방안에 틀어박혔다. 그녀는 방문을 안으로 걸어 잠그고 몇 날이나 나오지 않았다. 그런 딸의 방에다, 오동기 씨는 춥겠다면서 아침저녁으로 군불을 지펴 주었다. 이웃에 살면서 그 내용을 듣거나 지켜본 박만식 씨는, 뒤집힐 듯이 비위가 상했다.

"허허, 세상에 저런 체통머리 없는 사람 같으니라고! 낫살이나 먹어감서 점점 더하는구먼, 더해!"

박만식 씨는, 젊어서부터 보아온 오동기 씨의 그런 기질을 두고 혀를 찼다. 그는, 체면 따위를 관심 밖에 둔 채 그저 현실과 타협하여 잇속만 차리려 드는 사람이라고 오동기 씨를 비웃었다. 어쨌든 경애 때는 남의 일이기나 했는데, 둘째 딸 순애조차 바로 그 방에다 사내 녀석들을 불러들여 남희마저 물이 드는 판이니, 이번에는 오동기 씨를 경멸하는 것만으로 될 일이 아니었다. 체면 모르는 오 씨가 딸들을 물러터지게 건사하는 통에, 자신도 피해를 보고 있다고 박만식 씨는 생각했다.

심한 꾸지람을 했을지언정, 박만식 씨가 딸을 믿는다는 말은 진심이었다. 행여라도 닥칠지 모를 불상사를 미리 막는 뜻으로 단단히 일러주고 살피는 것일 뿐, 그는 딸의 순결하고 때 묻지 않은 영혼을 믿었다.

그가 생각하는 순결하고 때 묻지 않은 영혼이란 곧, 사내들에 대한 무관심을 뜻했다. 그리하여 남희는 자주 아버지에게 죄송했다. 혼자 있을 때는 물론이고, 부모와 함께 농사일 하는 중에도 승우 생각에 잠길 때가 많았다. 아버지의 자만심까지 곁들인 터무니없는 신뢰 앞에서, 남희는 그저 속으로만 죄송했다.

밭에 나갈 때의 순애는, 갑옷으로 무장한 병사와도 같았다. 헌 바지에 긴소매 웃옷을 입고 양말 장갑을 착용하는 것은 물론, 손목으로부터 팔꿈치 위까지 덮는 긴 토시를 끼었다. 새마을 모자를 쓴 위에 수건을 푹 덮어써서 햇빛을 가리고, 햇빛 차단용 크림을 바르는 일도 빼놓지 않았다. 푹푹 찌는 날씨에 그런 차림새가 도무지 고역으로 여겨지는 남희도, 긴소매 웃에다 모자 장갑 정도는 착실히 챙겨 들고 나갔다.

"나 같으면 그런 물건 챙기니라고 꾸물대느니 밭을 한 고랑 더 매고 말겠다."

짧은 적삼 앞 단추도 채 잠그지 못하고 문간을 나서며, 순애어머니 밤실댁은 볼멘소리를 뱉었다. 적삼 속에 아무것도 입지 않아서, 그녀의 쪼그라든 양쪽 젖이 반반씩 드러났다. 또 다른 나이 든 여자들도, 러닝셔츠도 입지 않은 맨살에 베적삼이나 나일론류의 홑저고리 하나 걸치고 여름을 보냈다. 짙은 갈색이 된 그들의 팔뚝은 가죽처럼 질기고 단단해져 있어, 아무리 센 볕에다 구워도 더 이상 그을리거나 상할 염려가 없을 것만 같았다.

마을 위쪽의 정자나무 거리는 여러 방향의 들판으로 나가는 갈림길이 시작되는 곳으로, 일터를 오가는 마을 사람들이 대개 멈추어 쉬는 곳이었다. 박만식 씨나 오동기 씨들이 이십 대에 이르기 전의 젊은 나이에 만든 숲이라 했다. 또래의 젊은이들이 함께 먼 산에 가서 어린나무들을 캐다 심었다는 것이, 지금은 모두 아름드리 거목이 되어 한낮의 뙤약볕을 가려 주는 큰 숲을 이루고 있었다. 귀목나무가 주를 이루는 그 숲에는 굴밤나무와 오리나무 층층나무 몇 그루도 섞여 있고, 한쪽 가에는 젊은이들이 몇 해 전에 옮겨 심은 단풍나무와 노간주나무 몇 그루도 있었다. 재작년에는 등받이 없는 긴 의자도 몇 군데 놓아둬서, 사람들은 시원한 아침 시간에도 잠깐씩 그곳에 앉아 쉬다가 들로 나가곤 했다.

"야들아, 너그 참 용하다. 나는 적삼 한 장 이것조차 그저 훌렁 벗어 던져 버리면 좋겠구먼, 몸에다 뭘 그렇게 둘둘 감고 댕기냐."

맨살이라곤 얼굴 하나 겨우 내놓은 처녀들 차림새를 두고, 안골댁이 웃으며 말했다.

"아지미, 그냥 냅두씨요. 누구나 저만할 때는 다 전딜만 하당게요."

"그나저나 처녀 때가 좋았어. 들일 끝마치고 집에 가면, 깨끗한 옷 갈아입고 놀러 나가도 눈치 볼 일이 없었지."

"집이는 부모님이 유하신 분들이었구먼. 우리 친정옴마는 맘에 안 들면 머리끄댕이가 안 남아났어."

"우리 부모님도 무서웠어. 그냥, 머리끄댕이를 잡든 몽뎅이 찜질을 하든, 친정 부모라 뒤끝이 없었다는 소리지."

새터댁과 순애 사촌 올케가 주거니 받거니 하며 일어서자, 다른 여자들도 엉덩이를 손으로 털며 일어섰다. 그들은 냇물을 거슬러 올라가다 산모퉁이로 휘어지는 너른 농로를 함께 걸었다. 길섶으로 벋어나간 덩굴을 타고, 메꽃 몇 송이가 산뜻한 분홍색으로 피어있었다. 개울가에 늘어선 포플러 가지에서, 자르랑자르랑 이파리 부딪는 소리가 들렸다. 이제 여름도 얼마 남지 않았으니 조금만 더 더위를 참으며 일하라고 일러주는 듯, 물기 없는 그 소리에서는 때 이른 가을 냄새가 났다. 아닌 게 아니라 오늘 안골댁네 콩밭 두 벌 매기를 하고 나면, 올여름의 품앗이 김매기는 얼추 끝나는 셈이었다.

여자들끼리의 품앗이 일은, 하루 종일 입장단을 맞출 수 있다는 데서 지루함을 잊을뿐더러, 더러는 즐겁기조차 했다. 긴긴 하루를 함께 하다보면 남의 흉보기에서부터 서로의 속마음에 담긴 이야기까지도 거지반 다 나왔고, 이야기가 시들해지면 들판이 울리도록 목청껏 노래를 뽑기도 했다.

순애 사촌 올케는 아까부터, 게으른 남편 흉을 보고 있었다.

"오늘 아침에도, 밥상이 마루 위에 올라앉고서야 일어났어요. 지금쯤 또, 더위 식힌다고 낮잠 자고 있을 텐데 뭐. 안 겪어보고는 아무도 내 속 몰라요."

아무리 바쁜 철이라도 오후의 두세 시간은 낮잠으로 보내야 하는 남편 순섭이 때문에, 부지런하고 욕심 많은 그녀는 늘 속이 탔다. 속이 타기는 시어머니도 마찬가지였다. 그녀가 시집와서 처음 한집에 살던 시절에는, 아들에게 퍼붓는 시어머니의 핀잔과 고함으로 날이 새고 저물었다. 시아버지 성격도 동생인 오동기 씨와 달리 괄괄한 편이어서, 며느리인 그녀는 때때로 밥 먹기도 눈치가 보일 만큼 마음이 불편했다.

그녀는 남편에게 서울로 가자고 졸랐다. 서울에 가면 지긋지긋한 농사일 안 해도 되니까 부모님을 설득해서 방 얻을 돈이나 타 내라고 남편을 조종했다. 시어머니는 미우나 고우나 아들과 함께 살기를 원했으므로, 목돈까지 챙겨주며 아들을 내보낼 수는 없었다. 모자는 한 달을 두고 다투다가, 결국 부모가 자식에게 져서 방 한 칸 얻을 돈을 받아 들고 서울로 살림을 났다.

서울에서도 남편의 게으름은 여전했다. 일한 만큼 돈을 받는 편물 공장에 취직했는데, 한 달이면 일하는 날보다 쉬는 날이 더 많았다. 아내가 나서서 벌었기에 망정이지, 남편의 수입은 입에 풀칠도 할 수 없는 돈이었다. 게다가 아이가 둘이나 되자, 여자가 돈 벌러 나가는 일도 쉽지 않았다. 이런저런 고생을 겪은 끝에, 그녀는 다시 고향으로 돌아가자고 말했다.

아내의 결정에 대체로 수월하게 잘 따르는 남편이었다. 그들은 지난봄 다시 고향으로 돌아와서, 터를 닦아 새집을 짓고 다시 시작했다.

"소 돼지라면 장에 가서 개비해 올 수나 있지!"

그 말에 모두 소리 내어 웃는데, 순애만은 웃지 않았다. 핏줄이 당기다 보니, 듣기에 거북한 듯했다.

남희의 육촌 올케 용산댁은 시어머니 흉을 보았다. 시어머니 친구인 안골댁이 있고 친척인 남희가 있어도, 이런 자리에서는 개의치 않았다.

남희가 어려서부터 겪어온 인정 많은 당숙모와, 며느리인 용산댁의 시집살이 경험담에 등장하는 당숙모는 달랐다. 신혼 때 아들과 한방에 자는 며느리를 중간에 자기 방으로 불러서 곁에 자도록 했다거나, 쓸모도 없는 헌 누더기를 밤새워 깁도록 했다거나, 기껏 차려다 바친 음식을 맛보고는 짜네, 싱겁네, 생트집 잡더라고, 용산댁이 안골댁에게 고했다.

"그 시어매는 그만해서 다행인 줄 아소. 옛날 우리 시어매는, 메느리 자는 방문에 덕석을 쳤느라."

안골댁이, 며느리 맞잡이인 용산댁을 달랬다. 열네 살에 시집온 안골댁은, 일할 줄을 몰랐던 탓에 시어머니 구박을 많이 받았다. 시집온 지 일 년 안에 물동이를 두 개나 깼는가 하면, 부엌의 시렁에 얹힌 상을 내리다 팔을 부러뜨리기도 했다. 키가 작고 시렁은 높아 손이 닿지 않던 터에, 마침 살강 밑에 따다 놓은 늙은 호박 몇 덩이가 눈에 띄었다. 그 호박을 놓고 올라서다 둥근 호박이 뒤뚱하고 구르는 바람에, 팔도 부러지고 얼굴도 찢기고 무엇보다 시어머니가 아끼던 밥상을 망가뜨렸다. 그래 저래 밉상인 터에, 아침이면 시어머니보다 늦게 일어나는 실수를 종종 범했다. 그런 날이면, 홀시어머니는 쌓인 한을 어린 며느리한테 풀었다. 때리고 꼬집고 머리채를 잡는가 하면, 돼지 주려고 받아 놓은 구정물을 흠뻑 둘러 씌우기도 했다.

매운 시집살이 덕분에 안골댁은 빠르게 어른이 되어갔다. 그녀가 열일고여덟 살이 넘으면서부터는, 시어머니 못지않게 일도 잘했고 아침에 늦잠도 자지 않게 되었다. 시어머니는 여전히 사사건건 트집을 잡았지만, 며느리가 여간해서 실수를 안 하니 맥없는 생트집일 뿐이었다. 어느 날 안골댁이 잠에서 깨니 아직 깜깜한 밤중이었다. 좀 더 자고 다시 깨었을 때도 마찬가지였다. 전에 없이 밤이 긴 듯하여 방문을 열어보니, 동산에 해가 덜름하니 솟아 있었다.

안골댁의 방문 앞에는 헌 멍석 한 장이 드리워져 있었다. 멍석을 방문 앞에 치고 고정하느라, 집안의 바지랑대며 작대기, 사다리까지 한곳에 모여 있었다. 그 무거운 멍석을 혼자 들어 옮기느라 얼마나 힘을 썼겠느냐고, 안골댁은 세상 떠난 지 이미 오래인 시어머니를 안쓰러워했다.

내리꽂히는 뙤약볕과 삶을 듯 후끈거리는 지열과 삭신이 아픈 노동을, 웃음과 노래와 이야기로 견디는 가운데 하루가 기울고 있었다. 오후 새참으로 삶은 감자를 먹었는데, 곁들여 먹은 술지게미 한 사발에 새터댁이 취했다. 안골댁이 영감 생일이라고 밀주를 한 항아리 담갔다가, 술을 살짝만 짜낸 지게미에 사카린을 타서 들고 왔다. 그게 맛있다고 한 사발 치우더니, 금방 얼굴이 붉어지면서 이윽고 질금질금 눈물 바람이었다.

"아무도 내 맘 몰라. 서방은 속이 밴댕이 소갈딱지요, 시엄니는 술고래여. 술을 그냥 잘 먹기만 한담사 누가 뭐라 하가니. 취했다 하먼 마당 가운데고 골목 바닥이고 가릴 것 없이 네 활개를 벌리고 눕는 양반 아녀? 이런 집구석에서 뭐 할라고 아는 넷씩이나 낳아서 내가 이 고생인지 모른당게, 흐흑."

그녀는 뽕잎으로 싸서 쥔 뜨거운 감자가 다 식도록 신세타령이었다. 안골댁이 집에서 미리 손질해서 작은 양은솥에 담아 갖고 왔던 감자를, 새때에 맞춰 삶아낸 것이었다.

"새터댁아, 인자 그만해라. 재미나게 일 잘하라고 맘먹고 술지게미 그걸 가져 왔다만, 내가 잘못했는갑다."

안골댁이 함지박에 담긴 열무김치 종지를 대접으로 덮으며 혀를 찼다.

"아지미도 내 속은 모를 거요. 동네에서 나 주뎅이 싸서 집구석 분란 일으킨다고 숭들 본답서요? 폭폭한 내 속을 누가 알았어요?"

"아이고, 누가 자네를 숭 본다야? 덕구 할매가 술 좋아해서 자네 애쓴다고 할마시들도 다들 그래 쌓더구먼. 없는 집에 시집와서 고생도 많이 한 자네를 누가 이러쿵저러쿵 나무래겄는가? 인자 그만하고 시방부터 재미난 소리나 해 봐!"

다른 여자들은 각자 제 설움을 되씹는지 아무 말이 없었다. 건너편 수풀 속에서 쏙독새 우는 소리가 들렸다. 아래쪽으로 개울물이 흐르는 비탈진 수풀 어디쯤에서, 맑고 날카로우면서도 톡톡 끊기는 소리로 쏙.독.쏙.독. 그렇게 울었다. 여자들은 다시 밭고랑을 앞에 두고 옆으로 늘어앉았다. 호미질을 시작하며, 누군가가 노래를 시작하자, 새터댁을 포함한 두세 사람이 소리를 합쳤다.

책 몇 권과 노트며 최근에 받은 편지들이며 바느질 그릇 따위의, 짐이랄 것도 없는 짐을 몸채로 옮겨오는 남희를, 박만식 씨는 무심히 한 번 보았다. 원래 큰방 윗방 두 칸이었던 것을 누에치기 좋게 하려고 벽을 헐어 하나로 터놓은 안방이었다. 누에 철이 아닐 적에는 벽이 있었던 방 한가운데에 큼직한 커튼이 드리워져 있는데, 그것의 첫 번째 목적은 가려진 윗방을 남희의 잠자리로 쓰는 것이었다. 지금 그녀는 제 자리를 찾아오는 셈이었다.

중학생이 된 경수한테 방을 물려준 이후, 경수가 방을 비워 두고 외지로 떠날 때까지 남희는 줄곧 커튼 뒤의 윗방에서 지냈다. 그래서인지 양친과 한방이나 다름없는 공간에서 잠을 잔다는 것이 크게 불편한 줄을 몰랐다. 어쨌든 경수가 잠시라도 집에 오면, 남희는 얼른 그의 공부방을 비워 주었고, 모두 그것을 당연하게 받아들였다. 한해에 두 번인 방학은 물론, 예고 없이 불쑥 와서 하룻밤 자고 떠나는 토요일이라도 그랬다.

입시 공부한다고 잠을 제대로 못 자서인지, 경수의 얼굴은 꺼칠하니 축나 있었다. 그 모습을 직접 가서 보고 왔던 한동댁은, 경수가 오면 약 넣은 닭이라도 한 마리 고아 먹이자고 벼르고 있었다. 그런저런 일로 며칠 머물다 가기로 한 경수를 위해, 남희는 잠시 몸채로 자리를 옮겼다.

혼자만의 방이란 여러모로 좋았다. 저녁 설거지를 마치고 들어가 누워, 햇볕에 그을고 거칠어진 얼굴에다 얇게 저민 오이 조각을 붙인다. 머리맡에 틀어놓은 라디오에서는 귀에 익은 진행자의 잔잔한 음성으로 편지와 음악이 흘러나오고, 감은 눈 속에서는 원하는 대로 아름다운 세계가 펼쳐졌다. 밤늦도록 책을 읽고, 비밀스러운 일기를 쓰다가 그대로 펼쳐둔 채 잠들어도 훔쳐볼 사람이 없었다. 그러나 남희에게 주어진 그것들은 이 집에서 경수의 공부방이 가진 의미로 볼 때 사소하기 그지없었다.

두어 달 만에 돌아오는 집이건만, 경수는 식사 시간에만 가족들 앞에 나와 앉았다. 그나마 별말 없이 수저질만 하고는, 곧바로 건너갔다.

"농사꾼들은 모다 논 사고 밭 사서 보태는 걸 제일로 치지만, 내 그런 것 벨라 안 부럽다. 너 하나 공부해서 성공하믄, 그걸로 만족이고 말고."

경수의 얼굴에 막막하고 부담스러운 빛이 역력한데도, 박만식 씨는 눈치채지 못한 듯 다음 말을 잇기 예사였다. 그의 애정과 기대는 사뭇 넘쳐

났다.

"우리 온 식구가 합심하면 설마하니 니 뒤 하나 못 대주겠냐. 니가 그리 노력을 하니 재미나서라도, 뼈가 부서질지언정 해 볼란다."

밥그릇을 절반가량 비운 채 이미 수저질을 그치고 있던 경수는, 가만히 일어나서 마루로 나갔다. 취직하지 않고 공부를 계속할 바에야 어차피 부모의 도움이 필요했고, 고달픈 아버지에게 짐을 지워 드리자면 그가 내보이는 부푼 희망에 마음대로 이견을 말하거나 나무랄 수는 없었다.

"취직하지 않고 대학에 가기로 한 것도 죄송한 터에 한 해 재수까지 할 수밖에 없는 건, 제가 원하는 대학에 가려면 아주 우수한 시험 성적을 받아야 해서입니다. 대학에 가서 법 공부를 하고 싶습니다. 고달프시겠지만, 아버지께서 도와주세요."

아들의 말은 곧, 박만식 씨의 인생 목표가 되었다. 아버지의 믿음에 찬 기대는 경수의 마음을 무겁게 짓누르고는 했다. 뼈가 부서져도 좋다는 아버지의 각오를 대하면, 눈물겨우면서도 불현듯 무서워졌다. 공부에 열중하다가도 그는 더러 괴로운 죄책감을 느꼈고, 어떤 경우에도 이 길에서 벗어날 수가 없을 듯한 속박을 느꼈다.

남희가 초등학교에 들어가던 해에 경수는 다섯 살이었다. 학교에 다님으로써 다른 세상을 만난 남희는, 집에 와서도 학교에서 배우고 익힌 것들을 되짚어 익히기에 열심이었다. 학교에서 배운 노래, 학교에서 배운 춤, 그리고 학교에서 익힌 문자를 경수에게 자랑하며 가르치기도 했다.

"허허, 가정교사를 하나 잘 뒀구나. 갈치는 놈도 신통하다만, 저 어린 것이 글자를 따라 쓰다니, 여간 아니다."

남희가 숙제하는 곁에서 글자 쓰기 흉내를 내는 경수를 보고, 박만식 씨의 입가에는 흐뭇한 미소가 감돌았다. 하지만 그는, 경수가 계집아이 같은 몸짓으로 춤추는 것을 달갑게 여기지 않았다. 나비야 나비야 이리 날아 오너라... 무릎을 굽혔다 폈다, 손바닥을 나풀거리는 동작을 한동안 바라보던 그는 아들을 불렀다. 그런 춤은 여자들한테 어울리겠다, 너는 사내들한테 맞는 걸로 해라, 박만식 씨는 다섯 살 된 아들에게 그리 일렀다. 그렇다고 이유를 설명하거나 정확하게 무엇은 하고 무엇은 하지 말라고 정해주지는 않았지만, 이후로 경수는 어떤 기준에 의해서였는지 여자 노래 몇 곡과 남자 노래 몇 곡을 스스로 구분해 놓았다. 가령 '나비야 나비야'라든가 '반짝반짝 작은 별'같은 노래는 여자 노래이니 부르기를 꺼리고, '애국가'와 응원가, 6.25 전쟁을 치르면서 일반에게도 널리 보급된 군가 따위는 남자 노래라고 믿었다. 처음 듣는 노래나 배울락 말락 관심 가는 노래가 생겼을 때, 경수는 누나에게 물었다.

　'이건 남자 노래여, 여자 노래여?'

　'으응, 남자 노래여.'

　경수는 그제야 안심한 표정이 되어, 마루를 쿵쾅거리며 노래를 불렀다. 어떤 날은 부모들이 일하는 밭 가에서 남희와 둘이 노래하며 노는 중에, 남희가 선택하여 부르기 시작한 노래를 여자 노래라고 판단한 경수가, 입을 꼭 다물고서 남희가 노래를 마칠 때까지 기다리기도 했다. 박만식 씨는 근면 검소하며 정결하고 순종적인 여성으로 자라서 좋은 집안의 좋은 며느리가 되어줄 딸과, 씩씩한 기상에다 무겁고 믿음직한 성품, 그리고 재능까지 출중하여 장차 가문의 위상을 높여줄 아들을 희망했다.

경수는 이따금, 남자 노래만 골라 부르던 어린 날의 강박관념이 열아홉 살이 된 오늘까지의 자신을 지배해 온 게 아닐까 싶었다. 그는 놀이 중인 여자아이들의 고무줄을 끊는다거나 공깃돌을 차서 흩어놓고 도망치는 따위의 심술궂은 장난 한번 안 하는 반듯한 어린이였다. 중고등학교 시절에도 그랬다. 비속어를 남발하며 싸움패에 휩쓸려 다닌다거나, 여학생들의 꽁무니를 짓궂게 따라다닌다거나, 일시적이나마 술 담배 배우기를 시도한다거나, 어른들 눈에 거슬릴 경박한 차림새로 거리에 나가보는 따위의, 대개 친구들이 한 번쯤은 시도해 보았을 법한 재미와 즐거움으로부터 항상 멀리 있었다. 그런 세계는 자유롭고 즐거워 보였으며 다가서고 싶은 호기심과 욕구 또한 없지는 않았지만, 그의 몸가짐과 말씨는 어느 사이에, 평범한 또래들이 흉내 내기 쉽지 않은 모범생의 그것이 되어 있고는 했다. 집에서의 그는, 아무리 배가 고플지라도 부엌에 달려 들어가서 먹을 것을 급히 찾는 등의 서두름이 없도록 길들어 있었다.

"아이고 야야, 밥을 제우 고것 먹어서 어짤라고 그냐. 조깨 더 먹어라이."

"됐습니다. 다 먹었어요."

이미 신을 꿰고 마당으로 내려선 아들의 등 뒤에 대고, 한동댁은 보채듯이 거듭 권했다.

"아이, 그라면 물을 말아서 한번 먹어 보면 어쩌까? 입맛 없을 때는 그렇게라도 해야지, 뭔 기운으로 책을 디다본다냐."

경수는 대답 없이 아래채로 건너가고, 박만식 씨 내외는 아들의 건강을 걱정하느라고 정작 자신들의 식사에는 소홀해져 버렸다.

"아무렇든지, 자가 꿈이 아조 크당게. 그런 걸 미처 몰라보고, 고등학교 졸업하고 적당한 취직자리나 알아보라고 했던 내가 어뒤도 한참 어뒀지."

박만식 씨는, 이날까지 드러나게 말썽 한 번을 안 피우고 모범생 소리만 들으며 자라준 데다 가슴에는 대망을 품고 있는 아들이 참으로 대견스러웠다. 그는 아들이 들어간 아랫방 문을 흐뭇한 눈길로 건너다보았다. 당당하고 확고한 그의 권위에는 어울리지 않도록, 아들이 와 있을 때의 그는 조심성이 많았다. 나뭇짐이나 꼴짐도 소리 나지 않게 조심해서 부렸고, 기침 소리나 삭신이 쑤셔서 앓는 소리마저도 아래채에 들리지 않게 하려고 애를 썼다. 그 좋아하는 라디오마저도 방안에서나 맘 놓고 들을까, 행여라도 밖에서 들을 일이 있으면 들릴락 말락 볼륨을 낮췄다. 모든 것이 경수의 공부를 돕기 위함이었다.

사람 키를 넘어서는 담배포기가 내뿜는 열기와 독한 냄새에 숨이 턱턱 막히고 현기증이 일었다. 커다란 담배 잎사귀는 옆 이랑에서 벋어온 잎들과 마주 닿아, 그나마 새어 들어오던 시원찮은 바람마저 차단해 버렸다.

남희는 찜통 같은 더위 속에 갇혀 있었다. 끈적끈적한 생담배 진은, 얼굴에고 손에고 조청처럼 엉겨 붙었다. 건너편 숲속에서는 매미가 요란스레 울어댔다. 숲속의 매미가 한곳에 다 모인 듯이 한꺼번에 귀청을 흔들어대던 그놈들은, 어느 순간에 일제히 뚝 그쳤다가 고요한 한순간이 지난 다음이면 왜앵, 하고 다시 울기를 반복했다. 이마를 타고 비 오듯 흘러내리는 땀으로 시야가 흐릿해졌지만, 끈질기게도 담배 따는 동작만은 이어가고 있었다.

밭 옆 둑에서 한동댁의 목소리가 남희를 불렀다. 점심 식사 후의 뜨거운 한낮을 틈타서, 밀린 집안일을 처리하고 나오는 중이었다.

"더운디 조깨 나와서 쉬었다 해라이."

남희가 한 아름 벅차게 잎담배를 안고서 밭고랑을 헤쳐나오니, 밭둑의 뽕나무 그늘에는 박만식 씨 내외가 이미 마주 앉아 있었다. 가운데에 펼쳐진 다우다 보자기 위에는 둥근 댕댕이 소쿠리가 놓여 있고, 한동댁이 싸리나무 가지로 젓가락을 다듬는 중이었다.

"에쓰, 무던히 덥다. 일기 예보는 없었지마는, 이리 찌는 걸로 봐서는 영락없이 쏘내기 한줄기 할랑갑다."

뽕나무에 등을 기대고 비스듬히 앉은 박만식 씨의 이마에서 비 오듯 땀이 흘러내리고 있었다. 벗어든 밀짚모자로 얼굴과 앞가슴을 번갈아 부치고 있지만, 땀은 좀체 걷히지 않았다. 물 주전자와 나란히 놓인 댕댕이 소쿠리 안에는, 잘 부푼 밀가루빵이 담겨 있었다.

"니가 반죽해 논 걸 이렇게 한번 해 봤다. 찜통에 찌자니 일 바쁜 터에 오래 기다려야 되겄고, 그래서 솥 바닥에 지름을 두르고 일궜니라."

남희는 담뱃진으로 새까맣게 된 실장갑을 벗고, 밭 아래 골짜기에 내려서서 냇물에 손을 씻었다. 물에 씻고 돌에 문질러도, 흑갈색의 생담배 진은 쉽사리 지지 않고 진득거렸다.

경수가 집에 와 있을 때면 남희는 밀가루를 반죽해서 빵을 찌거나 감자튀김 같은 걸 만들어 줌으로써 누이로서의 애정을 표시했다. 오늘 오전에도 동생을 염두에 두고 빵 반죽을 해 놓았는데, 어머니한테 뒷일을 미루고 밭으로 나온 터였다. 갑작스레 비라도 올라치면 따다 남은 잎담배에 피해가 크기 때문에, 오늘 안으로 나머지를 마저 따내야 한다고 아버지가 서두른 데 따른 거였다.

"세상 참 좋아졌지. 박정희 대통령이 정치를 잘한다고 나디오에서 그래 쌓더니만, 누가 굶어서 부황 들었다는 소문은 그래도 인제 안 들린당게."

한동댁은 칡뿌리 찾아 산을 헤매고 둥굴레랑 무릇으로 죽 쑤어 끼니 때우던 시절을 떠올린 모양이었다.

"흔한 게 쑥이라지만, 하도 뜯어쌓게 동네 근방에 쑥이 없었어. 그거 한 소쿠리씩 캐자고 동네 여자들이 나래비를 서서 재를 넘었지. 재 너메라고 밸 수 있가니? 웃동네 아랫동네 여자들이 또랑가에 벌떼맹이 앵겼는디 쑥이 어떻게 남아나? 그러던 것이, 저리도 사방 천지에 쑥이구먼."

한동댁은 맞은편 비탈에 우거진 쑥 덤불을 눈으로 가리켰다. 대통령이 정치를 잘해서 굶는 사람이 없어진 거 아니냐는 아내의 말에, 박만식 씨는 딸을 바라보며 웃었다. 그런 이야기라면 아내보다 딸하고 나누어야 제격인 줄로 그는 알고 있었다.

"너그 어머니는 나디오에서 나오는 말하고 부녀회장이 하는 말이라면, 콩을 팥이래도 그런 줄로 알 것이다, 허허."

십여 년 전, 박정희 장군의 군사정부가 들어서면서 실시했던 농어촌 고리채 정리 사업의 덕을 직접 보았던 박만식 씨였다. 그는 절망적인 상황에 놓인 옛친구를 도우려고 읍내 고리대금업자한테서 상당한 금액의 사채를 얻었다. 그 친구는 일본 땅에 광산 노무자로 모집되어 갔을 때 동향이라는 이유로 가까이 지냈는데, 해방 후 십수 년이 지난 어느 날 느닷없이 그를 찾아왔다. 동향이라지만 면이 달라서, 일본에서 처음으로 얼굴을 익힌 친구였다.

두 사람은 한동댁이 마련한 밥상과 술상을 마주하고 앉아서, 밤이 깊도록 쌓인 이야기를 나누었다. 전쟁까지 겪는 동안 목숨 부지하기도 벅찼던 박만식 씨와 달리, 그는 나름대로 포부를 펼치려 애쓴 듯했다. 논밭을 정리해서 쌀가게를 냈다가 한 번 망하고, 두 번째로 낸 고무신 가게마저 남아있던 밑천을 송두리째 날리고 문을 닫게 된 사정을 털어 놓았다. 이제 경험을 제대로 얻었으니 새로 시작하는 장사에는 실패하지 않을 자신이 있는데, 문제는 밑천이 없는 것이라고 했다. 장사 밑천은 고사하고 당장은 끼니 이어 나가기도 난감한 처지라, 차라리 죽을 생각을 하루에도 열두 번씩 한다고 고개를 떨구었다.

박만식 씨는, 북해도의 살을 에는 추위 속에서 함께 고생했던 옛정을 되새겼다. 남의 나라 땅, 모진 고생과 차별 속에서도 안 죽고 살아 돌아온 그들이었다. 그것만도 어딘데, 친구의 절박한 하소연 앞에서 몸을 사릴 수는 없는 노릇이었다. 내가 가진 것이 없으니, 빚이라도 얻어서 돕기로 했다. 박만식 씨가 친구에게 얻어 준 빚은, 원금도 원금이려니와 한 달에 붙는 이자가 원금의 8부였다.

그러나 얼마지 않아, 친구는 박만식 씨의 눈물겨운 믿음을 저버린 채 야반도주했고, 박만식 씨는 친구가 던져놓고 간 절망을 고스란히 떠안게 되었다.

농사라고 지어 봤자 식구들 입에 풀칠하기도 바빠서, 빚은 하루가 다르게 눈덩이처럼 불어만 갔다. 그때 그를 살려준 것이, 새로 들어선 정부가

실시한 고리채 정리 사업이었다. 배운 것 넉넉지 않고 세상 소식에 어두운 벽촌 농부치고는 드물게, 박만식 씨는 군인이 정권을 찬탈했다는 사실에 분노하고 비판하는 편이었다. 그러나 빚구덩이에서 겨우 숨을 쉬게 된 그는, 그 이후에 있어 온 정부의 경제 정책에 대하여 막연하긴 해도 대충 긍정적으로 생각하게 되었다. 그런데, 장기 집권 계획의 여러 조짐을 보게 되면서부터 그의 마음은 돌아서기 시작했다.

"백성들만 잘살게 해 준담사 누가 정권을 잡은들 어쩔라더냐 했더니, 억지로 뺏어서 올라앉은 놈들이라 하는 수 없구먼."

경상도 출신인 현직 대통령 박정희 씨와 전라도 출신인 야당 대표 김대중 씨의 다툼이었던 지난 대통령 선거 이후로, 라디오에서도 신문에서도 과장되게 떠드는 두 지역 간의 배타적인 감정이며 관계에 대해서도, 박만식 씨는 매우 분개했다.

"일본 광산에 가서 고생할 때도, 경상도 사람이 어떻고 전라도 사람이 어떻다는 생각은 벨라 없었어. 그렇게 모다 동포라고 위로하고 도와감서 지냈고, 6.25 때 남해 국민병에 소집돼서 오갈 적에도 경상도 민가에서 먹고 자기를 여러 날 해 봤다만, 말씨가 다르다는 것 말고는 서로 나쁠 게 없었니라. 경상도 보리 문뎅이에 전라도 개땅쇠라는 별칭도 서로 그냥 웃음서 놀리먹어 보는 것이지, 우리끼리 속으로 뭔 감정은 없었어. 수악한 놈들. 아무리 그 자리가 내놓기 아까운 자리라지만, 요상하고 귀꿈시런 머리를 다 짜내 갖고 백성들을 이간질하고 선동해서, 그나마 반 동가리 난 나라를 또 쪼개놓고 지랄을 하니..."

그는 라디오를 듣는 중에나, 날짜 지나서 우편으로 겨우 도착한 신문을 펼쳐 볼 때마다 '쥐일 놈들' '수악한 놈들'이라는 혼잣말을 곧잘 내뱉었다.

"저런 헛소리가 멕혀 들기는 더러 멕혀 들어가서 저러는가? 누구한테나 다 멕혀 들어갈 줄 알고 하는 소리라먼, 국민을 숫제 모지래는 팔푼이들로 아는 놈들이지. 정치한다는 놈들도 그렇지만, 방송에 나와서 속 딜이다 뵈게 간사한 소리 지껄이는 걸로 벌어 먹고사는 자석들도 참 딱하지. 저렇게 사느니, 농사꾼이 정직하고 깨끗한 직업이지."

정직하고 깨끗한 직업으로부터 아들을 탈출시키고자 몸부림치는 현실은 모순이었지만, 양쪽 모두 그의 진심인 것만은 틀림이 없었다.

한동댁은 말없이 밀떡을 떼어 먹고 있었지만, 부녀간에 빙긋거리는 게 속상했는지 한참 만에 나지막하게 반박했다.

"아이가 참, 누가 나디오만 듣고 그러가니? 모다 밀지울 개떡도 없어 못 먹던 시절이 엊그제 맹인디, 이 동네 어떤 집이라도 끼니 거른다는 소문이 나 본 지는 제법 됐응게, 그냥저냥 좋아졌단 소리지."

박만식 씨는 이미 따 놓은 담배 다발을 밭둑으로 들어내고, 모녀는 담뱃잎 따는 일을 계속하려고 각자 골을 잡아서 밭으로 들어섰다. 세 사람이 커다란 담배 포기에 가려져서 서로를 볼 수가 없는 속에서, 또다시 찌는 듯한 무더위와의 싸움이 시작됐다. 한순간 무섭도록 조용한 듯싶더니, 애앵, 하는 한 마리의 선창에 뒤이어서 매미들의 울음소리가 귀가 아프도록 요란하게 들렸다.

본래 거친 잡목숲 한가운데에 들어앉은 작은 떼기밭에 불과했던 이곳은, 남희와 경수가 초등학교에 다닐 적에 이처럼 큰 밭이 되었다.

그 봄, 박만식 씨 내외는 밭 둘레의 버려진 하천부지를 일구느라고 산 그늘에 잔설이 반 이상 남았을 때부터 이곳에서 살았다. 멋대로 뻗어나간 아카시아와 찔레 덩굴이며 칡덩굴을 베어내다 보면, 손이고 얼굴이고 상처투성이가 되었다. 농사일이 시작되고는 한 사람은 다른 들판에 일을 가고 한 사람만 개간 일을 할 때도 종종 있었다. 어느 날은 가시덤불을 태우고자 놓았던 불이, 불어오는 바람을 타고 정신 못 차리게 번져가는 바람에, 한동댁의 혼이 나갈뻔한 적도 있었다. 그날 박만식 씨는 다른 들에 일을 하러 갔는데, 온몸을 마른 풀밭 위에 굴려가며 가까스로 불길을 잡고 난 한동댁의 검정 칠 범벅의 얼굴은, 눈만 빠꼼하게 남아있었다. '봄 불은 여시 불이라더니 참말이여...' 새말 김 씨네 종중산 아래 까맣게 타 버린 잔디에 주저앉아서, 한동댁은 넋 나간 듯 중얼거렸다.

학교에서 돌아온 남매는, 어머니가 챙겨주는 새참을 들고서 혼자 일하고 있는 아버지를 찾아가기도 했다. 경수는 막걸리가 반 되쯤 담긴 주전자를 들고, 남희는 감자떡이나, 쑥버무리나, 어느 땐 밀기울 개떡이 든 보따리를 들고 갔는데, 짐을 들지 않은 나머지 손 하나씩을 서로 꼬옥 잡고서 좁은 오솔길에 닿을 때까지 걸어갔다. 아버지가 나눠주는 새참을 얻어먹고 난 남매는, 작은 손으로 나무뿌리를 가려내 삼태기에 담기도 하고, 무거운 돌을 힘써 들어다 밭둑에 쌓기도 했다. 한 뼘 한 뼘씩 넓어진 밭에서 몇 됫박이라도 양이 불어난 곡식을 거두면, 그만큼이나마 부자가 될 수 있다고 믿었다. 그 단순한 믿음은, 어리고 순진한 남매의 것만은 아니었다. 많은 수의 마을 어른들 역시, 그것 말고는 스스로 가난에서 벗어나는 방법을 알지 못했다.

박만식 씨는 남매를 곁에 앉혀놓은 채 담배를 피우면서, 흐뭇하고 느긋한 표정으로 중얼거렸다.

"우리 경수가 이 밭을 부칠 때쯤에는 열매 귀한 줄 모르라고, 밤나무랑 호두나무를 여러 그루씩 심거 놨다만, 시방 맘 같아서는 밭을 부칠 게 아니라 월급쟁이가 됐으면 좋겄다."

동네 총각 홍기나 순식이가 열다섯 살 무렵부터 쟁기질 써레질을 시작했으니, 손자 경수도 머지않아 상일꾼으로 성장하게 된다고 손가락을 꼽으면서, 모친은 흐뭇해했었다. 박만식 씨 역시 모친과 같은 이유로 흐뭇해했다. 경수가 초등학교에 들어가던 해에 박만식 씨의 사촌 형인 박만기 영감이 지게를 선물해 왔다. 지게 맞추는 솜씨가 있었던 그는 더러 깊은 산속에 들어가, 느릅나무 지겟가지를 떠 왔다. 그렇게 틈틈이 만든 지게는 동네 사람들이 사 가기도 하고, 남으면 읍내 장으로 내다 팔았다. 어른 지게야 말할 것도 없지만, 아주 어린 아이들의 지게도 만들기만 하면 금세 팔려나갔다. 경수 몸에 꼭 맞을 듯 앙증맞은 새 지게를 들고 온 사촌 형은, 선물을 받는 쪽보다 더 좋아하며 말했다.

"허허, 우리 작은어머니 아들 손자 늦다고 애간장 태우시더니, 그 단에 동상도 아들 덕을 보게 됐구마잉. 등허리에 지게 지이기 시작하면, 그때부텀 아들 덕 보는 것이여, 허허허."

학교를 쉬는 날이면, 경수는 그 지게를 지고 아버지를 따라 나무를 하러 갔다. 더러는 동네의 크고 작은 사내애들끼리 떼를 지어 산에 가서는, 큰 아이들이 적당히 꾸려 준 삭정이 다발이나 풀 단을 짊어지고 돌아왔다. 어린 등에 지고 오는 짐이라야 보잘 게 없었지만, 아들이 무럭무럭 자라고 있다는 사실이 박만식 씨 내외를 흐뭇하게 했다.

"우리 경수가 복뎅이여. 만약에 경수 대신에 또 가시내가 나왔어 봐라, 너그 아부지 옴마가 뭔 재미로 살겄냐? 딸은 자석이 아니냐고? 자석은 자석이지만, 쓸모없는 자석이지."

모처럼 친정에 온 고모들은 당연한 투로도 부족해서 유쾌하게 깔깔거리며 주고받았다.

"꼬치 달고 나온 것만도 고맙고 기특한디, 이쁜 것이 공부꺼정 잘 한답서? 참말로, 너그 아부지 기운이 절로 나겄다."

경수가 공부를 잘한다고 알려지면서, 박만식 씨는 경수에게 쟁기 꼭지 물려줄 포부와 계획을 슬그머니 거둬들였다. 그는 경수를 상급학교까지 보내기로 마음을 다졌다.

건너편 언덕에 있는 건조장에다 담배 한 짐을 부려놓고 온 박만식 씨는, 빈 지게를 아무렇게나 벗어놓고 밭둑에 털썩 주저앉았다.

"휴, 이눔의 거!"

그의 입에서는 고달픈 신음이 저절로 튀어나오고, 젖은 러닝셔츠가 찰싹 들러붙은 등은, 검붉게 탄 살빛이 그대로 드러났다.

"인제 더우가 조깨 수그러들 때도 됐구먼, 어째 여전히 이리 뜨겁다냐."

한동댁도 담배 다발을 내려놓고 허리를 펴면서 혼잣말을 토해냈다. 남편을 건너다보는 그녀의 눈길에는 안쓰러운 빛이 가득했다. 해는 서편 하늘의 중간까지 기울었는데도, 좀체 서늘해질 기미를 보이지 않고 찜솥처럼 쪄댔다.

"아래뜸 순돌이 아재는 사흘을 꼬박 담배밭에서 살았더니 담배 지랄이 무섭게 났답디다. 어지럽고 게역질이 나서 어저께는 들에도 못 나가고 누워 있다고 하더만, 오늘은 조깨 어떤가 모르겄네."

"저런, 담배 지랄 그거 아조 고약한디, 욕보는구먼, 그나저나 자석만은 이 고상을 멘하고 살아야 할 것인디..."

농사가 고달픈 줄이야 애초부터 알고 시작했으나, 누구한테 아부할 것 없고 욕심으로 괴로워할 것 없는 게 농사꾼이라는 믿음으로 박만식 씨는 살아왔다. 하지만 경수한테 이 고달픔과 가난을 물려주고 싶지는 않았다. 그는, 자신과 딴판일 경수의 미래를 그려보는 데서 크게 위안을 얻었다.

남희가 좀 쉬기 위해 밭이랑을 타고 나왔을 때, 건너편의 숲길에 경수의 흰 셔츠가 나타났다. 짙은 초록색 수풀 사이로 걸어오는 하얀 셔츠는, 젊음과 청결함을 한결 돋보이게 했다. 그것은, 어딜 가나 땀과 흙먼지에 찌든 작업복만이 눈에 익은 이 계절의 들판에서 조금 낯설기도 했다. 개울을 건너 밭둑으로 올라서는 아들을 보고, 한동댁이 반색했다.

"아이고, 여그꺼정 어쩐 일이여?"

"그냥, 바람도 좀 쐴 겸 나왔어요."

"아믄, 바람도 쐬어감서나 해야지."

박만식 씨는 땀으로 얼룩진 구릿빛 얼굴에 환한 웃음을 지으며 아들을 보았다. 한동댁은 뽕나무 가지에 걸린 빈 보자기를 내리더니, 네 귀를 맞춰 몇 차례 접어서는 풀밭에 놓았다.

"아나, 이것 깔고 앉거라 잉."

경수가 말없이 보자기 위에 앉았다. 남희는 그 옆의 풀밭에, 밀떡이 두어 개 남은 소쿠리를 들고 앉았다.

"이거 하나 먹어."

"아니, 아까 집에서 먹었어."

"그래도 이런 곳에서 먹는 맛은 다르다."

"그럼, 한 개만 먹을까?"

언제부턴가 남희는, 동생 경수가 좀 어렵게 느껴지기 시작했다. 매사에 반듯하고 규칙적이며 꼭 필요한 말만 하는 그에게, 슬그머니 주눅이 들 때도 있었다. 경수는 개울 건너편의 풀숲이며 층계 논들을 바라보고 있었다. 곁에 있는 가족들과는 다른 인종이라도 되는 양, 그의 다소 수척한 얼굴과 목덜미며 양팔은 뽀얗고 깨끗했다. 중학생인 경수의 코밑에 수염이 나기 시작했을 때, 남희는 짐짓 얼굴을 찡그리며 징그럽다, 야, 그렇게 놀리고 웃음을 참지 못했다. 지금 경수의 코밑은 깔끔한 면도 자국으로 파르스름했고, 하얀 손등에는 거뭇거뭇하고 기름한 털 몇 올이 송송 나 있었다.

양친이 다시 밭이랑에 들어선 뒤에도, 남매는 한동안 밭둑의 그늘진 곳에 나란히 앉아 있었다. 풀숲에는 주홍빛 말나리꽃이 드문드문 피어 초록의 칙칙함을 달래주고, 칡넝쿨은 생명의 전성기를 뽐내듯이 무엇이나 척척 감고 기어 올라가, 멋대로 휘덮으며 늘어져 있었다.

"힘들지?"

남희가 손윗사람한테 하듯이 조심스레 물었다.

"하숙 밥은 먹을만해?"

"그냥, 주는 대로 먹는 거지 뭐."

경수가 싱겁게 웃었다.

남희가 일어나서 밭골로 들어서자, 경수도 따라 일어났다.

"나도 좀 해 볼까?"

어정쩡한 자세로 밭고랑에 한 발을 들이미는 아들을 보고, 박만식 씨 내외는 질겁했다.

"에구, 옷만 베리겠구먼, 어설프게 그러지 말고 인제 여여 가 봐."

"너 아니래도 우리가 다 할 수 있응게, 아무 걱정 마라. 너는 니 할 일 열심히 하면 되는 거여."

경수는 미안한 듯 불편한 듯 담뱃잎 서너 장을 따 보더니, 진액으로 끈 적이는 양손을 옷자락에 닿지 않도록 벌리며 엉거주춤 멈추었다. 그는 손 끝에 겨우 쥐고 있던 담뱃잎을 누이에게 건네주고 잠시 서 있다가, 천천 히 밭둑을 내려섰다.

담배 건조장은 마을 앞산에 자리 잡고 있었다. 산이라기보다는 다소 높 고 평평한 버덩으로, 마을 쪽으로 기울어진 느슨한 비탈에는 아름드리 활 엽수와 풀들이 우거졌다.

그 비탈을 타고 비뚤어진 가르마처럼 황토 오솔길이 나 있는데, 길을 따 라 오르면 널따란 평지가 기다리고 있었다. 질경이나 토끼풀 같은 번식력 강한 잡풀이 반이나 섞여 있는 잔디밭이 그곳의 제일 너른 면적을 차지하 고, 키 작은 잡목 수풀과 이따금 동네 아이들의 축구 시합이 벌어지는 운 동장도 있었다. 운동장에는 아무런 시설도 없었지만, 아이들은 돌로 골문 표시를 해두고 잘도 시합을 해냈으며, 봄에는 치마저고리 차려입은 아낙네들이 잔디밭에 터를 잡고 화전놀이도 했다. 가로로 굽이치는 모양의 층계 논들이 큰 산 방향으로 점점 높아지면서 펼쳐져 있어, 여름방학을 맞은 아이들은 논길을 타고 큰 산 방향으로 곤충채집을 떠나기도 했다.

남희는 마을을 벗어나기 바쁘게, 보자기에 싸 들고 가던 라디오를 틀었다. 라디오를 한 자리에 놓고 실컷 들으며 일할 수 있다는 것이, 담배 엮는 일이 재미있는 이유 중의 하나였다. 이 일도 오래 하다 보면 등줄기가 뻐근하고 팔이 아팠지만, 밭에서 잎을 따내는 일에 비하면 차라리 휴식에 가까웠다.

이윽고 비뚤어진 가르마 같은 비탈길을 지나 평지에 이르렀다. 두벌 따기를 할 때까지만 해도 비탈에는 도라지꽃과 나리꽃이 한창이더니, 계절이 차츰 바뀌고 있었다. 여름꽃이 아직 피어있기는 해도, 슬그머니 제빛을 잃어가는 중이었다.

평지에 올라서자 멀리 맑은 아침 공기에 둘러싸인 들판이 보이고, 그녀가 하루를 보내야 할 담배 건조장이 눈앞의 잔디밭 위에 서 있었다. 통나무로 뼈대를 세운 위에 억새 이엉을 덮은 까대기 바닥에는, 어제 딴 잎담배들이 그녀의 손길을 기다리고 있었다. 건조장 바닥의 절반 가까이나 차도록 빽빽하게 세워 둔 담배 다발은, 잘 익은 누런 빛을 하고 있었다.

남희는 라디오를 그늘진 가장자리에 소중히 내려놓았다. 그리고 한쪽 구석에 짚으로 엮은 깔개와 자를 꺼내왔다. T자의 기다란 막대기는, 담배 발을 팽팽하게 앞으로 밀어내는 역할과 길이를 재는 역할을 함께 했다. 남희는, 이 평평하고 넓으며 마을과 가까이에 있는 버덩을 경작지로 쓰지 않고, 담배 건조장 두어 채가 서 있는 휴식 공간으로 남겨둔 마을 사람들의 마음 씀이 불현듯 좋아졌다.

건조장 조금 아래쪽에는 가지가 옆으로 길고 튼튼하게 벋어있는 왕소나무가 있었다. 해마다 단오가 되면, 그곳에는 밤사이에 동네 청년들이 꼬아 만든 그네가 걸렸다. 치맛자락 휘날리며 그네를 타던 소녀들, 무릎 밑에서 동강 끊긴 치마의 한복을 입고서, 모처럼 대하는 카메라 앞에서 수줍게 웃던 조금 나이 든 처녀들, 그렇게 모두가 이 자리의 추억을 간직한 채 어른이 되어 어디론가 떠나갔다. 남희나 그 친구들에게도 제각기 잊지 못할 추억 하나쯤은 왕소나무에 얽혀 있었다.

남희는 짚으로 짠 앉을개를 지붕 그늘에 놓고 앉았다. 그런 다음, 무릎 밑에 놓인 물 축인 짚단에서 짚을 뽑아내어 담배를 엮기 시작했다. 라디오에서는 벌써 가을 노래가 흘러나오고 있었다. 하긴 논둑 어귀에는 보랏빛 쑥부쟁이 꽃이 피었고, 나무 사이로 멀찍이 내려다뵈는 마을의 함석지붕 위에는, 올된 고추가 빨갛게 널리기 시작했다.

"아따, 그늘에서 신선놀음하네, 이."

남희가 돌아보니, 다리 건너 점복이가 빈 바지게를 지고 남희한테서 몇 발짝 떨어진 잔디 위에 서 있었다. 남희는 일손을 멈추지 않은 채, 동네 사람들끼리 으레 주고받는 인사법으로 대꾸했다.

"오늘은 무슨 일 해?"

"끝물 담배 따러 가는 중이여. 만날 뭣이 이리 바쁜지 모르겄어. 논에 피도 뽑아 줘야겄고, 멸구 약도 쳐 줘야 되겄고...."

입으로는 바쁘다는 말을 반복하면서도, 점복은 빈 지게를 벗어 까대기 기둥에 기대놓고 풀밭에 주저앉았다. 주저앉으면서, 그는 한숨부터 길게 내쉬었다. 그의 이마에는 검붉은 피딱지가 길쭉하게 앉아 있고, 손등에도 넓적하게 보랏빛 멍 자국이 보였다. 정념 아버지 이달수 씨가 휘두르는 바지랑대에 맞은 상처였다. 정념이네 마당과 삽짝 어간을 넘나들며 요란하게 벌어진 소동이었던지라, 근처에서 구경한 사람뿐 아니라 이웃 동네 사람들조차 알 만큼 소문이 퍼진 터였다.

"정념이 떠날 때 만났어?"

"아니."

그는 검정 고무신 신은 발꿈치로 공연히 풀밭을 짓이겼다.

"만나자고 애쓰지도 않았어. 행복 찾아서 간다는 사람을 만나 봐야 방해만 될 텐디, 뭐."

"정념이도 얼마나 속상했겠어? 좀 있으면 소식이 오겠지."

"소식 올 것 같지도 않지만, 온다 해도 인제는 싫어질 것 같은 내 심사여."

점복은 냉정하게 말했지만, 말과는 반대되는 표정을 숨기지 않았다. 어쨌든 그는 정념에게 서운한 것이 많았다.

"지가 언제부터 아부지 말이라먼 꼼짝 못하는 효녀였는지 몰라도, 바지랑대 뽑아 들기 바쁘게 항복을 해 버리데. '아부지 잘못했어요, 아부지 말씀대로 서울로 가께요. 다신 안 만날 텡게 용서해 주세요' 함서 두 손 싹싹 비비는 꼴이 불쌍하기도 하고, 같잖기도 하더구먼."

점복이 짓이겨진 풀 위에 침을 칵 뱉었다.

"나도 대충 포기했어. 서울 가면 돈 많은 머시마들이 줄 서 있다는디, 돈 좋아하는 집 딸을 내가 감히 넘봐서는 안 되지."

점복은 다시 빈 지게를 지고, 산 쪽을 향해 난 오르막길로 멀어졌다.

어두운 새벽에 우물가에 나갔다가 점복의 방에서 나오는 정님을 본 아낙네가 있다는 둥, 아래채에 놓인 고무신을 점복 어머니의 고무신인 줄 알고 문을 발칵 열었다가 민망한 장면을 목격한 노파가 있다는 둥, 두 사람의 관계가 마을에 소문난 것은 지난 초봄부터였다. 그런 두 사람의 관계를 정님의 부모가 기를 쓰고 갈라놓은 이유는, 별 볼 일 없어 보이는 점복의 미래였다.

"이눔 가시나야, 소도 언덕이 있어야 비빌 수 있다는 말이 맥없이 생긴 줄 아냐? 비빌 언덕 없는 놈, 제깟 게 착실해 봤자 벨 수 없지."

이달수 씨는 점복을 사위로 맞아들일 생각이 없었다. 기왕에 소문도 요란하게 났으니 좋게 해결하라고 말하는 이도 있었지만 듣지 않았다.

"공부 많이 했다는 저그 성들은 부쳐 먹던 땅떼기조차 팔아 가는 판인디, 꾹 수그리고 지게질만 하는 놈한티 시집가서 뭔 고생을 할라고 그라?"

사는 형편이 다소 나은 집도 딸들의 상급학교 진학은 아예 막아버리기 예사였지만, 아들들은 웬만한 형편만 돼도 중학교야 보냈었다. 점복이 중학교마저 못 간 것은, 두 형을 한꺼번에 도시로 유학 보낸 그 무렵에 살림이 부쩍 어려워져서였다. 점복은 학교에 가서 공부하는 대신에, 바로 위의 누이와 함께 아버지의 농사일을 도왔다. 두 형이 학교를 졸업하고 취직해서 각각 가정을 꾸미게 되기까지, 그들을 뒷받침해 주어야 했다. 그리고 이제는 늙고 병들어 노동력도 상실한 부모를 그가 모시고, 도맡아서 농사를 짓고 있었다.

"성들이 학교만 졸업해 봐라, 너 고생한 걸 배로 갚아 줄 게다. 암, 니 성들이 잘되는 게 바로 니가 잘되는 것이고말고."

나이 어렸을 적에 아버지 따라 일하다가 짜증이라도 내면, 아버지는 그런 말로 점복을 달랬다. 점복도 그 말을 믿었기에, 억울하다거나 속상하다는 식으로는 한 번도 생각하지 않았다. 대학을 졸업하고 도시에서 직업을 가지고 가정을 이루어 살아가는 형들은, 점복의 눈으로 아득히 올려다뵈는 훌륭한 모습이었다. 하지만 어쩌다 집안 행사라도 있어 가족들이 한자리에 앉으면, 두 형수는 흡사 경쟁이라도 하듯이 쪼들리는 살림 타령이었다. 남편들이 이따금 입에 담는 노부모와 동생들의 희생 이야기가, 그녀들의 귀에는 거북하고 부담스러웠다. 점복은, 멀끔한 차림새로 아주 드물게 나타나서는 마냥 쪼들리는 시늉인 그네들을 이해하기 어려운 채로, 부모들이 묶어 내놓는 쌀이며 양념 따위를 묵묵히 운반해 주고는 했다.

정님 아버지 이달수 씨는 여러 남매의 자녀 모두를 중학교에도 안 보낸 자신의 처사를 합리화하려는 듯, 자식들을 높은 학교에 보내는 어리석음에 대해 떠벌이기를 잘했다. 그가 표본으로 삼아서 자식 고등교육 시킨 역효과를 여실히 드러내 보이는 예가 바로 점복이네 집이었다.

"흥! 제우 그 정도 될 걸 갖고, 영감이 만날 자랑 삼고 떠들었당가? 대학 나오면 넘들이 하루 세 그릇 먹는 밥을 네 그릇씩 먹길 해, 하룻밤에 방을 두 칸씩 차지하고 잠을 자? 내가 가만히 봉게 자랑할 건덕지가 하나도 없더만. 그저 일 년에 두어 번씩 고향이라고 내리와 봤자, 동네 사람들한테 술대접 한번 안 하고 살짝 올라가 번지는디 누가 알아준디야? 쎄빠지게 일해서 대학교 보낸 게 그 정도라면, 내 자석들은 누가 공짜로 보내준대도 대학 안 보냈을 것이구먼. 암, 그래서 내가 안 보냈던 거여."

이달수 씨의 눈에 점복은 그 집의 머슴이며, 싹수없는 형들의 종에 불과했다. 딸이 하필이면 그 점복이랑 좋아지낸다는 소리를 듣기 바쁘게, 그는 막내아들을 시켜서 점복을 집으로 불러들였다.

점복은 정님과 결혼할 생각이었다. 차마 용기를 못 내서 어물거리다가 엉뚱한 모양새로 일이 터지긴 했지만, 때마침 정님의 부모에게 결혼 승낙 받아낼 궁리를 하고 있던 참이었다. 이전에도 정님에게 그 문제를 의논한 적이 있었는데, 그녀는 시큰둥한 낯으로 콧방귀를 뀌고 말았다. 하지만 점복은 별로 마음 쓰지 않았다. 걸핏하면 쐐기처럼 톡톡 쏘는 성미를 가진 정님인지라, 그저 그래보는 것이려니 했다. 아닌 게 아니라, 정님은 곧 화사한 웃음을 자아내며 무슨 이야긴가를 재잘거렸고, 특별한 약속이 없는 밤에도 살그머니 그의 방에 찾아들어 품에 안겼다. 품에 안겼을 때의 정님은 앙칼스럽지도 변덕스럽지도 않았다. 그녀에게서는 늘, 사람 맘을 홀리게 하는 이상한 향내가 났다. 점복은 그런 정님이 마냥 예쁘고 좋았다.

점복은 이달수 씨에게 권할 소주 한 병과 돼지고기를 들고 정님의 집으로 갔다. 씨근덕거리며 마루 끝에 앉아 있던 이달수 씨는, 삽짝에 들어서는 점복을 발견하기 무섭게 마당으로 뛰어 내려갔다. 그는 손에 잡히는 대로 빨랫줄의 바지랑대를 뽑아 들고는, 어깨고 다리고 가릴 것 없이 닥치는 대로 점복의 몸을 후려쳤다. 소주병은 박살이 나서 거름 자리 주변에 흩어지고, 점복의 이마와 팔뚝에는 피가 솟아나 흘렀다. 이미 각오했던 것처럼 고스란히 맞고 있는 점복의 모습이 싱거워진 듯, 이번에는 부엌문에 찰싹 붙어 서 있는 정님에게로 바지랑대가 옮겨갔다. 정님이 맞는 꼴을 차마 볼 수 없었지만, 점복은 말리려 들지 않았다. 선부르게 움직여서 이달수 씨의 기분을 상하게 했다가는, 일이 영 틀어질 것만 같아서였다. 기왕에 터진 일, 차라리 정님이 몇 대 맞더라도 이 기회에 결혼 승낙을 얻어내려니 하는 기대감도 있었다. 그런데 매가 채 몸에 닿기도 전에 정님이 소리쳤다.

"아부지이, 참말로 잘못했어요. 다시는 안 만나고, 아부지 말씀대로 서울 갈 텡게, 한 번만 용서해 줘요!"

자기와 만나는 게 무슨 큰 잘못인 양 싹싹 비는 정님을 보자, 점복은 자존심이 상하고 울화가 치밀었다. 아무리 매가 무서워 엉겁결에 하는 짓이라 쳐도, 양손을 마주 비비며 애걸하는 꼬락서니에 순간적인 배신감을 느꼈다.

싹싹 비는 딸을 차마 때릴 수 없어, 이달수 씨는 바지랑대를 마당에 내던졌다. 점복은, 마당 가운데에 가로누운 바지랑대를 아무렇게나 걷어차고 그 집을 나와 버렸다.

그날 이후로, 정님을 만날 수가 없었다. 홧김에 박차고 나오긴 했지만 그래선 안 될 것 같아, 이튿날 다시 찾아갔다. 하지만 이달수 씨는 점복을 얼씬도 못 하게 했다. 이후로 밤마다 정님의 집 주변을 서성거렸지만, 끝내 만나지 못했다. 점복이 나타날 걸 미리 알고 있었다는 듯, 이달수 씨의 고함부터 터져 나오기 예사였고, 정님 어머니는 아예 정님의 방에서 잠을 잔다고 했다. 그러다 어느 날, 정님이 서울로 떠나버린 사실을 전해 들었다.

정님이 도망치듯 고향을 떠나기 며칠 전에, 순애와 남희가 정님의 방을 찾았다. 줄 바지랑대 소동이 있고 난 뒤로, 부모의 감시 때문에 정님이 줄 곧 갇혀 지낸다는 소식을 듣고서였다. 정님 어머니 고래댁은, 순애와 남희마저도 마치 딸을 납치하러 온 사람 대하듯 했다. 한참 뒤에야 겨우 경계심을 누그러뜨렸지만, 감시병처럼 방문 앞을 차지하고 앉은 채 훈계를 시작했다. 소동이 일어난 이후로 무던히도 되풀이했을 잔소리였다.

"여그 니 동무들도 있다마는, 니 장래 니가 알아서 해야지, 이 철부지야. 소도 언덕이 있어야 비빈다는 소리를 씹고 또 씹어, 내 입에서 신물이 난다. 촌에서 땅마지기깨나 있어도 살기가 팍팍한디, 지 앞으로 땅이 있냐, 뭣이 있냐, 근다고 싹수없는 저그 성들이 나중에라도 늙은 부모를 모시겄냐? 고생길이 훤한디, 그런 집구석에다 어떻게 딸을 준다냐?"

그건, 점복이 매를 맞고 돌아간 그날 저녁부터 이달수 씨가 녹음기 돌리듯이 되풀이해 온 말이기도 했다. 언제나 술에 취한 것처럼 불그레 충혈된 두 눈을 꾹꾹 짜듯이 껌벅거리는 이달수 씨는, 내 눈에 흙이 들어가기 전에는 그리로 시집보낼 수 없노라는 다짐을 거듭했다. 벽을 향해 돌아앉은 딸한테는 눈길 줄 것도 없다는 듯, 정님 어머니는 함지박에 담긴 채소 다듬기와 동시에 입을 쉬지 않았다.

"많이도 말고 딱 일 년만 가서 공장에 댕기랑게! 글다 보면, 그놈이나 너나 맘이 달라질 거여. 아, 요샛 세상은 아를 두셋씩 낳고 살다가도 이혼하고 야단들인디, 동네 소문 조깨 난 것이 뭔 승이다냐? 암시랑토 않고 말고, 안 그냐?"

고래댁은 고집스레 등을 보이고 앉아 있는 딸에게 동의를 구하기까지 했다. 정님이 갑자기 홱 고개를 돌렸다.

　"에휴, 지긋지긋해! 이 방에서 좀 나가기나 하라고, 좀! 서울로 가든가 죽어 번지든가 내 알아서 할 텡게 제발 좀 그만두란 말여어!"

　긴 머리칼이 고무줄 춤에서 비어져 나와 눈이며 입술을 덮고 늘어진, 흡사 귀신 꼴을 하고서 정님은 악을 썼다. 그런 딸을 보고도 고래댁은 방에서 나갈 기미를 보이지 않았다.

　"염병을 한다, 염병을 햐. 아무렇든 버버리가 아니라서 다행이다, 이년아! 저 징글맞은 고집통은 영락없이 지 고모년을 탁했당게!"

　정님 어머니는, 시집간 지 십 년도 훨씬 넘은 시누이를 욕설까지 곁들여 들먹였다. 그 시누이가 시집가기 전에 미운 짓을 할 때면, 이미 세상 버리고 없는 시어머니를 들먹이며 모녀가 똑 닮았다고 눈을 흘겼었다.

　"이년아, 안 만낸다고 말만 하면 뭐햐? 너한테 환장한 그눔이 너를 냅두겠냐, 근다고 내가 들에도 안 나가고 날마다 너를 지킬 수 있겠냐? 그렇게 제발, 딱 일 년만 서울 가서 죽은디끼 있어라!"

　끝이 보이지 않던 모녀의 다툼은, 정님이 서울행 차를 타는 것으로 일단 마무리되었다.

　점심을 먹고 와서 다시 시작한 담배 엮기 작업은, 해가 넘어갈 때쯤에야 끝났다. 남희는 동네 앞을 지날 적에 잠깐 꺼두었던 라디오를 부엌으로 들고 들어갔다. 저녁을 준비하며 라디오에서 나오는 노래를 따라 부르고 있자니, 양친이 들에서 돌아왔다.

　"그 흥얼거리는 버릇을 이제 살살 고쳐 봐. 이 집에서야 괜찮지만, 머잖아 넘의 집 메느리가 되먼, 그런 것도 다 숭이랑게."

김장거리 배추씨를 넣고 돌아온 한동댁이 머릿수건을 벗으며, 부엌에 대고 말했다. 한동댁이 딸로 인하여 겪는 근심의 대부분은 그런 것들이었다. 부엌일을 하면서 콧노래를 부르길 좋아하니, 저러다 이담에 시집가서도 버릇이 튀어나오진 않을까 걱정이었고, 어쩌다 장난기가 일어서 마당에 구르는 돌멩이 하나 걷어차는 걸 보고는, 경망스럽다고 남들의 손가락질을 받을까 걱정이었다. 한동댁은 남희가 좀 더 조신하고, 좀 더 고분고분 무조건 순종하고, 하고 싶은 말을 목구멍 안으로 꾹꾹 넘기는 참을성조차 지녀 주기 바랐다.

어느 날 모녀가 함께 밥상을 차리는 중에, 배추김치를 썰던 남희가 물었다.

"난 배추김치 꽁다리가 맛없고 싫던데, 왜 그걸 우리 모녀가 꼭 먹어야만 하지? 김장 김치가 모자라는 것도 아니고,"

배추 꽁다리가 되었든 무시래기가 되었든, 맛이야 있든 없든, 사람이 먹을 수 있는 것을 함부로 버려서도 안 되고, 맛없는 그것을 웃어른이나 남자들의 밥상에 올려서도 안 된다고 굳게 믿는 한동댁이었다. 시집온 이후로 수십 년을 지켜나오면서, 의문 한 번 품어본 적 없이 당연하게만 여기던 참이었다. 딸 남희도 그대로 따라 해서 대체로 안심이었는데, 이따금 뜬금없는 물음을 던져 올 때는 대답이 궁했다.

"살림하는 여자들이 먹어야지, 그라면 누가 먹겄어?"

"그래도, 오늘은 갑자기 먹기가 싫어졌어."

남희는 어머니의 대답에 만족을 못 한 듯 김치 썰었던 도마를 구정물

통 위로 가져간 다음, 도마 위의 배추 꽁다리를 슬그머니 쓸어 넣어 버렸다. 한동댁은 배추 꽁다리가 아까운 게 아니라, 사소하기가 짝도 없어 뵈는 일로 까탈스럽게 구는 딸의 성질머리가 새삼 걱정이었다.

동네에서 얌전하고 행실 바른 여인으로 알아주는 한동댁인지라, 딸 남희에게 바라는 것들도 지극히 그녀다웠다. 남성 가족들이 누워있는 머리맡을 지나다니지 말되, 그렇다고 다리를 넘어 다녀서도 안 될 것. 설령 남자의 발이 아래쪽 벽에 닿아있어 지나갈 길이 몹시 궁할지라도, 아예 안 지나가고 말지언정 발목 위쪽을 넘고 지나서는 안 되는 것이다. 톱이나 도끼나 대패 등 남자들이 주로 쓰는 연장을 절대 넘어 다니거나 함부로 건드리지 마라. 여자가 아침 식전에 남의 집 방문하는 걸 삼가는 건 물론, 길에서라도 바깥세상을 향해 나서는 동네 남정네와 마주치거든 절대 앞지르거나 가로질러서 길을 건너지 마라. 남편 앞에서는 더러 딸의 입장을 싸고 돌 때도 있었지만, 딸과 단둘이 있을 때의 한동댁은 조용조용한 음성으로 딸이 여자로서 지켜야 할 덕목들을 조목조목 훈계하고 다짐을 받았다. 특히, 아들 경수가 관계된 일에 한동댁은 예민하면서 적극적이었다. 경수가 중학생 때 입었던 운동복을 남희가 작업복 삼아 몸에 꿰고 일하는 걸 보자, 한동댁은 질겁을 하며 벗어놓으라고 닦달했다.

"안 입는 헌 옷인데 어때요? 일하기 편해서 좋구면."

대수롭지 않게 대꾸하고는 하던 일만 계속하는 딸을, 한동댁은 끈질기게 조르고 설득해서 기어이 옷을 벗도록 했다. 윗도리는 그런대로 봐줄수가 있지만, 사내아이의 바지를 계집아이가 입으면 어쩐지 재수를 감할 것만 같아서였다. 그런 일들은 이미 익숙하여 새삼스럽지 않은데도, 남희는 가끔 어머니가 답답하였다. 가령, 양이 많지 않은 별미 음식이 생겼다면 한동댁은 남편과 아들에게 먹이는 것을 당연하게 알았는데, 남희는 온 식구가 공평하게 한자리에서 즐기는 게 맞다고 믿었다. 남희가 그런 의견을 말하면, 한동댁의 근심이 하나 더 늘었다.

"요새 크내기들은 모다, 암껏도 아닌 걸 갖고 이러쿵저러쿵 따져 쌓더라. 여자들은 먹고 싶은 것, 하고 싶은 것, 더구나 말은 그저 꾹꾹 눌러 참아야 해. 부모 품에 있을 적에사 괜찮다만, 메느리 된 여자가 참을성이 없으면 그 집안은 늘 시끄런 것이여."

어머니의 잔소리에 그나마 흥얼거리던 노래를 그치고, 남희는 짜증을 냈다.

"엄마, 나는 늙은이가 아니라고!"

"에구, 또 저눔에 말대꾸."

한동댁은 자리를 피하려는 듯, 수돗가에 놓인 구정물 자배기를 들고 돼지우리로 가 버렸다.

경수가 도시의 하숙집으로 돌아간 다음 아래채 방으로 옮긴 남희는, 영자에게 편지를 썼다.

'....영자야, 네 송아지는 잘 자라고 있단다. 아버지께서도 요새는 매일 들에 나가시는 것 같더라. 송아지 덕분에 일에 재미를 붙이셨나 봐. 그리고 네가 좋아하는 그 성우 출신 티브이 탤런트 드디어 봤다. 순애랑 갈말 호두나무집으로 텔레비전 보러 몇 번 갔어. 우리 동네도 두어 집 있지만, 마당에서 볼 수 있는 그 집이 편해서야. 그 집은 요즘같이 고단한 철에도, 마당 가득 사람들이 모인단다. 텔레비전은 아예 마루 끝에다 마당 쪽을 향하도록 놓아둔 거지. 그집 언니가 말하는데, 매일 아침이면 관객들이 깔개로 썼던 돌을 치우는 데에 시간이 꽤 필요하대. 마당 가운데 멍석을 한 장 펴 놓았는데도, 멍석에 앉지 못한 관객들이 집 앞 냇가에 나가 돌을 주워다 깔고 앉아서 텔레비전 시청을 하는 거야. 주인이야 들어가서 자든 말든 객들끼리 애국가가 나올 때까지 보기 일쑤니, 정작 그때쯤엔 피곤해서 돌을 한쪽으로 치워놓는 일조차 깜빡 잊고들 그대로 돌아간다지 뭐냐. 그 언니가 오죽 귀찮았으면, '월남에서 돌아온 새까만 김 병장' 오라버니가 원망스럽다는 말까지 했단다. 그 집 맏아들이 월남전에 나갔다 돌아오는 길에 초촌리 최초의 텔레비전을 들고 왔던 까닭에, 이집 저집 제법 여러 대의 텔레비전이 놓인 지금까지도 텔레비전 없는 근동 사람들의 발길은 대부분 호두나무집으로 향한다는 거지. 우리 동네에도 영숙이네랑 순돌이네랑 두 대가 있지만, 그 집들의 텔레비전은 방안에 보물처럼 모셔져 있어서, 우아한 숙녀들 체면에 보러 가기는 좀 거북해. 야 그런데, 넌 그 탤런트가 왜 그렇게 좋냐?...'

영자한테 보낼 편지를 접으면서, 아무리 멋있는 배우나 가수를 보아도 영자처럼 열광하는 마음이 안 생기는 이유가 문득 궁금해졌다. 어쩌면, 승우 때문이 아닐까, 라고 남희는 생각했다.

언제부턴가 친구들 사이에는, 남희와 한승우를 친구 이상으로 여기는 분위기가 퍼져 있었다. 파트너가 필요한 놀이를 할 때면 누군가가 두 사람을 미리 짝으로 묶어 놓았고, 여럿이서 길을 걷다 보면 우연인 듯 두 사람이 어깨를 나란히 한 채 걷고 있었다. 순애와 정님은 가끔 남희를 붙잡고 다그쳤다.

'요것아, 고백해 봐! 둘이 뭔 비밀 있지? 어디까지 갔냐? 궁금해 죽겠다.'

'남자애들이 너랑 얘기하다가도, 승우가 나타나면 자리를 피해 주던데? 우리도 눈치는 있으니까, 내숭 떨지 말고 후딱 다 털어놔라!'

하지만 친구들이 기대하는 비밀 따위는 남희에게 없었다.

승우가 정식으로 남희를 불러내어 둘만의 시간을 가진 것은 그날 밤이 처음이었다. 우연이라기에는 너무 잦고 믿기 어려운 우연이었지만, 하여튼 그때까지 둘은 우연히 상대와 마주친 김에 마을 길을 함께 걷는 식의 데이트를 했을 뿐이었다.

달도 없는 밤을 희부옇게 밝히도록, 뒤뜰의 살구꽃이 만개한 사 월이었다. 제 방에 들어앉아 식구들의 베갯잇을 입히고 있는 남희를, 용산댁의 큰아들 영석이 불렀다. 양 볼이 사과처럼 발갛고 통통한 그 아이는 남희를 잘 따랐다.

"남희 고모, 저그 한번 나가 보랑게."

하던 일을 그대로 밀쳐놓고 아이가 가리키는 대로 동네 앞에 나가니, 다릿목에 승우가 서 있다가 몇 걸음 마주 걸어왔다. 승우는 아래쪽을 향해 달리기 시작하는 아이의 팔을, 귀엽다는 듯 가볍게 잡았다 놓아 주고는 다리 난간에 걸터앉았다.

"잤어?"

"초저녁인데 잠은...!"

다리 난간에 나란히 앉은 채 잠시 침묵이 흐르자, 두 사람은 어색함을 느꼈다.

"별일도 아닌데, 그냥 불렀어."

승우는 공연히 미안해했다. 이어서 그는, 웃옷 주머니에서 무엇인가를 꺼내 들었다.

"이거 사진인데, 가질래?"

"무슨 사진?"

"내 사진. 엊그제, 누님 집에 다녀왔는데, 누님네 가족들하고 가까운 바닷가에 가서 찍은 사진이야."

"정말? 거기 사진을 내게 준다는 거지?"

사진을 준다는 승우의 말에 남희는 가볍게 흥분했다. 그들은 벌써 몇 년을 다른 친구들의 관심을 끌면서까지 다정하게 지냈지만, 함께 사진을 찍는다거나 사진을 교환한 적이 없었다.

"그리고 이거, 좀 유치하지만 선물이야."

승우가 좀 쑥스러워하며 포장지로 싼 물건과 사진을 남희에게 주었다. 포장지에 담긴 선물은, 얼굴빛이 검은 신랑 각시 모양의 나무 인형이었다. 남희는 길갓집 창호지에서 새어 나오는 희미한 불빛에 신랑 각시 인형을 비춰보고, 사진도 보고 싶어 높이 치켜들었다.

"돈도 없고, 누구를 위해 선물 골라 본 경험도 없다 보니, 어려웠어."

승우가 웃으며 말했다. 남희는 물건들을 스웨터 주머니에 소중히 넣고는 겉에서 손바닥으로 감싸 쥐었다. 승우가 말했다.

"나, 군대 간다."

남희는 잠시 어리둥절했다. 마치 잠시 읍내에 다녀온다는 말처럼 가볍게, 그리고 무심하게 흘려놓은 승우의 말이 좀처럼 실감 나지 않았다.

"어, 군대 간다고?"

"응."

두 사람은 한참을 말없이 앉아 있었다. 그들이 앉아 있는 다리 아래를 흐르는 냇물 소리가, 조금 전보다 배로 크게 들렸다. 개구리 소리, 소쩍새 소리가 갑자기 더 요란하게 들렸다. 미라보 다리 아래 양지천이 흐르고, 우리들 사랑도 흐르네... 문득, 오래전 어느 저녁에 승우를 놀릴 셈으로 외우던 시가 생각났다. 언제까지 이어질 줄로 무의식중에 믿고 있던 한 시절이 조용히 저물고 있었다. 그들은 어느덧, 철부지 소년 소녀가 아닌 성년이 되어 있었다.

한동안 아무 말도 없이 그렇게 앉아 있다가, 승우가 먼저 일어섰다. 눈앞에 멈춰 있는 그의 발을 내려다보며 잠시 더 앉아 있던 남희도 조용히 일어섰다. 둘은 서로에게, '잘 자!'라는 한마디를 동시에 건넸다. 고개를 숙이고 천천히 걸음을 떼어놓기 시작하는 승우의 뒷모습을 보면서, 남희는 생각했다.

'아, 나는 저 사람을 사랑하고 있나 보다.'

입대 날짜를 받아 놓은 한승우는 퍽 우울해 보였다. 말씨와 표정, 웃음에까지 우울함이 잔뜩 묻어 있었다. 우울해하는 그를 보면, 남희의 기분조차 무겁게 가라앉았다.

사방은 온통 봄빛이었다. 야산 비탈이며 마을 주변 언덕은 진달래꽃으로 붉게 물들고, 들길에는 꽃다지꽃 무리가 물감을 엎질러놓은 듯 흥건한 노란빛이었다. 남희가 일하는 개울가 밭 옆을 지나던 승우가, 남희를 발견하고는 개울 쪽으로 천천히 내려섰다. 그는 밭둑 아래의 판판한 바위에 걸터앉자마자, 한숨부터 내쉬었다. 바위가 무너지라고 한숨 쉬는 한승우가 딱해서, 남희는 미간에 주름을 잡으며 그를 건너다보았다.

"많이 걱정돼?"

근처의 벌판 곳곳에서는 논갈이하는 남자들의 소 모는 소리가 들려오고, 맞은편 언덕에선 봄꽃 중에서도 가장 일찍 피어났던 생강꽃이 서서히 시들어 빛을 잃어가는 중이었다.

승우는 움츠리고 앉은 자세 그대로 한쪽 어깨에 턱을 묻은 채, 남희를 돌아보고 빙긋이 웃었다.

"예정에 없었던 일도 아닌데, 어쩌다 등 떠밀려 가는 느낌에서 아직도 벗어나지 못하고 있어, 대학에 가고 싶다는 미련도 이젠 정말 버려야 하나 싶고."

남희는 그에게 무엇인가 좋은 말을 해 줘야 할 것만 같은데, 생각이 잘 나지 않아 듣고만 있었다.

"하긴, 군대에 안 가도 별수는 없겠지. 집안 형편도 그렇고 또, 그나마 학교 다닐 적에도 건성이었던 공부를 벌써 몇 해나 쉬었냐. 하지만, 지금부터 삼 년은 일생에 있어 너무나 중요한 시기야. 군대만 아니라면 어떤 일 하나쯤 이루어낼 만한 중요한 시기라고."

승우는 바위에 기대 놓았던 괭이를 들어서, 바위 아래의 물 묻은 자갈들을 공연히 한 번 긁어 보았다. 무엇인가에 불만을 가득 품은 얼굴이었다. 사실 농사일을 도우면서 보냈던 지난 시간도 그리 짧지는 않았지만, 어떤 일 하나쯤 이루어낸다는 게 쉽지는 않은 탓에 어영부영 흘려보낸 셈이었다. 그의 상한 심사를 달래줄 양으로, 남희가 어설픈 위로를 늘어놓았다.

"그러게, 대한민국이라는 이 나라에 태어난 남자들이, 한 번은 겪어내야 할 일이라지. 거기가 삼 년을 썩는다면 다른 남자들도 삼 년을 썩을 테니, 그냥, 남자들 공동의 운명 같은 것?"

"하긴, 가난한 촌놈이 고등학교 나온 것도 크다면 컸지. 우리 어머니는 맨날, 고등학교씩이나 보내 놨더니 농사만 짓는다고 한탄하셨다."

승우가 쓸쓸히 먼 산을 보며 말했다. 먼 산의 봄은 좀 더디게 왔다. 아직은 겨울 가지의 검은 빛 그대로인 채, 연분홍빛, 흰빛, 노란빛의 이른 꽃나무들이 산이 입은 무늬인 양 드문드문 섞여 있었다.

"그건 그렇고..."

승우가 다시 남희를 돌아보았다. 그의 입에서는 다시 한숨이 새어 나왔다.

"또 무슨 걱정이 있어?"

"아니, 그냥."

승우는 둔치의 너럭바위를 내려서더니, 인사도 없이 얕은 냇물을 건너갔다. 그는 괭이를 질질 끌면서, 자기네 밭이 있는 위쪽 길을 게으르게 걸어갔다.

피할 수 없는 작별을 앞두고, 두 사람과 친구들은 그 어느 때보다 자주 보았다. 여럿이서 냇가 자갈밭에 둘러앉아 담소를 나누고, 영화 한 편에 필름이 다섯 번쯤 끊기는 극장에도 가고, 벚꽃잎이 눈처럼 내리는 정자 난간에 걸터앉아 노래를 부르기도 했다. 그렇게, 꽃과 새싹의 계절 사월이 갔다.

한승우가 입대하기 직전 어느 저녁에, 남희는 길에서 우연히 그와 마주쳤다. 갑자기 찾아온 아버지 손님을 대접하고자, 동네 아래쪽에 있는 새마을 구판장에서 막걸리와 간단한 안줏감을 사 들고 돌아오는 길이었다.

"어디 갔다 와?"

마을 방향에서 마주 오던 그림자가 말을 건네왔다.

이미 완연한 밤인데, 어둠 속에서도 용케 남희를 알아본 승우의 음성이었다.

"구판장에서 술 받아 오는 중이야. 손님이 오셔서."

남희가 대답하자, 승우가 낮은 소리로 웃었다.

"흐흐, 누가 그 주전자 보면 처녀 술꾼인 줄 알겠다. 실은 나도 지금 막걸리 받으러 가는 중이야. 읍내에서 친구들이 와 갖고..."

그는 들고 있던 빈 양동이를 장난스레 텅텅 쳤다.

"그럼, 잘 갔다 와."

남희가 덤덤하게 대답하고 지나치려 하자, 승우가 말했다.

"잠깐, 난 바쁘지 않으니까, 집 앞까지 바래다줄게."

그는 빈 양동이를 든 채로 되돌아서, 구판장과는 반대편인 남희네 집 방향으로 함께 걸었다.

"사람이 상당히 여럿이라, 이렇게 양동이를 가지고 나왔지. 요즘 이렇게 막걸리 양동이를 가운데에 놓고 벌이는 송별 파티에 여러 번 참석했어."

요 며칠 승우는, 여기저기 인사를 다니고 송별회에 참석하느라고 마을에 통 붙어있지 못했노라고 했다.

"지금 와 있는 패 하고도 벌써 두 번째야. 오늘은 쉬기로 했는데도 녀석들이 예고 없이 쳐들어왔어."

다릿목에 이르렀을 때 남희가 걸음을 멈추었다.

"고마웠어. 이제, 그만 돌아가."

"그래, 내일 저녁에, 우리끼리 이야기하자."

다음 날 저녁, 두 사람은 다릿목에서 다시 만났다. 두 사람은 냇둑 콘크리트 길을 앞서거니, 뒤서거니, 걸었다. 대여섯 걸음 걸었을 때, 앞서가던 승우가 발을 멈추고 뒤돌아보았다.

"기왕이면 우리, 손잡고 걷자."

남희도 말없이, 그가 내민 손을 잡았다.

"앞으로 혹시, 다른 사람이 손잡자고 하면 이렇게 얼른 잡지 마."

승우가 손에 힘을 주며 웃었다.

"남자들은 다 늑대야. 알았지?"

"음, 거기도 늑대란 말이지?"

"그럼, 아닐 것 같아?"

승우가 과장되게 웃었다.

그렇게 조금 걸어, 인적이 드문 상류 쪽의 휘어진 지점에 이르렀다. 가벼운 농담으로 잠시 함께 웃고 난 둘은, 전에도 함께 와서 앉은 적이 있던 그 자리에 앉았다. 사람 하나 들어갈 만큼의 틈을 두고 나란히 앉은 둘 사이로, 한동안 침묵이 흘렀다. 오월이 시작되고 있음을 알리는 듯, 바람결은 부드럽고 포근했다. 앞산에서는 소쩍새 울음소리가 들렸다가 끊어지고 끊어졌다가 또 들려오는 가운데, 둘은 한참이나 각자의 생각에 잠겨 앉아 있었다.

이윽고 승우가, 무슨 어려운 부탁이라도 하는 것처럼 띄엄띄엄 말했다.

"내가 편지하면, 답장해 줄래?"

남희는 어린아이처럼 순진하게 고개를 끄덕거렸다. 사랑의 약속, 기다림의 맹세, 그런 것들을 상상하지 않은 건 아니었지만, 너무 오랜 친구인 그들이기에 그것은 오히려 어색하고 어려운 일이었다. 그들은 지금까지 지켜온 만큼의 적당한 거리를 두고 앉아서, 지금까지의 방식대로만 이야기했다.

"남희 편지를 받을 생각 하니, 빨리 군대 가고 싶다."

골목 앞에까지 남희를 바래다줄 때, 승우가 그녀의 어깨를 감싸안고 토닥거렸다. 그녀의 눈에 눈물이 핑 돌았지만, 그는 보지 못했다.

"내일은, 진짜 가는 거다."

집 앞에 멈춰 서있는 그녀를 두고 먼저 돌아서는 승우의 작별 인사는 그렇게 싱거웠다.

공동 풀베기 작업을 일찌감치 마치고 산에서 내려온 마을 사람들은, 회관 앞마당에 멍석을 두어 장 깔아놓고 둘러앉아서 막걸릿잔을 나누고 있었다. 그동안 농사일 바쁜 촌 동네를 찾아다니며 목표량만큼의 퇴비를 장만하게 하느라고 애태우며 닦달하던 면사무소 담당 직원이 막걸리를 한 말 내고 간 것이었다.

"공무원들도 고생이 이만저만 아니랑게. 밤에끄장 퇴근도 못하고 겁나게 볶이는갑더만. 얼매나 볶이먼. 지 돈으로 술 사줘 감서 아쉬운 소리를 하겠는가."

"그랑게 웬만하면 말들을 조깨 잘 들어야제. 아, 땅심 높아져서 농사 잘 되면 그 사람들 갖다 주가니, 그렇게들 어긋어긋 말을 안 듣고 애를 멕인당가?"

"사람들이 죄다 자네만 같음사, 공무원들 일하기가 채 쉴하겠네."

아래뜸 최장순 씨와 오동기 씨의 말을 듣고, 나이 많은 안골양반이 마뜩잖은 낯으로 끼어들었다. 그는 반백으로 터부룩한 콧수염에 방울방울 맺힌 막걸리를 손바닥으로 거칠게 훔쳐냈다. 안골양반의 별명은 '만년 야당'이었다.

"책상 앞에 펜대 붙잡고 앉아서 주뎅이로만 요래라 조래라 하는 놈들 땜시, 농사꾼들이 얼매나 골탕을 먹는가를 몰라서 그런 소리여? 썩을 놈들, 아, 여그가 무신 김제 평야줄 아는개벼. 나락논에 할 일이 쪼깨만 뜸하면, 농군들이 할 일 없어 자빠져 놀깨미 걱정인가, 씨잘데기 없는 일거리를 생으로 맨들어 갖고 나와서 사람을 볶는당게."

남과 부딪히기를 싫어하는 오동기 씨는 안골양반의 눈치를 얼른 살피고는 수굿하니 막걸릿잔을 들었다. 나이가 안골양반과 비슷한 최장순 씨는 지지 않았다. 큰아들이 군청에 다니는 게 가문의 영광이어서, 상옥이라는 이름을 두고도 꼭 '우리 군직원이 그러는디...' '우리 군직원한티 물어보면 알 텐디..'라고 말하는 최장순 씨인지라, 나라에서 하는 일 중에서도 특히 일선 공무원들이 하는 일을 탓하는 건 참을 수가 없었다.

"이 사람아, 그렇지만 한 자라도 더 배워서 책상 차지한 사람들 머리로 세상이 바로도 가고 외약으로도 가고 하네. 자네가 그 사람들보담 똑똑하면 시방 여그서 이러고 있겠는가? 벌쎄 군청이나 면에 가서 한 자리 차지

했지. 그 사람들이 맥없이 펜대만 깐닥깐닥하고 앉았당가? 우리 집 군 직원만 봐도 그저...”

“허허허, 맥없이 앉아서 펜대를 깐닥거리기사 하겠는가요? 그 사람들도 다 나름대로 잘 할라고 애는 쓰겄지요.”

사는 형편이 좀 낫다 해선지, 최장순 씨는 목에 힘 주기 좋아했다. 그런 그를 은근히 아니꼽게 보아온 박만식 씨로서는, 꽤 우호적인 참견을 했다. 아들이 미래에 종사하게 될 직업이 아무래도 책상머리에서 펜대 굴리는 무엇일 것으로 믿고 있는 그였기에, 최장순 씨 마음을 조금은 이해할 것도 같았다. 안골양반은 막걸리 한 사발을 더 들이켰다. 수염 끝에 맺힌 뿌연 물방울을 버릇처럼 손바닥으로 쳐내며, 그가 투덜거렸다.

“입장 바꿔서, 저그 보고 대신 하라면 펄쩍 뛰고 도망갈 자석들이 하는 짓 좀 보소. 멀쩡한 독담우락 허물어서 또랑에다 져내고 비싼 브로끄를 사다 쌓게 하더니, 그게 또 어디가 재미없게 됐담서 허물고 새로 쌓아라 어째라 해쌓다가, 작년이고 올해고 봄 농사일이 얼매나 쳐졌는가 말이여. 시킨 일 다 했응게 농사일 좀 해 볼랑가, 싫으면 또 씨잘데기 없는 일거리를 맨들어 갖고 나와서 사람을 볶는 것이여. 당장 급한 농사일은 안중에도 없이, 멩년에 쓸 풀을 얼매 이상 베야 된다느니, 날마다 원님 행차라도 있는 것맹이 씨서리를 하라느니, 무신 어린 아덜 장난도 아니고....툇!”

“그것이사 잘해 보자고 한 일잉게, 조깨 부족한 점이 있더래도 어르신들께서 양해를 하시야지요. 한 집안만 다스릴래도 불만 가진 사람이 있기 마련인디, 온 국민을 놓고 일하는 사람들 고충이 오죽하겄는가요. 어쨌거나, 노래 가사도 있디끼 우리 나라가 겁나게 발전해 번진 것은 사실잉게요.”

젊은 사람들끼리 뭉쳐 있다가 어른들한테 막걸리를 따라 주러 다가온 이장이, 제 방식대로 참견했다. 어떤 이들은 뜻 없이 고개를 주억거리고, 어떤 이들은 그도 저도 관심 없다는 듯 술잔만 기울였다. 스스로 이 촌구석에서 썩기에는 아까운 인물인 줄로 아는 장구팔 씨가, 이장을 손가락질 하며 나섰다.

"가만히 보면, 저 사람도 솔찮이 깝깝하당게. 그놈들이사 열이면 열을 다 저그들이 잘했다고 내세우겄지. 암만 그렇게 떠외고 지랄해 싸도, 그 중에 못 하는 일이 뭣인가는 볼 줄을 알아야 할 거 아녀? 하기사, 그런 걸 파악할 만한 사람이 이런 촌구석에 흔하든 않지. 그려, 그렇게 뻴 수 없겄지."

"아저씨 말씀도 알겄는디요. 이렇게 중요한 시기에는 개인적인 불만을 쪼깨씩 참고 온 국민이 일치단결을 해야 우리나라가 중진국으로 들어서는 것 아니겄어요? 막말로 중진국 대열에 채 끼기도 전에 북한 괴뢰가 남침이라도 하먼 어쩌겄는가요."

읍내를 자주 다녀서인지, 거의 매일 새마을 확성기를 통해 마을 방송하는 과정에서 단련이 된 덕분인지, 이장의 말씨는 예전의 그가 아닌 것처럼 낯설게 느껴졌다. 최장순 씨가 이장을 거들었다.

"자네 말이 옳고말고. 어디고 보면 일일이, 뻴 것도 없는 사람들이 불만만 많은 뻽이여. 작년 선거 때도 야당 후보 찍어야 된다고 핏대 올리고 댕긴 사람들 치고 다들 뻴 것도 없더만그랴. 지 못나서 못 사는 걸 갖고 노상 넘 탓이나 하는 게 그 사람들 버릇이여."

"최장순이 자네는 밥술깨나 두고 먹는 축에 들어서 여당 후보 찍었는가? 나는 자네 말마따나 벨 것 없이 살다 봉게, 군대 앞세워 정권 잡더니 그저 안 내놓을라고 발꽝해 쌓는 놈들한티 불만이 많어서, 야당 찍어주자고 조깨 떠들고 댕겼네 그랴."

안골양반이 품에서 담배쌈지를 꺼내며 비꼬았다. 장구팔 씨도 얼굴이 벌게져서 맞장구치며 끼어들었다.

"글매 말이요, 아, 야당 후보 찍어준 사람들은 모다 천하에 불한당 아니면 동냥아치백이 안 되다는 소리 같은디, 그렇다고 치면 이 동네도 말짱 불한당 소굴이구면."

"아이고, 이러다 큰 쌈 나겄네. 인제 고만들 두고, 술이나 한잔 듭시다, 자."

박만식 씨가 퉁퉁 부어있는 안골양반에게 잔을 건네주며 받기를 재촉했다. 안골양반이 마지못한 듯 받아 든 막걸리를 단숨에 들이마시면서 가닥도 잡히지 않던 입씨름이 사그라들자, 박만식 씨가 열무김치 한 쪽을 집어 들며 말했다.

"여당 야당 얘기가 아니라, 요새는 나디오 듣기도 겁납디다. 금방이라도 저 위에 있는 아덜이 밀고 내리오는 거 아닌가 싶게, 말쟁이들이 나와 갖고 떠들어쌓는 소리가 하도 심란해서 말이요. 저 사람들이 국민을 잔뜩 불안하게 해 놓고는, '그렇게 우리가 정권을 조깨 더 잡고 있어야 난리 날 걱정이 없느라' 그 소리 할라고 지랄하는 중 뻔히 앎서도, 내남없이 6.25 때 뜨건 맛을 본 사람들이라, 고만 겁부터 나고 꿈자리조차 뒤숭숭해집디다."

평소에 빈말을 함부로 내뱉지 않는 박만식 씨인지라, 그가 하는 말은 대충 옳겠거니 하면서 사람들은 조용히 들어 주었다. 그러다 또 다른 화

젯거리를 만나면, 자리는 장 속처럼 시끄러워졌다. 대개 나이 든 사람일수록 남들 앞에서 자기 의견을 한 번 말했다 하면, 끝내 그것을 고집하기 일쑤였다. 상대방이 내놓은 다른 의견이 더 낫다는 것을 속으로는 설사 인정할지라도, 겉으로는 자기의 대단찮은 주장을 절대 굽히지 않고 언성을 높이기 십상이었다.

바로 옆에 펼쳐져 있는 또 한 장의 명석 위에도, 열무김치 종지와 막걸릿잔들이 널려 있었다. 거기에 둘러앉은 나이 젊은 사람들은, 앞산 언덕 활엽수 숲 벌목 이야기를 나누고 있었다. 도시에서 들어와 이 고장에 머물며 숲을 보러 다닌다는 나무장수가, 며칠 전에는 양지말에도 들어왔다. 앞산 언덕 숲이 그의 눈을 사로잡았는지, 아니면 누군가가 그곳을 안내하며 솔깃한 말을 들려주었는지는 제대로 알려지지 않았다. 아무튼 그는, 그 숲의 대부분을 차지하고 있는 오래된 귀목나무들을 베어서 팔면, 후한 값을 받게 될 것이라는 말을 남겨놓고 다른 마을로 떠났다.

"긍게 말하자면, 저걸 벼 갖고 돈하고 바꾸자는 얘긴디, 동네에 뭔 돈이 그렇게 급하당가?"

"뭐 꼭 급해서라기보다도, 돈이사 없어서 탈이지 있어서 나쁠 것은 없잖은가. 우선 동네 기금으로 통장에 넣어 두든가, 개인한테 빌려줘서 이자놀이를 하다가, 크게 쓸 일이라도 생기면 요긴하게 쓰는 것이여. 머잖아 마을회관도 신축해야 되고, 할 일은 쌨응게."

"하기사 큰 나무들은 수백 년이 됐다는디, 그거 더 놔둬 봤자 썩어 넘어지기뺴이 더 하겄어? 비싸게 산다는 사람 있을 적에 벼서 마을 기금 장만해 놓고, 차라리 리키다송을 심더라고. 리키다송은 속성수라서, 앞으로

십 년 안에 바로 큰 나무가 될 것이구먼."

"리키다송은 상품 가치가 벨라 없어서 팔아먹기도 안 좋다는 말이 있응게, 낙엽송이나 은사시나무를 심더라고. 그보다, 위쪽 평지에 밭을 치면 도조 수입이 솔찬할 것이구먼, 싸게 받아도 한 해에 네댓 가마니씩은 들어올 거 아녀? 리키다고 낙엽송이고 뭣이고 다 고만두고, 모조리 밭을 쳐 번지는 게 젤이겠네."

한창 신바람 나는 대화를 끊고 나선 사람은 박기수였다. 둥글둥글 무던한 인상을 한 박기수는, 그러나 단호하게 말했다.

"다급하게 돈 쓸데가 있는 것도 아님서나, 돈 몇 푼에 맘이 떠 갖고 왜들 야단인가. 저 숲을 돈으로 봤을 거 같으면, 옛날 어르신들은 팔 데가 없어서 안 팔았겠는가. 정 팔 데가 없으면 하다못해 땔나무로라도 벌써 베다 때고 말았을 테지. 내가 뭐 미신을 믿어서가 아니라, 동네에 내려오는 큰 나무 큰 숲은 함부로 건드리지 말라는 옛말을 함부로 무시할 일도 아녀. 그러니 숲도 그대로 두고, 평지에 운동장이랑 잔디밭도 그대로 두고, 엔간하먼 앞산일랑 건드리지 말자고!"

"그 말씸도 옳구먼요."

지금까지 나무를 베자는 쪽에 맞장구를 치고 있던 순애 사촌 오라버니 오영오가 특유의 느릿한 어조로 거들자, 새터댁 남편 일남이가 발끈했다.

"영오 자네는 대체 뭣이 옳다는 것이여? 생각이 없으면 가만히나 있지, 아무 말이나 그저 옳은가?"

나이 든 어른들 자리에서 이장이 돌아왔다.

"아직 결정 난 문제는 아닝게, 오늘은 이만해 두더라고. 뭣보담도 어르신들 말씀을 한 번 들어봐야지."

"그려, 그렇게 해. 에이, 골치 아픈 소리 치워 번지고 오랜만에 마이크에 대고 노래 한 곡 불러야겠다."

성질 급해서 마누라와도 친구들과도 걸핏하면 부딪히기 일쑤인 일남은, 한편으로 싹싹하기도 했다. 그는 오영오한테 버르르 덤빈 게 언제였더냐는 듯이, 낯꽃이 환해지며 촐싹거렸다. 십수 년 전에 산에서 나무를 하다 쉬면서 그가 읊었다는 신세타령은, 노동에 지치고 단조로움에 갇힌 마을 사람들에게 지금도 가끔 웃음을 선사했다.

'이 세상에 생겨나서 날같이 살려면, 차라리 죽어야지요. 나이 스물 되도록 빤스 한 번 못 입어 본 인생이라오.'

술에는 열성이고 자식에게는 건성인 홀어머니와의 가난한 살림살이를 한탄한 그 소리가 자아내는 웃음은, 오랜 옛일이어서 망정이지 참 눈물겨운 것이었다. 그날 일남이 무거운 나뭇짐에 눌리어 배치작배치작 산에서 내려왔을 때, 이웃 동네 잔칫집에서 술을 마시고 돌아온 홀어머니는 청상 때부터 익혀온 담배를 손가락 사이에 끼운 채 골목 가운데에 네 활개를 펴고 널브러져 있었다.

"어이 이장, 앰프 후딱 작동시켜 보랑게!"

다시 나이 든 어른들 곁에 가 있는 이장을, 일남이 재촉했다. 이장이 몇 걸음 다가왔다.

"마이크에 대고 부르나 그냥 부르나 그 노래 솜씰 텐디, 그냥 놀더라고."

"아, 그냥 틀어 주지 그랴. 일남이가 술 한 잔 들어간 짐에 기분 조깨 내

본다는디.”

박기수가 웃으며 일남의 편을 들었다. 이장이 정색하며 대답했다.

“엊그저께 봤더니 경수도 와 있는 것 같고... 젊은 놈이 그리 노력해 쌓는디, 동네에서 다른 것은 못 도와줘도 씨잘데 없이 시끄럽게는 말아야 안 되었어? 사실은 어제 아침이랑 오늘 아침 방송도 그래서 용건만 얼릉 말하고 새마을 음악을 안 틀었구먼. 나는 이상시럽게, 노력하는 사람들을 보면 어떻게든 도와주고 싶은 성질이 있당게.”

“고맙네. 명색이 육촌 성 된다는 나보담 자네가 휘끈 낫구먼. 근디 시방은 경수가 하숙집으로 가고 없응게 염려 안 해도 되네. 어제도 아니고 그저께 가는 걸 내가 직접 봤어.”

박기수가 웃으며 이장의 등을 떠밀었다. 나이 든 사람들의 멍석 귀퉁이에 앉았던 이달수 씨가 그들의 대화를 엿들었다. 그는 갑자기 벌떡 일어나더니, 미적미적하고 서 있는 이장을 팔꿈치로 홱 제쳐버리고 뿌르르 성깔 사납게 회관 안으로 들어갔다. 그는 한 번도 만져보지 않아서 어떻게 다뤄야 좋을지 모를 기기에 성급히 손을 댔다 뗐다 안달이었다.

“흥, 이것이 동네 전체 것이지 어떤 사람 개인 것이여? 저 좋자고 하는 공부 땜시 동네 사람들이 쥐 죽은 디끼 엎어져 살 수는 없당게. 어디, 나는 마이크에 대고 노래 조깨 불러야겄응게, 시끄런 사람은 귀 막고 듣더라고 잉.”

바짝 뒤따라 들어온 이장이 확성기를 작동시키기 바쁘게, 이달수 씨의 혀 꼬부라진 노랫소리가 지글지글 끓는 잡음까지 동반하여 귀청을 어지럽혔다. 박만식 씨는 그가 하는 양을 못 본 체하고, 태연히 다른 이야기를 하며 막걸리 한 잔을 천천히 마셨다. 잘못 건드렸다가는 되레 망신살이 뻗칠 수도 있는 상대로 여기는지라, 특별히 조심하는 것이었다. 이달수 씨가 걸핏하면 술기운을 빌려 내뱉는 말이라는 게, 박만식 씨의 귀에는 무지한 자의 배배 꼬인 심술에 불과했다.

"거, 점복이네를 놓고 봐도, 자석 공부시킨다고 궁상떨어 쌀 일이 아니랑게. 막말로 아들 손에 농사 터전 물려준 기수 아부지 팔자가 나은가, 아들을 둘이나 대학 졸업시킨 점복이 아부지 팔자가 나은가? 우리 아들 정식이만 해도 그렇지, 요런 촌에서 책가방 들고 왔다 갔다 했다는 놈덜이 멘직원이니 학교 선생이니 함서 양복 입고 댕기는 거, 나는 하나도 안 부럽당게. 우리 아들은 학교에 내는 돈 안 들어갔지, 학교 안 댕겨서 군대 안 가지, 공부한다고 흔들고 댕길 시간에 기술 배우고 월급 꼬박꼬박 타지, 요새 세상에는 어떻거나, 부지런히 나대서 한 푼이라도 벌어 딜이는 놈이 양반인 세상이여. 자석놈 높은 학교 보냅네 하고, 누가 알아 주도 않는디 어깨에 심 주고 댕기는 사람들, 참말로 뇌꼴시러서 못 본당게."

이달수 씨는 은빛 쇠줄로 된 손목시계를 필요 이상 자주 들여다봤다. 서울에서 공장에 다니는 아들 정식이 지난 설에 사다 준 시계인지라, 때마다 팔을 이마 높이만큼 쳐들고서 진지하게 한참씩 들여다보았다.

"우리 정식이 올해 나이가 막 스물잉게, 점복이 아부지가 큰아들한티서 이런 시계를 받았기로 칠 것 같으면 백 개는 받았어야 안 되겠소? 저그 아부지 시계 사다 주는 것은 고만두고라도, 말 들응게 요새는 사업이 잘 안 돼서 솔래솔래 집에 있는 것을 뜯어가는 모냥이더만. 우리 정식이 고놈이 일 년 동안 타는 월급이, 쌀로는 몇 가마나 된가 가만히 쳐 봉게,

이대로 쭈욱 나가면 논 몇 마지기 사는 건 시간 문제겠더만요. 내 자석이라서 자랑하니라고 하는 소리가 아니라, 고놈은 어리서부텀 싹수가 있었당게. 학교 갔다 옴서도 또랑가상에서 토끼풀이라도 한 주먹씩 뜯어야 집에 들어오고, 동네서 놀다 들어올 적에는 질바닥에 궁글어댕기는 쇠똥이라도 발로 차다가 거름자리에 보태던 놈이랑게."

박만식 씨는 이달수 씨가 자기 들으라고 일부러 그런 말만 골라 하는 것 같아 입맛이 썼다. 그래서 상대할 값어치조차 없는 말이라고 애써 무시했다. 그가 이달수 씨를 상대 못 할 인간이라 여기는 또 다른 이유도 있었다.

"허 참, 애비라는 자가 금수 한가질세. 진작에 딸자석 단속을 못했으면 서둘러서 식이나 올리 줘 번지지, 뭘 자랑거리라고 동네를 시끄럽게 하는가 모르겠구먼. 동네방네 오만 소문이 난 딸을 그렇게 객지로 내보내 갖고, 나중에는 딴 데로 시집을 보내겠다는 심본가?"

딸이 제멋대로 놀아난 것만으로도 이미 그 아비의 체면은 먹칠이 되었거니 여겼다. 아니, 체면이고 뭣이고 애초에 따질 수준도 안 되는 아비라서 딸이 그 지경이 된 것이려니 했다. 하여간에 기왕 그렇게 된 바에야 두 젊은이에게 결혼식을 올려 주는 것으로 마무리해야 할 터인즉, 남자 집이 가난하다는 이유를 들어 딸 정님을 서울로 올려보낸 걸 박만식 씨는 도무지 이해할 수 없었다. 그것은 아비가 딸을 갑절로 부도덕하게 만든 일이므로, 이달수 씨야말로 금수보다 나을 게 없는 아비라고 박만식 씨는 혀를 찼다.

바람 부는 날

바람 부는 날

"급한 볼일만 대강 보고는 얼른 와야지."

첫물 고추를 내기 위해 장에 나가는 한동댁이, 남편의 뒤를 따르며 혼 잣말을 했다. 만식 씨는 마른 고추가 가득 든 두 개의 자루를 한데 묶어 짊어지고 동네 앞 다릿목까지 나갔다.

짐과 함께 사람조차 기수의 경운기를 타기로 했으니, 다릿목에 짐을 내려놓아 주고 곧장 앞들 닷 마지기 논에 나갈 참이었다. 옥색 치마저고리에 흰 고무신을 깨끗이 닦아 신고 남편 뒤를 따라나서던 한동댁은, 머슴한테 짐을 지운 마님의 행차 같은 정경이 영 거북하고 민망했다. 읍내에 놀러 가는 것도 아니고 남편이 뭐라 하는 것도 아닌데, 그녀는 볼일만 대강 보고 얼른 돌아와 일터에 나갈 거라는 혼잣말을 남편 들으라는 듯이 두 번씩이나 되풀이했다. 남희는 뒤에 남아서 대충 집안을 치운 다음에,

바삐 논으로 나갔다.

그렇게 잘 가려 줬건만 벼보다 큰 키에다 먼저 이삭이 팬 피는 벼 사이 사이에 골고루도 섞여 있었다. 부녀는 낫을 하나씩 들고서 벼 포기를 헤치고 다니며 피를 골라내었다. 논바닥이 넓기도 하지만 별 할 말이 있는 것도 아니어서, 두 사람은 서로 멀찌감치 떨어진 채 조용히 부지런히 움직이기만 했다.

한낮이 가까워지는지 햇볕이 제법 따가웠다. 눈으로 흘러드는 땀방울과 발목을 휘어잡는 논바닥의 어중간한 질퍽거림이 사람을 빨리 지치게 했다. 거기에 시장기까지 더해졌을 때, 박만식 씨는 땀을 닦으려고 고개를 든 김에 마을 쪽을 바라보다가 슬그머니 짜증을 냈다.

"거참, 후딱 와서 여그 일을 끝내 번져야 오후에 새터들로 옮겨갈 텐디. 대처 뭔 볼일이 그리 많은 겐지..."

그러고도 한참이 지나도록 한동댁은 오지 않았다. 먼 들판에서 간간이 사람 소리가 들리긴 해도, 눈부시게 밝고 고요하며 지루한 논 가운데의 한나절이었다.

그 지루함 때문일까, 만식 씨는 드디어 노골적으로 울화를 터뜨렸다.

"원, 철없는 아덜도 아니고, 이 바쁜 철에 한가하게 장 구경이나 하고 있다는 겐가?"

처음 겪는 일도 아니고, 자신과는 상관없이 다만 아버지가 어머니한테 부리는 투정일 뿐이라는 것을 잘 알면서도, 남희는 이런 순간을 견뎌내는 일을 점점 힘들게 느꼈다.

"그깟 고치 조깨 내는디 뭔놈에 시간이 이렇게나 걸려? 철부지 맹이..."

잔잔하던 마음을 휘저어 놓는 아버지의 화풀이를 등 뒤로 들으며, 남희는 논 가운데에 서 있는 허수아비를 바라보았다.

'넌 어디론가 날아가 보고 싶을 때가 없니? 사람들에 의해 정해진 너의 그 자리가 싫증 날 때는 없어? 설령 싫증이 났다 해도 꼼짝없이 그 자리를 지키고 서 있는 너의 못난 꼴이 슬프지 않아?'

만식 씨의 헌 작업복을 걸치고 서 있는 허수아비는, 무엇이고 참아내는 데에는 이골이 났다는 듯 표정 없이 묵묵하기만 했다.

아침의 단아한 옥색 한복 차림에서 작업복 차림으로 바뀐 한동댁은, 사과 몇 알과 막걸리와 찐 고구마를 싸 들고 논두렁 모서리까지 와서는, 미안한 듯 조심스럽게 딸의 이름을 불렀다. 그녀는 아직도 화가 나 있는 듯 무뚝뚝하게 논둑으로 불려 나온 남편의 표정을 재빨리 훔쳐보았다. 그런 다음, 남편이 미처 입을 열기도 전에 나긋나긋 도란도란 변명을 이어 나갔다.

"고치를 근당 오백 원씩이라도 더 받을라고 버티다 봉게 그때부텀 연신 일이 늦어졌당게요. 고치 내고 나서 어물전에 들어가 고등어 한 손이랑 미역 한 뭇만 사 갖고 바로 올라고 했는디, 해필이면 야덜 큰외숙모가 거그 나와 있더만요. 얼굴이 영 안 좋다 싶어 물어 봉게, 요새 몸치가 나서 일도 통 못하고 누워만 있었디야. 그 소리를 듣고 어떻게 모르쇠하고 핑하니 올 수가 있어야 말이지. 맘이 급해서 똑 죽겄음서도 올케 신세타령 조깨 들어주고, 우리 해 사는 짐에 생선 서너 마리 사서 싸 보내니라고...."

그사이 만식 씨의 낯꽃은, 언제 화를 낸 적이 있더냐, 싶도록 환하고 너

그렇게 퍼져 있었다.

"그래 처남의 댁은 인제 괜찮으신가? 혼잣손에 그리 고생하신 양반이 몸이나 벨 탈 없으셔야지."

만식 씨는 화가 풀린 걸 넘어서, 6.25 전쟁 때 남편이 행방불명된 뒤로 혼자 농사지어서 삼 남매를 길러낸 처남의 댁 걱정까지 해 주었다. 언제나 그렇게 끝나는 아버지의 화풀이를 두고, 남희는 더러 억울한 기분이 되기도 했다.

고된 들일에 지칠 대로 지쳐 돌아온 저녁에, 아들 경수한테서 돈 부치라는 편지라도 와 있으면, 더욱이 예상치 못했던 가욋돈을 챙겨야 할 경우라도 되면, 만식 씨는 더러 한숨 쉬며 신세 한탄을 하기도 했다. 하지만 그는 아들이 필요로 하는 돈을 어떻게든 만들어 보냈으며, 정작 아들을 만나게 됐을 때 자기가 더러 힘겨워 허덕이고 짜증을 내기도 한다는 걸 결코 내비치는 법이 없었다. 남희는 아버지의 성실함과 선량함을 믿어 주면서도, 언제나 곁에서 불똥이나 맞는 제 처지가 처량하게 느껴지기도 했다.

"고치 낸 돈하고 돼지 판 돈하고 그럭저럭 보태면, 이번 고비는 어떻게 넘어가겠네. 담 달에는 또 햇곡식이 나올 텡게..."

한동댁이 경수한테 보내줄 돈을 맞춰 보는 소리에, 만식 씨가 가루담배 풍년초 연기를 내뿜으며 탄식처럼 중얼거렸다.

"젊은 시절 굽이굽이마다 목숨 보전하기가 급해서 돈 버는 일에 눈 돌릴 새가 없기도 했지만, 돈이란 게 이리 절실한 것인 중도 참말로 미처 몰랐지."

그는 담배꽁초를 흙바닥에 비벼 끄고, 벗어 놨던 밀짚모자를 집어 들었다.

논으로 들어서는 그의 뒤를, 한동댁도 낫을 들고 따랐다.

"허허 이거, 나락 귀가 원체 연해 놔서 조심해야겠다. 메뛰기 잡으러 댕기는 아덜이 한 번만 들어서서 휘젓고 나가면, 반타작 돼 번지게 생겼구먼."

"그렇게 말이요. 근다고 일삼아 와서 지켜 앉았을 수도 없는 노릇이고, 철부지들은 메뛰기만 눈에 띄면 마구잽이로 아무 논에나 뛰어들 텐디, 어찌 하까 모르겠네."

상당한 거리를 두고 일을 하면서도, 만식 씨 내외는 주거니 받거니 이야기를 이어갔다.

동네 사람들 대부분이 만약의 실패를 두려워한 나머지, 신품종인 통일벼 재배를 피했다. 젊은이 몇 사람만 작년에 처음으로 손을 댔는데, 독농가로 지정된 종질 박기수의 설득으로 만식 씨도 올해 앞들 논 닷 마지기에 통일벼를 심었다. 이전까지도 신품종 개발은 늘 있었지만 이처럼 획기적인 신품종은 없었던지라, 혹시 무모한 짓을 해서 한 해 농사 망치는 건 아닐까 하고 모를 낸 한참 뒤까지도 마음이 편치 않았다. 하지만, 이삭이 올라온 요즘에는 한눈에도 확실한 증수를 점칠 수 있게 돼, 만식 씨는 지난봄의 판단에 자부심이 생겼다. 다만 병충해나 풍수해를 입지 않고 수확기를 맞이하게 될 것과, 귀가 몹시 연해서 걸핏하면 땅으로 떨어져 내리는 낟알들이 추수철까지 무사히 제 자리를 지켜줄 것이, 만식 씨 내외의 바람이고 걱정이었다.

조금씩 고개를 숙이기 시작한 통일벼의 이삭은, 꼿꼿하게 서 있는 잎 사귀 아래로 모두 숨어 버렸다. 꼿꼿하게 하늘을 가리키고 선 잎사귀들만 이 촘촘한 논에서 피를 잘 가려내고 보니, 소녀의 단발머리처럼 가지런하 고 단정했다. 한 가지 색깔만 칠해 놓은 화판처럼 단조로운 그 빛깔은, 초 록에서 주황으로 넘어가는 중이었다. 찬물 방지용 갈개 안에 심어진 두어 줄의 벼가, 단조로운 주황빛의 가장자리에 녹색의 가느다란 띠를 둘러주 고 있었다.

"음, 가실 뒤에다 나락 베기에다, 조깨 있으면 또 정신없게 생겼구면. 타작 끝나기 무섭게 잎담배 감정도 준비해야 하고."

새터들 논으로 옮겨가서 새참을 들며 쉴 때, 박만식 씨가 시름겹게 말 했다.

"여태는 우리 딸 덕분에 그럭저럭 잘해 왔다만, 나이 찬 딸보고 지 동생 대학 졸업하드락 시집가지 말고 농사나 지으라고 할 수는 없고, 내년부터 일거리를 늘리먼 늘렸지 줄일 수는 없겠고...."

그런 푸념을 듣자니 남희도 막막한 기분이 되었다, 대학이 무엇인지도 모르면서 새벽마다 머리를 감아 빗고 두 손을 모아 치성드리는 어머니를 보자면, 애처롭기까지 했다. 한동댁이 주섬주섬 새참 보따리를 갈무리하 다 말고, 건너편 야산을 가리켰다.

"저거, 순애 아니냐?"

그 소리를 듣기라도 한 양, 때마침 순애가 이쪽을 향해 손을 흔들었다. 한쪽 손에는 누런 자루 하나를 들고 있었다. 그녀는 아직 만발하지도 않 은 구절초꽃을 훑어서 자루에 모으는 중이었다.

"들국화 말려서 베갯속 채운다고 그러더니, 꽃 따고 있네요."

순애를 먼눈으로 바라보면서 남희가 말했다. 재단사와의 결혼식 날짜가 겨울 어느 날로 잡히고부터, 순애의 모든 행동은 결혼 준비와 관계가 있었다. 예전 같았으면 농한기인 겨울철에나 붙들고 앉아 있을 레이스 뜨기도 그렇고, 읍내에 다니며 예쁜 찻잔이나 반찬 그릇 따위를 사 모으는 일이며, 더러는 낮에도 들판에 나가지 않고 재봉틀 앞에 앉아 조각 이불이나 상보 따위를 만들기도 했다.

"원앙침 속을 말린 국화로 채우면 그렇게 좋단다. 잠자는 내내 좋아하는 국화 향기를 맡다니, 정말 멋지잖아. 내일은 열 일 제쳐놓고 가서 꽃 따 올 건데, 같이 갈래?"

지난밤에, 코바늘로 하얀 레이스의 테이블보를 뜨면서 순애는 신혼의 단꿈에 젖었다. 장난 반의 지지부진한 연애일망정, 입맞춤도 나눈 첫사랑과 이별한 티가 나지 않았다.

"여름까지만 해도 내 맘이 쪼끔 그랬는데, 인제 진짜 미련이 없어. 지가 남자라면, 내가 약혼했단 소식 듣고 한 번쯤 쫓아 내려와서 소동이라도 부리는 게 정상 아니냐? 근데 세상에, 행복하게 잘 살라고 편지 왔더라, 참 나. 여태 촌구석에서 일만 하고 산 것도 억울한데, 그렇게 박력 없고 무능한 남자 만나서 어떻게 평생 살겠냐. 그래서 후회 안 해!"

순애는 짐짓 냉정한 체하며 철민 이야기를 했지만, 그래도 아련히 슬퍼 보였다. 겨우 세 번 만나고 결혼을 약속한 재단사한테 어떤 감정을 느끼느냐고 남희가 물었다.

"몰라, 그냥 그래. 차에 타고 내릴 때나 식당 같은 데서 정중하게 시중을 들어주고, 촌년이 가질 엄두도 못 내 봤던 선물도 몇 가지 사 주고, 그런 것이 싫지 않았어. 고생하고 살진 않겠다, 싶은 생각이 전부여."

"나중에 철민이 생각 안 나겠냐?"

"하는 수 없지, 뭐. 인제는 결정 난 일이라 생각 안 하고 싶어."

순애는 다시 레이스 테이블보 뜨기에 열중했다. 아른아른 섬세한 무늬의 순백 레이스 위에 색색의 과일이 담긴 바구니를 올려놓고, 또는 김이 오르는 찻잔을 올려놓고 좋아하는 노래 듣기, 마른 국화 냄새가 은은히 풍기는 원앙침을 베고 누워 달콤한 사랑 속삭이기. 순애가 그려보는 신혼이란 그런 것이었다. 맞은편에 앉을 남자, 원앙침을 함께 쓸 남자에 대해서, 그녀는 정작 깊이 생각해 보지 못했다. 상상하는 공간 속의 그 남자는, 그림자처럼 그저 어슴푸레할 뿐이었다.

그날 밤, 윤호가 순애 집에 놀러 왔다. 문간까지 온 순애의 부름을 받고 남희가 집을 나서자, 순애가 앞장서 걸으며 말했다.

"나도 눈치 하나는 빠르다. 윤호가 왔다 하면, 알아서 널 불러내잖아."

"처녀, 총각, 단둘이 있기가 어색하니까, 날 불러다 끼우는 거지 뭐."

"그게 아니고, 윤호가 실은 너 만나고 싶어 우리 집에 오는 것 같아."

"너도 참, 아무 근거도 없이 별 소릴 다 한다."

"근거고 뭣이고 그냥, 여자의 직감이여. 시방 혼자서 술 먹고 있는지도 몰라. 오자마자 품에서 소주 한 병 꺼내길래, 잔이랑 안주부터 챙겨다 주고 너 데리러 갔어."

"그래?"

남희는 덤덤하게 대꾸하며 마루로 올라섰다. 윤호는 빙긋이 웃는 얼굴로 방에 들어서는 두 사람을 한 번 보고는, 앞에 놓인 잔에 술을 따랐다. 작은 찻상에는 볶은 메뚜기와 풋고추 절임이 놓여 있었다.

"에이구, 혼자서 무슨 맛이래? 벌써 반병씩이나 마셨네."

순애가 다정한 누이처럼 윤호를 곱게 흘겨보았다. 윤호가 빙긋빙긋 웃으며 빈 잔에 다시 병을 기울이려 하자, 순애가 그것을 획 낚아채서 마루에 내놓았다.

"한 번씩 필요할 때도 있기야 하겠지만, 뭐 한다고 돈 버리고 몸 버리고 고생을 사서들 하는지, 이해를 못 하겠더라. 근데, 뭔 속 상하는 일이라도 있어?"

"아니, 가을밤이 돼서 그냥 한 잔 마시고 싶었어. 국화도 피었고, 귀뚜라미도 울어 쌓고..."

늘 그렇듯이 싱거운 농담과 눈에 보이는 세상의 이런저런 이야기를 나누는 사이에 밤이 이슥해지고 있었다.

다른 날 같으면 대문 앞까지 나와 배웅했을 순애가, 마루 끝에 서서 작별 인사를 던지고는 들어가 버렸다.

"잠깐 걸을까?"

단둘이 순애네 대문 밖 골목길로 나왔을 때, 윤호가 잠깐 멈춰 서서 말하고는 앞장서 걸었다. 윤호가 무슨 할 말이라도 있는 듯 보였는지라, 남희는 말없이 그 뒤를 따라 걸었다. 그들은 골목 앞의 냇둑 길을 거슬러 올라가다, 마을이 끝나는 곳쯤에 나란히 앉았다. 바람결이 서늘했다. 벼를 베지 않은 논들에서는, 바람이 불적마다 이삭들이 서로 부딪치며 익어가는 소리가 속삭이듯 자그랑거렸다. 냇가 풀숲에서는 여러 종류의 밤벌레들이 제각각의 소리로 울어댔다. 윤호가 품에서 무얼 꺼내는가 싶더니, 하모니카를 불기 시작했다. 라디오에서 들리면 더러 따라 부르기도 했던, '사랑의 기쁨'이란 곡이었다. 지금까지 들리던 여러 자연의 소리가 하모니카 소리에 덮였다.

"승우한테서는, 아직도 아무 소식 없어?"

또 한 곡을 더 연주한 다음 하모니카를 집어넣으며, 윤호가 물었다. 순애하고 셋이 극장에 갔다 오던 밤에 물어보던 그대로였다. 오는 길에 승우를 만났다면서도, 죽지 않고 잘 있더라는 한마디만 전해 주던 윤호였다. 하모니카 소리가 그치자 다시 밤벌레들의 울음소리가 시작되고, 개울 건너 어느 집에서 이불 홑청이라도 손질하는지 겹 다듬이질 소리가 아련히 들렸다. 어둠에 익숙해진 눈에는 흰 돌무더기와 맑은 냇물의 잔잔한 움직임이 그대로 보였다. 그것들을 향하고 있는 윤호의 옆얼굴에 잠시 눈길을 주며 남희가 무심히 대답했다.

"그러게."

제대하고 잠시 고향에 들렀다가 곧장 도시로 떠난 한승우로부터는, 주소조차 확실치 않은 편지 한 통이 날아왔을 뿐이었다.

그러던 중에, 순애한테서 전해 들은 승우의 소식은 뜻밖이었다.

"헛소문 아니다, 너? 우리 사촌이 마침 그 여자랑 같은 공장에서 일하는데, 동료들 사이에서는 찐한 사이라고 소문이 자자하단다."

"찐한 사이가 뭐래?"

남희는 그 표현이 어쩐지 낯 뜨거운 듯해서 피식 웃어버렸다.

"웃을 일이 아니라, 이참에 찾아가 봐라. 야, 솔직히 애인이 군대에 가 있으면 면회도 한 번 가고 그러는 것이지, 너도 진짜 너무했잖아. 남자가 포기하고 떠나도 할 말이 없을 정도여. 그러니 일이고 뭣이고 걷어치우고 찾아가서, 승우한테는 진심을 고백하고, 그 여자한테도 당차게 나서서 난리를 치라고!"

남희는 또 웃었다. 놀라운 소식이 분명한데도, 찾아가서 난리를 치라는 그 말의 부끄러움에 오히려 더 마음이 쓰였다.

"하긴, 어쩜 니가 옳은지도 몰라. 승우 씨가 그렇게 의리 없는 사람 아닌 줄을 나도 잘 알고 있으니까."

순애는 제풀에 지쳐 물러앉았었다.

윤호는 어슴푸레한 별빛 속에서 남희를 지그시 바라보았다. 불현듯 그녀의 볼에 드리워진 머리카락 한 가닥을 걷어 올려 주고 싶은 충동이 일었지만, 다만 그뿐이었다. 달 밝은 밤의 수박밭 원두막으로 한승우를 따라 놀러 온 남희에게서 윤호는 들꽃 냄새를 맡았다. 그녀는 다른 소녀들과 함께 윤호의 하모니카 반주에 맞추어 노래를 부르기도 하고, 수박을 한입 베어 문 채로 까르르 웃음을 터뜨리기도 했다. 아무도 돌봐 주지 않는 들꽃이라고, 그녀에게서는 들꽃 향내가 난다고, 그날 밤 윤호는 생각했다. 그 여름, 한승우와 소녀들을 몇 차례 더 원두막에 불러들인 것도 그녀와의 자연스러운 만남을 염두에 둔 까닭이었다. 하지만, 그녀에 관하여 궁금한 몇 가지를 넌지시 물어보았을 때, 한승우가 슬쩍 웃으며 가로막았다.

"야, 숙녀한테 지나친 관심은 실례야."

윤호가 몇 차례 만나다 보니, 다른 소녀들 사이에서는 그 두 사람을 조금 특별히 여기는 분위기가 느껴졌다. 과연 남희의 눈길도 늘 한승우를 향해 있는 것처럼 보였다. 그때부터 윤호는 그녀의 들꽃 냄새를 언제나 한 발짝 떨어진 곳에서, 그것도 친구인 한승우가 함께한 자리에서만 희미하고 안타깝게 맡아볼 수가 있었다.

윤호가 하려는 말이 무엇인지 안다는 듯, 남희가 가만히 말했다.

"승우 씨 이야기라면, 대충 알고 있어."

잠시 침묵이 흐른 뒤, 윤호가 말했다.

"그래. 알고 있는 게 나을 거야."

남희의 마음속에서 무엇인가 움직였다. 무겁지 않은 물건이 아래로 떨어져 내린 것도 같고, 가느다란 끈이 툭, 하고 잘려 나간 것도 같았다. 그가 꺼내려는 말이 무엇인지 확실히 알지 못하면서 던져 본 것뿐인데, 상대가 정작 부인하지 않으니 못내 실망스럽기조차 했다.

"힘든 객지 생활하다 보니 그렇게 됐을 거야. 그게 그러니까, 외롭게 지내다 고향 사람을 만나면, 과장된 친밀감을 느끼기도 쉽고."

남희가 묻지 않는데도, 윤호는 대신 변명이라도 해 주듯 더듬거리며 말했다.

몇 해 전부터, 이 지역 사람들의 귀에 한 사람의 이름이 익숙해지고 있었다. 그는 읍내 출신으로 일찌감치 서울에 가서 돈을 제법 벌었는데, 그 돈을 밑천 삼아 곧 정계에 진출할 것이라 했다. 똑같은 편지를 집집의 가장들 앞으로 부치거나, 사진과 함께 자신의 자랑스러운 과거가 정리돼 있는 인쇄물을 누군가의 손을 빌려 거듭 배포함으로써 금방 유명해졌다. 머지않은 어느 날에 그가 모습을 드러내어 힘을 발휘하면, 이 고장이 새롭고 활기찬 세상으로 변하리라고 말하는 농부들이 부쩍 늘었다. 이전에도 이미, 달콤하고 과장된 약속으로 사람들의 마음을 사고, 이어서 벼슬자리 꿰찼던 이들을 익히 겪어온 농부들이지만, 이번에는 다소 결이 달랐다. 자신이 가진 걸 고향 사람들과 나누겠노라는 다짐을 증명이라도 하듯, 그는 자기가 운영하는 공장에 고향의 젊은이들을 데려다 취업시키기 시작했다. 크지 않은 기업체인 데다 모자라는 인원을 채우는 정도이니 채용 규모가 클 수는 없었지만, 하여튼 처음 이름을 내놓을 때 사람들한테 했던 약속이 전수 거짓은 아니었다. 이 골짝 저 골짝에서 지원하여 뽑힌 젊은이들 몇몇이, 그가 이룩한 산업체에서 일하기 위해 짐을 싸 들고 고향을 떠났다. 떠나는 사람보다 떠나기를 원하는 사람의 수가 훨씬 많다 보니, 고향에 남는 젊은이들에게 그들은 부러움의 대상이 되기도 했다. 농사꾼보다는 좀 나은 자식의 미래를 원하는 농부 중 몇은, 사람을 모집하고 고르는 일을 하는 중간 책임자를 만나고자 했다. 그 사람 양기동의 아내가 읍내에서 식당을 운영하고 있는지라, 채소나 과일이나 잡곡 나부랭이를 싸 들고 그곳으로 찾아가기도 했다. 그렇게 해서 뜻이 이루어진 경우는 겨우 두셋에 불과했는데, 그중의 하나가 한승우였다. 제대를 앞둔 한승우는 고향 양지말이 늘 그리웠지만, 고향에서 펼쳐질 미래를 생각하면 마냥 암담했다. 돌아오는 기차와 버스 안에서도 내내, 어떻게든 도시에 자리 잡을 궁리에 골몰했다. 집에 도착한 그날 저녁에 소문을 들은 그는, 바로 다음 날에 읍내로 달려가서 원하던 답변을 얻어냈다. 그리던 고향이었지만, 망설이면 남에게 빼앗길 수도 있었다. 그는 고향 집에서 겨우 며칠을 묵은 다음, 곧바로 짐을 꾸려 서울로 올라갔다.

"양기동인가 그 사람, 펭판이 벨라 안 좋더라. 아직은 젊은 사람이 각시 혼자 식당 일하게 냅두고 나와서, 술집이네 다방이네 껄렁거리고 댕긴다고 모다 말 해 쌓더만. 그런 사람이 술값 받고 차비 받아 감서 뽑아 보내는 데가 뭐 그리 신통할 것이라고, 일 잘하고 있는 아덜을 저그 부모가 나서서 부추기고 있으니…"

근동 몇 개 마을이 온통 뒤숭숭한 판에 딸의 마음도 행여나 들뜰세라, 박만식 씨는 미리 그렇게 쐐기를 박아 두었다.

한승우가 그곳에 간다고 했을 때, 남희는 아버지와 동네 사람들의 대화에서 받았던 미심쩍은 인상만 마음에 걸렸다. 그런 다음 오래지 않아 승우에게 애인이 생겼다는 소식에는, 도무지 실감이 나지 않았다.

한승우가 군대로 떠나버린 마을은, 남희에게 한동안 사막과도 같았다. 지금까지 정답고 아름답게 느껴왔던 마을의 구석구석이며, 들판과 산과 나무와 그 밖의 모든 것들이, 언제였더냐는 듯 쓸쓸하고 황량한 모습을 드러냈다. 그녀는 승우가 아직 주소를 정했을 성싶지 않았을 때부터, 성급하게 편지를 기다리기 시작했다. 받아 보지도 않은 답장을 미리 써 보기도 하고, 집배원이 올 시간을 애타게 기다렸다.

집배원은 대략 오전 열 시쯤에 마을 앞 다릿목에 모습을 드러내곤 했다. 남희는 혹시 누군가가 제 앞으로 온 승우의 편지를 대신 받는 일이 생기기라도 할세라, 없는 집안일을 만들어서 들판에 나가기를 늦추기까지 했다. 아무튼 집배원의 둥근 모자와 누런 가방, 흰 사각봉투만큼 남희를 설레게 하는 것이 그 무렵에는 없었다. 들에서 일하고 돌아온 점심때, 마루 끝에 던져진 새하얀 봉투를 흙 묻은 손으로 집어 들면, 발신인의 이름부터 살폈다. 발신인의 이름이 한승우이기를 간절히 바라는 마음이었다. 누가 보낸 어떤 내용의 편지이건 간에, 한승우가 아니라는 이유만으로 그녀의 손끝은 다소 맥이 풀렸다. 고등학생이 되어 도시로 나간 경수가 처음 시작한 객지 생활로 가벼운 향수병을 앓으며 써 보낸 편지마저 순서가 밀릴 지경이었고, 순애가 철민의 영어 섞인 편지를 함께 읽자고 청해 와도 전처럼 재미있지 않았다.

그렇게 기다린 한승우의 편지는, 남희의 기다림이 무색할 만큼 평범하고 덤덤했다. 잘 있으며, 소식 늦어 미안하다. 언제나 건강하며 부모님의 좋은 딸이 되라는 식의 오빠 같은 말투였지만, 남희는 눈물이 나도록 반갑고 기뻤다. 그것을 여러 번 읽어 거의 외울 지경이 된 그녀는, 오래오래 가슴 속에 쌓인 많은 말들을, 밤을 도와 편지지에 적었다. 적는 동안 가슴은 따뜻하게 젖어 들고, 그리움으로 목이 메었다. 하지만 길게 적은 그 편지를 차마 우체통에 넣지 못했다. 승우의 평범하고 덤덤한 문장 앞에 주눅이 들어 버린 그녀는, 열정과 그리움으로 밤새 써 놓은 편지를 슬그머니 밀쳐놓고는 그것을 한결 가볍게 걸러내어 짧아진 편지를 봉투에 넣었다. 승우의 편지와 균형을 맞추지 않으면 혹시 그가 놀랄까, 지레 겁이 나서였다. 두 사람 사이에는 드문드문 편지가 오갔다. 한승우의 편지는 항상 그렇게, 평범하고 상식적인 느낌이었다.

'이 해도 저물어 간다. 한 해를 마무리하고 희망에 찬 새해를 맞이해 보

자.'

'언제나 착하고 성실하게 살아가는 너는, 주위 사람들에게 모범이 되는 생활을 지금도 잘하고 있겠지.'

그런 식이었다. 남희는 그것이 섭섭한 한편으로, 그의 과묵한 성품과 어울리는 듯하여 차라리 미덥기도 했다. 어느 날 승우가 편지에서 말했다.

'나의 방황이 어리석었다. 이룰 수 없는 꿈에 대한 미련을 버리지 못하고, 농사를 지으면서도 늘 건성이었던 지난날이 뉘우쳐진다. 이제, 나의 미래를 고향에서 펼치기로 마음을 굳혔다...'

그 편지를 받고 얼마 지나지 않아 승우가 휴가를 나왔다. 입대한 지 만 일 년 만이었다.

"시집 안 가고 있어 줘서 고마워. 그럴 리야 없겠지만, 은근히 걱정되더라."

동네 앞 다릿목에서 남희의 손을 잡으며 농담인 듯 진담인 듯 승우가 말했다.

"네 생각 많이 했어."

그 말을 하면서, 승우는 어색하게 웃었다. 휴가 기간에 그는 별 외출하는 기색도 없이 농사일에 열중했다. 어느 날, 지난날에 앉았던 밭둑 아래 바위에 두 사람이 나란히 앉게 되었다. 그가 입영 날짜를 받아 놓고 심란해하던 작년의 그때보다 숲의 색깔이 조금 더 짙어졌다는 것뿐, 모든 것이 그대로였다. 더러는 물을 잡아 논둑을 발라놓은 논도 보이고, 아직도 마른갈이인 채 쟁기로 뒤집어놓은 흙이 부옇게 말라가는 논들도 있었다.

"생각나? 작년에 이 자리에 앉아 걱정하던 일."

"그래."

"고생 많았지? 그래도 얼굴 보니 썩 괜찮은데..."

"맞아, 그럴 거야. 규칙적인 생활이 건강에 제일이니까, 하하. 그나저나, 나보다 남희가 고생했을 것 같아, 일이 워낙 많으니."

승우는 연둣빛 수풀 저 편의 밭들과 거기에 이어진 판판한 산등성이를 아득히 바라보았다. 대부분의 밭이 아직은 쟁기질만 되어 있어, 붉고 검은 흙을 드러낸 채 고요히 누워 있었다. 그 너머의 나무 없는 산등성이는, 풀빛으로 곱게 물들어 있었다.

"여러 지방에서 온 사람들을 만나면서, 우리 고향이 농촌 중에서도 퍽 뒤떨어졌다는 사실을 새삼 알게 되었어. 평야지를 선두로, 농촌도 급격히 바뀌고 있는 것 같더라. 층계 논과 비탈밭 떼기에 의지해서 이대로 겨우 식량 할 정도의 곡식이나 생산해서는, 다른 곳이랑 경쟁이 될 수 없어. 뭔가 다른 방법을 찾아 봐야지."

승우가 남희를 정답게 마주 보았다. 그의 눈은 새로운 희망으로 빛나고 있었다.

"저 언덕에 목장을 일구면 어떨까 싶다. 이 지역에서는 낙농이나 뭐, 그런 선진적인 분야로 눈을 돌려야 될 것 같아. 전에도 가끔 그런 궁리를 막연하게 해본 적은 있지만, 하여튼 저곳을 사서 멋진 농장을 꾸미면 좋겠어!"

읍내 사람 소유의 그 언덕에는 약간의 뽕나무밭과 비어 있는 잠실 한 채가 무너질 듯 서 있을 뿐, 반반하게 너른 땅이 키 작은 잡목들과 온갖

풀들로 뒤덮여 있었다.

"원래 동네 공동 재산이었던 것을, 몇몇 사람들이 작당해서 팔아넘겼대. 읍내 사람이야 돈이 많아 아쉬울 게 없으니, 묏자리나 한다고 아껴 두는 거겠지. 내가 제대하고 올 때까지 이대로 변동이 없으면, 그 사람을 찾아가서 좀 싸게 팔라고 졸라볼 거야. 그런 다음 목장을 만드는 거지, 어때?"

그는 곧 꿈이 이루어질 듯이, 그날이 내일모레로 다가온 듯이, 진지하고도 벅찬 표정이었다. 흰 싸리꽃 짙은 향내가 건너편 비탈에서 바람결에 실려 왔다.

"냄새 좋네."

코를 한 번 벌렁거린 승우는, 다시 목장주가 될 날을 그리고 있었다.

"과실나무도 골고루 심었으면 좋겠다."

승우의 꿈이 곧 제 꿈이라도 되는 양, 남희도 신이 났다.

"과수원은 안 할 테다. 우리 친구 중에 과수원집 아들이 있는데, 한 번씩 가 보면 말도 못 하게 일이 많더라. 농한기도 없어. 가족들 모두가 고생이야."

"그거야, 목장도 마찬가질 걸."

"음, 그렇긴 하구나."

승우는 한 손으로 턱을 받치고는 사뭇 심각한 표정을 지었다. 그러다 기지개를 한 번 켜더니, 편편한 바위에 그대로 벌렁 누워 버렸다.

"나, 딱 십 분만 여기서 낮잠 자고 밭에 갈란다. 어젯밤에 친구 놈들이 불러내 갖고 읍내 갔었거든. 어찌나 막걸리를 퍼먹이는지, 아직도 완전히 깬 것 같지가 않아.”

시냇물이 바위 뿌리를 적시며 흐르고, 투명한 물속으로 희고 깨끗한 자갈이 흔들렸다. 승우는 바위에서 내려서는 남희의 팔을 붙잡았다.

“조금 더 쉬다가, 나 간 다음 일해도 되잖아.”

“그래, 알았어. 여기 있다가 깨워주고 나서 일할게.”

“그러지 말고 이리 와서 앉아 있어. 잠은 십 분쯤 자기로 하고, 잠들 때까지 일 분만 무릎 좀 베게 해 주라.”

승우는 어리광하듯이, 남희의 손을 잡아 바위 위로 끌어 올렸다. 그들이 싫다거니 괜찮다거니 웃으며 실랑이하고 있는 참에, 고래댁이 바로 건너 비탈길을 오르는 게 보였다. 한 손에는 새참 보따리를, 한 손에는 노란 막걸리 주전자를 들고 지나다 잠시 이쪽을 돌아봤지만, 얼른 고개를 돌리고 그대로 지나갔다.

“소문나는 것이 그렇게 겁나?”

바위에서 도망치듯 내려와, 밭둑 아래 둔치의 미루나무에 기대선 남희를 건너다보며, 승우가 좀 서운한 얼굴로 물었다.

“그게 아니고, 나도 몰래 놀랐나 봐.”

순간적으로 그를 서운하게 했나 싶어 당황했지만, 승우는 곧 양손을 깍지 끼어 뒷머리에 받치고 누워서 한밤중 같은 잠에 빠져 들었다.

한승우가 일 년 전처럼 싱거운 인사 한마디 남겨놓고 떠난 며칠 뒤, 남희는 아버지의 부름을 받았다.

“상 치우고 와서 나 좀 보자.”

저녁상을 물린 박만식 씨는, 상을 들고 일어서는 딸을 가라앉은 낮은 소리로 불렀다.

"너도 인제는 철들 나이도 되고 해서, 엔간한 일은 간섭 안 할라고 그랬다만..."

박만식 씨는 필터 없는 새마을 담배를 길고 깊게 빨아들이고 연기 한 번 뱉은 끝에, 혀에까지 빨려 들어간 가루를 퇴,퇴, 소리내어 뱉어냈다. 요즘들어 그는 가루담배 풍년초와 필터 없는 궐련 새마을담배를 번갈아 피우는 중이었다.

금방 설거지한 손의 물기를 닦으며 무릎 꿇은 자세로 그 앞에 앉은 남희는, 아버지의 편치 못한 심기를 알아채고는 막연히 긴장했다.

"물론 세상이 많이 벤한 줄이사 나도 알고 있니라. 그래서 니가 바깥에 나가먼 사내 녀석들하고 더러 어울려 댕기는 걸 알고도, 일일이 말 안 하고 있었다. 예전 같았으먼 어디 택이나 닿는 소리냐? 어디 다 큰 크내기 총각들이 친구네 뭐네 함서 뭉쳐 댕기느냐 말이다. 요새 세상은 그러는 것이라고들 해 싸서 나도 많이 양보하고 있다만, 더 이상 요상시런 소리는 애비 귀에 안 들어와야 할 거 아니냐?"

남희는 처음에 어리둥절했지만, 곧 짐작이 갔다. 푸른골 밭가에서 승우랑 어쩌고 있었냐고, 전날 낮에 어머니가 일차로 물어 왔었다. 무슨 소문이 귀에 들어간 듯했다.

"아버지, 그건...."

남희는 변명하려 했지만, 왠지 입이 잘 떨어지지 않았다. 다행히 언성을 높이지는 않았지만, 박만식 씨의 표정은 어두웠다. 기대를 저버리고 동네 사람들의 이야깃거리가 된 딸에게, 노여움을 감추지 못했다.

"세상이 아무리 벤해도, 사람한테는 꼭 지켜야 할 도리가 있느라. 니가 말귀 알아들을 만항게 오늘은 이 정도로 해 둔다만, 두 번 다시 애비 귀에 거북한 소리 안 들어오게 앞으로는 조심해라. 니가 고삐 꿰서 매달아 놓을 수 있는 소도 아니니, 그저 믿는다는 이 말로 부탁을 대신하마."

"그게...."

남희는 무슨 말이든 하고 싶었지만, 여전히 말이 나오지 않았다. 사실 그녀는 요즘, 어디엔가 하소연이라도 하고 싶도록 가슴이 답답했다. 늘 그랬듯 은근한 암시뿐인 상태로 다시 긴 작별에 들어간 승우와의 사이가 우선 그랬다. 예전에는 사소한 말 한마디에도 가슴이 설레고 즐거웠는데, 이 무렵에는 우울과 초조감을 느끼곤 했다. 한승우는 여전히 그녀를 가장 친한 친구로 대해 주었고, 두 사람의 대화에는 전보다 훨씬 뚜렷한 암시가 묻어나곤 했다. 그런데도 남희는, 누군가에게 위로받고 싶은 기분에 잠길 때가 많았다. 이런 그녀에게, 아버지의 긴 훈계는 공허하게 들렸다. 자신의 심사를 말하고 싶은 욕구가, 아버지 앞에 꿇어앉아 있는 동안 목구멍 근처에서 가래처럼 끓어댔으나, 그녀는 고분고분하게 '알았어요, 아버지'를 낮게 읊조린 다음 안방을 물러 나왔다.

어떤 날 밤에는, 한승우와 입맞춤하는 꿈을 꾸었다. 뽀얗고 고운 모래가 깔리고 코스모스가 키보다 훨씬 높게 숲을 이룬 신작로를 그들은 걷고 있었다. 언제나 그랬듯이 처음에는 어깨를 나란히 하고 걷기 시작했던 게, 걸음이 빠른 승우가 점차 앞으로 나서게 돼 남희는 그의 옆모습 뒷부분을 보며 걷게 되었다. 코스모스 숲은 점점 키가 높아지면서, 사방이 구름 낀 날처럼 침침해졌다. 그러다가 어느 사이에 하늘을 덮는 높은 나무의 숲으로 바뀌었고, 남빛 물감을 가득 엎질러 놓은 듯 환상적인 어둠 가운데 두 사람이 있었다. 승우가 가만히 멈춰 서더니 남희한테로 바짝 다가섰다. 두 사람은 동시에 포옹했고, 부드럽게 입을 맞추었다. 처음 겪는 일인데도 그녀는 놀라거나 두려워하지 않았고, 아주 자연스러운 가운데 달콤한 느낌이었다. 하지만 그 순간은 지극히 짧았다. 지금까지는 모든 동작이 느리고 유연했던 바와는 달리, 그 순간은 번개처럼 짧기만 했다. 그렇게 두 사람의 입술이 맞닿았나 했을 때 잠이 깼다. 잠에서 깬 그녀는 내심 그 순간을 아쉬워했다. 그녀는 소설책에서 읽은 아름답고 뜨거운 사랑의 주인공을 꿈꾸었다. 하지만 그들은, 십 대의 소년 소녀였을 때와 달라진 게 없다. 늘 밝고 정답게 웃었지만 늘 한 걸음 떨어져서 안타깝게 서로를 지켜보았다.

승우의 편지는 여전히 짤막하고 덤덤했다. 어차피 구구절절 사연을 엮어내려갈 성격이 못 되는 줄로 알아버리니, 짧은 편지나마 잊지 않고 보내주는 것만으로도 충분하게 반갑고 기뻤다. 그리고 시간이 가면서, 그의 편지에 의미가 실려 왔다. '너와 내가 함께 일구어나갈 미래'라든가, '너를 행복하게 해 줄 궁리를 하는 것만으로도 나는 행복하다'라고도 했다.

'승우 씨! 이렇게 낮에 편지를 쓰는 것은 비가 내리고 있어서야. 달이 밝은 밤이나 냇물이 분홍빛에 젖은 어느 날의 해 질 무렵, 그리고 오늘처럼 비라도 내릴 적에는 처음 승우 씨가 이곳을 떠났을 때 느꼈던 허전함이 되살아나는 듯 해…….'

어떤 날은 힘들게 생활하고 있을 승우에게 용기를 주기 위해서, 어떤 날은 그저 쓰고 싶어서, 남희는 그에게 편지를 썼다. 그가 이따금 부쳐 오는 '전우 신문'의 귀퉁이 빈자리에다 '너도 잘 지내? 나는 잘 있어'라고 단 한마디 적어 보낸 답장으로, 서너 장의 편지지를 채워 보낸 적도 있었다.

그해 겨울 한승우의 집안에서 일어났던, 사사로우면서도 마을 안에 화 젯거리가 되었던 사건을, 남희는 굳이 편지에다 적어 보내지 않았다. 달 갑잖은 소식을 전해 봤자 승우의 마음만 산란할 게 뻔해서였다. 그의 집 에서도 아무 말이 없었던 듯, 일 년 만에 두 번째 휴가를 나온 승우는 적 이 당황하고 또 흔들리는 모습이었다.

그의 형 병우는 서른 살로, 마냥 무던하고 착실한 청년이었다. 일찍이 농사일을 몸에 익혔던 만큼이나 바깥세상 물정에는 어두워서, 양지말의 논밭 아니면 제 목숨 부지할 곳이 없는 줄로 아는 사람이었다. 부모들의 기대와 관심이 저보다 활발한 아우한테만 쏠려 있어도, 일 년 내내 두더 지처럼 흙 속에만 묻혀 있어도, 별다른 불만이나 어려움을 모르고 끄덕 끄덕 일만 했다. 그러다 막상 장가 들 나이가 되고 보니, 도무지 배우자를 구할 길이 없었다. 그가 결혼을 원했다기보다 그의 부모가 서둘러 며느리 를 보려고 안달이었지만 늘 허사로 끝나곤 했다. 시골 처녀들이 너도나도 도시 바람들을 쐬게 되고, 고된 농사일을 하지 않고도 살아갈 방법들이 있다는 사실을 보고 듣고 직접 체험하면서부터, 농사꾼 총각들의 배우자 구하기가 어려워지고 있었다. 도시에 나간 처녀들은 도시 생활이 몸에 배 어서, 시골에 남아 있는 처녀들은 도시 생활을 막연히 동경해서, 저마다 농사꾼 아낙 되기를 피했다. 그녀들이 바라보는 농촌 주부의 현실은 마냥 암담했다. 새벽부터 어두울 때까지 이어지는 긴 노동과, 그럼에도 좀체 도시의 소비를 따라갈 수 없는 낮은 소득과 문화적인 소외, 그리고 흙투성이 차림새로 고래고래 소리나 지르는 남자와의 멋대가리 없는 결혼생활이었다. 게다가 까다롭고 성깔 사나운 시어머니라도 걸린다면, 이것은 결혼이 아니라 숫제 싸움터에 뛰어드는 꼴이었다. 훤히 열어젖혀 놓고 사는 동네 집들의 모습 중에서, 처녀들은 자신이 미래에 겪고 싶지 않은 것들만 마음속에 새겨두고 지레 겁을 먹었다. 그에 비해 도시는 환상의 세계였다. 그녀들이 보는 도시는, 주로 남의 집에 가서 얻어 보는 텔레비전 화면 속의 사장 집이나, 고급 식당이나 호텔 커피숍이나 백화점에 진열된 화려한 물건들의 모습이었다. 거기에 비치는 사람들은 별반 노동하는 것 같지도 않으면서 돈을 펑펑 쓰고, 늘 명절날처럼 먹고 마시며 웃고 즐기는가 하면, 잘나 보이는 남자의 지극한 사랑을 받았다. 도시를 겪고 돌아온 마을 사람들의 깨끗한 옷차림과 하얗게 바랜 피부는, 더러 얻어듣는 그네들의 고생담에도 불구하고 역시나 가능성의 세계가 도시에 있음을 증명했다. 어떤 형태로든, 도시인이 된다는 것은 그녀들에게 있어 일종의 신분 상승이었다. 돈도 실력도 자격증도, 아무것도 없는 처녀들에게 가장 손쉬운 신분 상승의 방법은 도시에 있는 남자와의 결혼이었다. 반대로 농사꾼 청년한테 시집간다는 것이야말로, 훤히 알면서 밑지는 장사에 뛰어드는 꼴이었다. 오직 도시로 시집가려는 목적으로 애틋한 농사꾼 애인을 버리고 떠나기도 하는 판이니, 농사꾼 청년의 중매결혼이 성사되기란 매우 어려웠다. 대대로 물려받은 농토가 제법 되고 사람도 똘똘하여 동네일을 쥐락펴락할 정도가 되어도 중매 서기가 쉽지 않은 터에, 한병우처럼 가진 것도 시원찮은 데다 좀 어수룩해 보이는 청년은 짝을 찾기가 어려울 수밖에 없었다.

더욱이 병우는 걸음걸이가 온전하지 못했다. 기능상의 불편은 크지 않았으나 걸을 때면 몸이 한쪽으로 쏠리며 기우뚱거렸다. 어렸을 때 들판의 쥐불놀이 행사에 꼬마 패거리들과 어울려 따라다니다 옷에 불이 붙었다. 어른들의 눈에 띄어 옷에 붙었던 불을 가까스로 껐지만, 그는 엉덩이 아래에 깊은 화상을 입었다. 병원에서 제대로 치료를 받았다면 달라질 수도 있었겠지만, 전쟁이 끝난 지도 얼마 되지 않은 데다 지독한 흉년까지 겹쳤던 그 무렵에, 가난한 산촌 사람들에게 병원은 너무 멀었다. 뒷집 중학생한테서 얻어 온 잉크를 바르고, 이어서 간장이며 된장 따위를 치료제로 삼아 겨우 진물이나 가라앉혔던 그의 다리는, 그날의 흔적을 고스란히 드러내고 있었다.

예전의 그에게는 욕심이 없는 만큼이나 불만도 외로움도 남의 이야기인 듯 보였는데, 나이가 들면서 언제부턴가 더러 읍내의 술집에 드나들었다.

가을이 깊어지던 어느 날, 주모는 나이가 좀 들어 보이는 색시를 그에게 소개했다. 엊그제 갓 들어온 아이라면서, 데려다 아내로 삼으라는 권유였다. 남도의 작은 외딴섬이 고향이라고 밝힌 여자는, 친구의 꾐에 빠져 잠깐 길을 잃었던 탓에 집에 돌아갈 용기조차 없노라고 자신의 딱한 처지를 하소연했다.

한병우는 그녀가 자신에게 과분한 여자라고 생각했다. 그는 아버지에게, 그녀를 데려오는 대가로 주모에게 갚아야 할 몸값을 장만해 달라고 요청했다. 자신을 위하여 이렇게 큰 지출을 생각해 본 것은 난생처음이었다. 술집에서 며느리를 데려온다는 것도 탐탁지 않은 터에 목돈까지 챙겨야 한다니, 처음에는 어머니가 펄쩍 뛰었다. 하지만 현실을 인정할 수밖에 없었으므로 고집을 부리지는 못했다. 그들은 추수해서 갚기로 하고, 방앗간 집에서 쌀 스무 가마값을 빚내어 주모에게 건넸다.

돈을 건넨 그날로 여자가 집에 들어와 살기 시작했다. 웬만하면 결혼식을 치르자는 게 병우와 가족들의 의견이었지만, 여자가 그것을 원치 않았다. 귀한 딸이 집을 나간 것만도 힘들었을 부모에게, 갑자기 결혼 소식을 전하여 충격을 줄 수 없다는 게 그녀의 변이었다. 결혼식을 뒤로 미루는 대신, 여자가 원하는 반지와 목걸이와 시계에다 팔찌까지 골고루 몸에 걸쳐주는 걸로 한 가족이 되는 의식을 치렀다. 여자는 상냥하고 싹싹했다. 아버지 어머니라는 호칭을 처음부터 자연스럽게 썼고, 부엌에도 스스럼없이 들어섰다.

병우의 얼굴에 전에 없이 화색이 도는 것을 보면서, 처음에 탐탁지 않게 여기던 어머니의 마음도 빠르게 누그러졌다. 어머니는 동네 사람들에게 자랑까지 해가며 아들의 행복을 기꺼워했다. 행여나 여자가 고달픈 촌살림을 싫증 내어 떠나지나 않을까 전전긍긍하며, 그 점에 안심할 수 있도록 하루빨리 아이가 생겨 주기를 고대했다. 아이가 생기고 며느리가 온전한 가족이라는 믿음이 생기면, 큰아들 병우 걱정은 안 해도 좋을 것 같았다. 깐깐한 성미의 시어머니는 때때로 비위가 뒤틀리기도 했지만, 아이만 생겨 봐라, 싶은 속셈을 감춘 채로 며느리를 상전처럼 받들었다.

그렇게 두어 달 남짓 보낸 12월 어느 날이었다. 시부모가 달구지 끌고 땔나무를 하러 간 오전에, 나들이옷을 차려입은 여자가 골목을 나왔다.

도랑물에 빨래하던 아낙네 중 하나가 물으니, 읍내 미장원에 가서 머리를 지지고 오겠노라 대답했다.

"아버님 상에 놓을 반찬거리도 좀 사 오려고요."

그녀의 대답에 동네 여자들은, 어수룩한 병우가 그나마 여자 복은 있다고 한마디씩 보탰다. 하지만 여자는 그길로 돌아오지 않았다. 몸에 걸고 다니던 패물이며 새 옷뿐 아니라, 담배 수매가 끝난 직후인지라 장롱 깊숙이 넣어 두었던 돈뭉치까지 깜찍하게 찾아내어 들고 가 버렸다. 여자를 데려올 적에 쓴 몸값이며 패물값들의 일부라도 갚으려고 넣어둔 돈이었다.

처음에는 여자를 찾기 위해서, 이후로는 남 부끄럽고 속상해서, 병우는 예전보다 더 자주 술집을 드나들었다. 하여튼 겨울 내내 그는 집에 붙어 있지를 않았다. 그가 읍내 뒷골목의 노름판을 기웃거린다는 것을 아는 이는 또래의 몇몇 사람이었다. 하지만 본디 착실한 성미에다 배포가 크지도 않은 사람이니, 그러다 말려니 싶어 쉬쉬했다. 실제로 그는, 술집에서 우연히 마주친 옛친구를 따라가 낯을 익힌 노름판에서 잔심부름이나 하며 겨울을 보내고 있었다. 봄이 다 되어갈 무렵, 귀신이라도 들린 듯이 본격적인 노름판에 끼어든 그가 하룻밤 새에 진 빚은, 대대로 물려받은 논 열 마지기와 농우 한 마리를 헐값에 넘기고야 해결할 수가 있었다.

"이놈아, 그깟 년 하나 없어졌다고 집구석끄장 말아 먹었냐!"

어머니는 아들의 멱살을 쥐고 흔들며 대성통곡을 했다. 모든 원망과 악담은 며느리로 살다 사라진 여자에게 퍼부어졌다.

"아이고 분해! 어쩐지 첫눈에 여시맹이 생겼다 싶더니만, 내 자석 등신 맨들고 우리 집을 지둥 뿌렝이끄장 흔들어 놨네, 썩을 년이..."

치받치는 화를 견디지 못할 때마다, 걸쭉한 욕설에 악담을 토사물처럼 내뱉었다. 아버지는, 아들이 노름으로 잃은 논에 누구라도 농사를 지으면, 달려가서 다리를 부러뜨려 놓을 것이라며 생떼를 썼다. 그러나 밀어닥칠 생활고 걱정에 분노는 맥없이 사그라들고, 병우 역시 예전처럼 꾹 수그리고 일만 했다.

농사철에 휴가를 나온 승우는 오래지 않아 사태를 파악해 버렸으며, 많이 놀라고 당황했다. 마침 모내기철이 다가오는지라, 집에 오는 차 안에서도 농사일을 한몫 거들기로 단단히 각오했었다. 그런데, 가족들의 삶을 지탱해 준 가장 큰 덩어리의 문전옥답에 쟁기질하고 있는 이는 다른 사람이었다. 처음에는 동네에 놉이 귀해 다른 동네 사람을 얻어 왔거니 했지만, 얼마지 않아 사정을 알게 되었다. 게다가 정들었던 농우마저 보이지 않는 외양간이며, 어딘지 풀이 죽은 채 슬금슬금 그의 눈치를 살피는 가족들의 모양새도 가관이었다. 마을에서 떨어진 골짝 논 서너 다랑이와 산 아래 펀더기에 붙은 밭뙈기 몇 조각에 바짝 매달려서, 자학이라도 하듯 몸을 혹사하는 가족들의 몰골에 승우는 참담함을 느꼈다. 그는 농사일만 하던 작년과는 달리, 별 볼일이 없어도 읍내에 내려가는 일이 많았고, 더러는 그 거리를 하릴없이 어슬렁거리기도 했다.

"별거 있어? 인생이란 다 그렇고 그런 거지. 술도 마시며 사는 거야."

결코 승우의 본심은 아니라고 믿으면서도, 술 냄새 풍기며 그런 말을 뱉어내는 승우가 남희에겐 낯설었다. 남희가 알고 있는 승우라면, 그보다 더한 일에도 무너져 내리지 말아야 했다. 그녀는 안타깝고 서글픈 심사로

승우를 지켜보았다.

　그날 밤 술기운에 젖은 채로 남희를 불러낸 승우는, 둘이 걷곤 하던 냇둑 위에 나란히 앉아 낮고 음울한 소리로 말했다.

　"어젯밤에는 참 괴상한 꿈을 꾸었다. 너무 불길한 꿈이 돼서, 지금까지도 기분이 나빠."

　"……"

　"꿈속에서 남희 너, 시집가더라."

　그는 제법 취한 듯 고개가 저절로 꺾어져 내리길 두어 번이나 했지만, 말소리는 흐트러짐이 없었다.

　"어떤 놈인지, 찾아서 요절을 내겠다는 심사로 총을 들고 밤새도록 헤맸어."

　남희가 어둠 속에서 그를 돌아보았다. 승우답지 않은 승우에게 그녀는 연민을 느꼈다.

　"왜 하필 총을 겨누고 분노에 떨며 헤맸을까?"

　그는 스스로에게 질문하듯 낮게 물었다. 남희는 애써 무심한 척했다.

　"거기가 군인이니까 총이 보였을 테지. 나이 드신 분들만 꿈에 연연하는 줄 알았더니, 승우 씨도 그런 면이 있었네?"

　"맞아, 개꿈이야. 그렇지만 니가 누군가에게 시집간다는 건 끔찍했어."

　"하하, 개꿈인 줄 알았다니 됐어."

　남희가 짐짓 명랑하게 웃었다. 승우도 비로소 웃었다.

　"그동안 혹시, 윤호한테서 편지 왔데?"

　짧은 웃음의 끝자락을 흐리면서 승우가 뜬금없이 물었다.

"안 왔어. 근데 왜 그런 걸 물어?"

"그냥 물어봤어. 어젯밤 꿈에 윤호가 보였던 것도 같고..."

승우는 가늘게 한숨을 쉬었다. 입대하기 전의 어느 날, 윤호의 하모니카 소리에 맞춰 노래 부르고 있는 남희의 팔을, 승우가 슬그머니 잡아당겼다. 빙긋 웃고 있긴 했지만, 조금 떨어져 앉으라는 시늉의 그 눈빛에는 장난기가 없었다.

"참 그리고, 너 읍내 누구와 혼담이 있다던데?"

"아이참, 혼담은 무슨. 저번에 새마을 공동 작업을 하던 중에, 이장댁 아줌마가 공연한 소릴 한 게 부풀려져 소문났다는 걸 나중에야 알았어."

"하긴, 혼담이 있을 나이도 되었지."

좁은 시멘트 둑에 걸터앉은 자세인 채 팔을 뒤로하여 맨땅을 더듬은 승우가, 돌멩이 한 개를 찾아 물에 던졌다. 흔들리는 물살처럼, 그의 마음도 흔들리고 있었다. 물 실은 논에서는 개구리들이 시끄럽게 짖어댔다. 고된 농사일에 지친 사람들이 일찌감치 불을 꺼버려, 마을의 집들은 어두웠다. 건너편 어느 집의 라디오에서 일일 연속극이 끝나고 있었다. 승우는 다시 팔을 뒤로 뻗어 돌멩이를 더듬어 찾아, 저만큼 앞의 냇물에다 그것을 던졌다. 한 손은 연신 그 동작을 되풀이하고 있는 사이, 다른 한 손은 기울어지는 이마를 받쳐주고 있었다.

"이상하네, 정작 이러고 있자니 왜 할 말이 없을까?"

이윽고 팔매질을 멈춘 승우가 어색하고 희미하게 웃었다.

"저...."

그가 갑자기 정색하고 남희를 불렀다.

"지금, 내 방에 같이 갈래?"

목에 무엇이 걸린 듯 꺽꺽 막히는 낮은 소리였다. 더듬거리기까지 하는 그의 진지한 말투에 남희는 뭐라고 대답할 말을 찾지 못하고 침묵했다.

"함께 있고 싶어. 헤어지고 싶지 않아."

글자를 갓 깨친 아이가 국어책을 소리 내어 읽듯이, 천천히 띄엄띄엄 그가 다시 말했다. 남희는 무언지 모를 두려움과 실망을 동시에 맛보았다. 막연할 뿐이었지만, 그녀가 꿈꾸던 순간은 이런 게 아니었다. 시처럼 음악처럼 물결처럼, 그러나 언제인지 모를 순간에... 그런데 지금 그는, '우리 사랑할까? 준비, 시작!'이라고 말한다. 그것은 남희에게 생각할 기회를 주는 셈이었고, 생각할 기회를 얻은 이상 아무 일도 저지르지 못할 자신을 그녀는 잘 알고 있었다.

갓 중학생이 된 남희가 집에서 일요일을 보내고 있을 때, 밖에서 놀다 들어온 경수가 별로 유쾌하지 않은 듯 시큰둥하게 말했다.

"회관 앞에 모여 놀던 형들이, 누나 지나가는 걸 보면서 젖이 제법 커서 처녀티가 난대. 듣기 싫어서 항의했더니, 꿀밤을 먹이더라고."

한동댁은 기겁했다. 그녀는 하던 일도 접어 두고서 당장에 장롱을 뒤져, 어깨끈이 달린 무명 치맛말 하나를 찾아냈다. 그것을 일일이 손으로 박음질하여 단추를 튼튼하게 달아 놓고는 딸을 불렀다.

"요걸 가심에다 둘러 입어라. 첨에는 조깨 갑갑해도, 차차 괜찮아질 텡게. 여자는 어찌 됐든 몸가짐이 조신해야 되는 것이여."

남희는 앞여밈 단추가 무던히도 튼튼하게 달린, 치마 없는 치맛말을 가슴에 둘러보았다. 한창 부풀어 오르기 시작한 그녀의 앞가슴은, 억지로 짓눌려서 숨이 막혀 왔다. 어머니가 내미는 무명 치맛말로 앞가슴 조여 매기를 계속하는 중에도 남희는 입속으로 구시렁거렸다.

'난 브래지어를 차고 싶다고. 우리 가정 선생님도, 여학생들은 모두 브래지어를 사서 차라고 말씀하셨는데.'

그 무렵 브래지어는 마을의 멋쟁이 처녀들 두어 사람이나 착용하고 다닐 뿐이었고, 그나마 속이 꽉 막히고 말 많은 아낙네들한테는 흉거리였다. 그중 한 처녀의 어머니는 자기 딸의 브래지어를 처음 봤을 때, 그것이 도대체 뭣에 쓰는 물건인가 싶어 무릎에도 차 보고 머리에도 써 보고 엉덩이에도 둘러보며 신기해했다. 그녀는 동네 아낙네들한테 그 이야기를 구수하게 전함으로써, 품앗이 일터를 한순간 웃음 도가니로 만들어 주기도 했다.

숨 막히는 치맛말보다는 읍내 양품점에서 브래지어 하나 사서 차게 해 달라는 딸의 간청에, 한동댁은 한 번 더 깜짝 놀랐다.

"못 써. 미국이나 머 그런 데 있는 여자들이 젖 크게 뵈고 싶어 두르고 댕기는 것을, 이런 데서 숭내면 되가니. 아랫뜸 진옥이네 성도 그런 걸 둘러서 가심이 불룩해 갖고 댕긴다고, 넘들이 모다 욕해 쌓더만. 그저, 크내기들한테는 치맷말기가 젤이여. 젖이 너무 크도 않게 해주고, 넘보매 불룩하들 않응게 아부지나 동네 어른들한테 미안한 것도 덜하고. 내가 너 크면 줄라고 오래 전에 두 개를 맨들아 놨니라."

젖가슴이 불룩하면 왜 아버지나 동네 어른들한테 미안한 것인지 이해할 수 없는 채로, 남희의 어린 젖가슴은 무명의 꼭 끼는 치맛말 속에 짓눌려 숨을 죽여야 했다. 그러는 사이에 브래지어가 급격히 보급되고 남희 또래의 소녀들도 거의 착용하게 되자, 한동댁도 더 이상 딸의 젖가슴을 치맛말로 짓누르기를 강요하지는 않게 되었다. 하지만 남희에게 필요 이상의 수치심과 근거 모르는 죄의식을 심어주는 몇몇 일화 중에서, 단연 손에 꼽히는 기억을 남긴 셈이었다.

박만식 씨 내외가 밥상머리 또는 가족끼리 쉬고 있는 논밭 둑에서 화제로 삼아 칭찬하는 마을 처녀란, 애인은커녕 한마을 총각들하고도 눈길조차 마주하는 법 없고, 더욱이 밤마실은 다닐 엄두도 내지 않으며, 저희 부모가 아무리 망나니처럼 굴어도 말대꾸 없이 고분고분 순종하는 따위의 경우였다. 모름지기 여자가 지켜야 할 덕목의 첫째는 시집가기 전에 절대 남자를 사귀지 않는 것이며, 아무리 억울하고 속상해도 드러내어 화내거나 불평하지 않으며, 어른의 의견이 어리석고 제 의견이 현명할지라도 끝까지 입을 다물고 순종하는 것이라는 결론을 에둘러 내림으로써, 곁에 있는 남희가 배우기를 기대했다. 하지만 변해가는 세태로 미루어 자신의 바람을 오롯이 고집한다는 게 아무래도 무리임을 인정한 박만식 씨는, 틈틈이 딸을 앉혀놓고 간곡하게 타이르는 것이었다.

'나는 너를 늘 믿고 있니라. 너는 본디 영리하고 정직한 심성을 가졌응게, 부모가 실망할 일이 뭔지도 잘 알 것이고, 남의 눈에 뵈는 곳이든 안 뵈는 곳이든 간에, 분별없는 행동은 안 할 줄로 믿는다.'

다 큰 딸이 남자아이들과 친구라는 이름으로 더러 어울려 지내는 것이 마뜩잖긴 하되, 한편으로는 굳이 숨기려 들지 않는 태도를 생각하면 내심 미덥게 여겨지기도 했다. 하여튼 한창 젊은 남녀가 어른들 눈이 미치지 않는 곳에서 무슨 짓들을 하고 지내는지, 어느 순간 불현듯이 조바심을 느끼는 건 어쩔 수가 없었다.

'사람이 만약에 저 하고 싶은 대로만 행동함서 산다면, 그건 이미 사람이길 포기한 게지. 세상이 어떻게 변해가든 지켜야 할 근본 도리는 혼자서라도 지키는 사람이 진짜 사람이다....'

아버지 앞에 꿇어앉아서 지극히 박만식 씨다운 도덕적 훈시를 듣고 앉아 있는 시간이, 남희에게는 무척 지루했다.

'아, 저 고리타분한 소리 언제 좀 끝나나? 지금이 무슨 십팔 세기 조선 시대쯤 되는 것도 아니고... 내가 읽었던 책 속의 아름다운 사랑들은 상처를 두려워하지 않고, 저런 케케묵은 법도니, 뭐니, 과감하게 깨뜨린 사람들의 것이던데...'

그런 생각을 하며 예,예 건성 대답을 이어가곤 했는데, 이상하게도 아버지의 말들은 남희의 머릿속에 고스란히 들어와 저장되어 있었다. 그것들은 없는 듯이 숨어 있다가, 그녀가 행여 격정에 휘말릴 만한 상황에 직면할 듯하면 곧바로 튀어나와 훼방을 놓았다. 하긴 아버지의 가르침이 아니더라도 부부 아닌 남녀가 잠자리를 함께하는 것은 옳지도 바람직하지도 않으며, 옳지 않다고 믿는 일 하고는 어떤 핑곗거리 앞에서도 타협하지 않아야 한다는 것이, 스물한 살 남희가 갖고 있는 지론이었다.

'어차피 누구나 이 사회의 일원이 되어 살아가야 하는 것이고, 저 혼자 그 범주에서 벗어날 도리가 없는 바에는 정해진 질서 규범을 멋대로 어겨서는 안 된다. 불편하고 싫더라도 겸손하게 따르고 지키는 게 옳아. 애당초 그 규범이라는 것이 여러 사람이 어울려 사는 문제에만 치우쳐 만들어지다 보니, 인간의 죄 없는 욕망이며 아름다운 감정까지도 가로막고 억누르는 게 대부분이지. 아무하고도 상관하지 않는 혼자만의 세상이 불가능한 만큼이나, 그 두 가지를 충족시킬 수는 없을 테니까, 좀 못마땅해도 숙명으로 알고 지키는 게 도리겠지.'

그렇게 남희는 소설책에 나오는 뜨거운 사랑의 주인공이 되고 깊은 욕망과, 현실의 자기 행동을 분리하는 법을 터득했다. 하지만 머릿속으로 터득했을 뿐, 가슴은 늘 그립고 목마른 무엇으로 가득 차 있었다.

승우한테 대답할 말을 찾지 못하고 앉아 있는 남희는, 어머니가 건네준 무명 치맛말을 처음으로 둘렀을 때처럼 가슴이 답답했다.

"우리는, 서로를 사랑하고 있어!"

승우가 옆으로 바짝 다가앉았다. 그에게서 술 냄새가 났다.

"가자!"

승우가 남희를 안아 일으키며 귓가에 속삭였다. 더욱 가까이에서 훅 끼치는 술 냄새의 역겨움에 남희는 화를 내고 있었다.

옳지 않은 일이라는 지론의 다른 한편에서 그녀가 그려보곤 했던 환상적인 순간은 비켜 지나가 버린 듯했다. 저와는 상관없는 어떤 일로 괴로운 남자가, 무너져 내리는 심정으로 바짝 다가오는 걸 상상해 본 적이 없었다. 술에 취해 시큼한 냄새를 풍기며 속삭이는 말은, 마치 함께 타락하자는 말처럼 들렸다. 그녀의 환상 속에 존재하는 그 순간은, 세상에서 얻은 욕망이나 분노와 상관없어야 하고, 언제 찾아왔는지 모를 만큼 자연스러워야 하고, 막연하긴 해도 아무튼 아름다워야 했다.

남희는 온순하면서도 단호한 몸짓으로 승우한테서 한걸음 떨어져 섰다.

"왜 그래? 너, 내가 싫은 거야?"

한 걸음 물러난 남희에게로 승우가 거칠게 다가섰다. 그의 말소리는 불안스레 흔들렸다. 남희가 한 걸음 더 물러섰다.

"그게 아니고..."

그에게 뭐라고 설명할 수는 없지만, 하여튼 그를 좋아하는 마음과 그가 원하는 행동을 따르지 않겠다는 마음이 함께하고 있었다.

"그만 집에 갈게."

뒤돌아서 걸음을 떼는 그녀를 승우가 붙잡아 세웠다.

"가지 마!"

그는 처음의 더듬거리던 말씨와는 달리 거칠고 억세게 남희를 끌어당겼고, 남희는 꼼짝없이 그의 팔 안에 갇혀 버렸다.

"정말로, 나를 사랑하는 거야?"

전부터 꿈꾸었던, 그러나 정작 꿈꾸던 바와는 많이 다른 첫 입맞춤 뒤에 승우는 마치 따지듯이 물었다. 남희는 그나마도 잘 알아듣지 못한 상태에서 그냥 고개만 끄덕거렸다. 그는 다시 그녀를 와락 당겨 안고서 거칠고 긴 입맞춤을 퍼부었다.

"모르겠어, 내가 왜 이리 불안하지? 그동안 너의 집에 중매쟁이가 드나들었다는 말도 들었어. 널 의심하는 건 아니지만, 윤호 태도에 신경 쓰며 불안해한 적도 있었어. 제발, 내가 남은 시간 무사히 채우고 돌아올 수 있도록 도와줘. 안심하고 당당하게 떠날 수 있도록..."

그동안 남희가 알고 있던 승우는 이렇게 약하지 않았다. 흔들리는 승우의 모습이 그녀를 슬프게 했다.

"오늘 밤을 꼭 너랑 함께 보내야겠어!"

그가 말했다. 이젠 아예 오기가 묻어나는 음성이었다. 그는 이제 자기 방에 가자고 조르지 않았다. 남희는 시멘트 바닥과 자갈땅의 경계에 허리를 걸치며 쓰러졌고, 술 냄새 풍기는 그의 가쁜 숨결은 그녀의 얼굴이며 귓전에 마구 퍼부어졌다.

"이러지 마! 날 믿어 줘, 제발. 정말 무섭고 싫단 말이야!"

그의 뜨거운 입김을 피해 도리질하며 남희는 띄엄띄엄 말했고, 나중에는 울음이 묻어 나왔다. 승우의 손이 그녀의 바지 허리를 헤매며 빠르고 낮게 무슨 말인가를 했지만, 알아들을 수 없었다. 다만 그녀는 전력을 다해 거부하고 있었다. 두 사람의 싸움은 그리 오래가지 않았다. 남희가 쌀쌀한 몸짓으로 발딱 일어섰을 때, 둑 밑의 돌무더기 위로 떨어진 승우는 천천히 상체를 일으키는 중이었다. 승우의 키를 조금 넘는 높이의 냇둑은, 수직을 겨우 면한 사다리꼴로 바닥의 돌밭에 닿아있었다. 허연 돌밭에 주저앉아 무릎 사이에 머리를 틀어박고 있는 승우를, 그녀는 조그맣고 자신 없는 목소리로 불렀다. 그에게서 대답이 없자, 그녀는 더럭 겁이 났다. 이럴 생각은 아니었다고, 이렇게까지 될 줄은 몰랐다고, 그를 어루만져주며 변명하고 싶었지만, 다리도 입도 얼어붙은 듯이 움직이질 않았다.

"괜찮아?"

그녀가 조금 소리를 높여 물었지만, 그는 여전히 대답하지 않았다. 승우는 한참 뒤에야 느릿느릿 일어서더니, 둑 위로 올라오지도 않고 거친 돌무더기 사이를 한 발짝씩 옮겨놓기 시작했다. 남희는 그의 머리보다 높은 둑 위의 한 발짝 뒤에서 따라 걸으며, 미안하다는 말을 두어 번 했다. 이럴 때는 어떻게 해야 가장 현명한 행동인지 그녀는 도무지 알 수가 없었다. 동네 앞의 다릿목까지 왔을 때야 승우는 빨래터의 돌계단을 밟고 길 위로 올라왔다. 희끄무레한 반 어둠 속에서 잠시 비틀거리는 게 보였지만, 술기운 탓인 듯했다. 둑 아래로 떨어지는, 미처 예상치 못했던 사태에도 그가 특별히 다친 곳이 없어 보이는 데에 남희는 우선 안심했다.

"괜찮아?"

길 위로 올라온 그의 곁에 다가서며 그녀가 다시 물었다. 그는 역시 아무 대답도 하지 않았다. 그리고 격정의 흔적조차 보이지 않는 차분한 몸짓으로 그녀의 등에 팔을 둘렀다. 가볍게 얹었던 팔을 풀며 그가 우울하게 내뱉었다.

"항상, 너는 좀 다른 여자라고 믿어 왔다. 하지만 너도 남들하고 똑같아."

그 음성에 가슴이 아리면서도, 정작 어떤 뜻으로 그런 말을 하는지 그녀는 잘 알지 못했다.

"형편이 어려워지면, 가까운 사람들부터 등을 돌린다지."

남희가 그의 말뜻을 얼른 헤아리지 못한 게 어쩌면 당연했다. 그녀는 그의 집안에서 벌어졌던 일련의 사건 따위를 두 사람의 사랑과 연관 지어 생각해 보지 않았다.

뭔가 큰 오해가 있는 듯하지만 어떻게 말해야 할지 몰라, 그녀는 답답했다. 그녀는 늦도록 잠들지 못했다. 한승우는 흐트러지려는 걸음새를 바로 세우려 애쓰면서, 뒤도 돌아보지 않고 멀어져갔다. 그녀가 몇 걸음 따라가다 멈추는 것조차 모르고 그저 걸어갈 뿐이었다. 그녀는 무엇인가 큰 일이라도 저지른 양, 미안하고 두려웠다. 자신이 한승우한테 굴욕감을 주었다는 생각에 우울했다.

그녀는 어떻게든 오해를 풀고 싶어 한승우와 만나기를 원했다. 지난밤 승우의 행동에서 얻은 환멸이 생생하게 남아 있는 채로 머뭇머뭇 그의 창가에까지 갔지만, 그의 창문은 어두웠다. 허전함과 의문에 가득 차 집으로 돌아오는 가슴 한구석에는, 미묘한 안도감이 피어났다.

한승우는 끝내 남희를 피하다가 떠나가 버렸다.

그의 어머니는, 부대로 돌아가는 아들을 읍내까지 배웅하고 돌아왔다.

"다른 때 같았으면 내가 뭘라고 다 큰 아들을 읍내꺼지 바래다 줬겠어? 이번에는 하도 맘이 짠해서..."

그녀는 못난 큰아들 때문에 잘난 작은아들이 괴로워하는 모습을 보기가 딱하고 민망했다. 그런 참에 작은아들이 얼굴에 상처를 입고 들어왔다.

"왜 다쳤냐, 어디서 다쳤냐를 물어도 통 말이 없응게 뭔 일인가를 모르겠어. 넘들이랑 쌈하고 댕길 사람은 아니고, 어디서 넘어졌는개벼. 술 먹고 까부는 성질도 아닌디, 친구들이 엔간히 뎄꼬 나가서 술을 멕여 싸야 말이지."

그날 밤 좁고 높은 냇둑에서 떨어져 내릴 때 한승우는 거칠고 까끌까끌한 콘크리트 벽에 오른쪽 얼굴을 깎였다. 얕은 상처였지만 꽤 넓었으므로, 딱지가 붉게 앉은 그의 얼굴은 멀찌감치서 봐도 주먹질 좋아하는 껄렁패인 듯 표시가 났다. 승우는 마을 사람들 앞에도 그 얼굴을 거의 내비치지 않고 읍내에 밤 나들이만 두어 번 하다가, 상처가 낫지 않은 채로 떠났다.

남희는 그에게, 이해와 용서를 구하는 편지를 썼다. 하지만 승우한테서는 답장이 오지 않았다. 남희가 다시 편지를 보냈지만, 여전히 답장은 없었다. 첫 작별에서 겪었던 아련한 그리움과 허전함과는 또 다른, 번민에 찬 막연한 기다림이 그녀를 지치게 했다. 그녀의 표정에는 생기가 가시고, 통통 튀는 듯 맑은 목소리와 들새처럼 발랄한 몸짓도 차분하게 가라앉아 버렸다.

몇 달이 지난 뒤의 어느 날 그녀는, 어른들의 권유에 따라 맞선을 보기로 했다. 홧김에, 혹은 누군가를 잊어버리기 위해 맞선을 본다는 건 비겁하고 무책임한 일인 줄은 알고 있었다. 하지만 그녀는, 이 핑계 저 핑계로 어른들의 권유를 피하던 지금까지의 태도를 바꾸고, 고분고분하게 그들의 지시에 따랐다.

스무 살 넘은 처녀를 둔 집에는, 원하든 원치 않든 중매쟁이가 드나들었다. 남희는 물론이고, 아직은 마음 급할 게 없는 박만식 씨 내외도 으레 그런 것이려니 넘겨 왔었다. 그러다 한 달 전부터 박만식 씨의 사촌 형수 윗말댁이 집에 들락거리며 이르는 자리는, 그들 내외의 마음에 퍽 흡족했다. 청년의 집은 이 고을 좀 떨어진 마을에서 알아주는 부농인데, 청년은 서울에서 직장에 다니고 있었다. 고향 집 걱정할 필요가 없는 처지로 서울에 산다면.... 박만식 씨는 우선 아들을 떠올렸다. 고등학교를 졸업한 뒤, 어떻게든 서울에 있는 대학에 들어갈 셈으로 재수 생활에 들어간 아들이었다. 잘만 되면, 경수가 대학생이 된 뒤의 숙식 걱정은 덜 수 있을 것 같았다. 언제 보내도 시집은 보내야 할 터인즉, 그처럼 마땅한 사람이 나섰을 때 짝을 맞춰주는 것도 나쁘지 않을 듯싶었다. 그런 다음 딸에게는, 집에서 농사일 돕는 셈 치고 경수의 숙식이나 책임지라고 다짐을 받아 둘 참이었다. 권하는 윗말댁의 의도도 애초부터 거기에 있었다. 남희는 근 한 달째, 양친과 당숙모와 그녀의 아들 박기수까지 합세한 압력을 받아 오고 있었다. 자신들의 기준으로 썩 호감 가는 혼처가 나섰건만, 무턱대고 외면만 하는 딸을 박만식 씨는 이해할 수가 없었다.

"니 동상도 대학 간다고 저러고 있고, 내가 퍽 심란하다. 우선 니 일이라도 매듭을 져 번지면 내 맘이 쪼깨 홀가분하겄다. 집을 못 잊어서 그런다면, 나중에 경수 대학 갔을 적에 멕이고 재워 주기나 해라. 그만한 능력은 있는 사람인갑더라."

그렇게 해서 응답이 없자, 그는 아내에게 딸을 설득하라고 졸랐다. 남희는 성가시고 속상해서, 나중에는 아예 대꾸조차 안 했다. 그러다 결국 마음을 바꾸었을 때는, 얼마쯤 진지했다. 한승우의 그림자에서 벗어나, 누군가를 만날 수 있다는 생각조차 했다.

정작 인근 도시의 다방에 낯선 청년과 마주 앉고 보니, 스스로 감정을 속였다는 생각이 들 만큼 아무런 느낌이 없었다. 그녀는 엉뚱하게도, 군대 간 사람의 소식이 없어 요즘 몹시 우울하다고 말했다. 상대방은 농담으로 알아들은 듯이 큰소리로 웃었다.

"재미있군요, 농담을 잘하시네요."

하지만 곧, 당혹감과 불쾌감으로 표정이 일그러졌다. 두 사람은 몹시 어색하게 자리를 떴다.

맞선에서 퇴짜 맞았다는 말을 태연히 내뱉는 딸을, 박만식 씨 내외는 어이없는 눈길로 바라보았다.

"허기사, 택걸이 혼사 뭣이 좋겄어? 과분한 집으로 시집가면, 신간 펜하기가 쉽들 안 한 벱이지."

아쉬움을 달래려는 듯 혼잣말하는 한동댁을, 박만식 씨가 마뜩잖은 눈길로 돌아보았다.

"우리 집이 어때서 그런 정도가 과분하다는 것이여? 시방은 논 마지기라도 더 부치는 것 가지고 이러쿵저러쿵하는지 몰라도, 우리 경수가 앞으로 잘 되기만 한담사, 땅뙈기 조깨 더 있는 거 좋아 뵈라 할 것도 없구면."

담배 연기 따라 뿜어지는 박만식 씨의 말은, 차라리 가난한 자의 자격지심이었다. 아무튼 남희는, 몇 달 동안 주변 어른들로부터 받아 오던 압박에서 벗어나게 되었다. 맞선을 보기 위해 인근 도시까지 기차를 타고 내려왔던 청년에 대한 미안함과 윗말댁의 꾸지람이 있기는 했지만, 이전보다 마음이 한결 편해졌다. 심지어, 한승우에 대한 감정조차 얼마쯤 자유로워진 듯했다. 경수의 재수 비용이 의외로 만만치 않다는 것을 실감하게 되면서부터 박만식 씨 내외의 관심은 온통 거기에 쏠렸으므로, 남희의 문제는 그쯤에서 사그라들었다.

"올해 우리 농사는 썩 잘 되었다. 마침 우리가 통일벼 재배를 성공적으로 한 데다 태풍도 비껴가 줬으니, 운이 좋은 셈이지. 이 좋은 징조가 우리 아들 대학 시험에까지 쭉 잇어져야 할 것인디..."

돌담의 허리 높이에 있는 구멍에 끼워 둔 숫돌에 낫을 갈면서, 박만식 씨는 기분이 흡족했다. 마당에 서너 장 잇대어 펴둔 멍석에다, 한동댁은 고추를 널고 있었다. 며칠 전에 따다가 온돌에서 누글누글하게 곯린 붉은 고추는, 어제 아침에 마당으로 내 널었다가 저녁에 멍석 가운데로 몰아 비닐을 씌워두었다. 고추를 너는 아내와 수돗가에서 설거지하는 딸이 대답이야 하든 말든, 그는 덧붙였다.

"통일베 논은 이삭이 이파리보다 낮게 숨어 있어서, 얼핏 보매는 탐스러운 것 같지도 않고 어설프다. 그란디, 논 가운데 들어서서 내리다 보면 확실히 많이 달렸어. 앞으로 통일베를 늘려 심게 되면, 나라 전체의 식량 자급도 아닌 게 아니라 시간문제가 될 것이여."

"근디, 밥맛이 조께 덜하담서요? 천생 안남쌀 맛이라고들 해 쌓더만."

"설마, 맛없어 밥 못 먹기야 할라고? 아직은 보리 곱삶이도 모지래서 못 해 먹는 집이 우리 동네만도 얼마디 되는디 그런 소린가? 호강시런 걱정은 몇 년 더 있다가 해도 안 늦을 것이구면."

박만식 씨가 가죽처럼 굳은 손바닥으로 낫 날을 가늠해 보면서 부드럽게 핀잔했다. 그는 모험하는 기분으로 통일벼를 심었는데, 요즘 논 옆을 지나다니는 마을 사람들로부터 인사받는 재미가 쏠쏠했다.

'만식이 자네가 하는 줄 진작 알았으면, 나도 따라 할 걸 그랬네. 젊어서부텀 자네 믿고 따라서 실패한 일은 벨라 없었응게.'

'아저씨, 참 잘하셨구면요. 월등하게 이삭에 달린 낟알도 많고, 포기당 이삭 수도 많아요.'

젊은이도 늙은이도 나락 모가지 하나씩을 뽑아 들고 서서 그렇게 인사를 건넸다.

"올해는 나락도 많이 날 것이고, 소도 머지않아 새끼를 낳을 것이고..."

배불뚝이 암소를 앞세우고 풍작 이룬 논으로 나가는 박만식 씨의 마음은 풍요롭고 넉넉했다. 하지만 그것들을 돈 값어치로 쳐보면, 그만 답답해져 버렸다. 그가 근면 검소함을 밑천으로 그나마 이루어낸 작은 성과는, 도시에 나가 있는 아들 하나를 뒷받침할 만큼도 못 되었다.

"허허 참, 기왕 시작된 일인디, 더 이상 방법이 안 뵈니 걱정이구나."

박만식 씨의 입에서는 어쩔 수 없이 탄식이 흘러나왔다. 들판에 곡식 돼 가는 모습을 보면 그 자체가 주는 충족감과 더불어, 굶주리지 않고 넘길 한해에 대한 안도감으로 마냥 뿌듯하기만 했노라고 그가 말했다. 벌고 싶어도 벌 수 있는 길이 없었던 돈이지만, 돈이 그렇게 절실히 필요한 줄 또한 모르고 그저 욕심 없이 계절 바뀌는 걸 보며 살았노라는 말도 했다. 말하는 그의 눈빛에는 회한이 어려 있었다. 그런 아버지의 마음을 남희는 이해했다.

봄이 돌아올 때마다 유행병처럼 도지는 도시 바람 속에서, 남희도 몇 번인가 그 바람을 타고자 했었다. 아직 덜 녹은 응달 눈을 밟고 돌담에 쪼란히 기대서서, 혹은 연약한 볼이 터서 갈라질 만큼 건조한 바람 속에 보리밭 초벌매기를 하면서, 소녀들은 서울을 꿈꾸고 서울을 이야기했다. 막연하기 짝이 없는 속에서, 서울에는 무엇인가 있으리라고 모두가 믿었다. 남희도 서울에 가서 길을 찾고 싶었다.

"맥없이 맘 떠서 집 나간 아덜이, 지댈 데 하나 없는 서울 가서 할 일이 뭐 있겄냐? 어찌어찌 모처럼 옷 한 벌 사 입고 내리와 돌아댕기는 아덜이 좋아 뵈더냐? 헛된 생각일랑 말고, 부모 밑에서 농사일 배움서 착실하게 지내다가 좋은 사람 찾아 주먼 시집가거라."

아버지의 단호한 태도가 아니더라도, 서울 바람을 쐬고 온 마을 언니나 친구들한테서 꿈과 동경의 세계를 발견하기란 쉽지 않았다. 그들이 접하고 돌아와 전해주는 직업의 세계는 비좁게 한정되어 있었고, 한정된 그 세계에는 꿈이 보이지 않았다. 무엇보다 남희는, 낮에 일하고 밤에 책 읽는 생활을 좋아했고, 일터를 둘러싸고 있는 자연에 반해 있었다. 또래의 도시 소녀들이 공부하거나 기술 배우고 세파에 부딪히며 살아가는 법을 익히고 있는 동안, 그녀는 뿌리 박힌 식물처럼 그 자리에 있었다. 아버지의 호령이나, 농사일에 노동력을 보태야 하는 따위의 현실적인 문제는 핑계에 가까웠고, 그 자리를 지킨 것은 그녀의 선택이었다. 그녀는 일찍이 자연의 아름다움에 취했고, 노동의 상쾌함을 터득했으며, 책이나 음악을 가까이하며 몽상하기를 즐겼다. 자신을 여태 고향에 붙잡아 둔 것은 시시때때로 빛과 모양과 냄새를 달리하는 자연과, 노동의 상쾌한 피로가 주는 충족감, 주변 사람들이 만들어내는 풍경들이었다는 걸 그녀는 가끔 생각해 보았다.

한편, 과중한 노동에도 늘 가난할 수밖에 없는 부모의 시선은, 알 수 없는 먼 미래에 꽂힌 듯했다. 홀린 듯한 그 눈빛은 사이비 종교에 빠진 열혈 신도의 그것과도 같았다. 그런 부모가 안쓰러운 만큼, 남희 역시 성과야 어찌 되었든 자신의 시간과 노동력을 지치도록 쏟아 붓는 걸로 마음의 평안을 얻곤 했다.

남편을 따라 집을 나서며, 한동댁은 딸에게 이것저것 분주하게 지시했다.

"뉘는 아직 넉 잠에서 덜 깬 놈들이 있어 놔서 저녁때나 첫밥을 잽혀야 할랑갑다. 아침절 샛거리는 국시를 삶아라. 먹걸리하고 국시 그릇은 내가 미리 가져가마. 뒷밭에 가서 뽕 한 망태 후딱 따다 놓고 새참 준비해도 안 늦을 거여."

남희는 집에 있는 가축들에게 골고루 먹이를 준 다음, 방에 들어가 누에를 들여다보았다. 봄, 여름에 이어서 세 번째이자 한 해의 마지막인 가을 누에치기가 막바지에 접어들고 있었다. 누에는 마지막 네 번째 잠에서 깨어나 5령 기에 접어들고 있었다. 아직 잠에서 깨어나지 못한 놈들은 고개를 위로 쳐들고 죽은 듯이 정지해 있고, 다른 누에들은 이미 깨어나 있었다. 허물을 벗고 깨어난 누에들은 앞으로 뾰족 내민 주둥이로 먹이를 찾느라 정신없이 머리를 내두르는 중이었다. 신문지를 깔아 둔 잠반 위에 누에들은 허옇게 엎드려 있었다. 4령 기를 마치며 미처 다 못 먹고 잠들었던 시든 뽕잎과 똥이며, 누르께한 허물을 배에 깔고 있으므로, 방안은 비린내 지린내가 그득했다. 그래서, 첫밥만 잡히면 자리를 갈아 눕히는 일이 급했다. 한동댁은 누에가 참 사랑스럽다고 말했다. 고운 비단실을 토해내니 돈이 되고, 돈이 필요해서 오랜 세월 기르고 만지다 보니 정이 들어 그렇다고 했다. 벌레를 지독하게 싫어하는 사람일지라도 누에는 징그러워하지 말아야 한다고 소극적이지만 변함없는 주장을 했다. 누에는 평생 깨끗한 뽕잎만을 먹고 살다가 마지막에는 귀한 비단실을 선사해 주니, 벌레는 벌레이되 귀물스러운 벌레였다. 자리를 갈아 눕히느라고 집어 들면 차갑고 물렁한 감촉에 섬뜩할 법도 하건만, 한동댁은 쩍쩍 들러붙는 흡반을 볼이나 반대편 손등에 갖다 대어 보면서 흡족해했다. 어머니처럼 흡반 달린 누에의 발을 볼에 갖다 대지는 않았지만, 남희도 꽤 능숙하게 누에를 다루었다. 그녀는 벽에 걸린 온도계를 보고 뒷문을 조금 열어놓은 다음 방을 나왔다. 첫밥은 어머니의 말대로 저녁때나 잡히기로 했다. 대부분은 잠에서 깨어 먹이를 기다리고 있지만, 나머지 게으른 녀석들이 깨어날 때를 기다려 한꺼번에 먹이를 잡혀야만 층이 안 지고 고르게 잘 자랐다.

새참 광주리를 이고 동쪽 들판으로 이어지는 농로를 걸어가는데, 뒤에서 요란한 소리를 내며 바짝 다가온 경운기가 조금 앞질러 가서 멈췄다. 운전석에 앉은 점복이 남희를 돌아보며 웃었다.

"새터들 논이지? 잠깐, 내가 광주리 내려서 실어 줄 텡게 옆에 타라고! 나도 마침 그쪽 밭에 고추 실어 올라고 가는 중이여."

박기수네에 이어서 며칠 전에 새로 들여온 점복의 경운기는, 붉은색과 어울린 은색의 반짝거림이며 힘찬 모터 소리로 마을과 들판에 새로운 기운을 불어넣고 있었다.

남희는 새참 광주리를 적재함에 얹고, 운전석 뒤의 받침대를 잡고 섰다.

"나락을 일찌감치 베는구먼, 잉. 통일벼가 솔찮이 올되는개벼?"

점복이 브레이크를 잡은 채로 뒤를 돌아보았다.

"사람들 얘기 들어 봉게, 내년에는 여러 집에서 그 종자로 갈아 심게 생겼더만. 그나저나 왜 그렇게 얼굴 보기가 심들디야?"

"그러게 말이야. 모처럼 만났으니, 이대로 우리 논까지 가서 국수나 먹고 가."

"알았어!"

점복의 말소리는 경운기의 요란한 출발음 속에 묻혀버렸다. 경운기는 누런 이삭들이 물결치는 논들 가운데를 달렸다.

경운기 살 돈도 없지만, 무엇보다 새로운 기계에 접근할 용기가 없어 엄두를 못 내는 나이 든 사람들은, 빚내어 경운기를 사들인 점복의 패기와 젊음을 부러워했다. 웬만해서 남의 걸 부러워하는 일이 없는 박만식 씨조차, 경운기의 농작업 성능이며 운반 수단으로서의 편리함에 탄복과 부러움을 반복해서 표했다. 게다가 비싼 경운기를 절반 값에 살 수 있도록 정부 지원을 받은 일부 청년의 사례가 입소문으로 퍼질 때, 그들의 젊음이 부러웠다. 아들이라면 경운기 조작법 익히는 일 따위 문제도 아닐 걸로 생각하니, 경수가 농사일에서 멀어진 사실이 다소 아쉽기도 했다. 하지만 얼마지 않아 생각을 정리하고, 곧바로 하던 일에 열중하는 것이었다.

'이것은 시대가 변하는 징조의 하나일 뿐이고, 그런 획기적인 변화의 징조들은 지난 세월에도 더러더러 있어 왔으며, 젊은 날의 나도 어른들의 눈에는 변화의 주체였다. 그러니 이제는 나이에 맞추어서 살던 대로 고요히 살며, 젊은이들 되어가는 모양을 지켜보는 게 어른다운 태도다. 더욱이, 큰 포부를 지니고 노력하는 아들의 길을 그 정도 욕심으로 아쉬워하다니, 내가 고달프긴 고달픈 모양이구나.'

정남이 서울로 가고 난 뒤 얼마 동안 말로는 미련 없다 하면서도, 점복은 괴로운 심사를 감추지 못했다. 침울한 얼굴로 해 질 무렵 다릿목을 어정거리는가 하면, 구판장 앞의 평상에 걸터앉아 혼자서 술을 마시는 일도 종종 있었다. 그러던 그가 요즘에는 소처럼 일만 해댔다. 가끔 남희나 순애를 잡고 물어 오던 정님의 소식도 이젠 별 관심 없다는 듯, 경운기를 몰고 들판이며 읍내를 씩씩하게 오가고, 집 뒤의 텃밭에 돼지우리를 크게 짓느라고 한창이었다.

경운기는 새터들 논 진입로 입구쯤의 갈림길에서 멈췄다. 그곳에서 약간 오르막인 농로를 따라 한참 더 가면 점복의 고추밭이 있었다. 점복은 경운기를 멈춰 놓고 남희의 새참 광주리를 머리에 여 주었다.

"앞으로는, 소가 할 일이 없게 생겼네. 쟁기질도, 달구지 끌기도, 경운기가 대신해 주니."

"응, 내년에는 우리 동네에도 경운기가 몇 대 더 들어올 거여. 참, 이거 조작법 배울 적에, 어느 동네 사는지는 모르지만 여자 교육생이 두어 명 보이더만."

"그래?"

남희는 다소 건성으로 되묻고, 운전석에 올라앉는 점복에게 말했다.

"새참 먹고 가래도."

"실은 방금 집에서 뭘 좀 먹고 나오는 길이여. 요새는 새때가 되기도 전에 배가 고프더만. 긍게 국시는 냅두고, 언제 친구들이랑 만내서 맛난 거 사 놓고 막걸리나 한 잔 먹더라고."

"그래, 알았어."

그들은 약속이라기보다는 농담이기 쉬운 말을 정색하고 나누며 헤어졌다. 마을 사람들끼리 들길에서나 논밭에서 우연히 마주치고 비켜 가며 주고받는 가벼운 농담은, 일에 파묻혀 사는 서로에게 작은 기쁨과 위안이 되기도 했다.

남희가 풀밭 길에 발걸음을 떼어놓을 때마다, 메뚜기떼가 후두둑 후두둑 뛰어올랐다. 한 손에 유리병이나 비닐봉지를 든 동네 아이들이 메뚜기떼를 쫓아다니고, 멀리 늦벼가 익어가는 논둑에서는 손자를 등에 업은 할머니가 새를 쫓는 길고 구슬픈 소리도 들렸다. 새터들 논은 바리캉으로 밀어놓은 사내아이의 까까머리처럼 말끔하고 시원스럽게 비어가는 중이었다. 논바닥에 광주리를 엎어 김치와 양념간장과 애호박볶음으로 상차림을 해 두니, 일손을 내려놓은 품앗이꾼들이 다가왔다. 누인 볏단의 아랫부분을 깔고 앉은 그들은, 씻을 것도 없이 공중에 대고 흙먼지만 툭툭 털어낸 손으로 국수 그릇을 집어 들었다.

"아이고, 우리 딸 금이도 어여 커서, 이렇게 샛거리 수발해 주고, 뉘 밥도 주고, 날 좀 도와주면 좋겠네!"

남희가 떠 주는 멸칫국물을 국수 대접에 받으며, 새터댁이 말했다.

"딸자석 부려 먹고 싶어 애 터지지 마. 넘의 집에 시집보내 노면 일은 원도 없이 할 텐게. 암만 잘해도 탈 잽히고 숭 잽히는 건 또 어떻고."

용산댁의 말에는 종종, 시집살이의 불만이 배어 나왔다. 새터댁이 정색했다.

"우리 딸, 시집은 촌으로 안 보낼 거여! 이놈에 촌구석 맨날 쎄 빠지게 일해 봤자 도로 밑천에다, 어디 내놔도 사람꼴이 나길 하나, 남자들은 일 고달프단 핑계로 사람 애껴 줄 줄을 아나...."

"허허 누가 사람을 안 애껴 줬다고 그래 싸요? 저 양반 아주 의뭉시럽구먼. 아덜을 줄줄이 넷씩이나 낳아 놓고서 시침 뚝 떼고 있네."

앞 사람의 잔에 막걸리를 부어 주던 박기수의 능청스런 참견에, 새터댁이 국수가닥을 입에 문 채 웃었다.

"얼래, 저 양반 조깨 봐. 아덜 여럿 낳은 것이랑 사람 애껴 주는 것이랑 무신 상관이다요?"

"아닌 게 아니라..."

용산댁이 새터댁을 거들었다.

"서울 각시들은 애기 밴 것을 뭔 베슬로 아는가, 벵원 출입을 열 달 내하고, 애기 하나 낳아 노면 서방들이 여왕맹이로 떠받들어 준답디다. 머, 사람마다 연속극하고 똑같이사 살겄소만, 세상에 없는 일을 거짓말로 꾸미기사 하겄는가요? 연속극에는 촌사람들 사는 것도 얼추 비슷하게 나오는 것 보면, 도시 사람 사는 것도 테리비에 나오는 것하고 엔간히 비슷할 테지, 뭐."

"그려, 촌 예펜네들 참말로 불쌍하당게, 애기 넷을 낳드락 애썼단 소리 한마디를 들어 봤어, 아파서 누워 있으니 약을 한 번 알뜰히 사다 주길 해? 어저께는 함께 들일하고 들어가서는, 저녁밥 늦다고 모자간에 합세해 욕을 해대는디, 이눔에 쌀 함박을 확 엎어 번지까 어쩌까 한참 망성거렸당게요."

"그냥 엎어 번지지, 그걸 참았는가?"

한동댁이, 가끔 그리하듯 시침 뚝 떼고 농담을 했다. 다들 와아, 하고 웃었다. 박만식 씨도 막걸릿잔을 기수한테 넘겨주며 빙긋이 웃었다. 그러다 저만큼 멀리 보이는 아래 논 가장자리를 향해, 앉은 채로 소리를 질렀다.

"야 이놈들아아! 논바닥에 돌아댕기지 말고 어여 나오니라!"

한 무리의 메뚜기잡이 아이들이 키들키들 웃으며 논바닥에서 물러나고 있었다. 파란 하늘과 누런 벌판이 맞닿은 곳에, 바둑알처럼 까맣고 동글동글한 그 아이들의 머리가 잠시 한곳으로 뭉쳤다가 적당한 간격으로 흩어지며 건너편으로 멀어졌다.

"논두럭에서만 잡으라고 일러도, 철부지들이 나락논으로 자꾸 들어가싸."

누군가의 말에, 박만식 씨가 대답했다.

"신품종은 나락 귀가 워낙 연해서, 아덜이 한 번 휘젓고 나오면 논바닥이 낟알로 누렇게 돼. 그래서 조바심을 치다 봉게, 동네 아덜한티 인심 잃게 생겼구먼."

동네 인심에 걸맞지 않게 아이들을 쫓아낸 것이 무안하여 변명이라도 하는 듯했다.

멸칫국물에 말아 먹는 국수는 금방 비워졌고, 사람들은 나른함에 겨워서 볏단에 몸을 비스듬히 기대고 누웠다. 광주리를 챙기는 남희 곁에서, 용산댁이 자신의 한쪽 어깨를 주무르며 물었다.

"애기씨, 순애 약혼반지를 봤어요, 나 같은 사람이 봐서는 그게 왜 그리 비싼지 통 알 수 없지만, 겁나게 비싼 거라고 하더만. 하여간에 그렇게 비싼 반지를 해 준 것 봉게, 사장은 참말로 사장인갑네. 양복점 사장이랬지?"

"아직 사장은 아니고, 재단사 생활을 오래 했대요."

밤실댁이 거듭 자랑한 덕분에, 약혼 선물로 받은 딸의 반지는 동네방네 소문이 자자했다. 새터댁이 아련한 동경의 눈길을 허공에 보내며 한숨을 쉬었다.

"아이고, 요술이라도 부려서 크내기 시절로 돌아갔으면 쓰겄네. 다이아 반지 해 주는 사장이 안 되면 금반지 해 주는 신랑한테라도 시집을 가든지, 하다못해 서울 같은 도시에 가서 내 손으로 돈도 벌고 멋도 냄서 살아 보게. 요샛날 서울에 간 사람 치고 출세 안 한 사람 못 봤당게. 정님이랑 정식이 남매도 제법 잘 나가는갑더만."

조금 떨어진 자리에서 쉬고 있던 박기수가, 딱하다는 표정으로 끼어들었다.

"참, 귀들이 얇아 놔서, 소문을 그저 있는 대로 다 믿는구먼. 공장에서 밤샘 일하고 월급 몇 푼 받아도 출세고, 넘의 집 식모살이 하는 것도 출세라면, 아닌 게 아니라 서울 간 사람들 백 프로 출세했다고 봐야지 어쩌겠어? 땅조차 없어서 할 수 없이 객지로 나간 사람도 많응게, 땅 가져서 차근히 농사짓고 사는 것도 복인갑다, 생각하고, 일이나 열심히들 해요!"

아내를 포함한 두 여자를 싸잡아 핀잔했다. 새터댁도 지지 않았다.

"그래도 서울이 좋기는 참말로 좋더만요, 뭘. 정님이네가 우리 동네서 제일로 부자라서 선풍기랑 전기밥솥이랑 있는 건 아니잖아요. 자석들이 서울에 안 갔으면 어림도 없을 텐디, 그거 좀 봐요. 지난 여름에는 아들이 선풍기 사 보냈다고 서늘한 저녁에꺼지 맥없이 틀어놓고 바람 쐬러 오라고 사람들을 불러들이고 야단이더니, 요새는 전기밥솥에다 밥해 먹는다고 자랑에 씨러진당게요."

정님어머니 고래댁은, 또래의 아낙네들이건 어린 처녀들이건 할 것 없이, 들길이건 빨래터건 마주치기만 하면 전기밥솥 자랑이었다.

"참말로, 전기밥솥 그거 좋데. 캄캄한 새복에 인나서 보리쌀 갈아 곱삶이할 때는 불 때서 밥만 하기도 바쁘더니, 이건 쌀 씻거서 물만 붓고 딱덮어 두면 귀신 겉이 밥이 된당게. 우리 정식이는 취미가 살림살이 새로 사서 모다 두는 것이라는디, 담에는 또 뭘 보내 줄랑가 모르겄어. 아이고 참말로, 냅둬도 된다고 그렇게 말해 싸도....!"

아들이 전기밥솥 사서 보낸 자랑 다음에, 딸 자랑도 이어졌다.

"빵 공장은 월급이 박하다고 뭔 식당으로 들어갔당만. 자고 먹고도 한 달이면 저금이 솔찬하디야. 어른 말을 들으면 자다가도 떡을 언어 먹는다고, 그렇게 부모가 저를 나가라고 했지, 달리 그랬겄는가 잉."

이달수 씨는 아예, 아들딸이 버는 돈의 액수를 세세히 밝히기도 했다. 하루에 얼마를 번다 하니 한 달이면 그게 얼마냐, 한 달에 이만큼이니 일 년이면 얼마냐, 요새는 뒷짐 지고 팔자걸음 걷는 놈이 양반 아니다, 상투 머리에 갓 쓰고 풍월 읊는 놈이 양반 아니다, 한 푼이라도 악착스레 벌어서 모으는 놈이 장땡이다, 술 한 잔이 들어가면 혀 꼬부라진 소리로 떠들면서, 동네를 아래위로 휘젓고 다녔다. 동네 사람들이 뒤돌아서 비웃고 흉보아도 아랑곳하지 않는 사람들이라, 욕이 욕으로 먹혀들지도 않았다.

"그 사람들은 자석들 객지 나가 돈 버는 자랑 아니면 할 말이 없는 사람들잉게. 달수 그 사람 말대로라면 자석 공부 시킨다고 애쓰는 사람도 등신이고, 집에서 데꼬 농사일 시키는 사람도 등신이고, 똑 서울로 보내서 월급을 타게 해야 똑똑한 부몬디, 사람마다 그렇게 다 똑똑할 수가 있어야 말이지. 하여튼 고놈에 돈, 없어서는 안 되는 줄이사 알지만, 대놓고 너무나 돈, 돈, 해쌓게 사람이 사람 같잖게 뵐 때가 있어서, 원.”

박만식 씨가 필터 없는 새마을 담배를 입에 물며 탄식했다. 눈앞에서 이달수 씨가 심술궂은 낯으로 그런 소리를 내뱉기라도 한 듯이, 한동댁의 얼굴이 조금 붉어졌다.

“부모가 똑똑해서 일찍부텀 서울에 돈 벌러 내보낸 자석이 잘 되는가, 등신이라서 공부시킨다고 애가 터진 집이 잘 되는가, 그것이사 두고 봐야 알겠지.”

아들과, 아들의 미래를 공연히 시기하고 눈 흘기는 사람만은, 얌전하고 심성 고운 한동댁도 용서하기 어려웠다. 그녀의 입에서 나온 말에는 가시가 있었다.

누구네 집이나 자식들이 나서 자라면 대대로 이어져 내려온 농사를 물려받는 게 당연했던 시절의 이 마을에선 이런 풍경을 찾아보기 어려웠을 터였다.

“그나저나 많이 달라졌당게. 전에는 논바닥 살얼음을 툭툭 깸서나 늦나락을 베고 그랬는디, 오늘 같은 날은 숫제 웃통 벗고 나락을 베고 싶게 덥구먼, 더워.”

일꾼들이 낫을 두고 온 자리로 되돌아갈 때, 누워 있는 볏단을 나란히 세우며 박만식 씨가 흐뭇하게 말했다. 남희는 점심과 오후 새참까지 치러낸 다음에 잠실에 들어가서 누에의 첫밥을 잡혔다. 얇게 뿌려 준 뽕잎을 천천히 갉아 먹기 시작하는 누에는, 회복기의 환자가 반 숟가락씩 죽을 떠먹는 듯했다. 그러다 두 번째부터는, 무섭게 왕성해진 식욕으로 수북수북 얹어주는 뽕을 순식간에 먹어 치웠다. 수많은 누에가 일제히 뽕잎을 갉아 먹는 소리가, 가문 날에 쏟아지는 소나기처럼 제법 요란스러웠다. 봄누에라면 일주일이겠지만, 가을 누에는 이틀쯤 더 뽕잎을 먹어야만 섶에 올랐다. 봄누에의 5령기가 사실상 여름인 유월 중하순인 데 비하여, 석 달가량 뒤인 가을누에 철은 기온이 낮아진 데다 뽕잎의 질도 떨어지기 때문이었다.

그동안 남희는 순애하고도 잠깐씩 골목에서 마주쳤을 뿐, 이야기 나눌 시간조차 갖지 못하고 지냈다. 양잠 농가라면 누구네 집이나 마찬가지로, 누에의 자리를 갈아줄 때는 새벽까지도 졸다 깨다를 반복하며 일하기가 예사였다. 한동댁은 잠깐 들렀다 온 구판장이나 빨래터 같은 데서 얻어들고 온 사소한 소식들로 가족들의 피로와 졸음을 달래주기도 했다.

"저 아래뜸 양순이 저그매는 잠 올 적에 먹으라고 콩을 볶아서 옆에 놔두고 뉘 똥을 개리는디, 양순이 아부지가 자올다 자올다 그거라도 집어 먹고 잠을 쫓아 본다는 것이 그만, 입에 넣고 깨문 것이 뉘였다더라."

"아이고, 잠은 제대로 쫓으셨네!"

"어저께 소내기 올 때 말여, 건넛말 순식이 각시는 마당에다 고추를 잔뜩 널어놓고 밭에 가 있다가 그 비를 만냈디야. 걱정이 돼서 정신없이 뛰다 봉게, 질가에 깔짐을 받쳐두고 돌아서서 오줌 누는 남자가 뵈더란다. 얼핏 보기에도 저그 시숙 같아서, 무안해할까 싶어 얼렁 지나칠라고 하는디, 마침 그때 바지춤을 여밈서 돌아서던 시숙이 그 와중에 인사를 하더리야. 그래서 집 걱정에 급하기도 하고 무안도 해서 엉겁질에 답을 한다는 것이, '시숙님도 수고하시네요, 근디 고추가 비를 다 맞았겠네요.'하고는 그대로 뛰었대. 뛰다 생각항게 지가 한 말이 아무래도 이상하고 우스워서 입에 빗물 들어가는 중도 모르고 깔깔 웃었다더만.”

그런 소박한 대화는, 그들이 일의 늪 속에서 누릴 수 있는 잔잔한 즐거움이었다. 그렇게 해서 누에를 섶에 올리고 나니, 아낙네들의 대화는 온통 추석 걱정이었다.

추석 다음 날 저녁에, 남희는 순애와 만났다. 어제저녁에 약혼자를 따라 장래의 시댁에 인사하러 갔던 순애는, 만 하루가 되어가는 저녁 무렵에 돌아왔다. 서울로 떠나는 약혼자를 배웅하고 오는 길이라 했다.

“아부지를 어떻게 본다냐.”

동네 앞에서 마주친 남희와 함께 집 앞까지 온 순애는, 열린 대문 뒤에 몸을 숨기고 서서 집안을 살폈다. 어제 오후에 순애의 집을 찾아온 약혼자는 다소 이른 저녁 식사까지 마쳤을 때, 오십 리 바깥에 있는 본가에 추석 인사를 가자고 했다. 순애가 내키지 않은 눈치를 보이자, 조금 떨어진 자리에 앉아 못 들은 줄로 알았던 오동기 씨가 끼어들었다. 그의 어조는 느긋하고 태평했다.

“아, 그 사람 하자는 대로 하지 그라냐. 조깨 있으면 막차 끊어질 텡게 꾸물거리지 말고 얼렁 인나야 되겄구먼.”

순애가 계속 마뜩잖은 기색을 보이며 딴전을 피우자, 오동기 씨는 사윗감을 보고 말했다.

“내일 꼭 서울에 올라가야 하는가? 하기사, 그만치 일을 중하게 알고 살았응게 그 나이에 그만치나 기반을 닦았지. 쟈가 어둔 녘에 따라 부치자니 넘들 눈치도 뵈고 그라는 성싶어서 물어봤네. 내일 서울에 올라갈 일만 아니면 자네가 여그서 자는 것이 어떨랑가 싶어서 말이지.”

순애의 얼굴이 귀밑까지 빨개졌다. 아버지의 뼈 없는 너그러움이 편하고, 그래서 고마울 때가 많았다. 하지만 이럴 때는 좀 무섭고 엄한 아버지였으면 싶었다. 거부할 용기가 없으면서도 거부하고 싶기만 한 약혼자의 청인만큼, 아버지 핑계라도 대고 싶던 참이었는데, 아버지는 한술 더 떠서 등을 밀어내고 있었다. 어쩌면 사윗감이 양손 가득 사 들고 온 선물 꾸러미가, 그러잖아도 뼈 없이 너그러운 오동기 씨의 마음을 더욱 눅어지게 만든 듯했다.

"뭐, 마음먹기에 따라서 며칠 푹 쉬어도 상관은 없지만, 놀고 싶을 때 놀고 일하고 싶을 때 일해서야 남보다 낫게 살 수가 있겠습니까. 그래서 내일은 꼭 올라가야 합니다."

"글매 말이여, 내가 아까도 말했지만, 그렇게 안 하고사 어떻게 자네 나이에 그만치라도 기반을 잡을 수가 있단 말인가."

"아버지가 제 앞으로 물려주신 논 좀 있는 것을 팔아다 보탠 덕입니다."

"그랬거나 어쨌거나 나는 기분이 좋네. 이 동네 사는 순애 사촌 오래비도 논을 서 마지기나 팔아서 올라갔는디, 그 조카는 허송세월만 하다가 맨손으로 되돌아왔잖은가."

"그래서 말인데요."

약혼자는 오동기 씨의 이야기에 별 관심이 없는 듯, 곁에 있는 순애의 눈치를 슬쩍 살피고는 화제를 돌렸다.

"기왕이면 어머니 곁에서 하룻밤 더 자고 올라가야지요."

"그려, 암, 그렇게 하게."

오동기 씨는 순애에게 왜 어서 나들이옷으로 갈아입지 않느냐고 성화고, 어머니는 뜰 앞의 포도덩굴에서 잘 익은 몇 송이를 따서, 사돈에게 보낼 소박한 추석 음식 꾸러미에 보태고 있었다.

연신 집안을 기웃거리며 미적거리고 있던 순애가, 핸드백을 열더니 나비 모양의 목각 장식이 달린 큼직한 머리핀 하나를 꺼내 남희에게 주었다.

"요샌 목각이 유행인가, 별별 것이 다 목각 제품으로 나와 있더라. 근데, 정작 살 것은 마땅치도 않았어."

남희는 순애가 준 머리핀을 소중하게 받아 들고, 그녀의 한숨 소리를 들었다.

"심난해 죽겠다, 야. 시집가기 싫어."

둘은 대문간의 둥근 문지방에 나란히 걸터앉았다.

"고개를 숙이고 오다 언뜻 봐서 확실히는 모르지만, 갈말 지나오다 철민이를 본 것 같아."

읍내에서 오자면 거칠 수밖에 없는 갈말 앞길을 지날 때, 그 동네 다릿목에 젊은이들 몇이 모여서 이야기를 나누거나 하릴없이 어정거리고 있었다. 객지 생활하다 추석 쇠러 온 사람들과, 열심히 농사일하다가 어제와 오늘 느긋하게 쉬는 사람들이 적당히 한데 섞여 있었다. 어린아이들도 여럿이고 노인과 여자들도 있었지만, 순애의 눈에는 아주 잠시 훔쳐보며 지나친 청년들의 무리, 그중에서도 철민의 모습만 들어왔다.

"어쩜, 어젯밤에 찾아왔을지도 몰라."

팔짱을 끼고 앉은 순애는 오른손 엄지손가락을 지그시 깨물었다.

"근데 이거, 운수산 관광 기념이네?"

운수산은 순애의 시댁 마을에서도 백 리 가까이 떨어져 있었다. 오밀조밀하고 깨끗한 경치며 오래된 사찰 덕분에 외지 사람들의 발길이 잦다 보니, 일찍이 호텔이며 놀이 시설을 갖춘 관광지로 발전한 곳이었다.

"응, 어젯밤 거기서 잤어. 시댁에는 가지도 않았잖아."

순애가 팔짱을 낀 채로 고개를 치켜들며 웃었다. 체념하듯, 무너져 내리듯, 어쩐지 그렇게 보이는 웃음이었다.

"아까 오는 것 같더만, 여태 안 들어오고 뭐 하나?"

대문과는 엇비슷하게 비켜앉은 안채에서 마당 가운데로 걸어 나오던 오동기 씨가, 바람 한 점 없이 잔잔한 음성으로 물어왔다. 그가 찾아가고 있는 뒷간이 안채보다 대문간에서 잘 보였다.

"못 살아, 오다가 한눈파는 것까지 다 지켜보고 계셨잖아. 영자네 아버지만 형사만큼 눈치 빠른 줄 알았더니, 울 아버지도 못지않다."

순애가 쓰게 웃으며 일어났다. 그리고 낮은 소리로 한마디 떨구어 놓고 마당으로 들어섰다.

"철민이 어쩜 오늘 밤에 올 것만 같은데, 마주칠 자신이 없다. 너, 이따 저녁 먹고 나한테 꼭 와야 해."

남희가 순애의 방에 갔을 때, 순애는 거울을 마주하고 있었다. 그녀의 마르지 않은 머리에는 분홍색 헤어롤러가 주렁주렁 매달려 있었다.

"세수하고 났더니 밋밋해서 그냥 입술만 발랐어. 너 그러고 섰지 말고 이거나 좀 풀어 줘. 머리에 물기나 마른 다음에 풀어야 표시라도 날 텐데,

그냥 풀어야겠다."

철민이 곧 대문간에 도착해서 저를 불러낼 것이라고 순애는 믿고 있었다. 입술만 발랐다고 했지만, 그녀는 이미 나무랄 데 없이 화장한 얼굴을 하고 있었다. 남희는 문득, 섣달그믐이나 팔월 열나흗날 밤이면 음식 장만하느라고 저녁까지 바쁜 속에서도 어김없이 헤어롤러를 주렁주렁 감고 있던 순애를 생각했다. 서울에서 내려온 철민은 꼭 그런 저녁에 찾아와 휘파람을 날리며 문간을 서성였고, 어떤 때는 다음 날 저녁쯤에 누군가를 시켜 불러내기도 했다. 명색이 애인이었지만, 순애의 방에 한 번쯤 들어가 본 근동의 총각들 속에 그는 들어있지 않았다. 순애를 불러낸 그는 읍내 다방의 별맛도 없는 차를 마시기 위해 왕복 이십 리 길을 걷기도 하고, 동네 냇둑이나 뒷길을 헤매다가 심심해지면 한적한 어디쯤에서 청하지 않은 춤을 추기도 했다. 허리를 뒤틀면서 팔다리를 심하게 꼬는 이상스럽고 되바라진 춤도 혼자서 추고, 춤에 걸맞은 외국 노래도 혼자서 불렀다. 순애는 참 비위에 안 맞는 춤도 다 있더라고 흉을 본 적도 있지만, 그런 그를 바라보자면 항상 유쾌하고 즐거웠다. 스무 살이 채 못 된 어느 명절 전야에, 데이트에서 돌아온 순애가 꾸민 듯한 우는 소리로 넋두리했다. 나, 입술을 뺏겼어, 어떡하냐, 내 입술이 인제 순결하지 않다고... 그리고 제법 오랜 시간이 지난 어느 날에 다시 말하길, 철민이 저를 정말 사랑하는 것 같다고 했다. 저는 키스에 대해서는 상상과 욕망이 수월찮아도 그 이상의 일에는 무조건의 혐오감이 있었는데, 철민이 그걸 꿰뚫어 본 듯이 제가 아름답다고 생각하는 이상의 행동을 요구하거나 시도하지 않아서 좋았으며 그의 사랑을 믿게 되었노라 했다.

"내가 미쳤나 봐. 왜 이리 맘이 뒤숭숭할까. 오늘 낮에 읍내 정류장까지 와서 그 사람을 되돌려 보냈는데, 이상하게 하나도 안 서운하더라. 그냥 좀 억울하고 겁나기도 한 기분뿐이었어. 평생 연애 감정으로 멋지게 살아가는 결혼 생활 같은 건 일찌감치 포기해야 될라는갑다, 싶은 불길한 예감이 들기도 해."

"어차피 평생 연애 감정으로 멋지게만 살다 죽는 부부는 없대."

"하긴, 그렇겠지?"

순애는 재단사 약혼자가 상점에서 물건을 흥정할 때는 물론 음식을 주문할 때도 대뜸 값부터 물어보는 데에 환멸을 느꼈노라 했다. 운수산 아래에 있는 큰 식당에서 아침 식사를 하는데, 매운 찌개에다 밥을 말아 후루룩후루룩 요란스레 먹는 것도 싫은 터에, 식사 도중에 코를 풀기까지 하더라며 얼굴을 찡그렸다. 하다못해 돌아앉는 배려조차 없이, 손수건에다 묽은 코를 팽 소리 내어 푸는 데는 열흘 치의 밥맛이 떨어지더라고 머리를 저었다.

"박력이 없어 탈이었지, 철민인 매너 있고 분위기도 알았는데,.."

순애가 서랍을 열고 동그랗게 접힌 흰 양말을 꺼내어 신었다.

"미련 있냐고? 그런 거 없어. 그냥, 걱정이 좀 돼. 오늘 나는 저를 얼핏 보고 지나왔지만 저는 나를 유심히 봤을 거 아녀? 그 못난이가 오늘 밤에 무슨 짓이라도 저지를 것만 같아. 새말 두리네 언니 일 생각 나냐?"

"너도 참, 그럴 사람이 여태 그리 조용했겠냐? 걱정하지 마."

"아녀, 내성적인 성격 가진 사람들이 폭발하면 무섭대. 아까 얼핏 본 모습만 해도, 수심에 가득 찬 게 예사롭지가 않았어."

서너 해 전, 지금의 남희나 순애 나이였던 새말 처녀 하나가 몇 해 동안 미적지근하게 연애해 오던 애인을 두고 다른 곳으로 시집을 가게 됐다. 밀어붙이는 맛이 전혀 없는 남자가 저를 많이 사랑하지 않는 걸로 판단한 처녀가 이런저런 이유로 다른 남자하고 약혼했는데, 이 소식을 듣고 집까지 온 애인이 처녀 방 툇마루에서 농약을 마시고 쓰러진 채 발견되었다. 그 바람에 약혼은 깨지고, 초촌리 바닥이 소문으로 들끓었다. 병원으로 옮겨져 치료를 받은 애인은 다행히 살아났지만, 두 사람의 관계는 끝내 회복이 안 됐다. 순애는 철민이 제 방 앞까지 몰래 와서 농약이라도 마실까 봐 걱정하고 있었다. 심지어, 그런 사태까지 가지 않게 하려면 찾아온 그를 어떤 태도로 대해야 한다는 것까지 궁리하고 있었다. 하지만 밤이 한참 깊도록 철민은 오지 않았다. 철민이 오지 않는 대신에, 순애의 사촌 동생 순자가 놀러 왔다. 지난봄에 서울에 올라가 한승우와 같은 회사에 다닌다는 순자는, 추석을 쇠러 내려온 참이었다.

　"내일 올라가는데, 어젯밤에도 언니를 못 봐서 한 번 더 보고 가려고."

　"잘 왔어, 어서 들어와."

　말은 반갑게 하면서도, 순자의 발소리를 철민으로 알고 문을 열어젖혔던 순애는 실망감을 감추지 못했다. 행여 과격한 태도라도 보인다면 그건 무섭지만, 표시 나지 않을 만큼 끈질기게 제 곁을 맴도는 슬픈 애인이기를, 순애는 철민에게 바라고 있었다. 그다지 큰 미련조차 없이 스스로 다른 길을 선택한 터에 염치없는 바람이지만, 하여튼 그런 욕심을 내비치고 있었다.

　순자에게서 한승우의 소식을 듣는 것은 어렵지 않았다. 이런저런 잡담을 나누다 보니, 묻지도 않았는데 이야기가 그쪽에 닿았다.

"휴가도 넉넉히 주었는데, 왜 안 왔겠어?"

순자는 그렇게, 한승우가 추석을 쇠러 오지 않은 이유를 말하기 시작했다.

"임신 중절 수술받은 애인을 두고 어떻게 추석 쇠러 오겠어?"

아직 어린 처녀의 입에서 스스럼없이 나오는 그 이야기는 낯설고 이상할 뿐, 승우에게 애인이 생겼다는 소문을 처음 들었을 때만큼 놀랍거나 충격적이지 않았다.

"휴가 기간에 쉬려고 그 수술을 열사흗날에 받았대. 난 직접 듣지 못했지만, 소문나면 창피하다고 승우 오빠가 강요해서 받은 수술이래. 그 언니가 속상했다고 하던데."

"잘 알았다, 그만해 둬라. 계집애가 낯빛 하나도 안 변하고 별놈의 얘기를 다 줄줄 쏟아놓네."

순애가 남희 눈치를 살피며 공연히 순자를 탓했다. 무심코 재잘거리다가 무안해진 순자가 조금 뒤에 자리를 뜨자, 순애는 무엇엔가 화풀이라도 하듯이 격한 어조로 말했다.

"별 드런 인간이 다 있네. 촌놈이 서울 물을 먹으니 눈이 홱 뒤집히던가? 설마설마했더니 역시 헛소문은 아녔구먼. 야, 그 작자 잊어버려라. 그런 박력 없고, 의리 없고, 미련한 인간은 꿈속에서도 생각을 마! 나중에야 후회를 하든 농약을 처먹고 죽어버리든, 남남끼리 알게 뭐냐."

승우한테 하는 소린지 철민에게 하는 소린지 분간이 되지 않아서 남희는 웃어버렸다.

"기가 막혀, 너 시방 웃음이 나오냐? 그래 내가 뭐라데? 처음 이상한 말이 들릴 적에 당장 보따리 싸 들고 올라가 담판을 지으라고 몇 번을 말했냐? 뭘 믿고 네 맘대로 헛소문이라고 우겼는지 몰라도, 한승우 그 작자도 별것 없다는 걸 인제는 알겠냐?"

순애의 눈에는 이제 눈물까지 고였다. 달빛 가득한 순애네 마당을 뒤로하고 나오며, 남희는 문득 제 몸의 어딘가에 보이지 않는 고삐가 매어져 있음을 느꼈다. 아무리 배가 고파도, 아무리 가고 싶은 풀밭이 저만치 보여도 고삐가 그려주는 원의 반경 안에서 더는 나아가볼 엄두를 못 내는 소가 생각났다. 어리석고 미련한 참을성, 행동 없는 막연한 기다림을 미덕이라 우겨온 제 모습이 가련했다.

제대하고 돌아온 한승우가, 동네 아이를 시켜 남희를 불러냈다. 제대하고 돌아오는 그와 읍내 길에서 우연히 마주쳤다는 누군가의 말을 언뜻 귀동냥한 저녁이었다. 그는 어둑한 골목 입구에서 기다리고 있었다. 남희가 미처 골목을 빠져나가기도 전에, 그녀가 나오고 있음을 먼빛으로 확인한 승우가 마을 위쪽으로 이어진 냇둑 길로 걸음을 떼어놓기 시작했다. 바지 주머니에 양손을 넣고 고개를 조금 숙인 채였다.

이상한 일이었다. 예전 같았으면 깜짝 놀란 듯한 목소리로 호들갑을 떨며 인사할 법도 한데, 그가 보여주며 걸어가는 뒷모습의 무게 때문에 남희는 아무 말도 할 수 없었다. 그들이 아무런 이야기도 없이, 그리고 앞뒤로 서너 걸음 떨어진 상태로 정자나무숲 근처까지 갔을 때, 승우가 불쑥 내뱉었다.

"그 사람, 괜찮았어?"

남희는 어리둥절했다. 뜻을 알아채지 못한 채로, 무슨 농담이거니 넘겨짚었다.

한승우는 등받이 없는 벤치에 아무렇게나 앉았다. 어두워서 보이지는 않았지만, 그는 음울한 표정을 짓고 있었다.

"너, 선봤다고 소문이 짜아하던데? 이 바닥이 좁기는 참 좁더라. 이럭저럭 맞춰 보니까 나도 좀 알 만한 인물이더라고. 뭐, 무슨 기술인가도 있고, 집에 땅도 제법 있다지?"

남희는 미처 앉지도 못한 채, 마치 선생님께 꾸중 듣는 어린 학생처럼 고개를 숙이고 서 있었다.

"그런데도 딱지를 놓은 것 보면, 너도 눈이 꽤 높은 모양이다. 나 같은 가난뱅이 상대해 줬다고 사람 잘못 보면 안 되겠는데?"

승우의 비꼬는 말 속에는 굳이 감추고 싶어 하지 않는 악의가 들어차 있었다.

"왜 그래, 정말?"

남희는 답답하고 안타까운 마음에 겨우 되묻고는, 승우가 앉아 있는 벤치의 한쪽 끝에 겨우 엉덩이를 걸쳤다.

"내가 너한테 물어볼게. 다른 세상에 사는 사람 만나 보니까, 자신이 우물 안 개구리였다는 생각이 들지 않았어? 세상에 나 같은 가난뱅이만 있지 않다는 걸 알았을 텐데, 왜 그만두었는지 모르겠구나."

남희의 참담하게 무너진 가슴 한편에서 원망과 반감이 솟아났다. 일 년 만에 만난 터에 그동안의 안부도 서로 묻지 않았는데, 승우는 제 기분대로 막말부터 하고 있었다. 남희는 사실, 이전에 맞선 보았던 사실을 까마득히 잊어버리고 있었다.

"이미 지난 일이지만, 그 문제를 얘기하라면 할게. 마음 좀 갈앉히고, 천천히 얘기해."

"필요 없어. 나 같은 놈한테 미래를 걸 수는 없었겠지. 땅이 없으니 이제 농부도 못 되는 처지니, 말해 뭣하냐. 그렇다 해서 다른 놈한테 혹해서 기웃거린 이야기는 듣고 싶지 않아."

남희는 격렬한 분노에 휩싸이고 말았다. 둘은 어둠 속에서 서로를 노려보며 말다툼을 벌이고 있었다.

"그래, 혹해서 기웃거린 이야기 좀 하고 싶어. 어디에든 말하고 싶어 죽을 뻔했어!"

"잘난 체, 가장 정숙한 체하더니, 겨우 그거였냐? 뭐 실망하지 마, 그 자식 아니라도 세상에 남자는 쌔고 쌨으니까."

어둠 속에서 남희는 한승우를 매섭게 노려보았다. 곧 무엇이 넘어올 것처럼 속이 울렁거리며 구역질이 났다. 그다운 것이 무엇이었을까? 하여튼 그녀가 믿어온 한승우다움은 사라지고 없었다. 구역질은 눈물이 되어 흘렀다.

"어떻게 그런 말들을 하지? 설령 내가 많이 잘못했더라도 그런 말은 너무 심하잖아. 지난 시간, 난 너무 힘들고 애가 탔어. 글쎄, 나도 잘 모르겠어. 내가 바보짓을 했다는 생각도 들지만, 하여튼 그때는 그렇게라도 해서 견뎠어."

띄엄띄엄 말하며 우는 그녀 곁에서, 승우는 담배를 꺼내고 있었다. 밤이 지나기 전에 비라도 오려는지, 나뭇가지를 흔드는 바람 소리가 눅눅하고 을씨년스러웠다. 건너편 집에서 개 짖는 소리가 들렸다. 그 소리에 옆집 개들이 두세 마리 연달아 짖었다.

승우가 담배 한 모금을 길게 빨아들였다가는 후우, 하고 요란스레 내뿜었다.

"미안하다."

그는 손을 뻗어도 남희의 어깨에나 겨우 손끝이 닿을까 말까 하자, 앉은 채로 몸을 밀착시켜 왔다.

"나도 내 기분을 이해할 수가 없어. 니가 이해해 줘. 그렇지만, 면회 한 번쯤은 와 주려니 했다."

면회. 그런 게 있었던가? 남희는 무엇으로 한 대 얻어맞은 것처럼 새로운 충격이 왔다.

"넌 절대 안 올 줄 알면서도, 혹시나 하고 기다리기도 했어."

어쩔 수 없이 못나고 어수룩한 촌뜨기로 길들어버린 자신을 확인하는 순간들이 남희에게는 더러 있었다. 어이없게도 그녀는 편지를 기다리며 애태울 줄만 알았지, 감히 제 발로 한승우를 찾아갈 엄두를 내본 적이 없었다. 물론 남들의 면회 이야기도 많이 들었고 한승우를 면회하는 상상을 전혀 안 한 것은 아니었다. 하지만 생각일 뿐, 마냥 겁나고 아득하기만 했다.

남희가 읽은 소설 속의 남자 주인공은 여자 친구가 면회를 왔을 적에 부대 근처의 여관에서 그녀의 몸을 처음으로 안게 되었다. 그녀를 그다지 사랑한 기억이 없던 그는, 그녀 아닌 다른 여자가 면회를 왔더라도 똑같은 행동을 했을 것이라 했다. 군대에 있는 그것도 교통이 불편하기 그지 없는 최전방의 남자를 여자 혼자서 면회 올 때는, 그녀 역시 내심 바라는 바가 있지 않았겠느냐고 그 남자는 뻔뻔스럽게 말했다.

남희에게 그 문제는, 아무래도 쉽게 떨쳐버릴 수 없는 갈등이고 두려움이었다. 책이나 영화를 통해서 펼치는 상상의 날개, 젊은 가슴에 피어나는 꿈은 자유로웠지만, 정작 현실의 자신으로 돌아왔을 때의 그녀는 달랐다. 주위의 분위기도 영화와는 동떨어진 데다, 말과 행동을 통하여 끊임없이 감정의 절제를 강조하는 유별난 부모의 영향이 더해졌다. 남희는 그러한 부모의 겁 많은 딸에 불과했다. 사실 그녀는, 혼자서 차를 타고 장거리 여행을 떠나는 그 자체를 아득히 겁내고 있는 촌뜨기였다. 게다가, 톱니바퀴 사이에 낀 듯 농사와 가사일 속에서 쉴 새 없이 돌아가는 그녀로서는, 부모에게 거짓말을 해가며 집을 나설 엄두가 아예 나지 않았다. 그 모든 변명거리가 못나고 좀스럽기조차 하게 여겨져서, 남희는 말을 못 하고 흐느껴 울었다.

"울지 마."

승우가 그녀의 어깨를 감싸안았다.

"내가 좀 심했나 싶다. 읍내에 내려서자, 우연히 만난 사람한테서 너 선봤던 소식부터 듣고 마음이 좋지 않았어. 그럭저럭 술을 좀 마시고, 하루를 우울하게 보냈던 거야."

이상했다. 승우의 태도가 부드럽게 변하자, 남희의 마음이 냉랭해졌다. 남희는 승우의 가슴을 가만히 밀어내고 일어섰다. 따라 일어선 승우가 그녀의 어깨에 다시 팔을 두르며 말했다.

"아직은 밤바람이 차갑지? 그래, 가자."

이번에는 시멘트 둑길이 아닌, 한 계단 올라선 높이의 비포장 농로를 걸어서 마을로 돌아왔다. 승우의 왼쪽 팔은 남희의 어깨에, 오른쪽 손은 남희의 왼손을 잡았지만, 둘 다 말은 거의 하지 않았다. 오다가 발이 반쯤 빠질 만한 홈을 발견한 승우가 남희의 손을 제 쪽으로 좀 더 끌어당기며 조심하라고 일러준 것뿐이었다. 두 사람 집의 방향이 엇갈리는 다릿목에 이르렀을 때도, 한승우는 멈추지 않고 자기 집이 있는 방향을 바라고 걸었다. 남희가 그에게 잡혔던 손목을 빼내려 했다.

"왜 그래?"

"집에 가 봐야지."

"순진하기는! 홧김에 내뱉은 소리 갖고 그렇게 맘이 상했어? 아이고, 바보."

승우가 남희를 힘주어 끌어안았다.

"가자."

남희의 얼굴에 거친 숨결을 내뿜으며 승우가 속삭였다. 남희는 여전히 그에게서 몸을 빼내고자 했다. 어루만져주고 싶도록 상해있는 그의 마음을 알았지만, 못지않게 그녀의 마음도 상해있었다. 때마침 길 아래에서 누군가가 다가오고 있었으므로, 밀고 당기는 두 사람의 실랑이는 그것으로 끝났다. 둘은 반사적으로 그 자리를 피하고자 했다. 남희가 집이 있는 쪽으로 빨리 걸었다. 몇 걸음 따라오던 승우는 잠시 그 자리에 멈춰 서 있다가 말없이 천천히 돌아섰다.

슬픈 가을

슬픈 가을

　꿈속에서인 듯 희미하고 아련하게 들려오는 어머니의 음성에, 남희는 겨우겨우 깊은 잠의 골짜기에서 헤어났다. 한동댁은 벌써 몇 번째 딸을 깨우기 위해 아래채에 건너왔던 모양으로, 남희의 흐릿한 대답 소리를 듣고서 방문 앞에서 멀어져갈 때는, 구시렁거리는 소리가 방안에까지 들려왔다.

　"아이고, 어디가 아픈 겐지, 급작시리 잠귀가 어두워진 것인지, 이웃 사람들 다 듣게 고함 질러 깨울 수도 없고, 할 일은 많고...",

　남희는 찌뿌드드하고 무거운 몸을 일으켜 느릿느릿 웃옷을 걸쳤다. 모든 것이 귀찮게 느껴지는 이런 때는 잠이라도 실컷 잤으면 싶었다. 방문을 꼭꼭 걸어 잠그고 어두운 커튼까지 드리운 상태에서, 마음껏 앓아누워 보고 싶었다. 그도 아니라면, 어디 아는 사람 없는 곳에 가서 열흘이나 한

달쯤 아무 일도 않고 지냈으면 싶었다.

"대답만 해놓고 왜 안 나오냐? 어디가 아프면 아프다고 하든지.... 하여간에 국은 수돗가에 담가 둔 시래기로 끓이고, 뒤안 소금 도가지 안에 간갈치 두어 마리가 있응게 알아서 해라, 잉."

밭으로 식전 일을 나가는 한동댁이 다시 한번 방문 앞에 다가와서 바쁘게 쏟아놓았다. 바지런한 종종걸음과 함께 문간 쪽으로 멀어져간 말소리의 끝부분은, 희미해서 아예 들리지 않았다.

깜깜한 첫새벽 별빛 아래서 치성드리는 일을 하루도 거르지 않는 한동댁에게, 동녘 하늘이 연분홍빛으로 밝아오는 이맘때는 결코 이른 시각이아니었다. 전에도 게으르게 산 적이 없는 한동댁이었지만, 근래의 그녀는동네 어느 아낙네보다도 일찍 자리에서 일어났다. 그녀는 남편의 잠을 방해하지 않도록 조심하며 살그머니 문밖으로 나와, 우선 머리부터 감아 빗었다. 찬물로 머리를 감기에는 을씨년스러운 계절이 되었지만, 물조차 데우지 않고 찬물에다 머리를 감았다.

머리를 감아 빗은 한동댁은, 시어머니 적부터 내려온 오지동이를 이고다리 건너의 마을 공동 샘으로 갔다. 새마을 간이 상수도를 설치하기 전까지는, 집안에 우물이 따로 없는 대부분의 동네 집에서 사용하던 바가지샘이었다. 간이 상수도가 설치된 이후로는, 옛날 물맛을 보자면서 가끔한 번씩 길어 가는 사람들이 아니면 쓸모가 없어진 공동 샘이었다. 더러는 한동댁처럼 치성을 드리기 위해 그 물을 뜨러 나오는 사람도 있었으므로, 아무도 손대지 않은 첫물을 길어 오기 위하여 한동댁은 그렇게 일찍일어났다. 산 중턱의 다락골 무지개 샘에서 끌어내린 간이 상수돗물도 퍽 깨끗했지만, 너무 쉽게 얻을 수 있다는 게 되레 흠이었다. 손끝으로 꼭지만 살짝 비틀면 쏟아지는 물을 받아서 정화수로 쓰기에는 아무래도 내키지 않았다. 다리 건너 바가지 샘물은 그녀가 처음 시집왔을 때부터 아침마다 조왕단에 떠 올렸던 물인 데다, 수도꼭지 비틀어 손쉽게 받아 놓는 물보다야 깜깜한 새벽길에 더듬더듬 길어다가 공손하게 떠 놓는 물이 훨씬 공이 되리라는 믿음이 그녀의 내면에 깔려 있었다.

물동이를 살강 밑 받침대에 내려놓은 한동댁은, 오랜 세월 해 오던 대로 조왕단의 물그릇에 새 물을 갈아 올리고 뒤란의 장독대에도 또 한 그릇을 떠 올렸다. 그런 다음 두 손 모아 간절한 몸짓으로 절을 하고 또 했다. 절을 받는 신의 이름이 무엇인지도 확실히 몰랐다. 그냥 막연히, 애끓는 마음으로 누구에겐가 빌고 하소연하면 정성이 그곳에 닿을 것만 같았다. 아들을 위해 비는 그녀의 신앙은 그렇게 소박하면서도 간절하고 뜨거웠다.

남희는 수도꼭지를 틀어 찬물을 받아 마신 다음, 식구들의 아침거리 쌀을 씻었다. 밥이 끓어오르는 사이에 잉걸불에 구울 갈치를 씻고 있는데, 노루말댁의 얼굴이 낮은 돌담 위로 올라왔다.

"야야, 너그 시래기 삶아 둔 거 있걸랑 조깨 건져 오니라. 아침 국거리가 마땅찮아서 그런다."

남희는 수돗가 함지박 물에 담가져 있는 삶은 시래기를 한 움큼 건져서, 둥글게 뭉쳐 짜 들고 노루말댁한테 다가갔다.

"뭣이 그리 바쁜가, 밭에 가면 째버린 무시 뿌렝이조차 못 뽑아다 먹고 산다, 야."

"식전에 엄마가 채소밭에 갔으니, 무시도 뽑아 오실 거예요."

어머니가 무를 뽑아 오면 한 뿌리 주겠다고 말하며 돌아서는 남희의 등 뒤에 대고, 노루말댁은 파도 몇 뿌리 달라고 부탁했다.

얼마지 않아 동쪽 하늘이 해 뜨기 직전의 눈부신 밝음을 쏘아대는 가운데, 한동댁이 밭에서 돌아왔다. 무와 시금치 같은 채소들을 골고루 광주리에 담아 온 한동댁은 이슬 젖은 몸뻬바지 가랑이를 잡아 올리고 수돗가에서 발을 헹궜다.

"가실 비가 잘금잘금해 쌓더니만, 무시 뿌렝이가 엔간한 어른 팔뚝 만큼씩이나 되게 굵어졌더라."

말을 채 마치기도 전에, 그녀는 사정없이 재채기를 했다. 나뭇간에서 지게를 뽑아내던 박만식 씨가, 무뚝뚝하면서도 걱정 어린 눈길로 돌아다보았다.

"지침 소리 들어 봉게 감기 들었는갑만. 새복마다 그리 머리를 깜아쌓더니."

"새복에 머리를 깜아서 그러가니? 요새 날이 차서 그런가, 콜록거리는 사람들이 쌨더만."

한동댁의 조용조용하고 온화한 말씨에는, 절대 굽힐 것 같지 않은 고집스러움이 깃들어 있었다.

"돈 있는 집들은 수험생 자석한티 보약을 지어다 멕이고, 도시에서는 좋은 학원도 보내고 옴마들이 따라댕김서 시중을 든다는디, 돈 없는 에미가 머리 깜고 절이라도 해야지, 그것도 안 해서 뭣에 쓰게."

한동댁은 아들을 호강스레 공부시키지 못하는 걸 자책이라도 하듯이 한숨을 내쉬었다. 남희는 어머니의 볕에 그을러 볼품없으나 비장미가 흐르는 얼굴을 바라보았다. 무엇인지도 잘 모르는 대학, 굳이 그것이 아니었더라도 마찬가지였을 것이다. 어머니에게 중요한 것은 아들이 가고자 하는 길, 그 자체일 뿐이었다.

남희가 한동댁을, 이 아침의 수돗가 작은 일상으로 불러냈다.

"참, 영자네 아침 반찬거리가 없다고 채소 좀 달라던데."

"어저께도 안골댁네 용산들 논에서 나락 비고 있더만. 에구, 혼잣손에 반찬거리 장만한다고 먼 밭에 갈 새가 있어야 말이지."

제 일보다 남의 일을 더 많이 해야 하는 노루말댁의 처지를 안쓰러워하며, 한동댁이 작은 소쿠리에다 채소를 덜어 들고 영자네 샛문 쪽으로 다가갔다. 영자 어머니가 채소 소쿠리를 받아 들면서 물었다.

"성님, 혹시 밭에서 오다가, 또랑가 풀밭이나 밭가생이 어데 우리 소 있는 거 못 봤소?"

"글씨, 못 본 거 같은디. 왜, 엊저녁 때 들에서 소를 안 몰아왔는가?"

"그런 건 아니고, 늘 아침 먹고 들에 나가서 소도 몰아내는디, 식전부터 소도 사람도 안 뵈서 물어보는 거요. 한 이틀간 싸돌아 댕기다 들어옹게 정신이 돌아와서 부지런을 떠는 건지, 어쩌는 건지, 원."

"오, 글 안해도 어젯밤 느지막하게 그 양반 지침 소리를 얼핏 들은 성싶어서 동숭한티 물어볼 참이었는디, 들어오싰구마 잉. 그나저나 어디 댕겨 오싰디야?"

"몰라요. 보나 마나 미친 벵 도질 때가 돼서 한바쿠 돌고 왔겄지, 뭐. 그나저나 늦게 자서 곤했을 텐디 식전부터 소꺼정 몰고 들에 나가고, 염치

없는 줄은 알아서 그런가, 안 하던 짓을 다 하고... 흥!"

노루말댁은 남편에 대해 곱게 말하기 아까운 듯 입술을 비쭉거렸지만, 콧방귀 소리는 웃음소리와 반반으로 섞였다.

한동안 일 잘하던 장구팔 씨가, 무슨 바람이 불어왔는지 그저께 저녁 무렵에 집을 나가서는 어제 하루 종일 들어오지 않았다. 한가할 때 같으면 욕이라도 한바탕 퍼부으며, 집안 살림살이 중에 무엇이 없어졌는지를 점검이라도 할 노루말댁이었지만, 마침 안골댁네 벼를 베러 가기로 돼 있는 데다 평소에 남편이 맡아서 기르던 소조차 대신 돌봐야 하는 바람에 겨를없이 들판으로 나가고 말았다. 본격적인 추수철 이후에 미친병이 도졌다면 남의 일 하루 하느니보다 광을 지키는 편이 실속 있었지만, 광속에 든 것도 별로 없는 데다 근래에 들어서 착실하게 일만 했던 남편에 대한 믿음도 반은 돌아와 있어서, 그녀는 하루 종일 일에 열중할 수 있었다. 들에서 돌아와 봐도 남편이 안 보이자, 노루말댁은 광이며 안방을 샅샅이 뒤졌다. 기껏해야 고추 몇 근이나 콩 몇 됫박 퍼 갔으면 모를까, 표시 안 나게 없앨 만한 건더기도 없는 살림이었다. 미친병이 도질 테면, 타작 다 해서 쟁여놓은 늦가을에 도지느니 광이 허전한 지금 치르고 마는 게 낫다고 여긴 그녀는, 낮의 피로를 견디지 못하고 깊은 잠에 빠져버렸다. 혼곤한 잠 속에서 그녀는 남편을 만났다. 눈으로 본 것도 말소리를 들은 것도 아니었지만, 일에 지쳐 깨어나지도 않는 그녀의 몸을 익숙하게 더듬는 손길은 남편 장구팔 씨였다. 장구팔 씨가 아무 말도 하지 않고 숨소리만 씨근대다 방바닥으로 내려가 누운 다음에야, 노루말댁은 그의 가출을 기억해 냈다.

"술 냄새도 벨라 안 나고, 어쩐 일이디야?"

특별히 없어진 물건도 없는 데다, 일찍 들어와서 마누라 생각부터 해준 남편이 그다지 밉지는 않았다. 마당의 수돗가에서 다락골 무지개 샘물을 한 대접 받아다 남편의 머리맡에 놓으며, 혼잣소리 같은 그 한마디로 남편의 무단가출을 용서해 버렸다. 어제 하루 종일 남의 집 벼를 베어 몹시 피곤한 데다 중간에 단잠을 설치고 보니, 다른 날보다 한참 늦게 아침잠이 깨었다. 남편과 죽도록 싸우고 난 직후라도, 잠자리를 같이하거나 푼돈이라도 건네받고 나면 줏대 없이 부아가 풀리는 그녀였다. 담을 넘고 도랑을 건너간 욕설과 악다구니에 가슴 졸이던 마을 사람들은, 하루도 채 안 지나 돼지고기 보글보글 지지거나 꼬순 내 풍기는 부침개라도 만들면서 웃는 노루말댁의 모습을 이제는 의아해하지도 않았다.

"설마 뭔 일이사 있으까마는, 식전에 소 몰고 나가는 벱이 없는 양반인디..."

한동댁이 아무래도 미심쩍은 듯 조심스레 말했지만, 노루말댁은 대수롭잖게 여기며 채소 소쿠리를 받아 끼고 안으로 들어갔다.

"술도 안 취해 갖고 들어왔는디, 벨일이사 있겠소?"

하지만 그날 밤까지도 장구팔 씨와 소는 돌아오지 않았다. 혹시 들판 어디에 매 놓고 사람만 나간 게 아닌가 하고 들일도 작파한 채 헤매다닌 보람도 없이, 점심때도 되기 전에 나쁜 소식을 듣게 되었다. 때마침 장날이라 새터댁 남편 일남이 송아지를 보러 장에 갔는데, 그곳 소 시장에서 장구팔 씨를 보았노라고 했다. 그 말을 들은 이웃들은, 여러 정황으로 미루어 소가 영영 돌아오지 못함은 물론이고 소를 판 돈도 찾지 못하게 되리라고 미루어 짐작했다.

며칠이 지났다.

"너 요새 어디 아프냐?"

끼니때 밥 먹는 모양이 어쩨 시원치 않다며 한동댁이 남희에게 물었다. 해 본들 소용없는 영자네 소 걱정을 한바탕 주고받은 뒤였다. 우스운 것은, 사람과 소가 한꺼번에 없어졌는데 아내나 이웃이나 하나같이 사람 걱정은 제쳐두고 소 걱정만 하고 있었다. 부질없는 남의 집 소 걱정에 취한 나머지 딸의 여윈 얼굴을 모처럼 살피게 됐다는 듯, 한동댁이 다시 물었다.

"몸치 난 거 아니냐?"

"아니요."

"하기사, 몸치 날 만도 하다. 일이 엔간히 고돼야 말이지."

"쪼깨만 참고 고생하자 잉. 경수가 공부를 마칠 때꺼정 농사는 줄일 수 없고, 니가 안 도와주먼 그 농사를 해내는 것도 벅차니, 고생을 참고 전디야지 어짜겠냐."

딸의 풀죽은 모양새가 고된 노동에서 비롯된 불만 탓인지도 모른다고 지레짐작한 박만식 씨가, 위로의 말을 건넸다. 결코 처음이 아닌 아버지의 그런 말을 남희는 좋아하지 않았다. 아버지의 마음을 이해는 하면서도, 몸 둘 바 모르는 민망함과 더불어 짜증이 솟았으며, 그것이 또 죄책감을 불러일으키기도 했다.

"열 손가락 깨물어서 안 아픈 손가락 없더라고, 너는 너대로 늘 안씨럽고 안됐다만, 시방 경수를 뒷받침해 줄 일 만한 중대사가 있겠냐."

남희는, 아버지가 저런 말들로 스스로의 고달픔을 위로받고 있는지도 모른다고 생각했다. 그녀는 되레 아버지가 안쓰러웠다.

그때였다. 어디서 돌팔매처럼 공기를 찢으며 날아온 소리가 있었다. 여자의 길고 날카로운 비명의 배경으로는, 무엇인가 깨어지는 듯 부딪혀 흩뿌리는 소리도 들렸다.

"그래, 쥑이라 쥑이여! 너 죽고 나 죽고 다 죽자. 이 웬수야!"

악다구니의 주인은 노루말댁이 틀림없었다.

"아이고오, 나는 못 살아. 저 웬수 땜시 참말로 못 산당게. 그 소가 어떤 소여? 그 어린 것이 넘의 집 종살이해서 한 푼 두 푼 모둔 돈으로 산 소란 말여!"

집에 돌아온 장구팔씨는, 예상했던 대로 빈손이었다. 어둑어둑해질 무렵 마을에 들어선 그는, 초췌한 얼굴을 옷깃에 틀어박고서 비치적비치적 집에 들어갔다. 술에 취했다는 신호와도 같았던 육자배기 가락조차 없이 방으로 들어가서는, 이불을 뒤집어쓰고 누워버렸다. 아직 어린 사내아이들은 그런 아버지 주위에서 슬금슬금 물러났지만, 아내는 달랐다. 어두워져서야 무거운 광주리를 이고 밭에서 돌아온 아내는, 그의 존재를 발견하기가 무섭게 성난 사자로 변해버렸다. 이틀 밤을 꼬박 뜬눈으로 새운 장구팔 씨의 혼곤한 휴식은, 아내가 돌아옴으로써 여지없이 깨어져 버렸다.

노루말댁은 그동안 제정신이 아니었다. 그저 습관적으로 들판에 나가고 일을 하기는 해도, 당장 미쳐버릴 듯한 심사였다. 그래도 행여나 일이 용케 잘 풀려서 남편이 소 판 돈을 고스란히 지니고 돌아오려니 하는 실낱같은 희망으로 간신히 버텨냈다. 하지만, 그런 기적이 일어나기란 쉽지 않다는 것을, 이십 년을 훌쩍 넘긴 결혼 생활을 통하여 이미 터득해 버린 그녀였다. 과연 남편은, 며칠 전에 입어 땟국이 흐르는 옷을 걸친 그대로 이불 뒤집어쓰고 누워 있었다. 그런 일이 좀체 드물긴 했지만, 돈을 땄거나 본전이라도 유지하고 돌아왔을 때의 장구팔 씨는 그처럼 초라하고 풀죽은 모습이 아니었다. 남편의 주머니 귀퉁이로 퍼런 지폐가 비죽이 보이는 그런 날에는, 그녀도 공연히 신바람이 나서 속없이 남들에게 자랑조차 했었다. 남편이 빈손으로 들어왔다는 것을 직감으로 알아챈 노루말댁은, 오장이 뒤집어지고 두 눈에 불이 켜졌다.

"이 구렝이 겉은 인간아, 소는 어따 내번지고 왔어? 당장 나가서 소 찾아 몰고 와! 시방 당장에 소를 찾아 오랑게!"

장구팔 씨는 아내의 왁살스러운 힘에 이리 밀리고 저리 뒹굴면서 그대로 누워 있었다. 잠은 이미 달아난 지 오래인 채, 깊은 잠에 빠진 시늉으로 눈만 감고 있었다.

"이 웬수야, 내 딸자석 피가 맺힌 소 얼렁 찾아 와! 아이고, 저런 인간 뱃속에는 대체 뭣이 들어 있는가, 한 번 뒤집어나 봤으면 쓰겠네. 저런 인간을 낳고도 아들 났다고 좋아함서나 경구줄 치고 미역국 끓이 먹은 할망구가 있다네!"

견디고 견디던 장구팔 씨는 벌떡 일어나 앉기가 바쁘게, 아무것이나 손에 잡히는 대로 집어서 열린 문밖에다 던졌다. 그리고 발악하는 아내의 머리채를 휘어잡아서 몇 번 절절 흔들어주었다.

이웃 사람들 몇이 달려갔을 때, 장구팔 씨는 쓰러진 아내의 윗몸을 타고 앉아 있었다. 그의 큼직한 손아귀는 아내의 머리를 꼼짝 못 하게 짓누르고 있는데, 그 와중에도 노루말댁의 입은 쉼 없이 걸쭉한 욕설을 뱉어내고 있었다. 쭈그러진 양푼과 사기 종지, 다리 부러진 소반과 아이들의 책 보따리까지도 제멋대로 뒹굴고 있는 마당에는, 아직 어린 막내가 울고 서 있었다.

"이 사람아, 자네 이게 뭔 짓이여? 어서 일어나게!"

볼썽사납게 아내를 타고 앉은 장구팔 씨의 팔을 잡아당기며 박만식 씨가 나무랐다. 처음 보는 광경도 아니었지만, 보는 이들은 저마다 혀를 내둘렀다. 장구팔 씨는 싱겁도록 고분고분 방바닥으로 내려앉았다. 마치 말려줄 누군가를 기다리던 모양새였다. 바윗덩이처럼 짓누르고 있던 남편의 몸이 떨어져 나가자, 노루말댁은 부스럭부스럭 일어나 앉았다. 그녀는 귀신처럼 헝클어진 머리를 앞뒤로 흔들어대며 대성통곡을 시작했다.

"아이고오, 나는 못 살아, 분해서 못 살아. 아이고오, 그 어린 것이 넘의 집에서 이래라 저래라 잔소리 들어감서나, 넘의 예펜네 지린내 나는 속곳꺼정 빨아줘 감서나, 불쌍하게 번 돈이여. 그런 돈으로 산 소를 하룻저녁 새에 날리고 온 인간이 무신 애비고, 무신 서방이여? 나는 인제, 염치없어서 우리 딸 못 봐. 아이고, 저 웬수우!"

박만식 씨는 말없이 풍년초 담배를 말아서 장구팔 씨한테 먼저 건네고, 자신도 한 개비를 말아서 천천히 힘을 발라 붙였다.

"동네 시끄럽게 해서 자네한테도 미안하네. 나도 잘한 것은 없네만, 예펜네가 원, 엔간히 주뎅이를 나불거려야 말이지."

"나한테 미안할 것이사 없네."

박만식 씨는 나무라고 싶고 충고하고 싶은 말이 많았지만 말을 아꼈다.

말귀 알아듣고 적절히 대답할 때로 보면 금세라도 뭣이 달라질 듯했지만, 지나놓고 보면 언제나 허탈한 제자리걸음이었다. 몇몇 이웃들도 돌아가고, 방안에서는 악다구니 푸념에도 지친 노루말댁이 이따금 짜내듯이 아이고, 아이고, 우는 소리를 내고, 두 사람은 마루에 걸터앉아 담배만 피웠다.

"아닌게 아니라, 이 짓도 고만 둬야겠네."

박만식 씨가 별말을 않고 있자니, 답답해진 장구팔 씨 쪽에서 지레 말을 꺼냈다.

"아따, 엔간히 고만두겠네. 흰 개 꼬랭이 굴뚝에다 삼 년을 넣어 놔도 꺼멍 개 안 되드끼, 그 소리 백 번을 해 봤자 미친 지랄벵은 못 고칠 것이여!"

"시끄러, 이 예펜네야! 남자들끄장 얘기하고 있는디 톡톡 불가져서 참견하는 것이 아니여. 만식이, 미안하네. 본데없는 예펜네라 도통 사람 에러워할 줄을 모르니, 나도 참 사는 것이 깝깝할 때가 많네."

한동댁이 저녁에 먹던 반찬에다 소주를 한 병 들고 왔으므로, 두 사람은 마루에 걸터앉은 채로 서로에게 두어 잔씩 권했다. 한동댁한테 또 한 차례 넋두리를 늘어놓던 노루말댁은, 한동댁이 먼저 돌아가자 다시 불 꺼진 방으로 들어가 누웠다.

"그려, 내가 생각해도 내가 미친눔이여. 저눔에 예펜네가 지랄 안 해도, 내 맘이 시방 맘이 아니네."

잠 한숨과 격렬한 싸움으로 어지간히 깨어가던 술기운이, 새로이 돌기 시작했다. 장구팔 씨의 음성이 축축하게 젖는가 싶더니, 나중에는 북받치는 울음을 참느라고 목구멍에서 끅끅 된소리가 비어져 나왔다.

"자, 추운디 얼른 문 닫고 들어가 자게."

박만식 씨는 피우던 담배꽁초를 마당에 던지고 일어섰다. 서쪽으로 기울어가는 달이 아직은 밝았다. 아내의 목쉰 악담은 다시 들리지 않고, 이따금 장구팔 씨의 기침 소리만 창호지 밖으로 새어 나왔다.

까치발로 돌담에 가슴을 붙이고 서서 팔을 뻗으면, 어렵지 않게 남희의 창문을 두드릴 수 있었다. 그렇게 남희의 창문을 두드려 보다가, 순애는 고개를 갸웃하며 물러섰다. 방에 불이 켜져 있었지만, 아무런 대답이 없었다. 혹시 부엌에 있나 하고 멀찍이 문간에서 기웃거려도 보았지만, 부엌에도 어디에도 기척이 없었다.

"이상해, 어젯밤에도 이맘때쯤 없었어. 안방에 있는가 가 봤지만 없더라고."

순애의 약혼자가 부쳐주었다는 여성 잡지를 건성으로 뒤적거리고 있던 윤호가 슬그머니 일어날 채비를 했다. 순애가 웃으며 눈을 흘겼다.

"나는 안중에도 없는가, 남희 못 찾는다니까 당장 일어나는 것 좀 봐."

"그래서가 아니고, 예쁜 여자하고 단둘이 방 안에 있자니까 기분이 이상해서 그래. 남의 약혼자랑 무슨 일이라도 생기면 안 되잖아."

"알았어, 그 말을 내가 믿어야지 뭐. 근데 야는 참말로 어디 간 거여?"

순애는 정말 남희가 걱정되었다. 자신의 문제에만 골몰해 있다가 불현듯이 바라본 남희의 얼굴은, 그렇게 봐서 그런지 핼쑥하게 야위어 있었다. 요 며칠간은 밤에 놀러 오지도 않았다.

"내 사촌 순자한테서 승우 이야기를 제대로 들었으니, 남희가 속상할 만도 했지."

골목 밖에까지 윤호를 따라 나오며 순애가 말했다. 그때 저만큼 다리를 건너오고 있는 남희가 보였다. 이지러진 한가위 달은 점점 뜨는 시각이 늦어져, 이제 겨우 동쪽 산 위에 걸려 있었다. 순애가 빠른 걸음으로 남희에게 다가갔다.

"어디 갔다 오냐? 불은 켜져 있는데 사람만 없어서, 뭔 일인가 했다."

"저기."

남희가 희미하게 웃으며 동산을 가리켰다.

"어두운데 일없이 거긴 왜 가? 농담 말고 제대로 대답해."

남희는 동산에 올랐었다. 어제, 저녁 무렵 밭에서 돌아오는 길에 불현듯 생각이 나서 그곳에 올라 보았다. 서쪽 하늘이 황금색에서 점점 붉은빛 띤 회색으로 변해가는 중이었는데, 그것을 바라보고 있는 동안은 아무런 다른 생각이 나지 않고 평화로운 기분이었다. 거기에 취해서, 저녁밥 걱정도 미뤄둔 채 한동안 서 있다가 내려왔다. 저녁 설거지를 마친 직후에야 집을 나선 오늘은 완연한 밤이었지만, 이런저런 생각을 하며 잠시 다녀오는 길이었다.

장구팔 씨가 소를 내다 없애버린 지도 벌써 며칠이 지났다. 아무것도 모르는 영자한테서는 때마침 안부 편지가 왔는데, 고향 소식 집 소식을 영자한테 전해주는 역할을 맡은 남희로서는, 소 이야기를 알려야 할지 말아야 할지도 걱정이었다. 지금도 영자는 어찌어찌 틈을 내어 텔레비전을 보고는, 좋아하는 배우의 웃음과 목소리에서 위안을 찾고 있을 터였다. 남희는 흐릿한 달빛 속을 걸었다. 벼를 벤 논바닥의 그루터기 사이를 지나 앞산의 건조장 언덕에까지 올랐다. 왕소나무는 널찍한 잔디밭에 의연히 서서, 흐릿하여 몽환적인 달빛을 온몸으로 받고 있었다. 잔디밭에는 키가 제대로 자라지 못한 구절초꽃이 별처럼 드문드문 널려 있었다. 남희는 왕소나무의 검은 그늘이 끝나는 비탈 쪽의 잔디밭에 앉아서, 쓸쓸하고도 따뜻한 마을의 불빛들을 내려보았다. 작년까지만 해도 이보다 한참 늦은 시각에 그녀는 양친과 함께 매일 밤 이곳에 올랐다. 달이 밝은 밤은 대개 아버지와 그녀 두 사람이었고, 달 없이 어두운 밤에는 불을 잡은 어머니가 함께했다. 그녀가 아주 어린 소녀였을 적에는 호롱불이 들어있는 사각의 유리 등이었던 것이, 몇 년 뒤에는 머리에 갓 씌운 둥근 램프로, 그 다음에는 큼직한 회중전등으로 바뀌어 갔다. 올해부터 이곳 사람들도 개량종 잎담배를 재배하여, 길게 엮어 매달아둔 담배는 예전처럼 수시로 널었다, 걷었다, 반복하지 않아도 되었다. 완전히 마를 때까지 그저 건조장에 매달아두면 되었으므로, 밤중에 야산을 오르내리던 그 일은 비로소 끝나게 되었다. 그때, 갓 따서 엮은 생담배는 억새로 지붕을 덮은 통나무 건조장에 매달았는데, 며칠이 지나면 서서히 황갈색을 띠면서 숨이 죽었다. 그러면 아침 일찍 그것을 떼어내 왕소나무 둘레의 너른 잔디밭에 일일이 펴 널었다. 그곳에는 서너 집의 담배 건조장이 띄엄띄엄 일정한 거리를 두고 서 있었으므로, 한창때는 넓디넓은 잔디밭이며 흙이 드러난 운동장까지 온통 불그레한 담배 발로 뒤덮여 버리기도 했다. 널어둔 담배를 밤에 나가 걷는 일은 늘, 박만식 씨와 남희의 몫이었다. 한동댁은 몸이 약할뿐더러 늘 손끝에 잔 일거리들을 매달고 꼬물꼬물 움직이고 있었으므로, 어두워서 불을 잡아줘야 할 필요가 있을 때나 함께 나갔다. 오전 시간의 부녀는 담배 발의 길이만큼 떨어진 거리에서 마주 보고 서서, 양쪽 끝에 매달린 손잡이 새끼줄을 붙잡고 하나, 둘, 셋, 호흡을 맞춰가며 한 장씩 땅에다 널었다. 거기에는 갖가지 빛깔의 작은 풀꽃들이 피어있었는데, 넓적넓적하고 긴 담배 발에 덮여버렸다가 밤이 되어서야 구름에 가렸던 별들처럼 반짝이며 나타나곤 했다.

"우리도 얼릉 개량 담배로 바꿔서, 이 고생을 멘해야 쓰겄다."

햇볕에 바싹 마른 잎담배는 조금만 건드려도 모조리 바스러져 버렸다. 그것들이 밤이슬을 맞고 눅눅해질 때까지 기다리다가, 박만식 씨는 낮의 피로에 지쳐 설핏 잠이 들기 일쑤였다. 그러다 아홉 시 반 라디오 연속극 주제가가 나오면 깜짝 놀라 일어나 앉으며, 그는 개량 담배로 바꾸어 재배하는 날을 그리는 것이었다. 담배를 잔디밭에서 걷어 건조장 안에 매달아 놓았을지라도, 한밤중에 갑자기 비바람이라도 치면 잠을 물리치고 달려가야 했다. 옆에서 들이치는 빗물을 막아주기에는 엉성하기만 한 건조장 안의 담배가 젖을세라, 깜깜한 들길을 운동선수처럼 내달려야 했다. 그래도 오늘처럼 달이 있는 밤이면, 수목이 뿜어내는 냄새를 맡으며 언덕을 오르는 것이 참 좋았고, 담배 발을 걷어 올릴 때마다 기다렸다는 듯 하얀 미소로 드러나는 조그만 풀꽃들이 반가웠다. 다만 그 자리에 서 있다는 자체로 말로 다할 수 없는 평온함을 느끼며, 남희는 천천히 소로를 타고 내려왔다.

그리 멀지 않은 자췻집 앞까지 그녀를 바래다주고 돌아선 한승우의 마음은 무거웠다. 잘 자라는 인사를 건넸지만 대답하지 않은 채 그녀는 쪽문 안으로 사라졌다. 뒷모습이 남긴 원망과 서운함이 그대로 전해져오는 닫힌 문을 잠시 바라보다가, 승우는 천천히 발길을 돌렸다. 그는 조금 넓은 세 갈래의 골목이 맞닿은 곳에 자리한 구멍가게에서 소주 한 병을 샀다. 골목길이 끝나는 곳에 큰 다리가 놓인 하천이 있고, 하천의 흐름을 따라 어둠침침하고 좁은 길이 길게 벋어있었다. 그는 길게 벋은 그 길을 걸었다. 유리 속보다 더 투명하게 바닥의 모래 자갈이 드러나던 고향의 냇물과는 너무 다르게, 발아래의 하천에서는 참지 못할 만큼 퀴퀴한 냄새가 올라왔다. 밤이어서 망정이지 낮에 그 길을 걷자면, 탁하고 거무튀튀한 구정물이 구질구질한 거품과 쓰레기 아래로 힘겹게 흘러갔다. 아무리 정화한다고는 하나, 저런 물이 모아졌다가 다시 수도꼭지를 통하여 부엌에까지 나온다는 생각에 미치면 밥맛이 달아날 지경이었다. 하천과 반대편의 길가에는 허름하고 낡은 집들이 닥지닥지 늘어서 있고, 반듯한 새 집들이 들어서기 시작하는 군데군데의 빈터에는 철근이며 벽돌, 나무토막 같은 것들이 어지럽게 쌓여 있었다. 한승우가 사는 집은 아예 처음부터 공장 노동자들한테 세를 놓으려고 지은 것인 양, 울도 담도 치지 않은 자리에 방만 여러 칸 들여놓았다. 그 집은 부엌 한 칸 방 한 칸씩이 짝을 지어 옆으로 길게 늘어서 있는, 처마가 아주 짧은 슬레이트 뱃집이었다. 그 모양은 한승우에게, 고향의 잠실이나 돼지우리를 떠올리게 했다. 그는 마냥 간단한 취사도구가 있는 부엌을 거쳐서, 조금 전까지 그녀가 머물다 간 방으로 들어갔다. 이부자리가 그대로 펼쳐진 방이었다.

"자기는 날 진심으로 사랑해 준 적이 없어."

오늘따라 그녀는 승우의 말 없음을 불평했다. 어느덧 습관처럼 되어버린 만남의 자리에서, 한승우는 대개 침묵이었다. 그녀가 벌써 여러 차례 살림을 합치자고 제의했지만, 승우는 너무 이르지 않느냐는 짧고 미지근한 대답만으로 몇 달을 미뤄왔다. 그녀는 이미 그의 아이를 지운 적이 있었다. 그것도 이런저런 이유를 들어가며 그가 강력히 밀어붙이는 바람에 심히 내키지 않는 짓을 억지로 한 터였다.

"어차피 결혼할 거면 뭣하러 이렇게 살아? 도대체 확실한 설명도 없이 그저 살림만 합치지 말자니 이해를 못 하겠어."

오늘 밤에 그녀는, 여태 승우가 취해 온 미온적인 태도에 항의하면서 눈물 바람으로 돌아갔다. 그녀가 서운해서 눈물을 흘려도, 승우는 자고 가라고 붙잡는 대신에 집 앞까지 친절히 바래다주기만 했다.

그는 안주도 없이 소주를 마셨다. 윗목의 작은 탁자 위에는 그가 대학 공부의 꿈을 버릴 수 없어 들여다보곤 하는 책들이 쌓여 있고, 벽에는 중학교 때부터 책상 앞에 붙여놓곤 했던 '인내는 쓰나 그 열매는 달다.'는 격언도 붙어있었다. 아직도 옛꿈을 버리지는 않았지만, 어쨌든 지금은 늪에 빠져 허우적거리는 느낌이었다.

제대를 앞둔 한승우를 그녀가 면회 왔다. 일단 가슴을 두근거리며 면회실에 나가니, 기다란 파마머리에 바바리코트 차림의 그녀가 기다리고 있었다. 승우는 반가우면서도 다소 당혹스러웠다. 읍내에서 중고등학교를 함께 다닌 그녀는, 승우를 포함한 두세 명의 남학생에게 유독 호감을 표시하곤 했다. 그들의 책상 서랍에 볼펜이며 노트를 사다 넣어 두었다거나, 학교 근처 빵집에 나타나서 그네들 패거리의 빵값을 대신 물어 주고 나간 일화가 흥미롭게 떠돌기도 했다. 그리고 입대 전과 휴가 때 두어 차례 만난 적이 있었지만, 함께 있는 다른 친구들의 사이와 그들 두 사람의 사이를 별반 다르게 여기는 사람은 없었다. 읍내에서 제법 큰 식당을 하는 까닭에 벽촌의 젊은이들에 비해 용돈이 궁한 편은 아니었지만, 그녀는 일찌감치 서울로 가 있었다.

'주소야 맘만 먹으면 얼마든지 아는 수가 있지.'

어떻게 주소를 알았느냐는 승우의 물음에, 그녀가 스스럼없이 대답했다. 그녀는 시간이 좀 난 터에 갈 곳도 만날 사람도 마땅찮아 찾아왔으니 부담스러워하지 말라고 했다. 제대가 임박할수록 남은 날들이 지루하게 느껴지던 차에, 아무튼 반갑고 고마웠다. 그녀는 승우의 군대 생활 삼 년을 통틀어서 처음이자 마지막의 면회객이었다. 애인 행세를 하며 하룻밤 외박 허가를 받아 부대에서 좀 떨어진 소읍까지 나간 그들은, 저녁을 먹고 여관방을 잡았다. 그녀가 차를 타고 달려온 시간이 너무 길었던 탓에, 이곳에 도착했을 때는 이미 어두워지고 있었다.

"괜찮겠어?"

둘이 함께 묵을 셈으로 방을 잡을 때 승우가 물었고, 그녀는 가볍게 웃으며 고개를 끄덕였다. 승우는 그녀가 행여 불안하거나 불쾌할 것을 염려한 것이었는데, 그녀는 개의치 않는 얼굴로 선뜻 방에 들어서서 외투와 스카프를 벗었다. 그녀는 블라우스 위에 입었던 조끼도 스스럼없이 벗어서 벽에 걸었다.

"여기 늑대 한 마리 지켜보고 있으니 조심하라고."

승우가 소주병과 함께 사 들고 온 오징어를 찢으며 농담을 건넸다. 그렇게 무서우면 여기까지 왔겠느냐고 그녀가 맞받았다. 학창 시절 이야기며 친구들의 근황까지 이야기하며 소주 한 병을 비우고 나자, 승우가 정색하고 말했다.

"이 먼 데까지 오느라고 수고했어. 내 걱정은 안 해도 되니, 피곤할 텐데 먼저 자."

승우는 이부자리 두 장을 아래위로 조금 떨어지게 펴 놓고, 그중에 아랫목의 이불을 그녀에게 권했다. 그녀를 쉬게 하려고 먼저 벽을 보고 누운 승우는, 좀체 잠이 오지 않았다. 한참을 더 앉아 있다가 비로소 눕는 기척이 나던 그녀는, 도로 일어나더니 그대로 켜두었던 형광등을 껐다.

몸을 조금만 움직여도, 숨만 크게 쉬어도, 그 소리가 방안을 울릴 만큼 고요했다. 여자의 곁으로 짐승처럼 다가가고 싶은 그를, 또 다른 그 자신이 단호하게 말렸다. 긴 듯하면서도 짧았던 그 시간을 넘기고 나니, 그대로 밤을 지낸다는 것이 쉬워졌다. 늦도록 뒤척거리다 잠들었던 승우가 잠에서 깨니, 그녀는 아침 화장을 마친 얼굴로 그의 곁에 있었다.

"제대하면 우리 오빠 한 번 찾아가 봐."

앞으로 무엇을 하겠느냐는 물음에, 현재로는 막막할 뿐이라고 대답하는 승우에게, 그녀가 말했다. 고향의 다른 처녀, 총각들도 여럿 취직시켜 준 오빠이니, 승우의 일자리 하나쯤 어렵지 않게 구해 줄 것이라고 했다. 선뜻 내키지 않아 건성으로 대답했을 뿐이지만, 정작 바깥세상에 나오니 그 말이 새삼스레 마음에 들어왔다. 진작부터 내심 예상은 했지만, 가야 할 앞날은 그저 어둡기만 해서 선택의 여지도 없었다. 어찌 된 셈인지, 승우가 돌아오기도 전부터 그가 취직하여 떠나게 되었다는 소문이 퍼져 있었다. 어머니는 매우 만족스러운 듯, 그가 돌아오기 바쁘게 등을 떠밀었다.

정작 서울에 올라온 승우는 적잖이 실망했다. 그가 텔레비전 화면이나 잡지 화보에서 보았던 넓고 번듯한 사무실과는 너무 거리가 먼, 먼지투성이 봉제공장의 한쪽에 자리한 좁은 자재실이 그의 근무처였다. 여유시간도 없었고, 처음으로 받아 본 월급은 형편없이 적었다. 뜻하지 않은 일로 농토의 대부분을 잃어버린 지금에 와서는, 어떻게든 도시에 뿌리를 내려야 한다고 그는 생각했다. 도시에 몸을 붙이고 살 바에야, 오래전에 접어 두었던 대학 진학의 꿈을 다시 꾸지 말란 법도 없었다. 대학에 가서 공부하고 싶고 해 보고 싶은 무엇이 있어서라기보다는, 대학 졸업장이 세상살이에 힘이 되고 무기가 된다는 것을 시간이 갈수록 실감하게 되는 것이었다. 그런데 그가 기대를 걸고 시작했던 이 생활은 당장 먹고 자기를 해결하는 데에 바빠서, 대학의 꿈을 실현할 날이 아득하게만 여겨졌다. 어쨌든 그는, 양지말로 돌아갈 마음은 없었다. 그곳의 해묵은 가난과 무기력, 젊은 가슴을 콱콱 막히게 하던 절망감들을 생생하게 떠올리며, 버티는 데까지는 이곳에서 버티자고 승우는 주먹을 쥐었다.

그는 직장 일이 끝나면 곧장 집으로 돌아왔다. 기본적인 살림 도구도 갖춰지지 않은 자취 생활이라는 게 초라하고 불편해서, 제대로 차려진 상 앞에서 따끈한 밥을 먹어 본 기억이 가물가물했다. 그는 라면이나 찬밥 덩이로 저녁 끼니를 때우고는 책을 펼치고 앉았다. 무엇보다, 가느다란 희망의 끈이라도 붙잡아야 초라한 현실을 견딜 수 있을 것 같았다. 그런 의지와는 별개로, 가난한 객지 생활은 너무 외롭고, 고달프고, 정이 그리웠다.

휴일을 앞둔 그날 저녁, 술과 안주를 사 들고 승우의 방을 찾아온 그녀는, 밤이 깊었는데도 돌아갈 기미를 보이지 않았다. 승우의 눈이 자주 탁상시계에 머무는데도, 그녀는 아랑곳없다는 듯 앉아 있었다. 아직도 시골뜨기 소년티가 나는 승우의 태도를 오히려 재미있어하면서, 대체로 말이 적은 그의 몫까지 더하여 쉼 없이 재잘거렸고, 제 말에 제가 웃었다. 승우는 그런 그녀가 싫거나 귀찮지 않으면서도, 연신 안절부절못하며 탁상시계를 흘끔거렸다.

승우가 처음 상경했을 때, 그녀는 스스럼없이 자취방으로 찾아왔다. 별다른 내왕도 없다가 느닷없이 전방까지 면회 왔던 그녀를 생각하면 알 수 없는 경계심이 일기도 했지만, 그녀의 스스럼없는 성격으로 미루어 그리 놀랄 일은 아니라고 스스로 다독거렸다. 그녀는 가끔 밑반찬을 만들어 오기도 했고, 어느 날은 애인이나 누나인 양 밀린 빨래를 빨아 널기도 했다. 더러는 도를 넘는 친절에 부담을 느끼기도 했지만, 선녀의 손길이 스친 듯 말끔해진 주변이 시야에 들어올 때 기분이 나쁘지는 않았다. 언제부턴가 승우는, 그녀의 친절을 고맙게 받아들이는 걸 넘어 은연중에 의지하고 있었다. 그녀는 밉지 않을 만큼 붙임성이 있었다.

"저런 데서 무슨 공부가 돼? 책상부터 괜찮은 걸로 하나 들여놔야겠어."

그녀는 남동생을 격려하는 사려 깊은 누나처럼 말했다. 승우의 재미없는 표정에도 아랑곳없이 혼자서 천천히 술을 따르는 양이, 아직 일어날 생각은 없어 보였다.

"늦었는데, 그만 가야 하지 않겠어?"

" …… "

그녀는 들고 있던 잔을 단숨에 마시고 내려놓으며, 승우를 가만히 바라보았다. 발그레 술기운이 오른 얼굴이었다. 승우는 뜨거운 불길을 피하듯이 눈길을 돌렸지만, 불현듯 그녀를 안아주고 싶었다.

그날 밤 이후로 두 사람은 더욱 자주 만나게 되었다. 그녀와의 관계가 깊어지면서, 승우는 외롭거나 배고픈 걸 견뎌내는 일에 자신이 없어졌다. 변함없는 그 자리건만, 피곤한 몸을 이끌고 돌아온 자취방에서 꺼진 연탄불을 살라 가며 끼니를 챙기던 익숙함이 갑자기 멀찍이 물러간 느낌이었다. 값싸고 조리하기 쉽다는 이유로 연거푸 서너 끼씩 라면만 끓여 먹는 일이 새삼스레 끔찍한 고생으로 다가오는가 하면, 그에 이어서 책을 펼쳐 놓고 졸음을 쫓으며 앉아 있는 일이 부질없다는 회의감조차 들었다.

군대 생활에서 가난한 자취 생활로 이어지는 삭막한 날들을 보내온 그에게, 그녀는 그 존재만으로도 따뜻함과 안온함을 선사했다. 비록 변함없는 그 자리였지만, 그의 날들은 전에 없이 안락해졌다. 이끌려 들어가다시피 변화를 받아들이면서도, 한승우는 마음에 걸리는 것들이 많았다. 기왕 이렇게 살 바에야 살림을 합치자고, 임신 사실을 처음 알리며 그녀가 말하자, 승우는 무엇에 놀란 듯 멍청한 표정이었다. 이렇게 되기 위해 고향을 떠나온 건 아니었다. 대학은커녕 미처 서울이라는 곳을 알기도 전인데, 어떻게 가족을 둘씩이나 거느린 가장이 된다는 말인가, 게다가 결혼식도 없이. 그는 제 스스로 원인을 만들어 나가면서도 미처 생각지 못했던 이런 사태에 크게 당황했다. 자신이 고향을 등지고 오면서 품었던 뜻이 흐지부지될까 봐 겁나고, 그래도 좋을 만큼 그녀를 사랑하는지도 알 수가 없었다. 승우는 미루고 미루었다. 몇 날을 두고 그녀를 설득해서, 반감과 원망의 화살을 폭탄처럼 받으며 아이를 지우게 했다. 순전히 승우가 원해서 만든 규칙이었는데, 둘은 낮에 함께 다니는 법이 거의 없었다. 공장에서 마주쳐도 남들의 눈이 있을 때는 되도록 아는 체를 않고 지나쳤다. 그녀가 승우의 방에 오는 것도 남의 눈에 잘 띄지 않는 시간을 택했으며, 절대 자고 가지 않는다는 불문율을 지켰다. 승우는 두 사람의 이야기가 소문으로 퍼져나가는 데에 민감한 반응을 보였다. 부모한테는 맏이보다도 믿음직한 둘째 아들로, 학교나 동네에서는 반듯한 모범생으로 대접받으며 자란 그답게, 흥밋거리 소문의 주인공으로 사람들의 입줄에 오르내리는 걸 날을 세워 경계했다. 그녀는 될 수 있는 대로 승우의 비위를 맞춰주었지만, 가끔 토라져서 투정을 부리기도 했다.

"넌, 너무 이기적이야. 뭐 하나 양보하는 법 없이, 오직 자기 생각만 해!"

"미안해, 조금만 기다려."

승우는 그녀를 위로하면서도, 그대로 잠들려 하는 그녀를 어김없이 일으켜 세워 집까지 바래다주고 오는 것이었다.

새벽마다 머리 감고 치성드리기를 쉬지 않던 한동댁은, 그예 심한 감기에 걸리고 말았다. 약을 사다 먹었는데도 쉽사리 효험이 안 나는지, 아이고, 아이고, 신음과 기침을 연신 토해냈다. 그렇다고 치성드리기를 멈추지는 않았다. 그녀는 새벽같이 부엌에 나가서 딸이 조왕단에 새 물을 떠올렸는지를 확인하고, 뒤꼍에 나가서는 서럽고 간절한 몸짓으로 절을 했다. 박씨 집안의 이대 독자 경수를 굽어 살피사 부디 원하는 대학에 붙게 해 달라고 빌고 또 빌었다. 날씨가 서늘해지고 라디오를 틀면 대학입시 이야기가 곧잘 흘러나오면서부터는, 박만식 씨 집의 대화라는 것이 밥상머리에서든 타작마당에서든 외양간에서든 온통, 대학, 대학 시험이었다. 남희는 불현듯 두려움에 사로잡히곤 했다. 경수가 대학입시에 떨어지기라도 하는 날에는, 양친이 함께 흐물흐물 녹아서 형체도 없이 사라져 버리거나, 썩은 고목처럼 턱턱 쓰러져버릴 것만 같았다. 화장품 정도로는 도무지 다스릴 수 없도록 까슬까슬 거칠어진 손바닥에 연고제를 바르면서, 남희는 어머니를 물끄러미 건너다보았다. 한동댁은 가래 끓는 소리까지 내며 앓아대면서도, 남편이 작업할 때 신을 헌 양말을 깁고 있었다.

"그냥 좀 뉘 계세요. 당장 급한 일도 아닌데 뭐 하러 그리 애를 써요?"

남희는 방바닥에 널린 바느질감들을 반짇고리에 대충 주워 담으며 핀잔 투로 말했다. 어릴 적부터 존경하고 고마워해 마지않았던 어머니의, 그 휴식 모르는 인고의 생활에 슬그머니 신경질이 났다.

한동댁은 가슴을 후비는 듯한 기침을 한참이나 손바닥으로 억눌렀다. 목에서는 색색 쇳소리가 나고 얼굴이 벌겋게 충혈되었는데도, 그녀는 결코 빼앗길 수 없다는 듯이 반짇고리를 무릎 앞으로 끌어당겼다.

"너도 나이 들먼 알게 돼. 여자들 하는 일이란 게, 하고 자플 때만 하고, 밝은 날에만 하고, 그럴 수가 없어. 그렇게 하다가는 금세 쑤세미 헌틀어 논 것맹이로 살림이 어질러징게. 어디, 의젓잖은 여자가 따로 있다냐?"

"참, 의젓잖은 여자로 사는 것도 그리 나쁘지는 않겠네, 뭐."

싱거운 한마디와 함께 반짇고리를 어머니 손에 맡겨 두고서 남희는 부엌으로 나갔다. 저녁 설거지 후에 아궁이 속으로 쓸어 넣은 바닥의 나무 부스러기들에 불씨가 옮아 붙어, 아궁이 앞이 발그스레한 가운데 연기가 풍풍 솟고 있었다. 석유풍로에 불을 붙이고 생강과 무와 배를 썰어 넣은 물 주전자를 올려놓았다. 어머니의 삶, 어머니의 생각을 답답해하면서도 천생 그렇게 닮아가는 제 모습에 미묘한 서글픔을 느꼈다. 그녀는 알맞게 달여진 물을 큼직한 대접에 따라서 방으로 들여갔다.

"이것 마시고 나서, 이불 쓰고 좀 누워 계세요. 그렇게 안절부절못한다고, 갑자기 무슨 일이 잘 되는 것도 아니잖아요."

벽에다 등을 기대고 앉은 자세로 고통을 참는 표정이 역력한 채 바느질 중이던 한동댁은, 바늘을 천에 꽂은 채 반짇고리를 밀어 놓았다. 아무래도 견디기가 어려운 듯, 달인 물을 조금 들이마시고는 아랫목에 펼쳐진 이불 속으로 들어갔다.

"아이고, 조께 누워 있어야겠다. 자석은 하루 네댓 시간도 자네 마네 고생하는디, 에미는 소맹이로 씨익씨익 자야 될랑갑다."

그녀는 감기 걸려 일찍 자는 것마저 죄스러운 듯 혼잣말을 했다.

동네 남자들은 그동안 농사일 때문에 뜸하던 사랑방 출입을 시작했으므로, 박만식 씨도 저녁만 마치면 밖으로 나갔다. 나이 지긋한 이들은 안골양반네 아래채를 사랑방으로 쓰고, 나이 젊은 축은 회관 방에 군불을 때고 그곳에 모였다. 이십 대에서 사십 대까지 해당하는 젊은 사람들 모임에서, 앞산 나무들을 베어 파는 문제가 자주 입에 올랐다. 읍내 분식집의 나무 탁자 주변에 둘러앉은 남희 일행에게도, 그것은 관심 있는 화젯거리였다.

"진짜로 이상한 사람들이여. 돈이 별로 급한 것도 아니람서, 왜 하필 앞산 나무들을 베어 판다고 난리래? 우리들 추억의 산인데."

탁자 위에 놓인 도넛을 집어 들면서 순애가 볼멘소리를 냈다. 아주 가끔 있는 일로, 윤호가 불러내어 읍내로 밤 나들이를 나온 터였다.

"급하지 않아도, 돈은 늘 필요하고 매혹적인 물건이란다."

남희가 웃으며 말했다. 어림잡아 이백 년은 훌쩍 넘은 걸로 인정되는 앞산 숲은, 이장과 일남이와 몇몇 사람들에 의하여 이미 돈으로 계산이 끝나 있었다.

"난 그렇게, 멋도 모르고 돈, 돈, 하는 사람들 싫어."

순애가 심란한 표정을 지으며 도넛이 매달린 포크를 그대로 내려놓았다. 그녀는 엊그제 제가 겪었던 일을 생각하고 있었다. 연락을 받고 옆고을에 사는 시고모 될 사람을 찾아갔던 순애는, 거기서 받아 온 종이쪽지를 책상 위에 팽개치며 투덜댔다.

"참말로, 어이가 없어. 맨손으로 서울 간 아들이 아득바득 벌어서 장가 좀 든다고 하니까, 내친김에 본전을 뽑고 싶어 그런 건가. 하여튼 누가 알면 창피하니까, 소문 내지 말고 이것 좀 봐라, 숫제 고지서다 고지서."

반듯하게 두어 번 접힌 공책 낱장을 펼치니, 순애의 시부모를 비롯한 시댁 쪽 일가친척들의 각기 다른 촌수와 숫자가 주욱 적혀 있었다. 시아주버니 하나에 맏동서, 시동생 하나, 시누이 둘, 시누이 남편 하나. 그렇게 시작해서, 숙부, 백부, 고모부, 당숙이 몇 명에다 육촌 형제가 몇, 재당숙에 이르기까지 소상히 적혀 있었다. 겨울이 되면 결혼식을 올릴 예정인 순애에게 예단 혼수 장만할 때 참고하라는 뜻으로 건네준 것인데, 부모 형제와 고모, 이모, 삼촌 등, 그중에서도 촌수가 가까운 사람들 명단 옆에는 한복 한 벌, 양복 한 벌, 이불 한 채, 그런 식으로 물건 이름이 딸려 있었다. 그리고 촌수가 좀 떨어진 사람들을 한데 묶어 놓은 곳에는 '양말이나 수건'이라고 친절하게 적혀 있었다. 이를테면 순애가 시집가면서 준비해야 할 선물 목록인 셈인데, 시고모의 말에 의하면 인정 많고 자상한 시어머니의 뜻으로 그런 목록이 만들어진 것이라 했다.

"글자도 모른다는 시어머니인데, 말리는 사람이 곁에 있었으면 어떻게 이런 걸 만들었겠냐. 가만 보니까 그 고모라는 분이 한술 더 떴을 것 같더라. 서울에서 착실히 저축 좀 했다고, 세상 처녀들이 죄다 자기 조카만 바라보고 있는 줄 알고 유세를 떨어."

순애는 입으로 투덜투덜하면서도 정작 쪽지를 훼손하거나 버리지는 않았다. 필경 그곳에 적힌 물건들을 마련하기 위해, 그녀는 검약이 몸에 밴 어머니와 입씨름하고 속이 상해가며 결혼식까지의 귀한 시간을 흘려보낼 참이었다.

"저번에 나 서울 갔었잖아. 저녁을 먹고 나서 둘만 있자니까, 어쩐지 맨숭맨숭하고 재미가 없는 것이여. 내가 용기를 내서 그랬지. 나, 말로만 들은 고고클럽이라는 데 한번 가보고 싶은데 데려가 줄 수 있겠냐고. 너나 나나 그런 데를 잡지 사진이나 텔레비나, 글고 영화에서 한두 번 본 것 뿐인데, 설마 참말로 가고 싶었겠냐? 그냥, 서울 신랑 얻은 촌년답게, 멋있는 구석을 보고 내려와야 덜 억울할 것만 같은 이상한 심사였어. 근데 이 사람이, 아주아주 진지하게 대답하지 않겠냐. 그런 데 가서 하룻밤에 쓸 돈이면, 일주일도 넘는 두 사람의 생활비가 된다고. 그걸로 그치지도 않고, 처음 맨손으로 서울에 올라와서 어떻게 어떻게 고생했단 얘기들을 조그맣고 낮은 소리로 조곤조곤 늘어놓는데 막 짜증이 나는 거여. 야, 너 내

기분 이해하냐? 나 시방 속상해 죽겠어. 시집도 가기 전부터 실망부터 시작되고, 환멸만 남는 것 같아. 겨우 이럴 것을 숱한 고민 해가며 이 길을 택했던가 싶어 어처구니없기도 하다. 남희야, 내가 그때 미치긴 단단히 미쳤던 것 같지? 하긴 뭐, 첫사랑은 이루어지지 않는 게 정상이라지만...."

그녀는 결혼 준비 과정에서 마뜩잖은 일이 생길 때마다 스스로 등 돌리고 떠나온 철민을 생각하는가 하면, 순식간에 지워버리기도 했다. 앞산 활엽수 숲을 돈으로만 본 사람들에 대한 순애의 불평은 곧, 그녀 스스로에 대한 불평이기도 했다. 그녀는 다시 투덜거렸다.

"옛날 사람들은 돈 좋은 줄을 몰라서 이백 년씩이나 숲을 묵혀 뒀가니? 갑자기 왜들 수선을 피우는지 못마땅해 죽겠다."

"그땐 먹고 살기도 힘든 세상이어서, 가구나 장식용으로 쓰일 나무를 큰돈하고 바꾸자고 이 골짝까지 찾아오는 사람이 없었고, 지금은 형편이 좀 나아진 거겠지."

윤호가 말했다. 그렇기도 했지만, 돈의 위력을 마을 사람들은 매우 급하게 알아가고 있었다. 아예 터놓고 모든 것을 경제적 값어치로 따지는 버릇은, 결코 오래전부터 이어져 내려온 수준이 아니었다. 물질적 소득이 생기지 않는 것, 비능률적인 것은, 다른 어떤 가치를 지녔을지라도 일단 얕보이고 외면당하는 게 요즘 세상 돌아가는 분위기라고 그들은 나름대로 의견을 피력했다.

"오랜 가난이라는 적을 물리치는데 골몰하다 보니까, 미처 다른 곳에 눈 돌릴 틈이 없어진 거겠지. 그래서, 버려서는 안 될 것들마저 가치를 몰라보고 마구 버리는 현상이 일어나고 있어."

윤호가 미소를 띠며 순애를 바라보며 말하고는, 남희에게도 눈길을 돌렸다. 언제나 한승우의 곁에 붙어 다니는 남희를, 몇 발치 떨어진 곳에서 지켜보기만 하던 윤호였다. 그 눈빛은 늘 고요하고 쓸쓸했지만, 남희는 알아채지 못하고 한승우 가까운 곳에만 서 있었다. 남희가 순애에게 눈길을 주며 말했다.

"따져보면, 나무를 베어 팔자고 나선 사람이 몇 되지도 않더라고. 몇 안 되는 그 사람들이 목소리를 크게 내니까 그저 기울어진 거야. 행여 욕먹지 않을까, 결국 그 사람들 뜻대로 될 것을 괜히 나서봤자 손해만 입을 텐데 싶어서 모두 입을 꾹 다물고 있어."

"하긴, 지금 나랏일도 그렇지. '한국적 민주주의'라는 말이 생각해 보면 얼마나 우습고, 억지냐? 우리 같은 촌놈들도 대강은 아는데, 그 많은 잘 나고 잘 배운 사람들이 정녕 몰라서 따라가고 있겠어?"

"맞아, 암튼, 모두가 새것 좋아하는 병에 걸린 건 사실이여. 초가지붕 걷어내고 새 길을 내고 보니까 나무도 고목은 싫고, 헌법도 새로 뜯어고쳐서 원하는 대로 가고 있다지."

순애의 말에 뜻없이 웃고 있는데, 손님이 없어 한가해진 분식집 안주인이 끼어들었다.

"참말로 그래요. 요새는 뭐가 너무 한꺼번에 변하는 것 같아 정신이 없어요. 미신 타파한다고 동네마다 서낭당도 죄 허물어 버렸담서요? 우리 친정 동네에 가 봤더니, 어렸을 적부터 어디 갈 때면 다리 아프지 말라고 돌멩이 하나씩 꼭 얹어두고 지났던 서낭당 돌탑이 흔적도 없어졌던데, 말할 수 없이 허전하더라고. 라디오나 신문을 봐요, 옛날 치는 뭐든 내다 버리는 게 대수라는 투니, 애들이 어른을 존경할 맛은 날 게 뭐요? 개헌 얘기도 그래요, 반대하는 사람은 막 잡아다 넣고, 라디오만 틀면 박정희 대통령이 잘한다고 해 싸니, 내 생각에는 그게 독재정치 같아요."

아내가 빈자리에 앉아 나름대로 의견을 펼치는 사이에 건너편의 탁자를 치우고 있던 남편이, 물컵을 들고 다가오며 참견했다.

"모르는 소리 하고 있네. 그렇게 안 해 봐, 한국 사람들이 움직이나. 한국 사람들은 어쨌든 좀 강제가 필요해, 독재도 필요하다고. 지금껏 살아옴서 한 게 뭐가 있어? 일본 놈들한테 나라나 뺏기고, 좌익이네, 우익이네, 찢고 부수다가 남북으로 갈라서더니 죽고 죽이는 전쟁이나 하고, 지긋지긋한 보릿고개 굶주림은 또 어땠가니? 지금부터라도 정신상태를 바로잡는다는 뜻에서, 없앨 건 과감히 없애고 일치단결해서 새출발해야지. 오천 년 잠에서 깨어나 오천 년 이어져 온 가난을 물리칠라고 하는 마당에, 그만한 희생조차 없을 수 있는가? 젊은 사람들한테 쓸데없는 소리 지껄이지 말고, 어서 일이나 하더라고."

라디오에선가 어디에선가 많이 들은 성싶은 말들을 짜깁기 해가며, 깐깐한 목소리로 자기주장을 펴고 있는 남편을 아내가 물끄러미 건너다보았다.

"우리 영이 아부지가 제대로 배우기만 했으면 지금쯤 국회나 중앙청이나 어디에 가 있을 것이여. 대한민국 국민이 다 영이 아부지만 같으면, 위에서 나랏일 하는 사람들이 채 수월할 것인디."

"나야 확실한 사람이지. 긴 것은 기다, 아닌 것은 아니다, 우리는 성격이 그냥 칼잉게."

그들 부부의 입씨름을 등 뒤로 들으며 남희 일행은 밖으로 나왔다.

"가만있자, 이 근처 어디에 깨끗한 술집이 있었는데..."

중심지에서 조금 벗어난 네거리에서 상점의 간판들을 기웃거리던 윤호가 쓴웃음을 지었다.

"나 참, 이름 한 번 잽싸게 바꿨네. 이곳이 분명한데 어쩐지 이름이 안 보인다, 했더니..."

알고 있던 *깨끗한* 술집의 이름이 바뀐 탓에, 윤호는 잠시 주변을 두리번거려야 했다. 그가 가리키는 간판에는 '유신 주점'이라는 붉은 글자의 상호가 선명하게 새겨져 있었다. 윤호는 맞은 편 골목 안의 작은 대폿집으로 일행을 이끌었다.

"이런 데 와 봤어?"

누런 다우다 천으로 된 칸막이 저편은 무척 시끄러웠다. 혀 꼬부라진 횡설수설에다 욕설 섞인 고함도 그치지 않았다. 윤호는 그것이 좀 미안한 듯 빙긋이 웃으며 두 사람에게 물었다. 그는 오이와 당근과 무와 생고구마가 안주인 막걸리를 한 잔 마셨다.

"우리야 올 일이 없지. 다른 때는 어땠는지 몰라도, 우리랑 좀 안 맞네."

순애가 칸막이 쪽을 보며 미간을 찌푸렸다.

"오늘 운이 좀 나빠 그렇지, 늘 이렇게 시끄럽지는 않아. 아까 그 집이 조금 특별한 날에 가는 넓고 흰한 집이라면, 여기는 친구들과 더러 왔던 편안한 곳이지."

"그 집이고 이 집이고 간에, 남자들은 어째서 이런 데 와서 아까운 시간이랑 돈을 내버리고 가는지 모르겠더라. 이해할 수가 없어."

"곧 시집갈 사람이 그런 걸 이해 못 하면, 신랑하고 싸울 텐데."

"그래서 아예 술 안 먹는 남자로 골라잡았어. 술 안 먹고 돈 잘 벌고, 이만하면 훌륭하잖아? 호호호!"

순애는 갑자기 머리를 뒤로 젖히며 큰소리로 웃고는, 제 앞에 놓인 술잔을 들어 꿀꺽꿀꺽 들이켰다. 이어서 남희의 앞에 놓인 잔을 들더니 어서 마시라고 재촉이었다.

"너, 시방 술 마시고 싶을 거다. 내가 알고 있으니 어서 마셔."

"아이고, 알아줘서 고맙다, 야."

밤이 이슥해져서 일어날 때까지, 그들은 농담과 진담이 뒤섞인 말들을 주거니 받거니 이어 나갔다.

"아, 진짜 가을이다. 달도 밝고, 은행잎도 온통 노란색이고."

면사무소 앞의 커다란 은행나무 밑을 지나면서 순애가 탄식처럼 뇌었다. 지붕처럼 길 위로 넓게 드리워진 은행나무 아래에 가로등이 있어, 노랗게 물든 은행잎들을 선명하게 비추었다. 초촌리로 돌아오는 길가의 밭둑에는 억새가 드문드문 피어서, 청록색 하늘을 배경으로 흔들렸다. 돌무더기 틈새에는 낮에 보아야만 노란색임을 알 수 있는 자잘한 산국이 진한 향기를 내뿜었다. 그들은 그곳 돌밭에 드문드문 앉았다. 돌밭 아래의 넓은 밭에는 콩이 심겨 있었다. 잎은 지고 조랑조랑 매달려 바스락거리는 콩꼬투리가 달빛 아래 가지런했다. 윤호는 달을 보며 하모니카를 불었다. 길섶에서는 풀벌레 울음소리가 들렸다. 하모니카의 곡조도 끝나고, 선들바람이 옷깃을 스치고 지나갔다.

하모니카를 쥐고 앉아 있던 윤호가, 남희의 한쪽 옷소매를 가만히 만졌다. 그를 돌아보지 않은 채 남희가 짐짓 명랑한 소리를 내어 말했다.

"막걸리 딱 한 잔 마셨는데, 취한 건가? 괜스레 눈물이 나네."

어느덧 약간 코맹맹이 소리가 된 그녀는 부자연스럽게 웃었다.

"야가 시방 왜 이러는지, 윤호 씨 알지? 정말 웃기는 인간이 있더구먼. 배신을 할 테면 조용하나 할 것이지, 들려오는 소문이 제법 화려하고 요란하더구먼."

윤호가 아무 말 없이, 한 손으로 남희의 어깨를 가만히 토닥여 주었다

가을은 하루가 짧은 만큼 햇볕을 소중히 써야 했다. 아침 식사를 마친 양친이 일찌감치 소를 몰고 들로 나가면, 남희는 대충 부엌이며 마루를 청소하고 말릴 것들을 펴 널었다. 마당에 널린 콩은 낫으로 한 번씩 뒤적거려 주고, 가지와 호박오가리며 고구마 순 같은 게 담긴 채반들도 장독대에 골고루 펼쳐 놓았다. 그중에서 가장 정성이 들어가는 것이, 붉은 고추 널기였다. 뒤꼍의 좁은 샛문을 나서서 벼를 거둬들인 논바닥으로 나가면, 어제 말리던 고추를 불룩하게 함께 접어 덮어 둔 서너 장의 멍석이 있었다. 아침에 나가서 멍석을 펼친 다음 고추를 펴 널고, 저녁이면 덜 마른 고추를 가운데로 몰아 멍석을 접어 거적 등으로 덮어 두었다. 고추가 다 마를 때까지 날씨만 계속 좋으면 어려울 게 없었지만, 비라도 오면 집으로 일일이 고추를 담아 날랐다가 날이 갠 후에 내다 널었다. 그곳에서 고추를 널고 있노라면, 들에 나가던 마을 청년들이 휘휘 장난스레 휘파람을 불기도 했다.

"아휴, 촌에서 속상해 못 살아!"

들일을 별로 안 하는 편인 새말의 서운이가 굽 높은 샌들에 월남치마를 끌면서, 솎음배추가 담긴 소쿠리를 옆구리에 끼고 다가왔다.

"있잖니, 사람이 촌에 있으니까 정말 우스워져. 날더러 글쎄, 중학교만 졸업하고 농사짓는 남자한테 시집을 가란다. 건넌말 할매가 어젯밤에 찾아와서 그럴싸한 소리를 늘어놓으니까, 속없는 우리 엄마가 솔깃해서 야단인 거 있지. 그만한 남자들이야 우리 동네엔 없니? 내가 그런 수준으로밖에 안 보이느냐고, 건넌말 할매한테 한마디 쏘아 줬단다. 할매는 할매대로 동네방네 흉보고 다닐 테지만, 난 정말 소금이라도 뿌리고 싶은 심정이더라, 아휴, 속상해!"

서울 가서 버스 안내원 생활을 하는 동안에 눈만 높아져서 돌아왔다고들 수군대는 소리도 아랑곳없이, 서운이는 늘 당당하게 자기 생각을 말했다. 내가 타던 버스 노선에 대학교가 있었는데, 한 남학생이 늘 그 시간이면 내 차를 타서는 슬픈 표정으로 나를 바라봤단다, 말하고 싶어도 못 해서 괴로워하는 눈빛이었어. 그때 내가 맘만 먹었으,면 그 남학생뿐 아니라 누구라도 잘 배운 서울 남자 한 명 낚을 수가 있었지만, 부모 밑에서 온전한 방법으로 시집가려고 다 뿌리치고 내려왔더니 이게 뭐냐. 기껏 시꺼멓게 그을리고 무식하게 생겨 먹은 농사꾼들한테서나 중신이 들어오고, 속상해서 다시 서울로 가야 할까 보다... 서운이는 내일이라도 당장 보따리를 쌀 기세였다. 그리고 답답하다는 듯 남희를 바라보았다.

"너도 인제 들일 따위는 과감하게 치워버리고 얼굴이나 가꿔. 여자는 일단 시집 잘 가면 그만인데, 그깟 들일에 잡혀서 인생 망칠래? 알고 보면 다 미래를 위한 투잔데, 너 그렇게 일만 하다가 막말로 시꺼면 농사꾼 마누라라도 되면, 이담에 니 동생이 '아이고 우리 누나가 나를 위해서 애썼으니 남은 고생은 제가 대신하겠다'고 나설 것 같니? 깔보고 멸시하지나 않으면 천만다행이다. 난 암만 바쁠 때라도 피부 관리는 기본이다. 화장품도 꼭꼭 골라서 잘 쓰고, 오이 팩이랑 달걀 팩도 안 빼놓지. 자기 인생은 자기가 관리해야 한다, 너."

지난 늦봄에 볼일이 있어 잠깐 들렀을 때, 마루에는 뽕이 산처럼 수북하고 방에는 누에똥이 지천으로 널린 속에서 얼굴 가득 달걀을 이겨 붙이고 누워 있던 서운이의 모습이 생각나서, 남희는 웃었다.

"두더지처럼 땅 파먹는 남자한테 시집가서 손발이 터지도록 일이나 하면서 아득바득 살 바에야, 차라리 혼자 살고 말지."

길게 늘어뜨린 파마머리를 나부끼며 서운의 예쁜 뒷모습이 멀어졌을 때, 남희는 집에 남은 가축들의 먹이를 주기 위해 발걸음을 서둘렀다.

가축들의 먹이를 준 남희는 부모들이 먼저 나가서 일하고 있는 밭으로 갔다. 논들은 이제 어지간히 비어 있었다. 라디오에서는 전국적으로 벼 베기가 한창이라고 했지만, 고랭지 산골인 이곳은 모내기도 추수도 다른 곳보다 좀 빨랐다. 김장도 빨리하고, 겨울도 빨리 닥쳤다.

밭으로 오르는 언덕길은 키 낮은 잡목과 야생화들 가운데로 나 있었다. 무엇보다도 억새가 많아서, 언덕 전체를 억새꽃이 덮은 듯이 보였다. 초가을에는 보라를 담은 갈색의 신비한 빛깔에 윤기가 반지르르하던 것이, 지금은 부옇고 풍성하게 한껏 피어나 바람결에 휩쓸리고 있었다.

남희가 밭에 이르니 한동댁은 밭 윗녘 머리에서 팥 매기에 열중해 있고, 박만식 씨는 그것들을 모아다 짐을 꾸리는 중이었다. 남희가 밭 가의 평평한 잔디밭에 커다란 비닐 멍석과 역시 커다란 베 보자기를 펼쳤다. 그렇게 들깨 털기를 준비하고 있을 때, 집채만 한 첫 번째 팥 짐을 꾸려 놓은 박만식 씨가 그리로 와 앉았다. 그는 옆 모습을 보이고 앉아, 담배쌈지를 꺼냈다.

"아버지, 아버지도 인제는 편하게 궐련을 피우세요."

남희는 아직도 종이에 침을 발라가며 담배를 말고 있는 아버지가 안쓰러웠다. 박만식 씨는 앞만 보면서 부드럽게 말했다.

"그러잖아도, 인제 봉지 담배를 안 맨든다더라. 싫어도 궐련으로 바꿔 피워야 할랑갑다."

몇 달 전부터 동네 구판장에 담배가 오는 날이면, 값싼 가루담배 '풍년초'를 서로 차지하려고 마을 사람들은 앞을 다투었다. 지금 박만식 씨가 피우고 있는 것도, 그 무렵에 한동댁이 모아놓은 것이었다. 마침, 부녀가 앉아 있는 쪽으로 일을 해 나오던 한동댁이 뽕나무 가지에 낫을 걸어 두고 다가와 앉았다.

"그것참, 하늘이 어찌 저리 새파란고?"

"하늘은 요새 하늘이 젤이지. 봄에 쟁기 메고 나설 적에는 일 년 농사지을 일이 아득하기도 하더만, 시작해 놓으니 그럭저럭 가실이 돼서 들판이 훤하게 비어가는구먼."

부모들이 주고 받는 말에 올려다본 하늘에, 매 한 마리가 팽글팽글 돌더니 이내 산 너머로 사라졌다.

"점복이네는 앞들 논 닷 마지기를 또 내놨담서요?"

"음, 아직 전답 매매하는 철도 아닌디, 뭣이 단단히 급했던 모양이여."

"큰아들이 사업을 한다더니, 일이 조께 꾀이는갑더만."

"일이 꾀여도 그렇지, 저그 아부지는 풍년초 살 돈도 아까워서 집에서 농사지은 엽초를 썰어서 피우는 터에, 그걸 또 재산이라고 마저 긁어 가다니 원."

"그렇게 여자들도 모다, 쎄 빠지게 일해서 자석 뒤 대줘 봐야 소용없다고 그래 쌌다. 요새 사람들은 배운 자석일시락, 부모도 마다하고 지 욕심만 채울라고 한담서요? 아이고. 대체나 이런 사람 생각에도 자석 덕 볼라면 그저 일찌거니 지게 지워서 일 시켜 먹는 것 뿐이겄다, 싶기는 하더만요."

한동댁이 닳아서 날쌍날쌍한 머릿수건을 벗어 얼굴을 문질렀다. 노란색 수건은, 유독 중간 부분이 둥그렇게 낡아 있었다. 항시 무엇인가를 머리에 이고 들판을 오가는 때문이었다.

"자석 덕 볼라고 낳고, 덕 볼라고 키울 것 같음사, 그 정성으로 돼지 새끼를 몇 마리 더 키우는 게 빠르지 뭘라고 자석을 낳겄는가. 덕이사 보든 못 보든 자석잉게 잘 되기를 바래고, 자석잉게 그래도 울타리가 되는 것이지. 글고, 배워 갖고 도시에 사는 자석이라고 어디 다 그렇당가? 근본이된 놈은 서울 아니라 더한 데 데리다 놔도 쉽사리 못된 물에 젖들 안 하는 것이여."

"그렇기사 하지만."

박만식 씨가 아들 경수를 염두에 두고 자신 있게 말하자, 한동댁도 맞장구를 쳐 주었다.

"집에서 농사지음서 부모랑 같이 사는 사람이라고 어디 전부 효자 효부가니? 새터말 점돌이란 놈은 칠십 넘은 저그 아부지한티 등짐이고 쟁기질이고 개릴 것 없이 딱딱 떠맡기는 통에, 영감이 죽을래도 죽을 여개가 없다네. 늙은이가 심 닿는대로 꿈직여서 도우면 고맙고, 아니면 그런갑다, 해야지, 안 하고는 못 배기게 떠맡긴다니 참 무도한 사람이지. 어디서 뭣을 하고 살건 간에, 사람은 근본이 돼 있어야 하는 벱이지."

그러자면 부모가 모범을 보여야 한다고 박만식 씨가 말했다. 새터말 점식이 아버지의 고달픈 노년도, 따져보면 오래전부터 예견된 것이라고 했다. 어느 집이나 아기 낳았다고 사립문 위에 금줄 치는 아버지들의 표정이 아들이면 싱글벙글 웃음꽃이고, 딸이면 시무룩하기가 예사였다. 농사꾼 아버지들은, 쟁기 꼭지 물려줄 노동력의 탄생을 간절히 기다리기 때문이었다. 그것은 가난한 산골 마을의 일반적인 현상이었지만, 점식이 아버지는 유독 성급해서, 일곱 살도 채 안 된 아들에게 지게를 지우기 시작했다. 일찍부터 야무지게 일을 배워 둬야만 밥 안 굶고 산다는 것이었다. 그 덕분인지 점식이는 황소 같은 일꾼이 되었지만, 부자간에 아기자기한 정은 아예 기대할 수가 없었다. 그도 그럴 것이, 일곱 살 점식이의 바지게에 구린내 나는 거름을 잔뜩 지우고는, 역시 거름 짐을 진 아버지가 앞서 걷자면, 점식이는 징징 울면서 뒤를 따르곤 했다.

'아부지 무거, 아부지 무거' 걸음마 배운 지 얼마 되지도 않은 아이는 무거운 등짐에 눌려서 배착배착 따라가며 눈물로 하소연했다. 하지만 아버지는 자기가 쉴 곳에 당도해서야 지게를 내려놓고 아이한테 잠시 눈길을 줄 뿐, 못 들은 건지 못 들은 척하는 건지, 돌아보지 않고 걸었다. 그렇다고 제멋대로 짐을 팽개쳤다가는 혼찌검이 난다는 것을 이미 여러 차례 경험한 아이는, 이를 앙다물고 징징 울면서 아버지의 뒤를 따랐다. 그것은 시작에 불과했고, 아버지보다 힘이 센 장정이 될 때까지, 점식이는 작대기로 무작하게 맞아가며 그런 식으로 농사일을 익혔다. 박만식 씨는, 가깝거나 먼 고장의 이런저런 불효의 사례들을 고루 들어 알고 있었지만, 그 모두가 자신과는 먼 세계의 일이라는 것을 믿어 의심치 않았다. 부모가 자식에게 정을 덜 주었거나 자식이 본디 못된 근성을 지녔거나, 혹은 효의 본보기가 되지 못했으니 망정이지, 그런 조건이 웬만큼 돼 있는 집이라면 일어날 수 없는 일이라고 믿었다.

실제로 그는, 어머니가 여든다섯 살로 세상 버릴 때까지 지성으로 받들어 모신 효자였다. 어린 나이로 동네 서당에서 한문을 배울 때, 하루도 빠짐없이 마중을 나온 어머니는 언제나 그를 등에 업고 돌아왔다.

"너그들 셋 아니라 열이 있어도, 니 동상 하나만 못하니라."

그렇게 대놓고 누이 셋을 구박해 가면서 외아들을 애지중지하던 어머니였다. 그의 나이 열 살 되던 해에 읍내에 보통학교가 생겼다. 술 좋아하던 아버지는 서당 공부 그만큼 했으면 됐지 무슨 신식 공부냐고 펄쩍 뛰었지만, 어머니가 억지로 우겨서 그를 학교에 보냈다. 일곱 살짜리 어린 아이부터 이미 장가든 청년까지, 학생들의 나이는 다양했다. 어린 박만식 씨는 학교생활이 즐거웠고, 공부도 썩 잘했다. 하지만 그가 학교를 졸업하려면 아직도 몇 해를 더 다녀야 했던 어느 날, 술에 취한 아버지는 그의 책 보따리를 쇠죽솥 아궁이에 처넣어 버렸고 결국 그는 학교를 그만두어야 했다. 무지한 아버지의 행위와 어머니의 애끓는 모습의 기억은, 그에게 두고두고 극복하기 어려운 양가감정으로 남았다.

그의 집 살림은 명색이 동네에서 중간을 좀 웃도는 축이었으나, 식민지 시대에 워낙 고르게 가난한 빈촌이었다. 아무리 자식 사랑 넘치는 어머니라 한들 무작정 학교에 보내자고 우길 형편이 아니었다. 열다섯 살이 넘고 스무 살이 된 그가 열심히 농사일을 거들었지만, 형편은 좀체 좋아지지 않았다. 다른 곳과 마찬가지로, 초촌리의 농토 대부분이 일인들의 손에 들어가 있었다. 얼마간의 토지를 소유하고 있는 농가를 포함한 온 마을이, 일인들의 소작농으로 전락한 지 오래인 터였다. 소작료가 소출의 절반을 넘어설 정도로 비쌌다.

가을이면 마을 사람들의 어깨는 더욱 처지고, 타작마당에서부터 겨울 양식 걱정들을 했다. 굶어 죽을 수는 없는 일이었기에 봄이면 장리 곡식을 얻어다 먹기 예사였는데, 벼 한 가마가 가을이면 쌀 한 가마로, 보리 한 말은 쌀 한 말로 불어나 있었다. 나아질 기미라고는 보이지 않는 현실에 고민하던 그는, 일제의 노동자 모집에 응하여 현해탄을 건너갔다. 젊은이들을 전쟁터로 내몰고 노동력이 턱없이 부족했던 일본은, 조선 사람들을 반강제나 강제로 모집해다가 탄광이나 발전소 등의 위험한 일터에 배치했다. 그는 아오모리 탄광의 모집 '노무자'였다. 돈을 벌려고 떠난 것이었지만, 모진 추위와 생명의 위협이 이어지는 속에서도 돈벌이는 목숨을 겨우 이어가는 정도를 넘지 못했다. 더욱이, 죽기 전에는 그곳을 결코 벗어날 수 없다는 사실을 이내 알아채야 했다. 그는 어느 날 밤에 목숨을 걸고 그곳에서 탈출했다. 우여곡절 끝에 기적처럼 일자리를 얻어 다소 자리를 잡기 시작하던 그는, 해방이 되자 서둘러 귀국선을 탔다. 태어나서 한 번도 가져본 적이 없던 내 나라를 직접 밟아보고 싶고 또 살아 보고 싶었다.

그가 설렘과 그리움으로 찾은 고국의 사정은, 내 조국 내 고향이라는 것 말고는 일본에서보다 나을 게 없었다. 해방 후의 혼란스러운 정국, 전쟁은 언제나 목숨을 위협했고, 그토록 벗어나고 싶었던 가난은 혹독하고도 고르게 온 나라를 뒤덮고 있었다. 그렇게 어려운 생활을 하는 중에도, 그는 효를 최고의 가치로 삼았다. 식구들을 굶기지 않기 위해 날마다 칡을 찾아 헤매 다녔던 지독한 흉년에도, 설익은 보리 이삭 풋바심해다 끼니를 때워야 했던 긴긴 보릿고개에도, 어머니의 밥상에만은 반섞이 쌀밥이 올랐고, 드문드문 꽁치 토막이라도 올랐다. 착한 한동댁 또한 남편과 뜻을 같이했다. 말년에 노망기를 보인 어머니가 뒤를 가리지 못할 적에도, 한동댁은 군소리 한마디 없는 가운데 제가 낳은 어린아이한테 하듯이 고분고분 살펴 주었다. 잠깐씩 남의 정신이 된 모친이 허투루 내뱉는 애먼 소리까지도, 그들 내외는 무시하거나 짜증 내는 법 없이 지성스레 들어주었다.

박만식 씨는 도덕과 윤리의 규범이 무너져 내리는 세태를 한탄하는 한편으로, 사람 됨됨이와 살아온 내력에 따라서는 그런 나쁜 풍조가 결코 울타리 안으로 침범할 수 없는 집들도 더러 있다는 것을 굳게 믿었다. 있으면 있는 대로 없으면 없는 대로, 인간의 도리를 최우선에 두었던 사람들이 그의 기준이라면, 충족될 줄 모르는 무한정의 욕망 속에서 허우적거리는 오늘의 사람들이 따라가기가 쉽지만은 않을 터였다. 보답을 바라고 자식을 키울 바에는 돼지 새끼를 키우는 게 계산에 맞지 않겠느냐면서 무조건의 내리사랑을 강조한 박만식 씨였다. 하지만 그런 말을 할 수 있는 저변에는, 내 자식만은 속물처럼 살아가는 이들과 확연히 다르리라는 믿음이 깔려 있었다.

가을이 저물어가고 있었다. 기온이 제법 낮아져서, 이른 아침이면 앙지천 수면 위로 뿌연 김이 모락모락 피어올랐다. 동네 여자들은 그 물에다 김장거리 밭을 손질할 때 생겨난 시래기나 호박잎 국거리를 씻고, 냇가 둔치의 낮질한 자리에서 새롭게 돋은 쑥잎을 돌팍에 찧어서 위장약으로 쓸 즙을 냈다. 그렇게 둘이나 셋이 앉아서 각자 필요한 일을 하는 중에, 혹은 누구네 타작마당에서 새참을 먹는 시간에, 서울 간 정님에 관한 새로운 소문이 떠돌고 있었다.

"술집에 있는갑더만, 서울도 아니고 경기도에 있는 촌구석 어디서 술집 색시를 하고 있디야."

"어디 할 짓이 없어서 해필 그 짓을 하게 됐으까, 이 남자 저 남자가 농담 걸고 손목 잡고 볼만할 것인디."

"농담 걸고 손목만 잡가니? 남자들 술 취하면 뭔 짓은 못하겄어? 내 눈으로 본 것은 아니지만 치마 속에 손도 막 넣고 그런갑더만. 그뿐이여? 여 그 읍내 술집이나 다방 색시들이 술만 팔고 차만 판당가? 차마 입이 부끄러서 말하기도 싫구먼."

"에이, 설마. 그러면 저그 부모들은 왜 가만히 있당가? 동네 소문난 거 봉게 집에서 모를 리는 없을 것인디, 얼릉 쫓아가서 머리끄뎅이를 잡고 와 번질 것이지."

"글안해도, 시방 저그 집에서 애가 터진디야. 뭔 짓을 하다가 팔리 갔는가 몰라도, 쥔네한티 빚을 몽땅 짊어지고 있어서, 저그 부모가 뻔히 암서 나도 못 델꼬 온디야."

"점복이 총각 맘 좋고 착실항게 그냥 식이나 올리 줘 번질 것이지, 뭘라고 억지고 떼어서 서울로 보내고 난리더니 제우 술집 색시 한디야?"

어디에서 시작됐는지도 모르는 소문은, 삽시간에 마을 전체로 퍼졌다.

서쪽 들녘으로부터 햇살이 퍼지기 시작했다. 일찍 아침을 먹은 안골양반이 소를 몰고 다리를 건너고, 식전 꼴을 베러 갔던 일남과 기수가 동네 위 정자나무 아래에 짐을 내려놓고 쉬는 모습도 보였다. 고래댁은 뜨거운 김이 폴폴 오르는 뚝배기를 하필이면 나무 도마에 받쳐 들고서, 빠르고 오종종한 걸음새로 다리를 건넜다. 그녀가 가는 곳이 점복이네 집이라는 것을, 어지간한 마을 사람들은 다 알았다. 딸이 서울로 떠난 이후로, 정님이네 부모는 점복이네 식구들을 공연히 멀리하고, 나아가서 미워하기까지 했다. 입만 열면 점복이네 험담인 이달수 씨는 그래도 점복 아버지와 마주치면 인사 시늉이라도 냈지만, 고래댁은 원수라도 진 것처럼 고개를 모로 돌리고서 팩한 기운을 사정없이 뿜어내며 지나쳤다. 고래댁보다 나이가 열 살도 더 위인 점복 어머니는 때마다 구렁이라도 밟은 것처럼 기분 나쁘고 한편 분하기도 했지만, 굳이 말 안 해도 동네 사람들의 심정이 거의 자기편에 있다는 데에 위안을 삼았다.

고래댁이 점복이네 집에 드나들기 시작한 것은, 소문이 동네에 퍼지기 직전부터였다. 어쩌면 그녀의 돌변한 태도로 해서, 기름 부은 불처럼 소문이 퍼졌는지도 모를 일이었다. 하여튼 고래댁은 하찮은 뭇국만 끓여도 점복이네 집에 가고, 나물 부침개만 부쳐도 한 쪼가리 점복이네 몫을 남겨서 들어 날랐다. 실은 점복이 부자를 두세 차례 집으로 초대했지만, 지금까지 한 번도 응하지 않았다. 그리하여 그녀가 음식을 싸 들고 쫓아다니는 수밖에 없었다.

이날도 애써 잡은 미꾸라지로 우거지탕을 끓여 들고, 고래댁은 점복이네 집을 찾았다. 다들 바빠서 허둥대는 아침 시간인데도 오래도록 머무는가 싶더니, 결국에는 이웃집에 다 들리도록 큰소리가 터져 나왔다. 오늘 아침에는 확실한 대답을 받아 갖고 오마고 장담하고 나갔던 아내가 해가 한 발이나 솟도록 돌아오지 않자, 이달수 씨가 점복이네 집으로 뒤쫓아갔다. 예감이 영 좋지 않더니, 아닌 게 아니라 오늘 아침에도 일은 잘 풀리지 않고 있었다. 여태 들인 정성이 어딘데, 이제 더 이상 참을 수가 없었다. 그리하여 급기야 동네가 쩡쩡 울리는 싸움판이 벌어지고 말았다.

"세상에, 이래도 되는 겐가? 자네, 내가 없이 살아서 딸 못 준다던 사람 아녀? 인제 제우 맘 잡고 일 잘하네만, 자네 땜시 우리 아들 그거, 영 베리는 줄 알았다네. 오죽이나 없이 살먼 멀쩡한 아들을 등신 맨들었겠는가, 그런 집에다 대고 돈을 챙겨 내라니, 말이나 되는 소린가? 에잇, 못된 사람 같으니!"

내일모레로 칠십 중반에 드는 점복 아버지는 턱이 떨려 말을 제대로 잇지 못했다. 마침 점복은 식전 일을 하러 나가고 없었다. 분이 복받친 점복 아버지는 툇마루에 불안스레 걸터앉아 있고, 마루를 마주보고 처마 끝에 선 이달수 씨는, 양허리에 주먹을 걸치고는 부라퀴 같은 눈알을 굴렸다.

"허 참, 내가 뭐, 겡우에 어긋난 소리 했가니요? 솔직히 말해서, 일이 이렇게 된 것이 다 누구 탓인가요? 추접시런 말이지만, 점복이 놈만 아녔으

먼 우리 가시내도 찰찰 골라서 시집보낼 참이었당게요. 생각 조깨 해 보씨요, 넘의 멀쩡한 딸자석 신세 망쳐놓고, 나 몰라라 오리발을 내밀먼 쓰겄는가 말이요, 하여튼지간에, 이대로는 안 물러날 참잉게 알아서 하랑게요_!"

추어탕은 마루 귀퉁이에서 식어버렸고, 고래댁은 남편 말 틈틈이 추임새를 넣으며 사나움을 부렸다. 그 옆의 기둥에 기대서있던 점복 어머니가 앞으로 나섰다. 평생 남한테 싫은 소리 할 줄 모르고 살아온 사람이었다.

"정님이 아부지, 벨라 자랑할 일도 아니구먼 왜 그렇게 고함을 질러 쌓는가요? 내사 남이 듣고 웃으까 싶어서 그렇게 큰소리를 못 내겄소. 그래, 정님이를 델꼬 올라먼 논 서 마지기 값이 있어야 된다는디, 우리 시방 요 앞 닷 마지기 팔라고 내놓은 것 알지요? 서울 큰아가 그것 팔아 가고 나먼 새터들 서 마지기만 남는디, 그것조차 팔아 없애는 걸 보고 잡다는 소리요?"

"나는 모르겄소. 내가 넘의 집 사정을 일일이 쳐 본 것은 아닝게."

"하이고 세상에, 그러잖아도 앞들 논 내놀 생각을 하고부텀 영감이고 아들이고 잠을 못 자고 있는디, 집이한질라 찾아와서 이렇게 억지소리를 해대니 우리보고 고만 죽으라는 소리 아니요?"

잠시 수긋했던 이달수 씨는 다시 목청을 돋웠다. 담 밖에서 웅기중기 구경하던 검은 머리 몇이, 얼른 피해 가는 모습이 보였다. 하지만 이달수 씨는 아랑곳하지 않았다.

"누가 죽으라고 했간이요? 지놈이 베리논 우리 가시내, 지놈이 데리다가 델꼬 살라는 소리지. 대학끄장 나와 갖고 사장 해묵는다는 큰아들이사 뭣이 그리 급하겠소? 부잿집으로 장개 갔다고 소문이 벌쭘했응게, 처가 덕 조깨 보라고 그라씨요. 어쨌거나 우리 딸년부텀 책임지고 델꼬 와야 한다고, 점복이한티 꼭 일러주씨요 잉! 내가 아들 대학은 안 갈쳤지만, 경 찰에고 검찰에고 아는 사람은 더러 있응게!"

어지간한 마을 사람치고, 이달수 씨와 말싸움 한 번 안 해본 사람이 없 을 정도였다. 그럴 적에 그가 협박조로 들먹이는 경찰과 검찰이란, 가까 운 도시의 파출소에서 근무하는 사촌 처남과 서울 어느 검사 자가용을 운 전한다는 생질이었다.

"허어, 저런 못된 사람 같으니! 그나저나 이눔은 왜 시방끄장 안 오는 것이여? 이눔이 눈에 뭣이 씌었던가, 어쩌자고 해필이면 저런 사람 딸 을....아이고!"

노인이 분노에 치를 떨며 방으로 들어간 뒤에도, 이달수 씨 내외는 한 참이나 더 머무르며 점복 어머니와 입씨름을 계속했다.

"알았네, 알았어. 늙은이들이 데려다 살란다고 살고, 살지 말란다고 말 겄는가? 지 하는 대로 두고 볼 텡게, 그만 가보게, 어서!"

그들을 우선 집에서 내보낼 마음에, 점복 어머니는 모든 것을 아들에게 미루었다. 고래댁은 구겨졌던 얼굴을 넉살 좋게 펴더니 붙임성 있는 어조 로 부탁을 늘어놓고는 마당을 나섰다.

"넘의 눈도 있고 한디, 젊은 사람이 어떻게 나서서 서둘겄는가요? 그냥 두고 보지만 말고, 아짐니가 조깨 애를 써 보씨요, 잉. 아이고, 깨즙을 많 이 넣고 끓여서 톱톱하니 먹을만 하글래 아자씨 한 그릇 잡솨 보라고 들 고 왔는디, 어짜다 시끄럽게 돼 갖고 미안시럽네요. 자랑이 아니라, 솔직히 말해서 이 동네 크내기들 중에서 우리 정님이만치 부지런하고 손끝 야 문 아가 없잖은가요 이. 가시내는 치매 꼬랑지에서 휘파람 소리가 핑핑 나야 된다고, 쬐깐할 때부터 귀에 따까리가 앉드락 내가 갈쳤당게요. 그 년을 메느리로 삼아서 집에 딜이노먼, 아짐니도 손해는 아닐 것이구먼 요."

정님은 어렸을 때부터 동네 어른들로부터, 이담에 살림 잘하게 생겼다 는 칭찬을 들었다. 뽕나무 묘목 농사를 짓던 최장순 씨가 씨앗으로 쓸 오 디를 사들일 때, 열 살 안팎의 소녀들은 소쿠리 하나씩 들고 들판의 뽕나 무 밑을 헤매다녔다. 헐값이어서 들인 정성의 대가가 나오지 않는지라, 어른들은 거들떠보지도 않는 일이었다. 그래서 더욱, 아이들한테는 그 계 절에 용돈을 마련하기 좋은 일이었다. 떼뭉쳐 들판을 헤매며 오디를 두어 움큼씩 주웠을 때쯤, 아이들은 싫증을 내고 다른 놀이를 찾기 마련이었 다. 잔디밭에 나란히 앉아 노래를 부르거나, 꽃을 꺾고 맹감을 따며 숲속 을 헤매다 보면, 하던 일이 무엇인지도 잊은 채 한나절이 훌쩍 가 버리기 일쑤였다. 하지만 정님은 달랐다. 힐끗힐끗 아이들을 돌아봐 가며, 오히 려 좋은 기회라는 듯 재빠른 솜씨로 오디를 주워 담았다. 그만하고 같이 놀자는 친구들에게 그 아이는 대답했다.

"소쿠리를 안 채워 갖고 집에 가면, 울 엄마한테 쫓겨난당게."

그리고, 오디도 돈인데 아까워서 어떻게 먹느냐는 어린애답지 않은 소 리를 하면서, 먹더라도 다른 아이의 소쿠리에 담긴 것을 얼른 몇 개 집어 먹었다.

동네 어른들이 음식 추렴하여 놀거나 할 때, 곁에서 얼찐거리다 술 심부름 담배 심부름을 해 주고 동전 한 닢을 받아내는 일을 맡는 아이도 으레 정님이었다. 정님은 친구들과의 놀이에 열중하기보다는 동전 한두 닢의 심부름 값을 염두에 두고서 어른들이 노는 곳 한 귀퉁이에 청승맞게 쪼그려 앉아 있기를 잘했다.

서울에 올라가서 처음 취직했던 빵 공장의 월급이 너무 적어 식당으로 일자리를 옮겼으며, 거기에서는 손님들이 주는 팁도 받아서 돈을 잘 번다고 이달수 씨 내외가 번갈아 자랑했다. 한동안 그러더니, 언제부턴가 자랑이 뜸해졌다.

'집이 딸 정님이는, 시방도 잘 지내고 돈도 잘 번당가?'

더러는 정님의 소식이 궁금해서, 더러는 자랑이 끊긴 게 수상해서 누가 묻기라도 하면, 정님 어머니는 흐흐, 하는 억지 웃음소리를 내어가며 얼버무렸다.

"이런 촌에서 올라간 아덜이, 뭔 재주로 금방 떼돈을 벌겄는가요? 그작저작, 그런갑데요."

그러던 어느 날, 장에서 사 온 갈치 두어 마리를 들고서 점복이네 집에 찾아간 정님 어머니는, 느닷없이 점복을 불러내어, 딸을 찾아오라고 말했다.

"어쩌겄는가 잉, 사실적으로 따져 보면 애초에 이렇게 된 것이 다아 자네 탓이라면 탓인디, 글고 말이여, 내가 가만히 생각해 봉게 젊은 사람들 정을 억지로 떼어 놀 것이 아니더랑게."

그 이후로, 국 한 그릇 과일 한 개만 생겨도 지성스레 싸들고 들락거렸다. 하지만 점복은 입에 반창고를 붙여놓은 듯 대답이 없고, 그의 부모들은 그저 기막혀하는 표정들이었다.

비가 내렸다. 오슬오슬 한기를 품은 찬비가 바람도 불지 않는 가운데 추적추적 내렸다. 맑은 날의 해 질 무렵이면 황홀한 붉은빛으로 활활 불타오르던 동쪽 먼 산의 단풍은 어느덧 옅은 암갈색으로 바랬고, 그나마 낙엽이 한창 지고 있었다.

"이 비에, 나뭇잎도 엔간히 다 떨어질 게다."

헛간에 쟁여 둔 마른 담배를 꺼내러 가던 박만식 씨가, 찬비에 머리가 젖는 것도 아랑곳없이 동쪽 먼 산을 바라보며 말했다. 잎이 거의 떨어진 감나무에는 두세 개의 까치밥만이 저만큼 꼭대기에 매달려 있었다. 부녀는 마루에서 잎담배를 손질하고, 한동댁은 호박죽을 쑨다고 수돗가에서 늙은 호박의 속을 긁어내고 있었다. 비 오는 늦가을에 썩 어울리는 음식인지라, 이런 날이면 마을 안에서 호박죽 쑤는 집이 제법 여럿이기 쉬웠다.

"어제 일기예보 건성으로 들었으면, 낭패 볼 뻔했다. 하늘 맑은 것만 보고 무시해 번질라다가, 만약을 몰라서 소 멕이 짚을 그만치라도 실어다 놨더니 다행이구먼."

엮인 발에서 빼어내서 짚으로 질끈질끈 동여매 놓은 잎담배 다발을 안고, 다시 안채 마루로 돌아오며 박만식 씨가 말했다. 집 마당으로 옮겨 와서 타작했던 예년의 일반벼와는 달리, 논바닥에서 바로 탈곡에 들어갔던 통일벼 짚은 아직도 논바닥 군데군데에 짚가리로 남아있었다. 서둘러 그것을 마저 집으로 들여와야 하는 그는, 일을 하는 중에도 걱정이었다.

"젊은 일꾼이 두엇씩 되는 집들은 같은 일이라도 손쉽게들 해 치우더만, 나이 먹은 사람들은 맘과 달리 일이 굴어들들 않는당게."

마음만은 일거리를 생으로 만들어서라도 소득을 높여보고 싶지만, 그는 체력의 한계를 깨달아가고 있었다.

"새마을 운동이 아닌 게 아니라 잘 살기 운동이기는 한가, 젊은 사람들이 모다 살라고 기를 쓰는 거 보면, 우리네는 젊었을 때 욕심이 너무 없었구나 싶을 때도 있어. 죽을 고비를 여러 번 겪어서 그랬던가, 그저, 안 죽고 살아남는 것만이 대순 줄 알았지."

"그래요, 전에는 왜, 동네마다 구색 맞추디끼 어정잽이 두서넛 씩은 있어 갖고 날마다 술에 취해 어칠비칠했잖은개비. 일철 대낮에도 둥구나무 밑에서 윷놀고 장기 둠서 노는 사람들이 항시 있었는디, 시방 젊은이들은 어디 그라요? 술을 먹어도 실속 챙기감서나 그저 꾀대로 조심시럽게 먹지."

마루와의 샛문이 열어젖혀진 부엌으로 옮겨가 여전히 일에 열중하며 한동댁이 말했다. 열여덟 어린 나이에 시집와서 시부모 모시고 고생하다 해방되어 귀국해서는 또 전쟁을 겪고, 전쟁이 끝났어도 거듭되는 흉년으로 식구들의 끼니 챙기는 일이 삶의 전부이다시피 했던 그녀였다. 오죽이나 고생이 심했으면, 전쟁 중에 겨우 얻게 된 아들을 사산으로 잃었다. 그러다가 이제는, 남편도 그녀도 몸이 의욕을 따라주지 않는 나이가 되어버린 것이다. 한동댁은, 젊고 건강해서 일 욕심을 마음껏 낼 수 있는 청년들이 부러웠다.

"하나만 알고 둘은 모른다고, 이 사람들이 살림 맛을 알았다 해서 앞산 숲을 저그들 맘대로 팔아먹을 궁리끄장 했으니, 원."

박만식 씨가 마뜩잖은 투로 나지막이 중얼거렸다.

"결국, 팔기로 결정이 됐어요?"

남희가 물었다. 그녀는 손아귀에 가지런히 쥔 담배 춤을 기다란 잎 한 장으로 돌려서 묶는 중이었다. 한동댁이 호박씨 골라 담은 댕댕이 소쿠리를 부뚜막에 올려놓았다.

"여자들 말로, 정님이네 집에서 나무 장시 밥을 해 주기로 했다더만."

나무를 베어 팔아 그 돈은 이따가 회관 신축할 때 쓰고, 나무를 벤 언덕 배기에는 리키다송 묘목을 사다 심으며, 그 위의 널찍한 평지는 논이나 밭으로 바꾸어 해마다 도조를 받아 쓴다.... 그런 계획을 처음 들었을 적에 펄쩍 뛰던 박만식 씨도, 이미 체념한 듯했다.

"나무 장시 밥을 해주고 밥값 몇 푼 벌자고 그랬던가, 달수 그 사람이 퍽 설쳤지, 물불 안 개리고 나서서 설치는 사람을 이길 장사는 없응게. 저 혼자 외도토리일 적에도 그러는 사람인디, 등에 업은 사람들이 있으니 기가 날 만도 했지. 이장이 '잘 사는 마을 맨들기' 한담서나 앞산이 경제성 없이 놀고 있어 아깝다고 들쑤셔 댕게. 그 또래 젊은 사람들은 금세 한통 속이 돼 번졌지. 나중에는 낫살이나 먹은 사람들조차 뭔 횡재나 돌아올랑가, 싶어 갖고 엉거주춤 물러앉으니, 말릴 사람이 있어? 말해 봤자 본전도 못 찾게 생겼으니 그 꼴 보기 싫은 사람은 아예 회관에 나오도 않고, 그리 돼 번졌지."

동네 사람들 누구에게나 아주 어린 시절부터의 추억이 어려있는 앞산 이었다. 이백 살이 넘었다는 숲이 어느 날 동네에 들어온 장사꾼에 의해

돈으로 계산되고, 대다수 마을 사람이 거기에 현혹되어 모조리 베어질 위기에 놓였다. 나무들이 없어진 앞산은 이 마을을 고향으로 가진 모든 이들의 마음을 황량하고 쓸쓸하게 할 것이었다.

"지금이라도 말릴 방법이 없을까요?"

"그게 그리 쉽들 안 하다."

박만식 씨는 남자들만이 모여서 상의하고 결정할 수 있는 일이라고 여기는 일에 딸이 관심을 보이는 게 마뜩잖았다. 그는 헛기침을 한번 하고는 말했다.

"시방이 우리 집 고비라면 고빈디, 씨잘데없이 넘고 감정 상해봤자니 동생한티 좋을 것도 없겄다, 싶어서 말을 애끼고 있다."

하기는 지금까지 이 동네 관행으로 볼 때, 다수가 한 번 밀어붙이기로 한 일을 다른 의견을 가진 소수가 뒤바꾼 경우는 거의 없었다

"정님이가 와 있어서, 나무 장시 밥해 주기는 채 수월하겄구먼."

한동댁이 호박 솥에 불을 살라 넣으며 말했다.

부모들의 싸움이 있고 나서 점복은 말했다.

"필요하다는 돈이 적은 액수가 아니라서 우선 막막하지만, 하여튼 가서 델꼬 와야겠지? 저그 부모들 소행으로 봐서는 죽든지 말든지 냅둬 번지고 싶지만, 내가 오기로 냅둔다고 대신 나서서 해결 지을 부모들도 아닝게. 하긴 뭐, 그 집인들 가진 것이 있기나 하가니? 정식이가 사 준 가전제품 몇 가지 갖고 맥없이 자랑을 떠외고 댕기는 정도지. 알고 보면 참, 불쌍한 사람들이랑게."

잡고 있던 경운기 브레이크를 놓으면서 그는 혼잣말을 했다.

"등신 같은 가시내, 맥없이 욕심만 많아 갖고는."

제 부모한테 송구스럽고 정님의 부모한테는 오기가 나서 겉으로 무심한 척했지만, 점복은 마음이 급했다. 지금껏 색시가 시중 들어주는 술집에 가본 적이 없는 그였지만, 술집 색시가 무슨 일을 하며 남자들이 그네들을 어떤 식으로 다루는가에 대해서는 더러 들어서 알고 있었다. 빚 때문에 발을 빼려고 해도 빼지 못한다는 정님을 그대로 두는 시간이 길어질수록, 정님을 희롱하는 남자들도 그만큼 늘어날 것으로 생각하니, 점복은 한시가 급했다. 그는 아버지를 졸라, 동네에서는 드물게 현금을 지니고 사는 걸로 알려진 최장순 씨한테 빚을 얻었다. 처음에 그의 부모는 펄쩍 뛰었다. 큰아들이 논을 팔아 가는 문제 때문에 큰아들과 둘째 아들 사이가 벌어져 있는 것도 안타까운데, 거기에 막내인 점복마저 끼어들게 되었으니 참으로 걱정이었다. 얼마 되지도 않는 재산은 어차피 다 남의 손에 넘어간다 치더라도, 자식들이 갈래갈래 찢어지는 일만은 없기를 바랐다. 이런 근심을 떠안아 가면서 동네에서 인심도 못 얻고 사는 이달수 씨와 사돈지간이 된다는 것도 내키지 않았고, 뭇 사내들한테 웃음 파는 계집이 되어 있다고 소문이 자자한 정님을 며느리로 맞을 생각은 더욱 없었다. 점복은 그런 부모의 마음을 잘 알았지만, 정님을 데려오는 일이 급하고 급했다.

이달수 씨는, 가난한 집 아들이라고 억지로 딸과 떼어 놓았던 당시보다도 더욱 가난하게 된 점복을, 새삼스레 반하기라도 한 양 졸졸 따라다녔다. 둘이 정님을 데리러 가는 중에도, 점복이 행여나 도망이라도 칠까 봐 겁나는지 옷깃이 맞닿을 정도의 거리로 바짝 쫓아다니기를 멈추지 않았다.

'차표는 내가 끊음세.'

'아, 이 사람아, 점심은 내가 산당게!'

불그레 충혈된 눈에 웃음을 띠고는, 그지없이 곰살궂게 점복을 대했다. 이제는 남들 보는 데서 점복을 칭할 적에 '우리 사우, 우리 사우' 꿀이 뚝뚝 떨어진다고, 동네 사람들이 돌아서서 수군거렸다.

"사람 같지도 않은 것들 얘기에 뭘 그리 열심이여? 체신머리 없구로."

박만식 씨가 손으로는 연신 담배 춤을 고르면서 아내를 책망했다. 나뭇간에서 장작을 안아 들이던 한동댁이 남편을 물끄러미 바라보았다. 아들 경수의 대학 입시 날짜가 임박해 옴에 따라, 한동댁 역시 다른 일에 마음 쓸 여유가 없었다. 그렇다고, 딸 시집 보낼 일에는 아예 관심을 끊은 듯 보이는 남편이 야속하기도 했다.

"연애를 걸었거니, 망신을 떨었거니, 짝이 지워졌응게 정님이 저그매는 한시름 놓겄네."

정님이도 정님이지만, 순애가 시집갈 준비에 바쁜 걸 보게 되면서부터, 한동댁은 딸 걱정이 부쩍 늘어났다. 박만식 씨가 화난 목소리로 말했다.

"말하는 소리하고는.... 저런 소리 할 때 보면 똑, 딴 사람 같당게. 시방이 어느 때라고 엉뚱한 걱정을 하고 있어? 경수가 시험에나 붙고 나서 얘기해도 안 늦을 일을, 씨잘데없이 끄집어내고 있다니, 참!".

불과 몇 달 전에, 딸의 혼기가 찼다며 맞선 보기를 강요하던 박만식 씨였다.

"이이고, 어째 저렇게 한 가지 일을 붙잡았다 하면, 다른 일은 통 모르쇠를 해 번지까, 잉."

타고 있는 솔가지 위에 장작을 지피면서, 한동댁은 남편이 들을세라 소리를 죽이면서 고시랑거렸다. 어떤 한 가지 일이 중요하다 싶어 열중하기 시작하면, 자잘한 다른 일들을 돌아볼 줄 모르는 남편을 두고, 한동댁은 더러 혼잣말로 불평했었다.

"암만 논일이 바쁜 철이라도 취나물은 한 번 뜯어다 말리 놔야 보름도 쇠고 생일도 쉴 수가 있지. 가실 일이 바쁜 틈에도 깻잎이랑 고들빼기를 장만해 둬야 시안 반찬을 하지. 근디, 저 양반은 그런 잔 일은 일이 아닌 줄로 안당게."

그러면서도 남편과 충돌하는 일 없이, 결국은 자기 하고 싶은 일을 조용조용 해나가는 한동댁이었다.

호박죽이 올려진 점심상 앞에서 한동댁이 물었다.

"영자한테서 편지 왔담서, 뭐라고 했더냐?"

"그냥, 소를 없앴다는 소식 듣고 속상했다는 얘기죠, 뭐."

"저그 아부지도 아부지다만, 뭘라고 저그 옴마는 그런 소식을 전했는가 모르겠다. 뭐 존 소식이라고, 그 먼 우체국꺼지 쫓아가서 전화를 걸었는가 몰라."

참을성 없는 노루말댁은 읍내 우체국까지 달려가 시외전화를 신청해서는, 남편이 소를 노름으로 날렸다는 소식을 딸에게 전했다. 그녀는 너무나 속상하고 분한 나머지, 전화통에서 딸의 목소리가 들리는 순간 우체국이 들썩일 만큼 큰 소리로 울음을 터뜨렸다.

"아이고 영자야아! 나는 못 산다. 너그 아부진가 하는 인간 땜시 나는 못 살아, 아이고, 아이고!"

영자는 별로 놀라지도 않고, 울지 말라고 빽 소리를 질렀다.

"아이그, 시끄러 죽겠네! 도대체 왜 그러는지, 말로 해요, 말로!"

딸의 신경질적인 반응에 머쓱해진 노루말댁은 코를 훌쩍거리며 소를 잃은 사실을 전화통에 대고 일러바쳤다.

"너그 아부지 땜시, 나는 참말로 못 산다, 못 살아!"

말 한마디가 끝나면, 후렴처럼 푸념이 이어졌다.

'남희야, 그날 엄마의 전화를 받은 뒤로, 부모를 생각하면 짜증부터 난다. 생각하면 참 불쌍한 엄마다. 아버지? 귀신은 뭐 하는가 모르겠다. 그런 사람은 귀신 눈에도 안 뵈는 모양이다. 부모를 두고 이런 말 하는 나를 싸가지 없다고 생각하겠지. 하긴, 소 한 마리가 별거 아닌 사람도 있을 테지. 그렇지만 나에게 그 소 한 마리는 피눈물이야. 차라리 도둑이 몰래 몰고 갔다면 이렇게 기막히지는 않을 것 같다. 암튼 그 소식을 울며불며 전해준 엄마한테도, 이 순간까지 마구 신경질이 난다.'

수저를 놓은 한동댁이, 주먹으로 한쪽 어깨를 두드리며 한숨을 쉬었다.

"에그, 딱해라. 인제는 집으로 돈 보내서 헛짓하지 말고 지 욕심 챙기서 시집갈 밑천이나 장만하라고 그래라."

"소 없애고 한참 뜸하더니, 요새 또 한쪽 머리서 판이 일어난다더만. 오늘, 비도 오고 해서 이 사람 혹시 일 저지르는 거 아닌가 모르겠다."

박만식 씨도 걱정스레 말했다. 남희는 영자를 위로하기 위해 이런저런 동네 소식이며 자연의 변화, 제가 아는 대로의 배우나 가수 얘기들을 편지에 적었다.

써 놓은 편지를 읽어보며 마치 친구가 앞에 있는 것처럼 웃기도 했지만, 이내 우울해졌다. 영자의 일이 농담으로 달래질 만큼 가볍지 않았고, 자신의 기분도 그랬다.

'깊은 가을, 그리고 찬비 내리는 밤이어서 내 마음이 이런 거지.'

순애는 시집갈 준비에 이 밤도 재봉틀을 돌리는지, 혹은 편지 쓸 때만 잠깐씩 연애 감정을 느낀다는 약혼자에게 편지를 쓰는지, 그 방에도 오래도록 불이 밝혀져 있었다.

"오호호호, 너 정말 모르는 거냐, 내숭 떠는 거냐?"

어리둥절해하는 남희가 못 견디게 재미있다는 듯, 정님이 요란스레 웃었다.

"에휴, 나잇값도 못 하는 요 숙맥 가시내야!"

정님은 붉은 매니큐어 칠한 뾰족한 손톱으로 남희의 이마를 가볍게 찔렀다.

"그치이, 순애야? 넌 잘 알 거 아녀? 이년아, 너도 모른다고 시침 뗄래? 사랑을 할 때 왜 남자가 여자보다 고달픈가를. 호호호호!"

"미친년!"

순애가 눈을 흘기고는, 상대하고 싶지 않다는 듯 돌아앉았다.

"너, 참말로 처녀란 말이지? 믿어도 될까? 요샛날에 만난 지 한 시간이면 애인 되고, 애인 되면 뻔한 건디, 그것참 재미난다, 야. 인제 봤더니, 니가 그렇게 마음 사랑 타령이나 하고 앉아 있다가 승우를 놓친 거구나? 이러언 등신, 넌 앞으로 나한테 선생님이라고 부름서나 교육 좀 받아라. 호호호, 우선 귀 좀 이리 가까이 대 봐. 지랄하네, 그까짓 귀가 뭐 그리 대단하다고 비싸게 노냐? 이건 기본이다, 이년아. 사랑을 할 때 남자가 여자보다 더 고달프다는 건, 여자는 가만있어도 되지만 남자는 가만히 있으면 일이 안 되니까 하는 말이라고, 알았어?"

정님은, 선 밖으로 번져나간 입술연지 같고 싸구려 분 냄새 같은, 퇴폐적인 바람을 안고 돌아왔다. 남희와 순애는 그것이 영 거북하고 불길하기조차 하면서도, 그녀가 내뱉는 찐득찐득한 육담에는 은밀한 호기심이 솟았다. 그들은 배를 잡고 깔깔대며 눈물 나도록 웃다가는 곧 정색하고서 정님을 흘겨보았다.

"가시내, 다 버렸다. 참말이지 못하는 말이 없구먼."

정님은 그럴 필요가 없는 대목에 가서도 천연덕스러운 표정으로 남녀의 육체관계를 뜻하는 야릇한 말을 흘리고는, 미처 말뜻을 알아채지 못하면 미련하다느니, 내숭 떤다느니, 내숭 떨어봤자 네 인생이나 내 인생이나 그게 그거라느니, 핀잔을 주곤 했다.

"고상한 체 잘난 체해 봤자, 한 꺼풀만 벗겨 보면 남자는 다 짐승들이여. 남희야, 승우가 너한테 아무 짓도 안 한 거냐, 니가 잘나서 그냥 똑 소리 나게 거절한 거냐? 나는 암만 생각해도 이해가 안 간다. 너그 둘이 어쩌고저쩌고 소문난 지가 벌써 몇 년인데, 만약에 참말로 아무 짓도 안 하고 가만히 있었다면 그 사람 병신이다, 고자라고! 호호호, 하기사 네년이 시침 뚝 떼고 내숭 떠는 것을 내가 모르겠냐? 인생에 쓴맛 단맛 다 본 이 몸이, 알고도 속고 모르고도 속아 주는 거다. 아이그, 또, 또, 저 고상하고 순진한 척하는 얼굴, 어떻게 해야 저년 앙큼한 속을 한 번 확 뒤집어서 볼 수 있을까나?"

그러다가는 목소리가 착 가라앉으면서 눈물을 질금거리기도 했다.

"울 아부지, 대단한 사람이여. 그 먼 경기도까지 쫓아와서 날 끌고 여기까지 온 것도 그렇고, 술 한 잔 들어가면 부모 위신 집안 위신 찾아감서 사람 들볶는 것도 대단해. 울 아부지가 딸 욕심에 눈이 멀어 염치도 체면도 모르고 점복이네랑 쌈까지 했다더라만, 내 속은 너그들도 몰라. 술 취했을 때는 그래서 그런갑다, 하고 넘어가지만, 멀쩡한 정신에도 화풀이가 여간 아니다. 저년만 아니면 동네 사람들이 나를 다 부러워할 것인데, 저년만 아니면 점복이네 늙은이들한테 아쉬운 소리 할 일도 없었을 것인데, 저년 땜시 서울 오고 가면서 길바닥에 깐 돈이 돼지 두 마리 값도 더 된다는 둥, 참말로 징그럽다, 징그러. 밥상머리서고 어디서고, 기분대로 눈 흘김서 고개 돌리는데, 정나미가 뚝 떨어져. 나도 뭐, 한 푼이라도 더 벌고 싶어 하다 보니 어쩌다 일이 어긋난 것이지, 부모 골탕 먹이자고 역부러 그랬겠나?"

처음 서울에 올라간 정님은 남동생 정식이 안내해 준 빵 공장에서 일하게 되었다. 고향에 있을 적부터 맘만 먹으면 아무 가게에서나 구할 수 있었던 이름 있는 빵 공장이었는데, 하루 열두 시간을 내내 서서 일하다 보니 다리가 퉁퉁 부어올랐다. 다리 아픈 것은 그 생활에 익숙해지면서 아쉬운 대로 견딜만하게 되었다. 문제는, 월급이 적어도 너무 적다는 것이었다. 부모가 등을 떠밀었다지만, 돈을 벌겠다는 포부를 안고 스스로 찾아온 서울이었다.

월급은 저축 한 푼 없이 제 목구멍에 풀칠이나 하기에 알맞았다. 정님은 기숙사에서 자면서 회사 구내식당에서 세 끼를 해결했다. 식단을 두고 영양을 따진다는 건 너무 사치스럽고 우선, 양이 적어서 항상 배가 고팠다. 작은 적금이라도 붓는 사람과 그렇지 못한 사람의 차이는, 배고픔을 참지 못해 때마다 매점에서 군것질하는 축과 영양실조로 얼굴이 노리끼리하게 여위어가면서도 구내매점을 기웃거리지 않는 축의 차이일 뿐이었다. 정님은 배고픈 것도 싫고 저축 없이 그날그날 살아가는 것도 싫었다. 그래서 공장에 마음을 붙일 수가 없었다. 그런 터에, 그녀에게 다른 직업을 알선해 준 사람이 생겼다. 기숙사의 같은 방에 있던 친구인데, 회사를 그만두고 나가서 한동안 소식이 없다가 어느 날 옛 동료들을 만나러 왔다. 그녀는 정부의 분식 장려 정책으로 한창 유행인 분식센터에서 일한다고 했다. 일도 깨끗하고, 지루하지도 않고, 수입도 여기보다 훨씬 나아. 고정 월급도 있지만, 손님한테 잘 보이면 더러 팁도 생긴다, 너? 원한다면 일자리 얻어 주는 것이야 어렵지 않다고 친구가 말했다. 정님에게는 망설일 이유가 없었다. 그녀는 당장 결정을 내리고 친구를 따라갈 채비에 나섰다.

과연, 분식센터 일은 공장일보다 지루하지 않고 수입도 채 나았다. 무엇보다, 음식값을 따로 떼어내지 않고도 배고프지 않다는 사실이 옹골지고 좋았다. 하지만 그 생활도 진득하니 오래갈 수는 없었다. 뭇사람들이 수시로 들락거리며 정보를 주고받을 수 있는 그곳은, 귀 얇은 촌뜨기가 마음 붙이고 정착하기에는 솔깃하고 그럴싸한 유혹들이 많았다. 정님은 한식집 홀에서 일하는 게 수입이 더 후하다는 누군가의 말에 이끌려 이번에는 한식집으로 자리를 옮겼다. 손님들의 식탁에 무거운 음식 쟁반을 나르고, 구워지는 고기에 가위질하는 일이 힘들었지만, 정님은 일 잘한다는 칭찬을 받아 가며 금방 적응하였다. 그녀는, 피부가 뽀얗게 바래어 촌티를 완전히 벗어버린 제 모습을 거울에 비춰보는 것과, 조금씩 불어나는 통장의 숫자를 확인하는 게 즐거웠다. 돈을 벌어서 무얼 하겠다는 목적보다는, 그냥 돈이 불어나고 있다는 사실이 좋았다. 출퇴근할 필요가 없는 다른 몇몇 종업원들과 더불어, 정님은 식당에서 숙식을 해결하고 있었다.

영업시간이면 손님을 받는 방이 제법 여럿이었는데 그중에 한 칸은 남자 종업원들이, 다른 한 칸은 여자 종업원들이 잠을 잤다. 어느 날 늦은 밤, 정님은 숨이 막히도록 무엇엔가 짓눌려 잠에서 깼다. 복도의 비상등 불빛이 새어 들어오고 있었으므로, 제 입을 틀어막고서 옷을 벗기고 있는 남자가 누구인지 어렵지 않게 알 수가 있었다. 정님은 어렵지 않게 사태를 파악했다. 다음 날이 한 달에 두 번 있는 휴일이라고, 같은 방을 쓰는 찬모 아줌마와 처녀 하나는 일찌감치 가게를 나갔었다. 서울에 고향 사람들 있다고 해봤자 주소 하나도 없고, 남동생 정식도 공장 기숙사에 있는 탓에 정님은 갈 곳이 없었다. 평소에 방문을 꼭 잠그고 잤는데, 그 일을 주로 사십 대 후반의 이혼녀인 찬모 아줌마가 도맡았던 터라 정님이 잠시 잊었을 수도 있고, 아니면 남자가 방문을 따고 들어온 것인지 생각도 안 났다. 정님은 우선 무섭기부터 했다. 그 남자는 서른쯤 되는 나이와는 달리 주방에서 그릇을 닦는 신참으로, 들어오던 첫날부터 정님의 주변을 얼쩡거리며 틈만 나면 집적집적 수작을 걸었다. 그 눈빛이며 하는 양이 영 칙칙하고 불순하게 보이는 데다 동료들의 수군거림 또한 꺼림칙해서, 정님은 그 남자를 의도적으로 멀리했다. 그는 사장의 먼 친척뻘 되는 사람으로, 몇 번이나 들락거렸던 교도소에서 나온 뒤에 몸 붙일 곳이 없어 이

곳에 왔다느니, 사장이 누구랑 말하는 소릴 듣자니 정말 골치 아픈 말썽
꾸러기라 한다느니, 종업원들은 쑥덕거렸다. 정말 그의 얼굴에는 칼로 그
어 놓은 듯 깊고 긴 흉터가 있었다.

남자가 배 위에서 씨근거리고 있는 중에도 정님은 앞날을 생각했다. 이
남자가 결혼하자고 덤비면 큰일이라고, 이런 남자와 결혼하면 고생길이
훤할 것이라고, 이 집에 더 있다가는 이 보잘것없는 남자가 결혼하자고
덤빌지도 모르니 당장 이곳을 나가야겠다고 입술을 깨물었다. 과연 남자
는 식당 사람들이 금세 눈치를 채도록 노골적인 협박을 해가며 정님을 제
여자 취급하려 들었다.

탈출하다시피 식당을 나온 정님이 찾아간 곳은 무허가 직업 소개소였
다. 그곳에서 다방 종업원으로 취직되어 가고, 다방에서 술집으로, 그다
음에는 어찌어찌 시골 읍내의 대폿집으로 흘러가서 사실상 매춘부 노릇
을 하게 되기까지는 불과 몇 달밖에 걸리지 않았다.

"그 미련이 등신은 뭐 한다고 나서서 날 여기까지 데리고 왔는지 몰라.
동네방네, 논 팔아서 애인 찾아왔다고 소문나서 좋기도 하겠다. 솔직히
말해서, 사람 많이 치러 보니까 남자 보는 눈이 밝아져서, 그까짓 가난뱅
이 촌놈을 내가 뭘 보고 좋아하고 어쩌고저쩌고했는지, 어이가 없더라.
내가 옛날 그 이정님이가니. 악착스럽게 땅 파먹고 잘살자는 소릴 하고
있어? 웃겨, 별꼴이 반쪽이야. 정말."

정님은 빠글빠글 지져 볶은 머리에 한복 차림을 하고 찍은 사진들을 보
여주며, 이 사진은 그 읍내의 무슨 계원들 모임에 따라갔을 때고, 이것은
나한테 반해서 날마다 술집에서 살던 머저리하고 물놀이 가서 찍은 사진

이고.... 묻지도 않는데 소상한 설명을 곁들였다. 마지막 남은 논을 담보로 잡히고 빚을 얻어서 저를 구하러 갔던 점복에 대해서는 마냥 시큰둥했다.

"얼굴을 좀 봐 봐, 얼마나 쪼잔하게 생겼는가. 배배 꼬인 말씨는 또 어떻고? 모든 걸 덮어주고 잊어 줄 것이라고 말이야 좋지만, 살다가 언제 어느 때 내 과거를 들먹일 줄 아냐? 그렇게 속 뒤집는 걸 권리로 알고도 남을 밴댕이 소갈딱지라는 걸 나는 알지. 나도 멍청이 아니라서 곰곰 생각해 봤는데, 잘못하면 그 집 식구들한테서 논 팔아먹은 년 소리도 평생 들으면서 살게 생겼더라. 앞날이 뻔히 뵈는데 내가 저랑 결혼하게 생겼냐? 흥, 천만의 말씀."

동네 사람들의 수군거림 역시 정님의 마음에 걸렸다.

"동네 사람들 손가락질 받는 게 뭐 좋다고 이 동네서 살겠냐? 근다고 그 미련퉁이가 어디로 훌쩍 떠나서 살 생각은 못 할 것이고, 암튼 나 이 동네서 점복이랑 살 마음은 눈곱만치도 없는 줄 알아라."

냇가에 나가서 빨래나 얼른 해 갖고 들어올 뿐, 정님은 사람들과 마주치기를 꺼렸다. 그런 정님에게 남희와 순애가 가끔 들렀고, 꼴도 보기 싫다는 말과는 달리, 점복은 정님이 방에 와서 아예 밤을 지내고 간다는 것을 알 사람은 다 알았다.

"눈에 흙이 들어가기 전에는 둘이 사는 걸 못 본다고 왜장칠 때는 언제고, 인제는 집안에 끄장 불러 딜여서 잠을 자도 모른 체 한담서?"

"모른 체하는 게 아니라, 점복이가 메칠 안 오면 정님이 저그매가 애가 터져 죽을라고 한다는구먼요."

"참말로 벨난 사람들이여."

안골댁의 빈정거림에 맞장구를 치려다가, 기수 어머니는 얼른 입을 다물었다. 빨랫감이 담긴 대야를 옆에 끼고 고개를 푹 숙인 정님이, 때를 잘못 잡아 나왔다는 듯 내키지 않은 걸음새로 다가오고 있었다. 기수 어머니는 무안함을 무마하려는 듯, 플라스틱 비누 그릇 속에 든 빨랫비누 조각이며 수세미 따위를 돌팍에 엎질러 놓았다. 그리고 비누 그릇을 북북 문질러 닦으며 앞에 있지도 않은 며느리를 타박했다.

"으이그, 저그 서방이 나무 잘해서 대 주겄다, 물 조깨 뜨뜻하니 데워서 싹싹 닦아서 쓰고 그럴 것이지, 그저 바쁘다는 소리만 주뎅이에 달고 살면 그만인 줄 안당게."

"성님도 참, 그런 소리 마씨요. 요새 젊은이들이 다 성님네 메느리만 겉음사 걱정이 없겄소. 일 잘하고, 어른 아 알아보고, 메느리사 참말로 얌전한 메느리 아니요?"

안골댁도 정님이 행여 엿들었을까 염려되는 마음을 잊으려고 짐짓 말소리를 높였다. 시멘트 층계로부터 빨랫돌이 나란히 놓인 곳까지의 서너 걸음 되는 거리를, 정님은 초파일에 춘향이 뽑기에 나간 색시처럼 아주 천천히 다가왔다. 안골댁이 빨래하고 있는 맞은 편에 이른 정님은, 마른 빨랫감 몇 가지가 담긴 양은 대야를 선 채로 돌팍 위에다 팽개치듯 떨구었다. 요란한 소리와 함께 빨랫감과 비누 그릇이 물이며 돌밭으로 아무렇게나 엎질러졌다. 안골댁이 얼른 물속에 손을 넣어서, 물살에 밀려 내려가는 비누를 건져 올렸다.

"조심하지 그러냐, 대양이 다 우그러졌겄다."

정님은 대답도 없이 치마를 착착 걷어 안고서 자리에 앉더니, 엎어진 대야를 집어서는 돌팍 위에다 힘껏 내동댕이쳤다. 양은 대야는 비가 볼록 올라오게 우그러졌지만, 더는 말을 하는 사람이 없었다.

아이들이 학교에서 돌아오고 있었다. 큰 아이들은 큰 아이들끼리 작은 아이들은 작은 아이들끼리, 또는 남자아이들끼리 여자아이들끼리, 더러는 한동네에 사는 아이들끼리 무리를 지어 재잘대며 논 가운데로 뚫린 자갈 신작로를 걸어오고 있었다. 논들은 텅 비었고 코스모스는 까만 씨앗을 매달고 메마른 모습으로 흔들리고 있었다. 아이들은 그 모든 것이 좋기만 한 듯, 몇 걸음 옮기다가 논바닥으로 들어서서 뛰어보고, 조금 걷다가는 길옆의 야산으로 올라챘다 내려오기도 했다.

아이들에게는 어딘든 놀이터였고, 모든 게 놀잇감이었다. 사철 다르게 피고 지는 풀꽃들이며 새와 벌레와 돌멩이들이 질리지 않는 노리개였으며 구경거리였고 뱃속이 출출한 오후의 간식거리가 돼주기도 했다.

아랫말에서 양지말로 갈리는 지점의 공터에서, 이웃한 마을의 여자아이들이 섞여서 고무줄 놀이를 하고 있었다. 책 보따리들을 길 가장자리에 대충 쌓아놓고서, 단발머리를 나풀거리며 팔짝팔짝 뛰는 아이들 둘레에서, 고무줄을 잡은 두 아이와 구경하는 아이들이 소리 맞춰 노래를 불러주고 있었다. 그 노래는 동요 '산토끼' 곡조에다 가사를 새로 붙인 노래였다.

'시월이라 유신은 우리의 사는 길, 한 표 두 표 찍어서 잘살아 보세나'

학교에서 선생님이 가르쳐 줬다는 그 노래를, 아이들은 소리 맞춰 즐겁게 부르고 있었다.

"긍게, 대한민국 국민이라면 이럴 때 팍팍 밀어 디리야지, 그 양반이 질만 닦아 놓고 물러앉아 번지면, 일이 매조지가 안 되잖여, 안 그려? 백 년에 한 번 나오까 말까 한 위대한 영도자라고 이태리랑 또 어디랑 하여튼 다른 나라에서꺼지 소문이 우꾼하다더만, 그것을 몰라주고 민주주의가 어떻고 뭣이 잘못됐고 머리 아픈 소리 해 쌈서 그 양반 하는 일을 반대하면, 대한민국 국민 자격도 없는 것이여."

새마을 운동에 헌신한 공으로 주는 상을 받으러 서울까지 갔다 온 부녀회장이, 동네 아낙네들을 회관 방에 모아놓고 열변을 토했다. 남자들 앞에서도 똑똑 끊어지는 소리로 아는 체를 해 쌓는 부녀회장이 아니꼬워서, 장구팔 씨는 박만식 씨를 찾아와 투덜거렸다.

"허 참! 누구라도 똑똑할라면 아조 똑똑해번지든가, 아니면 없는디끼 다소곳이 앉아서 넘 말이라도 잘 들어야지. 예펜네 무식함서 똑똑한 것, 그것만치 볼썽사나운 것도 없네. 내 집 예펜네가 본데없고 배운 것 없이 소리만 커 놓응게 할 말은 없네만, 그건 차라리 멍청이라서 그런갑다, 이해라도 하지. 부녀회장 예펜네 고개 빳빳이 치키들고는, 어데 교육인가 먼가에 가서 배워 온 소리 따박 따박 나불대는 거 보면, 같잖애서 등허리에 소름이 쫙 일어난당게."

"허허허, 우리 동네 여자들이랑 몇몇 사람을 놓고 보면, 박정희 씨랑 여당이 부녀회장 덕을 단단히 보고 있잖은가."

"내 참 더러버서 원, 군사 정변 일으킨 이후로 시방꺼장 해 먹은 세월도 너무 진디, 그걸 놓기가 영 싫어서 헌법을 고친다고 저 난리를 친당가?"

"정치하는 사람들이 저그들 욕심에만 눈이 멀어 놓게 세상이 안 펜하고, 세상이 시끄럽다 봉게 잘나고 정의로운 사람들이 수모를 당하는 거 아닌가."

박만식 씨는 엊그제 라디오와 신문에서 알게 된, 반정부 인사들 검거 뉴스를 떠올렸다. 정부를 반대하다 쫓겨 다니고 감옥에 갇히는 젊은이들이며 그들을 애지중지 길렀을 부모들이 걱정이었다. 그는 그들을 이해하고 진심으로 걱정해 주는 한편, 경수가 대학생이 됐을 적에 행여나 그런 쪽으로 눈뜨게 될까 지레 염려하고 있었다.

집집의 마당에 솟아 있던 벼 낟가리가 속속 허물어지면서 가난한 광들이 그나마 알곡으로 채워지고, 바람이 불어도 떨어질 나뭇잎조차 남아있지 않게 되었을 때, 동네 나이 젊은 사람들 몇몇은 부쩍 마무리 일손이 바빴다. 새마을 운동 바람에 지붕을 함석이나 슬레이트로 개량한 이후로는, 이 무렵의 가장 큰 일이었던 이엉 엮고 용마루 트는 일이 사라졌다. 대신에 겨울철 소먹이를 좀더 넉넉히 저장해 두고 축사의 보온에도 마음을 써 주어야 했다. 그들은 어서 집안일들을 해치우고, 이미 결정된 앞산의 오래된 숲 벌목에 달려들 참이었다. 지금껏 모든 일들을 그렇게 처리해 왔듯이, 목소리 큰 몇몇 사람들 의견에 따라 곧 벌목을 시작하기로 되어 있었다. 이달수 씨는 나무장수들에게 방을 빌려주기 위하여, 잠실을 치우고 신문지로 도배까지 해 둔 상태였다.

"무신 떼돈을 벌랑가는 몰라도, 꼭 돈에 환장한 사람들맹이로 야단이구먼."

나이 지긋한 사람들은 혀를 차며 못마땅한 심사를 내비치기도 했지만, 그런 사고방식을 고집하니 오늘까지 이렇게밖에 못 살지 않느냐는 투의 당돌한 반박이 겁나서인지, 대개 뒷전으로 물러앉았다. 동네일에 공식적인 발언권조차 없는 여자들은, 냇가의 빨래터에서나 말씨름을 주고받을 뿐이었다.

"옛적부터, 집안이고 동네고 간에 오래된 나무는 함부로 건드는 것이 아닌디..."

"글매 말이여, 큰 나무 한 그루 벨 일이 있으면 당골을 부르고 고사를 지내고 했는디, 동제도 안 지내고 저래도 될랑가 모르겄어?"

"아이고, 집이가 그런 소리를 항게, 어째 기분이 껄쩍지근해지네. 이제 와서 우리가 말긴다고 될 일도 아니고, 어쩌까 잉."

"돈이나 덜 준대서 포기한다면 모르까, 그런 이유로 못하게 한다고 듣 가니? 요새는 미신 타파인지 뭔지가 유행해서, 그런 소리함서 나서면 무식한 구식 늙은이 취급이나 하지."

남편이나 아들네들이 하는 일이라면 다소 마음에 들지 않아도 그저 따르는 게 몸에 밴 나이 든 여자들은, 자기네들끼리 그런 걱정을 나누었다. 그 오래된 숲속에서 어느 특정한 나무를 정해놓은 건 아니었지만, 오래되고 큰 나무에 대해서 그들은 막연하면서도 무조건적인 경외감을 품고 있었다.

"내가 어렸을 적에, 친정 이웃 동네에서 있었던 일이여."

안골댁이 옛이야기를 풀어 놓았다.

어떤 내외가 딸만 넷을 내리 낳고서 막내로 아들 하나를 얻어 무던히도 귀하게 기르고 있었다. 그 집 앞에는 오래된 상수리나무 한 그루가 있었는데, 그 크기가 대단해서 하루 종일 마당에 볕이 들지 못했다. 마당에 곡식을 널어놓아도 잘 마르지 않을뿐더러 나무 그늘로 인하여 한낮에도 집 안 전체가 어두침침한 느낌이었다. 가을이면 마루에까지 날아드는 낙엽을 쓸어내기만도 일이 컸는데, 그렇다고 열매가 쓸만하게 열리는 것도 아니었다. 그처럼 불편을 주는 나무가 오랜 세월 제자리를 지킬 수 있었던 것은, 사람들이 막연하게 품고 있는 나무에 대한 경외감 때문이었다. 남편은 선대에서 이어져 내려오되 점점 희미해지는 그 생각에 실은 과학적 근거가 없다는 걸 확신했다.

그는 아내를 설득하여, 그 나무를 베어내기로 했다. 마침, 읍내 제재소에 팔 수도 있다 하니, 망설일 이유가 없었다. 나무가 어찌나 크던지 혼자서 베어내기에는 벅차서 놉을 얻기로 했는데, 놉만 얻으면 그날따라 억수로 비가 오거나, 놉의 신상에 무슨 일이 생기거나 해서 일이 어긋나는 것이었다. 그런 일을 서너 차례 겪은 남편은 약이 올라서, 더는 미적거릴 것 없이 혼자서 일을 해치울 셈으로 톱을 들었다. 땀을 뻘뻘 흘리면서 톱질에 열중하기를 얼마, 우지직, 하고 나무 넘어가는 소리가 들렸다. 하지만 나무는 저 혼자서 넘어지지 않았다. 어느 틈에 나무 뒤에 왔던지, 네 살짜리 아들이 거대한 나무에 깔려버린 것이었다.

"그것이 집안 망한 거 아니고 뭣이디야? 그런 걸 봐서도, 크고 오래된 나무, 더군다나 숲은 함부로 건디리는 것이 아니랑게."

여자들의 얼굴에 어리는 걱정과 두려움을 보고, 이장 아내가 나서서 안심을 시켰다.

"그런 걸 바로 우연의 일치라고 한당게요. 저그, 갈말 동네만 해도, 당산에 뗏장을 벗겨 내고 밭을 쳐서 농사를 짓고요, 거그서 나온 수입은 부녀회 기금으로 삼는다더만요. 또 어떤 동네는 물레방애터를 메워서 논을 쳤다는디, 우리 동네는 내놓을 만한 사업 하나가 제대로 없어요. 독담우락 허물고 브로끄로 반듯하게 쌓고, 초가집 없애고 함석집 스레트집 맨들고, 산에서 물 끌어다 수도꼭지에서 나오게 한 것이요? 그것이사 동네마다 다 했응게, 칠 것도 없고요."

그러자 부녀회장이 거들고 나섰다.

"앞산은 일 없는 어린 아덜이나 올라가서 놀고 단옷날 그네나 맸지, 나무 있어봤자 실용적인 이익이 뭣이가니? 들에 나갈 때도 저 우에 정지나무 아래에서나 쉬지, 누가 일 없이 앞산끄장 올라가서 쉰디야? 정지나무 거리에 벤치도 딱 맨들어놓고 했응게, 앞산은 생산적인 데다 쓰는 방법, 그것이 현명하지. 어르신들 생각도 그렇지요, 잉?"

"그려, 그려, 요새 젊은 사람들 영리항게 뭣이든 알아서 잘할 테지, 뭐."

안골댁이 미련 남은 낯빛인 채로 물러앉자, 다른 아낙네들도 금세 마음들을 편하게 고쳐먹었다.

정님은 나무 장수들의 끼니를 책임질 걱정이었다.

"아휴, 귀찮아! 내가 시방 심란해 죽겠는디, 뭔놈에 넘의 식구 밥은 해주라고 성환지 몰라."

그러면서도, 밥값을 제대로 받아내기만 하면 괜찮은 벌이라는 아버지의 말이 과히 싫지는 않았다.

드디어, 얼굴이 불그레하면서 몸집 좋은 나무장수와 그의 조수처럼 보이는 다소 젊은 사내가 마을에 들어왔다. 일이 끝날 때까지 머물게 될 나무장수는, 자그마한 검은색 가방 하나를 달랑 들고서 정님이네 뒤꼍에 있는 빈 잠실에 들었다. 누에철이 아니면 쓸 일이 없는 두 칸 넓이의 잠실을 믿고 이달수 씨는 나무장수 하숙 치기를 자청했었다. 처음에 그 일에 관심을 보였던 두어 명의 다른 주민은 일찌감치 포기했다. 여럿도 아닌, 그러니까 오락가락 심부름을 맡았다는 젊은이를 빼놓고 단 한 명인 하숙생 두어 봤자 신경만 쓰일 게 뻔해서였다. 반면에 이달수 씨는, 그저 돈 받고 잠자리와 밥을 판다는 말에만 현혹되어 신바람이 났다. 그는 기껏해야 한 보름간 한 사람의 하숙생을 칠 목적 때문에, 반대자들의 미움을 사가며 앞산 숲을 베어내자는 주장에 발 벗고 나섰다.

나무장수는 오던 날로 마을 사람들을 회관에 불러서, 시켜둔 술과 안주를 푸짐하게 대접했다. 다만 얼마라도 이 마을 사람으로 지내게 됐으니 잘 봐달라고, 점잖고 붙임성있게 인사말도 했다. 그것만으로도 나무장수는 마을 사람들의 호감을 넉넉히 살 수가 있었다. 늘 보는 풍경 속에서 늘 대하는 사람들하고만 생활하는 시골 사람들인 만큼 새로운 것에 대한 호기심과 관심도 커서, 적어도 며칠 동안 나무장수는 마을 안 화제의 주인공이었다. 첫날 술자리를 마련한 일은 효과가 대단해서, 그날 회관에 나가지도 않았을뿐더러 그의 얼굴조차 본 적이 없는 사람일지라도, 그가 통 크고 인정 많은 사람이라는 것을 믿어 의심치 않았다. 그렇게 된 데에는, 그가 상자째 주문해서 내놓은 술이 막걸리도 소주도 아닌 맥주라는 사실도 큰 몫을 했다. 그때까지 사실, 이 동네에서 맥주를 먹어 본 사람보다는 먹어 본 적 없는 사람이 많았다. 물론 맥주는 전혀 모르는 술이 아니었지만, 농투성이들과는 어쩐지 어울리지 않는 듯해 가까이할 엄두를 못 내고 살아온 터였다.

"그 양반 얼굴을 봉게, 한눈에 돈 많고 화통하게 생겼더만."

"배도 살짝 나온 게, 천생 사장 해먹을 사람이여."

"그런 사람 각시는 생전 돈 걱정 안 해도 되고, 얼매나 펜하고 좋으까."

"걱정 없이 펜하기만 한 사람이사 세상 어디에 있으까만, 어쨌거나 우리들맹이 일에 찌들어 애탄가탄 살든 안 하겠지. 그런 서방 만낸 것도 지복잉게로."

자발없는 여자들은 자기들 멋대로 그를 사장으로 만들어 놓고, 있는지 없는지조차 들어본 적 없는 마누라까지 등장시켜 심심풀이 맞장구질을 했다. 그들은 대개, 앞산 벌목장에서 일을 하기로 된 남자들의 아내이기 쉬웠다. 어차피 농사일도 어지간히 마무리된 계절에, 남편이 한 보름쯤 일해서 벌어들일 목돈이 그녀들의 관심사이고 앞당겨 누려보는 기쁨이었다. 추수도 끝난 데다가 동네 안의 농사일 품삯보다 훨씬 높은 임금을 쳐 준다는 바람에, 웬만한 일은 뒤로 미뤄놓고서 나무 베는 일에 참여하고 싶어 하는 사람이 많았다. 그 인원이 나무장수가 원하는 숫자를 훌쩍 넘길 듯 하자, 약삭빠른 두어 사람은 담배 보루라도 사 들고서 재빨리 나무장수의 숙소를 찾아가기도 했다. 하지만 나이 든 몇몇 사람들과 틈을 내기 어렵게 바쁜 사람들, 또 끝까지 나무 베어내는 일을 반대했으나 어른들한테 져서 물러난 몇몇 젊은이들은 아예 그곳을 돌아보지도 않았다. 그리하여 나무장수가 원하는 인원과 일하기를 원하는 사람 수는 대충 비슷하게 되었다.

일은 곧 시작이 되었다. 자고 나면 어제와 전혀 다른 앞산을 대할 수밖에 없도록, 나무들은 빠른 속도로 턱턱 쓰러져 누웠다. 아침부터 저녁까지 앞산에서 들려오는 사람 소리와 톱질 소리로, 마을은 농사철 이상 가는 활기 띠었다. 나무장수는 사귐성이 좋은 사람이어서, 자기의 하는 일에 협조적인 또래의 마을 사람 몇 하고는 끈끈할 정도로 절친한 모습을 보였다. 특히 이장네와 일남이네는, 일을 마친 저녁 시간이면 부부 동반으로 나무장수의 숙소인 정님이네 잠실에서 밤이 이슥하도록 어울리다 가기도 했다. 잠실은 정님이네 집 뒤란의 나지막한 둔덕에 지어진 두 칸짜리 함석집인데, 옆으로는 텃밭이 펼쳐진 그곳의 작은 뜰에 서면 정님이네 안채 지붕이 발아래에 있었다. 안마당을 통하지 않고도 골목 끝의 소로를 통하여 직접 닿을 수 있는 그곳이 호젓하고 좋았는지, 그들은 내기 화투를 쳐서 밤참을 해 먹기도 하고, 나무장수의 축음기에 흘러간 가요 테이프를 걸어놓고 몸을 흔들기도 했다.

나무장수의 체류는 예정보다 길어졌다. 새마을 사업의 일환으로 예전의 좁은 논둑길을 따라 새로운 농로를 냈다지만, 우마차와 경운기만을 염두에 두고 닦은 길인지라 대형트럭이 무거운 짐을 싣고 다니기에는 너무 좁고도 땅이 물렀다. 그나마 길이 앞산까지 닿은 게 아니라 앞산이 멀찍이 바라보이는 지점에서 다른 들판으로 휘돌아갔으므로, 베어진 나무를 일일이 사람 힘으로 마을 앞까지 운반해야만 했다.

수백 년 된 귀목나무들은, 베어 쓰러뜨려 놓고 보니 서 있을 때와 비교가 어려울 만치 굵고도 우람했다. 아무리 기운 좋은 장사라 할지라도 지게에 짊어질 엄두를 낼 수가 없는 크기여서, 하는 수 없이 나무 하나에 몇 명씩 달라붙어서 마을 앞의 큰길까지 끌거나 굴리는 방법을 썼다. 벼를 베어낸 논바닥으로 지름길을 내느라고, 여러 다랑이 층계 논들의 논두렁

허리가 잘려 나갔다. 일이 끝난 뒤에 논두렁을 원상 복구해 줄뿐더러 넉넉한 사용료도 주겠다는 약속으로, 나무장수는 힘들이지 않고 논 주인들을 설득하였다.

그 일은 매우 더뎌서, 나무장수가 마을에 들어온 지 한 달이 되어가는데도 끝이 안 보였다. 하긴, 집에 가는 것인지 거래처에 가는 것인지 사이사이 며칠씩 마을을 떠나 있기도 했으므로, 그가 정님이네 집에서 밥을 먹은 날짜는 열흘 안팎이었다. 동네 아래쪽으로 옮겨져 길가에 널브러져 있는 거목들을 바라보는 마을 사람들의 마음은, 설령 나무를 베어 팔자고 앞장서서 설쳤던 사람일지라도 편할 수가 없었다. 평균 쳐서 어른 두 사람이 마주 서야 겨우 서로의 손가락 끝이 닿을 수 있는 굵기의 그 나무들은, 숫자도 만만치 않게 많았던지라 마을 앞길 양옆의 가장자리를 온통 차지해 버렸다. 단단하고 섬세한 재질에 세로 주름이 부드럽고 아름답게 패여 있는 그것들은, 누군가의 눈에는 잘만 하면 돈이 될 물건이었지만, 나면서부터 그 그늘에서 놀고 자란 마을 사람들은 바라보는 것만으로 마음 아파했다. 절에 다니는 나이 든 아낙 하나는, 장에 다녀오는 길에 왠지 모를 섬뜩함이 느껴져서, 베어져 누운 나무들을 향해 서서 한참이나 나무아미타불을 읊조렸노라고 했다.

나무들이 모두 마을로 내려오고 그것들을 실어낼 트럭이 들락거리던 어느 날, 일남의 처 새터댁이 갑자기 집을 나갔다는 소문이 돌았다. 지난밤 남편하고 대판 싸운 끝에 그길로 들어오지 않는다고 했다. 평소에도 이웃들이 들을 정도의 부부싸움을 더러 했지만, 가출 따위는 꿈도 못 꾸는 듯 별일 없이 지내온 터라, 사람들은 일면 의아해하면서도 대수롭지 않게 넘겨 버렸다. 이제는 앞산도 아니고 마을 앞 한가운데서 트럭에 나무를 싣느라고 시끌벅적했으므로, 누구도 새터댁의 가출을 두고 길게 마음 쓸 여유가 없었다. 그러고 보니, 나무 실어내는 자리에 일남의 모습도 보이지 않았다. 하기는 마누라가 가출할 정도로 지난밤에 대판 싸움을 벌인 사람이, 동네 사람들 얼굴을 한꺼번에 마주해야 할 자리에 나오고 싶지 않을 수도 있었다. 나무는 여러 차례에 걸쳐 어디론가 실려 갔고, 마지막 짐이 실린 차에 나무장수도 함께 타고 떠났다.

"그 사람 거, 어쩌 좀 무작하고 허풍이 있어 봬도, 속에는 든 것이 조깨 있는 것도 맹이고."

이런저런 감정을 번갈아 거친 끝에 드디어 무심에 이른 듯한 표정으로, 박만식 씨는 나무 싣는 광경을 지켜보았다. 그런 다음 집으로 들어설 때, 혼잣말처럼 뇌었다. 나무는 나무고, 그동안 한동네 사람으로 지내온 나무장수를 정작 떠나보낸 그의 심사를 나타낸 거였다. 아무한테나 사귐성 좋은 나무장수이기도 했지만, 마을 안에서 목소리가 유독 크다거나, 재산이 있다고 알려졌거나, 박만식 씨처럼 대체로 평판이 좋은 사람을 재빨리 파악하였다. 그는 별 볼일도 없으면서 그런 집들을 한 바퀴씩 돌면서 얼굴을 익히고 친분을 쌓았다. 때마침 집에 잠깐 와 있던 경수를 보고, 나무장수는 천연덕스럽게 말했다.

"참, 제대로 잘 생겼습니다. 어르신네는 이담에, 아드님 덕을 톡톡히 보시겠구먼요. 제가 깊이는 모릅니다만 주역에 관심을 둔 적이 있어서, 시늉은 냅니다."

이 말 한마디 덕분에, 나무장수는 동네에서 가장 냉담했던 박만식 씨로부터 한 끼의 따뜻한 식사와 감춰 두었던 약술까지 대접받았다.

　나무장수를 실은 마지막 트럭이 떠나고 몇 시간이 지난 후에야, 마을 앞에는 작은 소동이 벌어졌다. 물건이 다 나간 만큼 자연히 돈 이야기가 나오게 됐는데, 나뭇값의 대부분을 아직 받지 못했다고 이장이 말했다. 그러자 여러 사람이 한꺼번에 발끈하거나 웅성웅성하는 바람에, 뒤죽박죽 소란스럽기만 했다. 나뭇값도 나뭇값이려니와, 적지 않은 인건비도 문제였다. 게다가 잘린 논두렁의 주인들은 그러잖아도 벌목일 때문에 겨우 살이 준비가 밀린 터에 논두렁 보수까지 자기 돈과 품을 들여야 할지를 두고 바짝 긴장했다.

　"에이 참, 이날끄장 삶서나 도둑놈만 상대해 봤는가, 왜들 그래 싼디야? 여그, 전화번호랑 주소랑 착실하게 적어놓고 갔응게, 씨잘데기 없는 걱정일랑 붙들어매고, 모다 집으로 가서 쉬고 계시씨요 잉."

　이장이 되레 얼굴을 붉히며 단호하게 잘라 말하자, 사람들은 그 말에 위안을 받은 듯이 슬금슬금 집으로 돌아갔다. 이달수 씨만은, 부라퀴 눈을 하고 삿대질을 해가며 고함을 질러댔다. 그는 평소 먹는 수수한 반찬에다 고작 열흘 남짓 먹인 밥값으로 쌀 한 가마 값씩이나 준다는 나무장수의 말에 너무 빠져있던 나머지, 정작 돈을 받는 일에는 소홀한 채 경황 없이 나무장수를 보내버린 터였다.

　"우리 집 밥값도 이장이 책임지게! 나는 모르겄응게, 이장이 책임져!"

　"정식이 아부지도 참, 동네 일이사 그렇다지만, 밥값이 나하고 뭔 상관 있가니요? 그런 문제는 개인적으로 알아서 해결하는 게 이치에 맞겄구면 요!"

"자네하고 일냄이하고, 맨날 우리 잠실에 와서 밤새드락 그눔이랑 어울린 거 내가 모른 줄 아는가? 밥값도 그렇고, 대낮맹이 훤하게 쓴 전기세랑 장판이 타드락 군불 땐 땔나무 값은 또 어쩔 것이여?"

"에이 참, 그 사람이 시방 돈 띠먹고 도망이라도 갔거니 성급하게 이러신가요? 현금 준비가 미처 안 돼서 오늘은 그냥 가지만, 업자한티 나뭇값 받아 갖고 낼모레 새에 다시 온다고 합디다. 설마하니, 사업하는 사람이 자기 입에 들어간 밥값 몇 푼 띠먹겄는가요? 그 정도 추접시런 인간은 아닌 줄로 믿고, 조깨 지달려 봅시다."

이달수 씨는 그쯤으로 부아가 풀리지 않고 영 미심쩍었다. 하지만 이장이 더 이상 상대를 해주지 않고 자리를 떴으므로, 두런두런 욕설을 내뱉으며 집으로 가는 수밖에 없었다.

벌거숭이가 된 앞산은 초라했다. 작지만 깊고 그윽한 장소였던 그곳은, 더는 드러내려야 드러낼 것이 없는 낮고도 볼품없는 둔덕에 불과했다. 그래도 오래된 나무에 대한 경외감을 전수 떨칠 수 없었던 사람들에 의해, 왕소나무와 비탈 중간의 가장 큰 귀목나무 한 그루가 가까스로 남았다. 나뭇값의 일부로 미리 받았던 돈은, 내년 봄에 새로 심을 리키다소나무 묘목을 사기 위해 얼마쯤 통장에 넣어두고, 나머지로는 돼지 한 마리를 잡아서 고기를 가구별로 나눠 가졌다. 고기를 나눠다 가족들 영양 보충시키고, 남자들은 남은 고기와 내장을 안주 삼아 술을 마셨다. 그러는 중에도 모든 것이 나무장수의 은덕이라도 된다는 듯 생색내는 몇몇과, 맞장구쳐주는 나머지 몇 사람의 손발이 제법 맞았다.

가는 사람 오는 사람

가는 사람 오는 사람

계절은 완연한 초겨울이었다. 낮이 짧고 햇볕도 약해지니, 멍석에 널린 끝물 고추는 좀체 마를 줄을 몰랐다. 덜 마른 끝물 고추를 그렇게 마당 구석에 펼쳐둔 채로, 한동댁은 이미 김장거리 고춧가루를 빻아다 놓았고 들깨와 참깨의 기름도 짜서 겨울 준비를 해 두었다.

박만식 씨가 종중 선산이 있는 상동으로 시제를 모시러 간 어젯밤에, 돼지가 열두 마리의 새끼를 낳았다. 가축의 새끼를 받는 일, 숫돌에 낫이나 칼 따위를 가는 일, 톱질과 대패질과 도끼질, 그런 것들은 여자가 감히 접근해서는 안 될 남자들만의 두렵고도 신성한 영역임을 평생 믿고 또 지켜나온 한동댁은, 근심이 대단했다. 몸집 작은 가축들은 부담이 덜했지만 소나 돼지처럼 큰 가축의 분만 때는 여자들의 접근을 꺼리는 만큼이나 남의 식구가 담 안으로 들어오는 것 또한 금기시했다. 타인의 출입을 막기 위해 금줄을 치는 형편이고 보니, 이편에서보다 저쪽에서 지레, 섣불리 도와주겠다며 나서지를 못했다. 만약에 분만 중이나 분만하고 이레 안으로 가축에게 불상사라도 날 경우, 공연히 부정 탔다는 소리라도 듣게 될까 봐서 서로들 조심했다.

근래에 들어서 차츰 가축 사육의 규모가 커지고 따라서 그런 관습을 지켜나간다는 게 쉽지 않게 되었다지만, 하여튼 양지말에서는 오랜 관습들이 아직도 살아 있었다. 남희는, 대책도 없이 만류부터 하는 어머니를 뿌리치고 우리에 들어가서 돼지의 분만을 돌봐 주었다. 워낙 다급했던 탓에 딸이 하는 대로 두고 보면서도, 한동댁은 여자가 어른거린 돼지우리에 마음을 놓을 수가 없었다. 그녀는 정화수가 올려진 소반을 돼지우리 앞에 놓고서, 다른 때보다 극진한 자세로 정성을 다해 빌었다. 새끼 돼지는 삼십 분에 한 마리 꼴로 나왔다. 남희는 헌 옷가지를 이용하여, 새끼 돼지의 주둥이와, 얇은 막에 싸여 흥건하게 젖어있는 몸을 닦았다. 한동댁은 남희가 닦아서 건네주는 새끼 돼지를 들어다 헛간에 놓인 커다란 고무통에 넣어 두고, 남희는 우리 안에 임시로 들여놓은 통나무 깔개에 앉아서 다음 새끼가 나오기를 기다렸다.

그것은 재물을 얻는 일과는 별도의, 생명의 신비가 주는 설렘이었다. 돼지는 똑같이 털빛이 검은 열두 마리의 새끼를 낳았다. 새끼를 낳는 중에 어미가 잘못 뒤척거리기라도 하다가 먼저 낳은 새끼를 깔아 죽이는 수가 있었다. 그리하여, 태가 나오는 걸 확인한 후에야 모아 두었던 새끼들을 한꺼번에 우리로 옮겨 주었다. 우리에 놓여난 새끼들은, 비로소 편안하게 옆으로 누워있는 어미의 젖가슴에 일제히 매달렸다. 새끼들이 젖을 먹기에 좋은 자세로 누워있는 어미돼지는, 행여 그중에 한 놈이 가냘프게 끽끽거리기라도 하면 거칠고 경계심이 가득한 소리로 불안을 표시했다. 그것은 곧 박차고 일어설 듯한 기세였지만, 상황이 진정된 듯싶으면 다시 평온한 숨결로 새끼들에게 젖가슴을 내맡겼다. 예전에 이 집에서도 있었던 일로, 돼지가 제 새끼를 몇 마리나 깔아뭉개버리는 경우가 있었다. 저로서도 이길 수 없이 커다란 몸집을 한 어미와, 서툴고 철부지인 새끼 사이에 일어났던 어쩔 수 없는 불상사였다. 그뿐, 결코 모성애가 부족하기 때문은 아니라는 사실을, 어미 돼지를 관찰해 본 사람들은 잘 알았다. 하여튼 그 덕분에 분만 때의 어미돼지는, 행여 비위를 거슬러 불상사가 일어날까를 두려워하는 주인에게서 극진하고 조심스러운 대접을 받게 마련이었다.

새끼들은 아무 때고 제멋대로 뿔뿔이 흩어져 어미의 배 밑을 돌아다녔지만, 어미는 사려 깊게 앞뒤를 살피고 새끼들을 앞발 뒷발로 슬쩍슬쩍 밀어내어가며 조심조심 옆으로 누웠다. 어린 돼지들은 줄기차게 젖을 빨아대고 어미의 배나 주둥이 위를 멋대로 오르내리며 놀다 천진하게 잠이 들었다.

열흘쯤 전에 비늘 눈이 한 차례 내린 적은 있지만, 눈다운 첫눈은 우연히도 남희의 생일날 내렸다. 하늘이 잔뜩 흐려있어 늦도록 전등불을 켜두어야 했던 아침에, 한동댁은 손수 부엌에 나가 찰밥과 미역국을 지어냄으로써 딸의 생일을 기억해 줬다. 남편의 생일날에는 동네 어른들을 초대하여 아침밥과 떡이며 술을 나누었고, 경수의 생일에는 박기수네 식구들

하고 시루떡이 곁들여진 아침밥을 먹었으며, 남희의 생일날에는 식구끼리 찰밥과 미역국을 먹었다. 한동댁의 생일을 오래전에는 아예 알아채지도 못한 채 넘기기도 예사였지만, 아이들이 자라고 더욱이 남희가 부엌일을 할 줄 알게 되면서부터는, 떠밀리듯 생일을 기억하며 지내게 되었다.

"앞으로 이 집에서 몇 번이나 더 생일을 쉴 것이라고, 내가 그만 정신이 없었다. 인절미라도 한 판 버무린다는 게 그만, 이리되고 말았어."

예년에 못 미치는 생일상을 차린 것도 아닌데, 한동댁은 새삼 미안해했다.

"아하, 오늘이 참 우리 딸 생일이구나."

외양간을 쳐낸 박만식 씨가 마당 가운데로 뛰어다니던 송아지를 우리로 쫓아 들이고 돌아서며 말했다. 방으로 들여가다 잠깐 마루에 놓은 밥상을 본 것이었다. 집에 없는 경수 몫까지 그릇마다 수북수북 퍼 담은 밥, 거기에 숟가락 한 개씩을 꽂아서 윗목의 돗자리 위에다 정성스레 차렸다. 한동댁은 밥상을 바라고 앉아 양손을 마주 비비며 머리를 조아리고, 소지를 올리며 주문을 외웠다. 남편이 건강하도록, 아들이 합격하도록, 그리고 딸이 너무 늦지 않은 나이에 시집가게 해 달라고 빌었다. 다소 걸걸한 음성에 구성진 입담으로 만복을 기원하며 손을 비비던 시어머니와는 달리, 그녀는 늙어가는 이 나이에도 조금 수줍어하면서, 그러나 시어머니 못지않은 간절함으로 기원하고 있었다.

"어허 참, 생일날이나 쉬어야 할 텐디, 눈이 올 것 같아서 여물을 조깨 썰어 둬야 할랑갑다. 눈이 많이 와서 쌓여 놓으면 곤란항게."

아침 식사를 마치자, 박만식 씨가 외양간 기둥에 기대어 세워놓았던 작두를 들어내며 말했다. 한동댁이 그랬던 것처럼, 미안한 말투였다. 그는 짚단과 마른 칡넝쿨 뭉치를 작두 옆에 가져다 놓으며, 야트막한 통나무로 된 발판 위에 서서 대기 중인 딸에게 말했다.

"딱, 요놈만 하자 잉."

경수가 집에서 학교에 다니는 동안, 그리고 객지의 학교에 다니다가 겨울방학을 맞이하여 집에 와 머무는 동안, 여물 써는 일은 경수의 몫이었다. 그것 또한 두렵고 신성하게 여기던 남자들의 영역이었지만, 언제부턴가 이 일도 자연스럽게 남희가 맡게 되었다. 작두 위에서, 그것도 눈 아래에 아버지를 두고서 다리를 높이 들어 올렸다 내리는 동작의 반복이야말로, 이 집이나 이 마을의 기준에 있어 여자답지 못했다. 마당에 구르는 돌멩이를 장난삼아 발로 살짝 차거나, 부지깽이로 아궁이 이마를 토닥거리며 노래를 흥얼거리는 일보다 훨씬 얌전하지 못해 보였지만, 필요에 따라서는 대단히 너그러운 예외가 적용되기도 했다. 싹둑싹둑 일정한 길이로 잘려 나가는 짚과 마른 칡넝쿨들을 내려다보던 남희의 눈에, 힘줄이 툭툭 불거진 거칠고 앙상한 아버지의 손등이 들어왔다.

참, 착실하고 성실하게 살아온 아버지였다. 아무리 요령 없고 재주 없는 사람일지라도, 그 오랜 세월 그만한 성실성과 일관성을 지니고 한 가지 일에 종사했으면 이 나이쯤에는 최소한 기본적인 의식주 문제에서는 놓여나야 정상이 아닌가 하는 서글픔이 불현듯 남희를 사로잡았다.

힘이 부족했던지, 여물이 덜 잘리고 작두날에 씹혔다. 그녀가 작두날을 새끼줄로 높이 치켜올리고 서 있는 사이에, 아버지가 틈새에 낀 찌꺼기를 긁어내며 가는 한숨을 토해냈다.

"경수 가가 집에 있기로 말할 것 같음사 나도 인제 동네에 부러운 사람이 없을 텐디…. 훨씬 어리던 중학생 때도, 데리고 여물을 썰어 보면 무섭게 심이 좋았다."

정말 그랬다. 남희는 가끔 어머니의 지나친 남성 숭배 의식에 항의했지만, 역시 젊은 남자의 힘이란 무시할 수 없었다. 무엇보다도, 절대적으로 힘쓸 일이 많은 농경사회에서 숭배의 대상이 됐을 법도 했다. 그 젊은 남자의 힘이 없이 꾸려나가는 농사는, 애 터지고 답답한 일이 많았다.

"됐다."

박만식 씨가 작두를 외양간 기둥에 기대어 세운 다음, 삼태기를 들고 돌아서며 그만 가보라는 뜻을 담아 짧게 말했다.

눈이 올 듯 말 듯 종일 흐려있던 하늘에서는, 해 질 무렵부터 제대로 눈이 내리기 시작했다. 어둑어둑한 하늘을 잔잔한 몸짓으로 휘저으며, 무수한 외침과도 같은 눈송이들이 땅으로 내려앉았다. 그리 춥지 않은 날씨 속에서, 눈은 가볍게 나풀대며 내려와 화단의 자주색 국화꽃 무더기 위에 쌓여갔다.

"원체 잘 되는 집구석이라, 하나는 낮부텀 뭔 베실을 나갔는가 뵈도 안 하고, 하나는 아새끼들만 놔두고 이렇게 마실 나오요."

노루말댁이 아침에 찰밥을 담아 보냈던 빈 그릇을 들고 들어서며 너스레를 떨었다. 첫눈이 사람들의 마음에, 이웃집 마실이라도 가지 않고는 못 배기게 한 듯했다. 그래서인지, 이날따라 골목골목에서 개 짖는 소리가 끊이지 않았다. 채 어두워지기 전부터 차근히 놀 셈으로 마실을 나온 노루말댁에게 자리 양보라도 하는 듯, 박만식 씨도 일찌감치 사랑방으로 갔다. 하긴 요사이 그의 즐거움이 하루 일을 마친 뒤 사랑방에 나가는 것이라 해도 좋을 만큼, 잦은 발걸음이었다. 심심풀이로 벌인 사소한 내기화투판에서 사생결단이라도 낼 듯이 고래고래 소리치며 싸운다거나, 어디선가 술에 흠뻑 취한 사태로 사랑방에 들이닥쳐서는 애 어른도 몰라보고 횡설수설 흥글멍글하는 꼬락서니를 더러 대하기에, 사랑방이 딱히 즐겁기만 한 건 아니라고 했다. 그래도 그는, 사랑방의 단골이었다. 그곳에서는 세상 돌아가는 모양을 두고 나름대로 소박한 의견이 오가기도 했고, 마을의 부동산 매매가 이루어졌으며, 교통수단이 발달한 이후에야 사정이 좀 달라졌다지만, 짚신 주렁주렁 매달고 걸어서 여행하던 시절에는 고달픈 나그네의 무료 잠자리 구실도 톡톡히 해냈다. 특별나게 인심이 사납거나 끼니 못 끓이도록 가난한 집이 아니라면, 제삿날 밤에 사랑방에 보낼 음식을 차리는 것은 농한기인 늦가을부터 이른 봄까지 마을에 이어져 내려온 오랜 풍습이었다.

"새터댁이 왔었담서요? 사 올 것이 조깨 있어서 구판장에 갔더니, 그런 소리가 들리더만."

박만식 씨가 토방에 내려서는 소리가 들리자, 기다렸다는 듯 영자 어머니가 말했다. 그 말을 얼른 하고 싶어서 입이 근지럽던 참이었다. 한동댁도 이미 그 사실을 들어 알고 있었다.

"어저께 저녁때, 아덜은 여럿인디 반찬을 어떻게 해서 먹는가 싶어서 짐치 담가 놓은 걸 이것저것 조깨씩 덜어 갖고 가 봤더니, 노인네가 술이 담뿍 취해 갖고 그 얘기를 하더만. 학교로 찾아와서 아덜만 보고 갔담서? 아이고, 어디서 뭣을 하고 있건, 새끼들 땜시 하루도 맴이 안 펜했을 테지."

"원래도 술꾼 할마니가, 술에 취해서 손지덜 아침밥도 못 해 멕였다요. 목소리조차 큰 데다 메느리 욕을 어찌나 찰지게 해대는지, 참말로 구습 사나운 할망구랑게."

도망간 지 보름이 넘고 한 달이 다 되어가는 새터댁이 학교로 아이를 찾아왔다. 새터댁의 네 아이 중에서, 막내를 빼고 세 아이가 읍내 초등학교에 다니고 있었다. 새터댁은 운동장에 놀고 있는 아이들에게 심부름을 시켜, 자식들을 한곳에 불러 모았다. 눈물로 아이들을 만난 그녀는, 아이들에게 먹을 것을 사 주고, 약간씩의 용돈도 주었다. 또, 사 준다 사 준다, 미루기만 하다가 떠났던 둘째의 낡은 고무신이 아직도 그대로인 것을 발견하고는, 남색 운동화를 사서 신겼다. 철부지 아이들은 운동화랑 맛난 음식이며 용돈에 정신이 팔려, 다시 이별해야 한다는 엄마의 말에 별로 신경 쓰지 않는 듯했다. 어린 것들 둘은 그래도 시무룩하니 기가 죽기라도 했는데, 육 학년 짜리 큰딸은 섭섭한 기색조차 없었다. 그 아이는 엄마가 제 동생한테 운동화를 사 주면서 '지금은 돈이 없어서 그렇지만, 나중에 돈 많이 벌면 더 좋은 걸로 사 주마'고 하자, '영영 안 사 줘도 괜찮아요'라고 당돌한 대답을 했다. 엄마가 집을 나가고 없는 사이에, 할머니와 아버지는 수도 없이 아이들에게 일렀다.

'니 에미는 생각도 하지 마라. 자석이 하나 둘도 아니고 넷이나 되는 년이 바람나 집을 나갔으니, 그게 어디 사람이냐. 니 에미는 소도둑놈 겉은 그 나무장시한테 반해서, 자석들도 싫다고 집을 나갔다.'

처음에는 그 말을 믿을 수 없었고, 설령 믿는다 해도 무조건 엄마 편이었는데, 날짜가 흐르면서 아이는 엄마가 정말 나쁜 사람일 수 있다고 생각하게 되었다. 어린 동생들 치다꺼리하며 엄마 없는 생활에 적응해가는 사이에, 저도 몰래 엄마에게서 정이 떨어졌다. 그것은 엄마의 부재로 인하여 제가 떠맡게 된 짐, 그러니까 동생들을 돌본다거나 전보다 더 술이 늘어난 할머니를 대신해서 집안일을 처리해야 한다거나 성질 급한 아버지의 잦은 화풀이 대상이 된다거나 하는 데에 대한 분노이기도 했다. 그 아이가 동생들의 옷가지를 들고 빨래터에 나가면, 동네 아낙네들은 혀를 끌끌 차며 저희끼리 주고받았다.

"끌끌, 저런 것들을 두고 어디 가서 뭐하고 자빠졌으까. 서방 있는 년이 바람을 피웠으면 혼찌검이 날 만도 하지, 뭘 잘했다고 몇 대 맞은 것을 못 참고 집을 나가기끄장 했디야? 자덜 아부지가 싹싹하고 인정 많은 사람이라서, 때리면 수굿하게 맞고, 욕하면 잘못했다고 빌어감서나 죽은디끼 엎어져 있으면 없는 일맹이로 묻어 놓고 살 사람인디."

"매를 그날 첨 맞은 것도 아닌디 매 맞은것 땜시만 나갔겄어? 말 들응게 나무장시가, 각시하고 이혼할 텡게 따라가자고 꾀었는갑더만. 둘이 도망가서 같이 살기로 다 짜났는디, 자덜 아부지가 그걸 눈치채고 뭐라고 하다가 쌈이 붙었디야. 눈깔에 뭐가 씌었지, 나뭇값이랑 동네 사람들 품삯도 띠먹고 도망간 것 봉게 삘 것 없는 놈이더만, 서방이랑 자석들 두고 그런 놈을 따라갈 일이여?"

나무장수는 마을에 다시 오지 않았다. 남겨둔 전화번호와 주소로 이장이 연락도 해보고 찾아가 보기도 했지만, 옛날에 자취하다가 나간 남자라는 맥빠진 소리만 들었다. 이장과 박기수가 주소를 들고 물어물어 찾아갔을 때, 자취방 주인은 되레 자기 사정만 늘어놓기에 바빴다. 보증금도 없는 사글셋방에다 짐을 놓고 떠난 뒤, 몇 달이 되도록 소식이 없으니 답답하다는 것이었다. 함께 살 때 부르던 호칭인 듯 집주인은 나무장수를 강사장이라고 불렀는데, 살던 방을 들여다보니 사장이란 이름이 무색하도록 작고 침침해서, 돈을 받기는 고사하고 가진 게 있으면 보태주고 싶더라고 그들은 마을 사람들에게 전했다. 동네 사람들은 쯧쯧 혀 한 번씩 차고 엉거주춤 물러앉았다. 밥값을 떼인 이달수 씨는 분해서 어쩔 줄을 몰랐지만, 그걸 경찰서에 신고를 하자니 어째 아득하고 막막하기만 하여, 어영부영 날짜만 흘려보냈다.

"에그, 그눔의 예펜네, 가랭이가 찢어지게 없는 집구석으로 시집와 갖고, 어떻게든 살아 보겠다고 고생도 엔간히 했는디, 그 공이 허사로 돌아는갔개비. 서방 없는 과부도 아니고, 서방 있는 년이 뭣 땜시 그 지랄을 했을까 잉."

아이의 머리는 더 이상 수그릴 여지가 없도록 아래로 떨구어지고, 빨래를 문지르는 손짓도 느릿느릿 힘이 빠졌다. 여자들은 무심한 건지, 자기네들의 알량한 동정심이 아이의 마음을 움직인 데에 도취한 것인지, 도무지 이야기를 그칠 줄 몰랐다.

"사내가 수작을 붙잉게 어짜다 넘어갔을 테지, 뭐. 그 염병헐 잡눔이, 돈 있는 기분파 시늉함서나 알랑대고 지랄했을 거 아닌가."

"암만 근다고 서방이랑 함께 화투 치고 놀던 눔하고 어짜다 그 지랄이 났을까. 서방이 잘 때 만냈을까, 아니면 장날 읍내라도 가서 만냈을까?"

"정님이 저그매가 봤는디, 자덜 아부지 어데 가서 늦게 오는 날 밤에도 새터댁 혼자 먹을 걸 해서 들고 뒷방에 들락거리더리야."

정작 궁금한 어머니 소식 하나 제대로 전해주지 못하면서도, 마을 사람들은 아이를 볼 때마다 그와 비슷한 말들을 아이 들으라는 듯 주고받았다. 나름대로 그것을, 어른으로서의 인사치레라고 여기는 듯했다. 아이는 마을 어른들도 밉고, 집 떠난 엄마도 미웠다. 반면에 배신을 당한 아버지는 불쌍했다.

둘째 아이가 신고 온 남색 운동화를, 일남은 낫으로 갈기갈기 찢어서 내버렸다. 운동화와 용돈으로 잠시 행복해 있던 아이들이었지만, 큰 소리로 울지도 못하고 자기들 방으로 몰려 들어가 버렸다. 그 사이에 아이들은 눈치만 늘어 있었다.

"꼭 저그 식구가 아니더래도, 동네 사람 누구 눈에라도 띄었으먼 어떻게든 동네로 델꼬 올 수가 있었을 것인디..."

한동댁은 그 집 아이들이 너무 딱하고 안쓰러웠다. 노루말댁이 머리를 가로저었다.

"집에 와 봤자 그 집 남자 소가지에 그냥 있을 리도 없고, 어차피 신간 펜케 살기는 글렀응게 안 오기 잘했지, 머. 하이고, 정작 도망은 이 년이 가는 것인디, 복 없는 년이 못나기끄장 해놔서 도망도 못 가고 펭생 요 모양 요 꼴로 살다 죽어야 할랑개벼, 징글징글해라."

"아이고, 참!"

한동댁은 위로인지 핀잔인지 모를 짧은 웃음으로, 노루말댁의 신세타령에 대답을 대신했다.

눈 속에 발소리도 내지 않고 순애가 찾아왔다. 순애는 안고 있던 종이 봉투를 방바닥에 내려놓으며 말했다.

"가서 쟁반이랑 칼 같은 것 좀 갖고 와."

다리가 짧은 조그만 찻상에 컵과 접시들을 늘어놓은 순애는, 앉은뱅이 책상 서랍들을 이것저것 빼 보더니 쓰다 남은 양초 도막을 찾아냈다. 상 위에 세워놓은 양초에 불을 붙인 다음, 순애는 전등을 껐다.

"어떠냐, 생일 파티 이만하면 됐냐?"

콜라잔을 부딪치며 웃던 순애가 갑자기 정색했다.

"우리가 이렇게 함께 보낼 생일이 앞으로 또 있을까? 그런 셈 치고는, 너무 초라한 것 같다."

이곳을 떠날 날이 점점 가까워진다는 사실이, 순애를 감상에 젖게 했다.

"실은 나 시방 쪼끔 서운한 맘이여. 니가 뭐라 할지 몰라 말은 안 했다만, 아까 해거름 판에 내가 이장댁에 가서 전화를 걸었거든. 오늘 밤에 니 생일이라고."

"누구한테? 혹시, 윤호냐?"

"응, 동네 사람들 공동으로 쓰라고 대표로 놔 준 전화가 이장네 안방에 들어 있어서, 그거 한번 쓰자면 얼마나 눈치 뵈냐. 그렇게 용기를 내서 전화했는데, 내가 아무래도 헛짓한 모양이여. 그냥 알았다고 대답해서 약간 실망은 했다만 세상에나, 참말로 안 온다, 야."

"너도 참, 뜬금없이 그런 전화를 다 했냐."

"그냥, 우리끼리보다는 분위기가 좀 나을 것 같아서."

방에는 다시 밝은 전등불이 켜지고, 마당에는 더욱 굵어진 함박눈이 내리고 있었다. 노루말댁은 한참 전에 갔고, 박만식 씨가 사랑에서 돌아오는 소리가 들렸다. 그럴 때 한동댁은 고즈넉하게 반짇고리를 끼고 앉아 있거나, 다음날 아침밥 지을 쌀의 뉘를 가리거나, 오지동이에서 콩나물을 뽑아 다듬고 있거나 하였다.

그러다가 무덤덤하면서도 온공한 태도로 남편을 맞이하여 비로소 잠자리에 들 채비를 하는 것이었다.

"나, 가서 잘란다."

순애가 일어났다. 남희도 따라 일어났다. 눈발은 많이 약해져 있었지만, 금세 그칠 것 같지는 않았다.

"참 아름다운 밤이네. 남희야, 우리 예전에 시집을 참 여러 권 베꼈어, 이? 거기에, 시몬 눈은 네 무릎처럼 희다, 눈은 네 마음처럼 차다, 뭐 그런 시도 있었지? 눈을 보니까, 갑자기 생각난다, 야."

"우리 좀 걷자."

그들은 마을 앞길로 나갔다. 마을은 고요했고, 눈으로 덮이니 바깥세상은 한층 더 마을로부터 멀어진 느낌이었다. 온통 새하얀 속에서 검은빛으로 흐르는 것은 냇물이었다. 눈은 검은빛 물 위에도 내렸지만, 금방 녹아들어 흔적 없이 떠내려가는 것이었다. 저만치에 앞산이 보였다. 눈을 떠받쳐 이고 선 검은 활엽수의 숲 대신, 그곳에는 밋밋하게 눈으로 덮인 둔덕이 있었다. 밋밋하고 흰 둔덕은, 번한 눈빛 속에 초라하게 널브러져 있었다. 마을에서 마주 보이는 비탈에는 애초에 계획했던 대로 리키다 소나무를 심고, 위쪽의 평지에는 불도저를 불러다 밭을 친다고 했다. 밭을 필요한 사람에게 빌려주고 받은 도조로는, 해마다 마을 잔치를 열고 회관에 필요한 물품을 매입할 것이라고 했다. 모든 게 아직은 말뿐이었지만, 부녀회장은 고등학생 딸을 시켜 잡지에 자기 이름으로 실릴 새마을 수기까지 써 둔 터였다. 그 수기에는 무지한 마을 사람들의 반대를 비롯한 숱한 난관을 무릅쓰고, 잘 사는 마을을 이루기 위하여 헌신하는 부녀회장의 활약상이 강조되어 있었다. 또 새로 일군 밭으로 인하여 동네의 경제 문제가 한꺼번에 해결될 것처럼 되어 있었다.

　며칠 후, 영자에게서 편지가 왔다.
　'……… 그 사람, 내가 전에 좋아했던 성우 출신 탤런트 이영준과 닮았다. 너한테 언젠가는 보여주게 될 거다. 인제 이영준이 텔레비에 나와도 별로 신경 안 쓴다. 전에는 설거지하다가도 이영준 목소리가 들리면 어떻게든 쫓아 나가서 훔쳐보고 들어왔는데, 인제는 안 그래. 그렇다고 이영준이 싫어진 건 아니야. 그냥, 더 좋은 사람이 생겼다는 말이지. 참, 우리 아버지는 집에 잘 들어오시는지? 글쎄 얼마 전에, 느닷없이 서울역이라고 하면서 전화를 걸었더라. 고향에서 국회의원 선거에 두 번이나 나왔다가 떨어진 사람 있잖아, 그 사람 집에 온 길이래. 대통령이 법을 바꿔서 국회의원 선거를 다시 하게 됐다면서, 얼마 없으면 있을 선거에서 힘껏 밀어준다는 소리 하러 왔다더라. 참 나, 밀어줄 테면 거기서 밀어줘도 될 것을 뭐 한다고 이 먼 데까지 찾아와야 했는지 모르겠더라. 선거 두 번이나 떨어져서 처가까지 망해 먹었다고 소문난 사람한테 글쎄, 차비 한 푼 못 얻었다고 서운해하더라. 그 말이 미워서 그냥 둘까 하다가 그래도 핏줄이 뭔지, 지갑을 탈탈 털어서 들고 나갔다…..'

남희는, 영자의 느닷없는 사랑 이야기에 슬그머니 겁이 났다. 영자는 무엇엔가 흠뻑 빠지면 다른 것은 뒷전이었다. 그녀가 짝사랑했던 배우나 가수는 여럿이었지만, 그때마다 오직 그 사람에게 열중하고 몰입했다.

그런 참에 하필, 장구팔 씨 내외는 부부싸움을 벌였다. 광에 넣어 둔 콩 한 가마가 없어졌다고, 노루말댁이 남편을 들볶고 있었다.

"귀신을 속이고 말지, 날 속여 보겠다고? 이 집에서 도둑맞은 물건치고, 어느 한 인간 손 안 거친 게 있가니? 참말로, 나 같으면 그 못된 손모가지를 그냥 작두에 대고...."

때마침 골목길을 지나가던 안골댁이 혀를 차며 중얼거렸다.

"원, 저눔에 악담은! 예펜네가 아무리 부아가 나기로서니, 집안 대주한티 뭔 저런 소리ㄲ장 한디야?"

노루말댁은 분을 못 참아 더욱 소리를 높였다.

"집구석을 요 모냥으로 해놓고는 뭔 국회의원을 밀어주네, 어짜네, 떠외고 댕긴디야? 참말로 꼴 쳐다뵈구로."

그 말이 채 끝나기도 전에 와장창하는 소리와 함께, 노루말댁의 새된 비명이 터졌다. 장구팔 씨가 마당에 던진 것은 둥근 양은 밥상이었다.

"이눔에 예펜네가 뭘 안다고 이렇게 시ㄲ런가 모르겠네. 까막눈이면 까막눈인갑다, 하고 가만히 자빠져 있으랑게!"

장구팔 씨는 턱을 공중으로 치켜들고 양팔을 휘저으며 문밖으로 나갔다. 그는 아무 일도 없었던 것처럼 박만식 씨를 찾아갔다. 그는 답답하거나 심심하면 며칠에 한 번꼴로 박만식 씨를 찾아가서, 맘에 안 드는 세상일에 비분강개하곤 했다.

"내 참, 꼭 맥힌 사람들하고는 말해 봤자 속만 터지고, 자네한티나 폭폭한 속을 조깨 털어놔야 쓰겄네. 썩을 놈들이 속이 뻔하니 딜이다뵈는 짓을 함서나, 미국에서도 대통령을 간접선거로 뽑는다는 소리나 갖다 붙이고 지랄이당게. 그거하고 이거하고 어떻게 같을 수가 있는가? 참, 배운 것 없는 나도 아는 일을 그 많은 지식인이라는 놈들이 몰라서 그런가, 어째서 그런가, 뉴스에서도 바른말 하는 놈은 없고, 국민을 얕잡아보는 헛소리만 지저귀 쌓는당게. 등신겉은 놈들이 서로 짜고 이 나라를 망해 처먹을라고 작정을 했는가, 원."

그랬던 장구팔 씨가, 요사이는 다른 말을 하고 있었다. 달라진 그는, 이 날도 말했다.

"어짜먼 되레 잘된 일인가도 모르네. 그 사람 두 번이나 국회의원 출마했다가 낙선해서 처갓집끄장 말아 묵었다는 걸 지역구 사람들 치고 모르는 사람 없잖은가. 그러던 차에 국회를 해산해 번졌으니, 잘만 하먼 외나 앞댕기서 한번 해 묵을 기회가 온 거 아닌가. 우리 겉은 촌눔이사 무신 욕심 있어서 누구를 밀고 어쩌고 하겄는가만, 가만히 쥑어 봉게 인간성이 그런대로 쓸만해서 하는 말이네. 뭐 차비 한 푼 얻어 온 것아사 없네만, 암튼지간에 찾아간 사람을 따숩게는 대해 주더만."

그는, 남편의 큰 뜻에는 아랑곳없이 그까짓 콩 한 가마에 연연하여 소란을 떠는 아내가 답답하고 가소롭기만 했다.

경수는 집에 와서 단 하룻밤을 지내고 서울로 갔다. 예비고사 점수는 꽤 높게 나왔으므로, 서울에서도 명문대학이라고 불리는 곳을 넘볼 정도가 되었다. 경수가 떠나기 전날 밤, 한동댁은 장롱 깊숙한 곳에서 무엇인가를 애써 찾아냈다. 그것은 손으로 정성껏 바느질한 조그맣고 앙증맞은 무명옷으로, 경수가 세상에 태어나서 처음으로 입었던 배냇저고리였다. 한동댁은 지난 장날에 읍내 옷 가게에서 사다 놓은 아들의 잠바를 꺼냈다. 취직해서 부모를 돕는 대신에 공부를 계속하고 있는 죄로, 고등학생 때부터 입었던 낡은 겉옷을 불평 없이 걸치고 다니는 아들을 생각하면 마음이 짠했다. 한동댁은 새 잠바의 안감 바느질선을 조금 뜯고, 그 속에다 배냇저고리를 얇게 펴서 꿰매 붙인 다음 감쪽같이 봉해 두었다.

'사내아이 배냇저고리는 없애는 게 아니다. 이담에 큰일을 하러 가거나 위험한 곳에 갈 일이 생길 적에, 그것을 몸에 지니면 재수가 있단다. 애비 젊어서 일본에 건너갈 때랑 전쟁 나서 이쪽 저쪽 번갈아 시달릴 때도, 내가 늘 그렇게 공들여 넣어 보내고 했니라.'

시어머니의 그 말씀을 새겨듣고서 한동댁이 스무 해 동안이나 고이 간직해 둔 아들의 배내옷이었다. 한동댁은 무엇에든지 정성을 쏟고, 어디에든지 의지하고 싶었다. 그녀는 요 며칠 너무 긴장되어서, 숫제 뜬눈으로 밤을 새울 정도였다.

아침에는 순애 어머니와 영자 어머니가 엿을 가져왔고, 박기수는 여비라면서 약간의 돈을 쥐여주었다. 경수는 전쟁에 나가는 군인처럼 비장한 각오와 두려움 어린 얼굴로 집을 나섰다. 몸에 붙지 않는 어색한 새 잠바에 새로 산 운동화, 책이 가득 든 여행 가방 차림으로 동구 밖으로 걸어가는 그의 모습은, 망망대해로 흘러 나가는 우물 안 개구리처럼 어설프고 무력해 보이기도 했다. 박만식 씨는 아들 이상으로 가슴이 뛰었다. 그 옛날 과거시험을 보기 위해 괴나리봇짐 지고 한양길 떠나는 아들을 전송하던 조상들 심정이 이랬을까, 싶기도 하고, 전쟁터에 아들 내보내는 마음보다 하나도 나을 것 없지, 싶기도 했다. 그는, 작은 외삼촌네 전화번호는 잘 적었느냐, 타야 할 버스의 번호는 외웠느냐 같은 사소하면서도 중요한 사항들을 일일이 확인하고서 아들의 뒷모습이 보이지 않을 때까지 그 자리에 서서 떠날 줄을 몰랐다.

경수의 합격 소식은, 얼어붙은 겨울의 추위를 훈훈하게 녹여 주었다. 라디오에서 합격자 발표를 하기도 전에 이장네 집에 가서 비싼 시외전화 요금을 물어가며 아들의 합격 소식을 알아낸 박만식 씨는, 아들을 처음 얻었을 때만큼이나 가슴이 벅차고 감격스러웠다. 새터들 논에까지 백발을 휘날리며 달려온 노모를 따라, 쟁기를 논바닥에 꽂아둔 채 집으로 오던 그날도 도무지 발이 땅에 닿는 느낌이 아니었는데, 이십 년이 지난 이날도 그랬다. '너한테 한시바삐 알리고 싶어서 내가 예까지 정신없이 뛰어왔니라, 너 좋아하는 얼굴을 그저 어서 보고 싶었니라,' 가쁜 숨을 몰아쉬며 그렇게 말하던 어머니가 그리웠다. 이처럼 대견스럽게 자란 경수를 어머니께 보여드릴 수 없다는 것이 아련히 슬프기도 했다. 그는 경수더러 할머니의 산소에 성묘를 다녀오라고 일렀다.

"그 양반이 자석 농사는 제대로 지어 놨당게."

"법대라면 거 뭣이냐, 판사 검사 되는 데 아녀? 우리 양지말에도 얼매 없으면 인물이 나게 생겼구마잉."

"내외분 심덕이 좋아 복을 받으신 거여. 이 동네서 또랑 건네 복이 할매나 저 아래 분이네맹이 헐수할수없이 사는 사람들한티, 간장 된장이랑 쌀 한 됫박씩이라도 때마다 안 잊어번지고 갖다 주는 양반이 경수어머니 말고 또 누가 있간니? 그 집이라고 뭐 넉넉한 것도 아닌디 말여."

경수가, 취직은 고사하고 정작 들어가게 될지 어쩔지도 모르는 대학 입학시험 공부한답시고 애 터지는 세월을 보낼 때, 도를 넘는 동정과 우려의 말을 주고받았던 마을 사람들 입에서는, 생뚱맞도록 과한 찬사들이 터져 나왔다.

"천재여, 천재. 서울서 일류 고등학교 댕긴 아덜도, 엔간히 해서는 못 들어가는 학교리야. 촌놈이 혼자 올라가서 단번에 터억 붙어 번졌응게, 이건 보통이 아니여."

그뿐이 아니었다.

"가가 두상이랑 얼굴이랑 두리두리 반듯하니 생긴 것이, 크게 될 상이랑게."

느닷없는 소리를 하는 사람조차 있었다. 경수가 동네에서 첫 대학생이 되는 것은 아니지만 제아무리 벽촌 사람일지라도 익히 들어 봤을 서울의 이름난 학교는 처음인 데다, 들어가면 판사 검사는 따 놓은 당상인 줄로 쉽게만 알고 있는 그 법대에 들어간다고 하니 지레 설렌 거였다. 국회의원은 하다못해 선거철에만이라도 악수 한 번에다 굽신거리는 인사라도 받아 보았지만, 판사나 검사 등은 한 번도 직접 보지 못한 채 막연히 머리 좋고 힘 있고 대단한 존재인 줄로만 알았다. 그들도 똑같은 밥을 먹고 사는지, 그들도 대소변을 보는지, 그들도 부부싸움을 하는지, 그들의 얼굴도 자고 나면 눈곱이랑 침 흘린 자국이 있는지, 그들에게도 생존에 대한 근심이 있는지, 머리로야 모를 것도 없으나 현실감은 도통 없었다.

"앞으로 사 년만 고생하고 나면, 자네 팔자가 확 피게 생겼네 이 사람

아. 판사 검사가 되면, 그깟 먹고 사는 게 대수겠는가?"

"경수맹이로 똑똑하고 잘생긴 총각들은, 부잣집에서 집 사 주고 자가용 사줘 감서나 사우 삼을라고 눈독을 딜인답디다. 누가 안다요? 경수총각 출세해서 크게 되면 이런 사람 자석들도 그 빽으로 뭔 자리라도 하나 얻게 될랑가."

낯 뜨겁고 유치한 헛말인 줄이야 알지만, 박만식 씨는 과히 싫잖은 마음으로 웃으며 들어주었다. 어쩌면, 조금쯤 즐기고 있었다.

경수는 마을 사람들과 되도록 마주치지 않으려고 했다. 그는 사람들의 적절치 못하고도 과분한 찬사들에 모골이 송연해서 어찌할 바를 몰랐다. 박만식 씨는 어딘지 침울하고 무거운 표정으로 서둘러 자리를 피하는 아들의 속을 이해할 수 없었다.

"동네 사람들이 모다 자기네 일맹이로 좋아서들 그래 쌍게, 웃는 낯꽃으로 인사도 하고 그래라."

"예."

"사람이 지나치게 겸손해도 어짜면 밉니라. 사실, 자랑시럴 만도 하지 않냐?"

"알겠습니다."

부자의 대화는 그런 식이었다. 하지만 박만식 씨 역시, 무턱대고 언제까지나 들뜬 분위기에 빠져있을 순 없었다. 긴 걱정과 조바심 뒤의 벅찬 환희, 안도감, 무책임한 찬사들에 휩쓸려 맛보았던 흥분과 턱없는 자만심으로 보낸 시간은 길지 않았다. 길지 않은 그 시간이 지나자, 그의 눈에는 힘에 버거운 현실이 보였다. 그는 이미 각오하고 있던 것보다 몇 배 더 큰 경제적 중압감에 시달리기 시작했다. 학비가 국립대학에 비할 바 없이 비싼 데다가, 서울이라는 먼 대도시에서 공부를 하자면, 학비 이전에 숙식 문제가 큰 부담이었다. 서울에 막내처남이 있다고는 해도, 조그만 집에서 부부가 아이들 셋을 데리고 겨우 살아가는 처지였다. 그렇다고 이제 와서 집안 형편을 들먹거리며 물러설 수 있는 일도 아닌지라, 박만식 씨는 깊이 잠들 수 없도록 고심이 컸다. 아무리 짜맞춰 봐도 사 년은커녕 단 한 학기라도 제대로 버틸지 걱정이었다. 그는, 현금이 될 수 있는 것들을 긁어모아 보았다. 온 나라의 농민들이 함께 겪었던 고달픈 보릿고개의 악몽에서 겨우 헤어날 무렵, 타지에 나간 경수에게 학비를 보내주는 생활이 시작되었고, 그로부터 지금까지 늘 돈에 쪼들리는 분위기 속에서 살아온 그였다. 그런 터에, 단 얼마의 여윳돈이라도 만들어져 있다는 사실이 차라리 놀랍기만 했다. 그들 일가가 수년에 걸쳐 만들어낸 작은 경제적 여유라는 것은, 경수의 조그만 자취방 한 칸과 기본적인 취사도구를 마련하고, 책값과 첫 등록금을 부담하는 데만도 힘에 겨웠다.

그는 어쩔 수 없이, 오래 정들여온 소를 팔기로 했다. 남희가 농사일을 시작한 지 얼마 안 됐을 때, 늙은 농우를 팔고서 어린 송아지로 들여와 키운 소였다. 남희는 날마다 망태를 들고 나가서 꼴을 베어다 먹였다. 풀이 자라기 전인 이른 봄에는 낫 대신 호미를 들고 나가서, 겨울을 이겨낸 망초와 둑새풀을 캐다가 냇물에 씻어서 먹였다.

"우린, 소 땜에 날씬한 아가씨가 되긴 글렀다. 이렇게 늘 꼴망태가 머리에서 눌러대는데, 무슨 수로 키가 큰다냐?"

서로의 도움 없이는 머리 위로 들어올 수도 없이 무거운 꼴망태를 겨우 겨우 이고 오면서, 남희와 순애는 농담 반으로 툴툴거렸다. 그러는 동안에 송아지는 어미 소로 자라났고, 해마다 새끼를 한 마리씩 낳아 살림에 보탬을 주는 것은 물론 힘든 농사일을 크게 거들어주었다.

집에 와 있는 경수에게 아랫방을 내주고 안방과 커튼으로 가림막을 친 윗방으로 옮겨온 남희는, 양친의 근심에 찬 대화가 귀에 들어와 잠에서 깨곤 했다. 그들은 아직 밤중이랄 수 있는 첫새벽에 깨어, 가슴 막히는 돈타령을 주고받는 것이었다. 일찍이 재물을 모으는데 밝거나 악착스럽지 못했음을 뉘우치다가는, 그런대로 열심히 살았건만 목숨 부지하기만도 벅찼던 시대적 불운을 회상하기도 했다. 그런 뒤의 끝맺음은 언제고, 찬란히 펼쳐질 아들의 미래를 위해서는 어떤 고난이 닥치더라도 끝까지 뒷받침을 해주겠다는 다짐이었다. 남희는 그런 말들을 무시하고 잠을 청하고자 애썼지만, 양친의 목소리는 여전히 귓속을 파고들었고, 그 내용에 따른 나름의 상념과 고민으로 더는 잠을 못 이루고 뒤척이다 새벽을 맞았다. 그녀는 지금껏 성실했고 헌신적이었지만, 동생과 부모가 당면한 문제에 아무런 해답을 내놓을 수가 없도록 무능한 자신을 발견했다. 차라리 영자처럼 일찌감치 서울로 가는 길을 찾았더라면, 이럴 때 요긴한 역할 한 번쯤 할 수 있지 않았을까, 싶기도 했다. 어쩌면 그것은, 가난을 타개하기에는 역부족인 그 농사일의 상쾌한 피로를 기쁨으로 받아들이고, 세세한 자연의 변화에도 시와 노래를 접목하며, 고향 양지말의 하늘과 자연과 사람들을 마음 깊이 사랑해 온 자신의 젊음에 대한 회한이었다. 그러나 부질없는 회한은 밝아오는 아침 빛에 맥없이 스러지고, 다시 평온한 듯 분주한 일상이 이어졌다.

순에의 결혼식은 읍내에 있는 사진관 이층의 예식장에서 있었다. 아래층 사진관 옆의 미장원에서 짙게 화장하고 웨딩드레스를 입은 순애는 복스럽고 어여뻤다. 또래의 처녀들은 그러한 순애를 동경 어린 시선으로 바라보면서, 마치 그녀의 시녀가 되기로 작정한 듯 이것저것 과할 정도로 살펴 주는가 하면, 앞다투어 잔심부름을 해주었다. 그러는 틈틈이 자신들의 용모를 거울에 비춰봄으로써, 여러 사람들 앞에서 조금이라도 돋보이고 싶은 마음을 감추지 않았다. 바깥은 온통 은세계였다. 엊그제 내려서 녹지 않고 그대로 쌓인 눈 위에 햇빛이 반사되어, 눈부신 흰 세상이 펼쳐져 있었다.

지난밤에 순애는 철민의 편지들을 모조리 아궁이에 집어넣었다. 내가 떠나고 싶어 떠나는 길인데 미련이 있을 게 무엇이냐고 애써 담담한 체했지만, 불붙은 편지가 쉽사리 재로 변해가는 모양을 지켜볼 때는 눈물을 훔쳤다. 그리고 혼잣말처럼 중얼거렸다.

"자동차 정비 일을 배워서, 정비공장에 취직했다더라. 인제야 철이 들었나."

남희는 미장원 유리창 너머로 가끔 바깥을 내다보았다. 더러는 바깥 계단을 통하여 위층으로 올라가기도 하고, 더러는 사진관 앞의 도로변에서 웅성거리기도 하는 많지 않은 하객들 속에서, 저도 몰래 누구를 찾고 있었다. 어쩌면 한승우가 오게 될 것이라던 순애의 말. 순애는 남희에게 주는 미혼 시절의 마지막 선물인 셈 치고, 한승우에게 특별한 메모를 동봉하여 청첩장을 보냈노라고 했다.

"이런저런 소문 들은 이상, 니가 서울로 찾아갈 년은 아닐 테고, 좋은 기회다 싶더라. 어쨌든 서로 봐야만 오해를 풀고 다시 시작하든가, 아예 포기하고 말든가 할 거 아니냐. 설마하니 지가 내 청첩장을 외면할 수야 없겠지."

하지만 결혼식이 끝나고 기념 촬영을 한 뒤 신랑 신부가 신혼여행을 떠날 때까지도, 승우의 모습은 보이지 않았다.

순애도 떠나고, 얼마 동안 집에 머물던 경수도 하숙집으로 돌아갔다. 남희는 주섬주섬 물건 몇 가지를 챙겨서 다시 방을 옮겨 앉았다. 이제부터 그녀는 좀 더 긴 시간을 그 방에서 보내게 될 것이었다.

마당의 흙이 패인 발자국에 살얼음이 허옇게 얼어 있었다. 뚜둑 뚜둑 살얼음 깨지는 소리를 내면서 누군가 다가오고 있었다. 그리고 문 앞에 멈춰 서는 발소리에, 남희가 방문을 열고 내다보았다. 그곳에 윤호가 서 있었다. 달빛을 등진 탓에 윤호는 어두운 그림자를 안고서 좁은 쪽마루 건너편에 나무처럼 서 있었다. 남편이 사랑방에 나간 새에 반짇고리를 붙들고 앉아 있던 한동댁이, 개 짖는 소리에 문을 반쯤 열었다가 이내 닫았다. 딸 방의 열린 문으로 쏟아져 나온 불빛을 보고는, 친구가 왔으려니 짐작한 듯했다. 윤호는 두꺼운 겉옷을 벗어 벽에 걸어 두고 앉았다. 남희가 웃으며 말했다.

"울 아버지가 얼마나 무서운지를 아직 모르는군. 겁도 없이 방문 앞에까지 오고."

집으로 놀러 온 것도 처음인 데다, 순애의 결혼식장에서 먼빛으로 본 이후로 처음 보게 된 터였다. 인사는 그렇게 덤덤했지만, 그동안 적적했던 탓인지 남희는 반가웠다. 자기의 마음을 덮고 있던, 외로움이라는 칙칙한 빛깔이 슬며시 걷히는 느낌이었다.

"아버지 무서워서 여태 못 온 줄 알았어?"

윤호가 당치 않다는 투로 물었다. 아주 오래 전의 일이지만, 순애네 집에서 여럿이 모여 놀던 중에 남희가 아버지한테 불려 가서 호되게 꾸중 듣던 일을 윤호도 기억하고 있었다.

"방에서 남자 목소리 들렸다고 아버지한테 쫓겨나면 우리 집으로 와. 그렇게만 되면 난 더 좋지."

"한참 못 봤더니, 그동안에 허풍도 늘었네. 하여튼 큰맘 먹고 왔으니, 차 한잔 대접할게."

"고마워."

윤호는 대답하며, 벽에 걸린 겉옷 주머니에서 작은 꾸러미를 꺼냈다. 꾸러미 속에서는 카세트 라디오가 나왔다.

"늦었지만 생일 선물로 받아 줘. 그날 순애한테서 전화 받고도 못 왔던 건, 어디 좀 갈 데가 생겨서 그랬네. 순애랑 통화를 끝내기 바쁘게, 이리 사는 작은 누님네 아이 교통사고 소식을 들었어."

"세상에! 그럼, 애기는 괜찮아? 많이 다쳤어?"

"다친 게 아니고 아주 잘못됐어. 이제 여덟 살짜리가."

그가 담담하게 말했지만, 남희는 제 잘못인 양 민망해졌다. 전화를 걸어 남희의 생일을 알렸는데도 오지 않는다는 순애의 불평에 편승하여 잠시 섭섭했던 일이 미안하기만 했다.

"사실은, 어제저녁에도 요 앞까지 왔다가 그냥 갔어."

남희가 내온 홍차를 한입 삼키며 윤호가 천천히 말했다.

"정말? 하긴, 순애 있을 때만큼 자연스럽지 못할 테니까."

"순애가 없어서 그런 게 아니고..."

남희는 사과 깎던 손을 멈추고 그를 건너다보았다. 전에 다른 사람들이 랑 함께일 때와 달리, 갑자기 어색하고 부자연스러웠다. 윤호가 새 라디오를 틀자, 마침 남희가 좋아하는 여가수의 노래가 흘러나왔다. 그는, 앞으로 맘에 드는 음악 테이프를 사다가 이렇게 저렇게 작동시키라고 일러주었다. 동네 집들 거의가 그랬지만 그녀가 갖고 있는 라디오는 들판으로 끌고 다닌 탓에, 상태가 좋지 않은 데다 라디오 이외의 기능은 없었다. 이곳에서는 한 개의 국영방송만이 깨끗한 소리로 들려서, 주파수가 거의 늘 고정되어 있었다. 일하면서 좋아하는 노래라도 마음 놓고 들으려면 카세트 라디오가 필요했다. 하지만 혼자서 쓰는 라디오가 있다 보니 그럭저럭 미루어졌다. 얼마 전에 순애와 함께 있는 자리에서 그런 이야기를 나누었는데, 윤호가 그것을 기억해 둔 모양이었다.

"읍내 갈까? 걸으면서 이야기 좀 하게."

윤호가 못에 걸린 웃옷을 벗겨 들며 말했다.

"늦었는데, 읍내는 왜?"

"하여튼 요 앞까지 나가자. 방안은 좀 더워서 그래."

다른 날보다 불을 더 땐 것도 아닌데 그는 발그스레 땀이 밴 얼굴을 훔치고 있었다.

"알았어, 일단 동구까지 걸어 봐."

남희도 외투를 걸치고 밖으로 나섰다. 며칠 전에 내려 쌓여 있는 허연 눈빛으로 어둡지는 않았지만, 겨울답게 추웠다. 땅이 녹았던 한낮에 깊게 파였던 발자국들이, 기온이 내려가면서 날카롭고도 단단하게 얼어 발끝을 쳤다.

"나무가 베어지니까 저 앞이 쓸쓸해 뵈는군. 돈도 적지 않게 떼었다면서?"

"아직은 그런 상태인가 봐."

"하하 양지말 사람들, 돼지고기 먹고 싶어서 나무를 베었구나."

"남의 동네 일이라고 그렇게 재미나게 여길 거여?"

둘은 어깨를 나란히 하고 양지말과 갈말 사이의 황량한 들길을 천천히 왕복했다. 갈말 입구까지 갔다가 이번에는 윤호가 남희를 바래다준다면서 되돌아서 양지말까지 걸었다. 대화는 가볍고 유쾌했지만 매우 드물어서, 말없이 걷는 시간이 더 길었다.

"순애한테서 편지는 왔어?"

"응, 꼭 한 번. 매일매일 편지 쓰겠다더니, 행복해서 잊어버렸나 봐. 순애 엄마는 오늘도 딸 보고 싶어 우셨는데, 집에도 편지가 안 온대."

"집 생각도 잊어버릴 만큼 행복하면, 좋지."

윤호가 무심히 대답했다. 빨래터 입구의 아름드리 아까시나무 밑에서 남희가 먼저 작별 인사를 했다. 오래전, 아직 십 대 소녀였던 남희는 함께 걷던 한승우에게 작별 인사를 하고는, 빠르게 집 쪽으로 갔다. 그녀가 안녕! 하고 짧은 인사를 건넸을 때는 벌써 저만치 멀어지는 중이었고, 미처 대답도 하지 못한 승우는 그녀가 보이지 않을 때까지 우두커니 서 있곤 했다.

"안녕!"

짧게 인사하고 돌아서려는 남희의 손목을 윤호가 잡았다.

"이야기 아직 안 끝났어."

그는 어리둥절한 남희의 팔을 끌어당겼다.

"결혼할까?"

남희에게 그 말은 아주 멀리서 들려오는 메아리 같았다. 남희는 아무런 대답도 하지 않았다. 그녀는 한승우를 아직 보내지 않은 자신을 보았다. 그녀는 다른 여자와의 관계가 동네 사람들에게도 기정사실로 되어버린 승우를 모른 척하고 있었다. 하지만 그것은 참을성 있게 기다리는 것일 뿐, 단념이라고 믿어본 적은 없었다.

"천천히 대답해도 돼."

윤호는 그 말을 떨구어 놓고, 추운 밤공기 속으로 멀어졌다.

쇠죽 한 솥을 끓이는 동안 박만식 씨는 새마을 담배를 무려 세 개비나 태웠다. 억새와 굴참나무 곁가지와 소나무 삭정이가 섞인 땔감을 부지깽이로 허적거리면서, 그가 연속해서 담배를 태우는 모습은 퍽이나 무겁고도 침통해 보였다. 이윽고 비리고 들척지근한 냄새를 품고 무쇠솥에서 김이 오르자, 나뭇가지로 된 쇠죽 갈고리로 여물을 한 번 뒤적거려 주었다. 그런 다음 솥뚜껑을 덮어놓고, 앞을개를 깔고 앉아서 또 한 개비의 담배를 피웠다. 이 집에 들어온 지 무려 칠 년째 접어드는 암소는, 순한 콧김을 내뿜으며 태평스레 되새김질하고 있었다. 몽당비로 아궁이 앞을 쓸어 넣은 박만식 씨가 함지박에 쇠죽을 퍼 들고 다가가자, 암소는 천천히 몸을 일으켜서 여물통 앞으로 다가왔다. 그것은 신중한 성격을 지닌 데다 나이 들어 더욱 무거워진 사람의 몸짓을 연상케 했다. 쇠죽을 여물통에 부어 준 박만식 씨는 돌아서지 않고 지켜 서서, 소의 먹는 양을 물끄러미 바라보았다. 짚과 칡잎과 콩깍지와 바람든 무까지 썰어 넣은 쇠죽 냄새는, 들척지근하고 비릿하고 구수했다. 박만식 씨는 외양간 안으로 들어가 높은 벽에 걸린 솔을 내려 쥐고는, 여물을 먹고 있는 소의 등을 천천히 빗겨 주었다. 한 손으로는 다정하게 어루만져가며, 황갈색 털을 정성스럽게 빗겨 내렸다. 소는 바위처럼 크고 든든하게, 그러나 어떠한 경우에라도 복종하겠다는 듯 한없이 양순하게, 몸을 내맡기고 있었다. 쇠죽에서는 아직도 뜨거운 김이 무럭무럭 솟아올랐지만, 소는 뜨거워 불편하다는 내색도 없고 그렇다고 급할 것도 없이 일정한 속도로 듬쑥듬쑥 쇠죽을 입으로 가져가서 씹었다. 외양간 옆의 또 다른 여물통에 주둥이를 넣고서 칡잎을 골라 먹고 있던 송아지가, 겅중대며 마당을 한 바퀴 돌더니 이내 돌아와서 어미의 배 밑으로 들어갔다. 송아지는 어미의 탐스러운 젖통을 간간이 떠받아가며 어기차게 젖을 빨았다. 박만식 씨는 일부러 허리를 숙여 송아지의 등도 한 번 쓸어주고는 마당으로 나왔다. 벌써 어두워지고 있었다. 도랑에 나갔던 한동댁이 걸레 그릇을 내려놓고 깨끗하게 닦인 고무신 두 켤레를 마루 끝에 얹으면서 물었다.

"왜, 소가 밥을 잘 안 먹소?"

"아니."

박만식 씨는 짧게 대답하고 쇠죽 아궁이의 불씨를 한 번 더 단속한 다음 방으로 들어갔다. 내일이면 어미 소와 송아지가 한꺼번에 이 집을 떠날 참이었다. 아들을 위해서라면 그보다 더한 무엇이라도 아까울 건 없지만, 정작 소를 팔기로 작정하고 보니 마음이 그지없이 착잡했다. 칠 년이라는 세월, 돈이건 노동력이건 어떤 필요 때문에 먹여온 짐승이라기에는, 너무 깊고 질긴 정이 들었음을 그는 알았다. 이런 일이 처음은 아니니 새삼스러울 게 없지만, 때마다 처음인 듯 적응하기가 어려웠다. 그는 사랑방에조차 나가지 않고 일찌감치 자리에 누웠다. 하지만 통 잠이 와 주질 않았다. 자정을 알리는 시계 종소리가 울릴 때까지, 박만식 씨는 눈을 감은 채 라디오 다이얼을 이리저리 더듬어 돌려가면서 불면과 싸우고 있었다.

이튿날 아침 일찍, 박만식 씨는 장에 나갈 준비를 마쳤다. 대님을 곱게 맨 옥색 바지 위에 진회색 두루마기, 거기에 검정 구두를 받쳐 신었다. 그의 모습은 당당하고 품위 있어 보였다. 땀에 찌들고 흙투성이가 된 노동복을 입었을 때와는 전혀 딴 사람 같았다. 생뚱맞아 보이는, 두루마기와 검정 구두의 조합마저 어색하지 않았다. 그것이 소를 팔러 간다거나 농산물을 내러 갈 때 편리한 차림새는 아니었지만, 무슨 일이 됐건 간에 초촌리 바깥세상으로 출타하게 되면 가장 좋고 깨끗한 옷을 찾아 입고 나가는 그였다. 한창 농번기였을 때보다는 깡마른 몸이 다소 나아진 데다, 비눗물을 듬뿍 묻혀서 면도까지 한 그의 얼굴도 조금 젊어 보였다.

"자아 이눔들아, 가보자 그만."

그는 어차피 팔아야 할 소에다 미련을 두지 말자는 듯, 의식적으로 밝고 힘 있는 목소리를 내어 소들을 문밖으로 몰아냈다. 제가 낯선 곳으로 팔려 가게 된다는 것도 모르는 소는 묵묵히 문간을 나섰다. 그렇게 순하고 우매한 눈빛의 어미와, 나들이 따라나서는 어린아이처럼 촐랑대며 앞장서는 송아지의 모습이 가족들의 마음을 짠하게 했다.

"우리 집 큰 일꾼 나가네. 어찌나 야젓하고 말을 잘 듣던지, 사람 한가지라고 아부지가 늘 그래 쌌디."

남편을 배웅하고 돌아선 한동댁은 손가락 끝으로 눈구석을 찍어내고, 남희도 부엌문에 기대서서 서운함을 달래고 있었다.

점심때가 조금 지났을 때 박만식 씨가 장에서 돌아왔다. 그의 기분은 말할 수 없이 허전했지만, 만족스러운 값을 받았다는 사실에 적이 위안을 느끼고 있었다. 그는 방에 들어가서 옷을 바꿔 입자, 부엌에 있는 딸을 불러들였다. 모처럼 장에서 마주친 다른 마을의 벗들이며 동네 사람들과 나눠 마신 술로, 그의 얼굴은 적당히 붉었다.

"앉거라. 질게 얘기 안 해도, 농사철 앞두고 농우를 내다 팔 수밖이 없었던 애비 사정을 너는 잘 알 게다. 내 이적지 너힌티 용돈이란 걸 쥐 보도 못 하고 살았다만, 이 돈은 달리 생각 말고 받아서, 니 쓰고 싶은 데에 써라."

박만식 씨가 딸 앞에 밀어놓은 지폐는 제법 큰 돈이었다.

"전 이런 돈 필요 없어요, 아버지. 경수한테 들어갈 돈도 모자라니, 넣어 두셨다가 보태세요."

남희는 진심으로 사양했지만, 아버지도 지지 않았다.

"그 소는 니가 키웠다. 에미소 뿐이냐, 오늘 판 놈조차 송아치를 여섯 마리나 낳지 않았냐."

소먹이를 해 나르는 일뿐 아니라, 갖가지 거친 농사일에 매달린 딸이 안쓰러울 때면 박만식 씨가 말했다.

"우리 소는 남희 시집 보낼 밑천이다. 새끼 잘 낳고 일 잘항게, 오래오래 델꼬 있다가 우리 딸 시집 갈 때나 팔아야겠다."

형편이 여의하지 못해서 소를 앞당겨 팔고 돌아오면서, 그는 그 말을 기억해 낸 듯했다. 남희는 아버지가 소를 팔아서 떼어준 용돈을 두고 궁리가 많았다. 경수에게 손목시계를 하나 사 주고 싶다, 어머니의 털스웨터는 낡았고, 궐련을 피우게 된 뒤로 쌈지가 필요 없게 된 아버지한테는 가죽 지갑이 필요한 듯했다. 아니, 내게도 필요한 게 많지.... 그러다 보니, 돈은 턱없이 부족해서 되레 마음이 가난해져 버렸다.

집에 와서 며칠 머물던 경수는 과분한 기대의 말이 담긴 마을 사람들의 덕담을 부담스러워하면서도, 다소 상기된 얼굴을 하고 서울로 갔다. 박만식 씨 내외는 집안에서 끌어낼 만한 알곡들과 팔 수가 있는 가축들을 거의 다 현금과 바꾸었다. 한동댁은 모은 현금을 속바지 주머니 깊숙이 넣고, 주둥이를 야무지게 꿰매 붙였다. 그녀는 아들에 뒤이어 서울로 갔다. 친정 남동생네의 도움을 받아, 경수가 기거할 방을 얻고 세간을 마련해 주기 위함이었다.

"사람 사는 것이 산 너메 산인 격으로 늘 고달프기도 하지만, 더러는 도저히 못 해낼 성싶던 일도 그럭저럭 풀어 나갈 때가 있는 뱁이지."

어찌 됐든 아들이 대학생이 되었다는, 그것도 도무지 엄두 안 나던 서울의 유명 대학에 들어갔다는 사실이, 그에게는 가슴 벅찬 일이었다. 그는 뿌듯한 충만감을 느끼며 멀리 북쪽 하늘을 쳐다보았다. 이제 그에게는 빈 창고와 잔설에 뒤덮여 누워있는 몇 떼기 논밭이 있었다. 이런 추세라면 경수의 졸업 때까지 버텨나갈 재주가 없을 것 같았다. 그렇게 지레 근심을 하다가도, 북쪽 하늘을 보며 대학생이 된 아들을 상상해 보면 용기가 불끈 솟구치는 것이었다. 그의 집 사정을 잘 아는 마을 사람들은, 그의 과감한 시도에 놀라워하며 지레 걱정을 보태주기도 했다. 또 누군가는, 팔자가 늘어지기 전에 거쳐야 할 시한부의 고생쯤으로 여겼다.

"돈이란 있다가도 없고 없다가도 있는 것잉게, 똑똑한 아들 뒷받침하는 게 우선이지. 그까짓 고생이사, 사서라도 한다잖은가."

동네 친구가 막걸리 사발을 건네주며 하는 말이, 박만식 씨는 과히 싫지 않았다. 가난과 고달픔의 상징이 되어버린 자신들의 평생직업을, 아들은 필시 벗어날 것으로 믿어주는 사람들이 마냥 고마웠다. 하지만 집에 들어서면, 버릇처럼 외양간에 다가가서 텅 빈 내부를 들여다보았다. 당장은 송아지 한 마리도 사 넣을 수가 없는 형편이었다. 그렇다고 외양간을 비워놓을 수도 없어, 할 수 없이 아래뜸 최장순 씨네 배냇소를 먹이기로 했다.

"이것 참, 머리크락 하얘져 갖고 외양간에 넘의 소를 매야 하디니...."

그는 정들여 키워야 할 송아지를 외양간에 넣어 놓고도 서글픈 마음이 앞섰다.

날이 풀리려면 아직 멀었지만 쌩글하면서도 속에 온기를 품은 남풍이 불어오고, 눈 녹은 언덕의 마른풀들이 살아있는 듯 부옇게 일어나 몸을 풀었다. 언제부턴가 봄이 가까워지면 그랬듯이, 초촌리 처녀, 총각 몇몇은 앞서거니, 뒤서거니, 도시로 떠나갔다. 농사에 청춘을 걸어보겠다며 의욕에 차 있던 안골목 만수는 갑자기 마음이 떠서 서울로 가고, 갓 중학교를 졸업한 도랑 건너 미자도 안양에 있는 공장으로 돈을 벌러 갔다. 멀쩡한 처녀, 총각이 눈길 마주친 것을 두고도 손가락질하고, 누가 결혼식 전에 동거한다는 소문이라도 나면 상종 못 할 사람 대하듯 수군거리며 손가락질하던 마을 사람들인데, 언제부턴지 그런 방면에는 매우 너그러워지면서, 돈과 관련된 일에 관심이 집중되었다.

'집이, 작년에 댕기러 왔던 조카딸 시집갔는가?'

'응, 식은 아적 못 올렸지만, 남자 하나 만내 갖고 사는개비여. 우리 딸이 저번에 가 봤더니, 아를 배서 배가 솔찮이 나왔더리야. 총각이 뭔 재주가 있는가, 돈을 잘 벌어 온다더만.'

'아따, 잘했네 잉. 우리 아덜도 어데서 부잿집 크내기 하나 물어 왔으먼!'

이미 흔해서 놀랄 것도 없는 그런 종류의 대화는, 박만식 씨의 눈살을 찌푸리게 했다. 잘못된 게 뻔한 일을 잘됐다고 우기며 찬양하거나 대놓고 거짓을 말하는 라디오에 신물이 나서 스위치를 끄면, 비위에 맞지 않는 현실의 이런저런 잡담들이 귀를 어지럽혔다.

"거 참....!"

그는 뜻 모를 혼잣소리를 토해내며 빈 들판으로 나갔다.

점복은 대충 새로 손질한 돼지우리에다 몇 마리의 돼지를 넣어 키우고, 동네에서는 박기수에 이어 두번째로 빚내어 경운기를 들여온 데다, 처음으로 비닐하우스 고추 모종을 길러낼 계획이었다. 비록 논을 거의 팔았다지만, 그는 전에 없이 희망에 부풀어있었다. 점복이의 희망은 곧, 이달수 씨의 자랑거리였다. 그는 전혀 그런 이야기가 나올 분위기가 아닌 자리에서조차 불쑥 말을 꺼내어 상대방 앞에 들이밀곤 했다.

"나는 이번 봄에, 논밭에 거름 낼 걱정은 하나도 안 하는구먼. 아, 한동네 사우가 넘 없는 겡운기를 부리는디, 지가 설마, 내 등허리로 거름 져내라고 하겠는가?"

이렇게 시작해서는, 낯간지럽도록 자랑을 늘어놓았다.

"니가 나를 생각해 주는 건 고맙지만 돈 애끼야 뒹게 쇠주나 한 벵 사오니라, 내가 그리 일렀는디, 아 이눔이 괴기에다 정종을 마룻바닥에다 딱 놓고 갔더랑게. 저번에도 그라더니 또 말이여, 흐흐흐."

"점복이 그눔이 머리를 잘못 썼구먼그랴. 기왕 팔아 없앨 논이면 진작에 팔아서, 정종이랑 괴기를 겡운기로 하나 가뜩 실어다 자네 집 마룻바닥에 부리 놓을 일이지. 그랬으면 무작시런 장인한티 뚜디리맞을 일 없어서 좋아, 문전옥답 팔아서 못된 눔들 아가리에 처넣을 일 없어서 좋아, 일거양득이 될 수도 있었는디, 안 그런가?"

듣다 못 한 장구팔 씨가 노골적으로 빈정대다 한바탕 싸움도 했다.

"에잇, 사람 같잖은 사람하고는!"

박만식 씨의 눈에 비친 근래의 이달수 씨는, 예전보다 더 사람 같지가 않았다.

아침을 알리는 다양한 소리가 방안의 고요를 깨뜨렸다. 아버지가 돼지우리를 치고 먹이 주는 소리, 첫새벽부터 시작되어 간간이 되풀이되는 닭 울음소리, 부엌에서 어머니가 솥뚜껑을 여닫고 삭정이 부러뜨리는 소리, 나무 위에서 지저귀는 새 소리 따위가 저마다 선명한 색깔을 담고, 창호지 문을 뚫고 들어왔다. 날은 이미 밝았지만, 남희는 자리에서 일어나지 않았다. 일어나고자 하는 의지와는 달리, 도무지 몸이 움직여지지 않았다. 그녀는 눈을 멀뚱히 뜨고 천장을 응시한 채, 맥없이 그렇게 누워 있었다. 어머니의 종종걸음이 방문 앞으로 다가와 멈추더니, 가만히 문고리를 잡는 기척이 났다. 한동댁은 문고리만 잡은 채 열지는 않고 서서, 나직하게 딸을 불렀다.

"고만 인나거라 이. 일 철이 곧 닥치는디, 어쩔라고 이리 늦잠이여?"

남희는 대답하지 않았다. 답답증을 견디지 못한 한동댁이, 결국 문고리를 잡아당겼다. 그와 동시에, 재빨리 이불을 머리 위까지 끄집어당기는 딸을 보았다.

"참 벨 일이네. 너, 어디 아픈 게냐?"

"예, 조금만 쉴게요."

남희는 다 죽어가는 소리로 겨우 대답했다. 아닌 게 아니라, 온몸이 욱신거리며 열이 나는 듯했다. 그녀는, 이후로 며칠을 그대로 누워 앓았다. 펄펄 끓는 듯한 몸 위에 두꺼운 이불을 뒤집어쓰고, 내내 혼미한 꿈속을 헤매다녔다. 병이라고 해 봐야 고작 감기 몸살이었고 그것도 하루 넘게 누워 있은 적이 없는 딸이, 며칠씩이나 먹지도 않고 두문불출 누워 있자, 한동댁은 겁이 났다. 끼니마다 누룽지를 끓여 들고 방에 들어가고, 양약으로 다스릴 병이 아니라면서 한약을 지어 오기에 이르렀다.

"어여 인나 앉아서, 억지로라도 이걸 조깨 마시 봐라. 몸살도 몸살이지만, 원기가 부족해서 그란디야."

남희는 어머니가 달여 온 한약을 고분고분 받아 마시고는 도로 누워 버렸다. 누가 와서 일으켜주기 전에는 영원히 일어나지 못할 것처럼, 자꾸만 등이 방바닥 밑으로 딸려 들어갔다. 어렸을 때 더러 꾸었던, 괴물에게 쫓기는 꿈이 되살아났다. 공포의 상징인 괴물은 바짝 뒤쫓아오고, 다급한 마음과는 달리 발길은 미처 떨어져 주지 않고, 그래서 숨 막히게 답답해하던 꿈. 하다못해 비명이라도 질러서 누군가에게 구원을 청하려 해도, 입마저 얼어붙어 늪 속인 양 허우적거릴 뿐이었다. 다행인 것은, 그런 꿈일수록 두려워하던 어떤 사태가 벌어지기 직전에 신기하게도 꼭 잠에서 깨어났다. 꿈속의 공포에서 완전히 헤어나지 못한 상태에서도 매번 그것이 꿈이었음을 고마워하며 가슴을 쓸어내렸고, 어떤 날은 한창 괴물에게 쫓기는 중에도 '이건 꿈이다, 꿈이 깰 때까지 조금만 참으면 되니 괜찮다'라고 스스로 위로를 받기도 했다. 그런데 이번에는, 움직이지도 비명을 지르지도 못하는 상태에서 애만 태우다가, 끝내 괴물에게 잡히는 꿈이었다. 그녀의 뒷덜미를 들어 올리고 머리채를 잡아 흔들어댄 다음, 한 꺼풀씩 껍질을 벗어 던지고 정체를 드러낸 그것은 절망을 닮아있었다. 선 자리에 발바닥이 붙어서 꼼짝도 할 수 없었던 괴물 꿈처럼, 코 꿰인 짐승처럼 이 조그만 마을에 갇혀서 아무것도 할 수 없는 바보가 되어버린 제 모습이 비로소 또렷이 보였다. 그녀는 자신에게 몹시 실망했다. 마음으로는 늘 자유와 사랑을 꿈꾸면서도 발걸음 떼어놓는 방법조차 오래전에 잊어버린 제 모습을 보는 것이 괴로웠다. 부모를 비롯한 주변 사람들의 사랑을 잃을 것이 두려운 나머지, 비위를 건드리지 않을 만큼의 아무렇지 않은 표정을 짓는 데에 이골이 나버린 거짓스러움에 소름이 끼쳤다. 사랑도 자유도 희망도 무엇도, 지금까지 아무것도 하지 못했듯이 앞으로도 아무것도 하지 못할 것만 같았다.

　며칠 전 그날 저녁, 마치 꿈처럼 승우가 골목 앞에 서 있었다. 손을 내밀며 '오랜만이야'라고 말하는 목소리를 듣고 한걸음 물러서서 확인하니, 희미한 반 어둠 속에 서 있는 사람은 정녕 승우였다. 어떻게 연락할까, 고민하며 제법 긴 시간 근처를 배회했노라고 그가 말했다. 남희는 마침, 다음 날 아침에 쓸 두부 한 모와 몇 가지 물품을 사기 위해 새마을 구판장에 가려던 참이었다. 두 사람은 오래전 그 시절처럼 어깨를 나란히 하고 냇둑을 걸었다.
　"여기서부터 시작한 지점까지 돌아가면, 세 번 왕복이네."
　마을 위의 시멘트 둑이 끝나는 지점에 다시 닿았을 때, 남희가 힘 빠지는 소리로 일깨웠다. 승우가 살짝 소스라치는 시늉을 했다.
　"아차, 그랬구나!"
　두 사람은 그때까지, 말을 거의 하지 않고 있었다. 상대방이 먼저 말하기를 서로 기다리는 것도 같고, 그냥 할 말이 없는 것도 같았다.
　"추울 텐데, 그래도 여기 좀 앉을까?"
　냇둑 난간에 가로로 걸터앉으며 승우가 말했다. 남희도 말없이 조금 떨어진 자리에 걸터앉았다. 두 사람은 걸을 때 그러했듯이, 앉아서도 여전히 말이 없었다. 승우가 좁은 시멘트 둑과 흙길의 경계를 더듬어 돌멩이 하나를 집어서 냇물에 던졌다. 예전에 더러 했던 익숙한 동작이었다.

한참의 침묵이 흐른 뒤에 그가 말했다.

"옛날에, 이 자리에서 노래도 부르고 시를 암송하기도 했지."

오랜만에 마주한 그들 사이에는, 처음부터 미묘하게 무거운 공기가 흐르고 있었다. 다른 이들의 입에서 그의 변화를 전해 들을 때는 막연한 기대가 있었는데, 정작 그와 마주하는 순간부터 아득한 거리감이 느껴졌다. 노래를 부르고 시를 외웠더라는 그의 옛이야기가, 생뚱맞기까지 했다. 남희는 대답 없이 앞만 보고 있었다.

며칠 전에 받은 순애의 편지가 아니더라도, 읍내에서 알음알음으로 번져 올라온 소문은 남희의 귀에도 이미 들어온 터였다. 쉬쉬 입단속하던 한승우의 집에서도 어쩔 수 없이 이웃들에게 속엣말을 털어놓다 보니, 요 며칠 사이 빨래터나 노는 자리에서도 가장 흥미로운 화제였다.

"동제도 안 지내고 백 년 이백 년 된 나무를 헛짓하디끼 넘어띠릴 적에, 내가 말 안 하던가? 겁도 없이 통 큰 짓 한다고 말여."

"아닌 게 아니라, 그 새에 안 좋은 소문이 자꾸 나 쌓게 이런 사람 생각에도 앞산 나무 벤 것 땜시 그런가 싶어, 껄쩍지근하더만요."

"나뭇값도 아직 안 주고 있는 사기꾼이 넘의 예펜네만 꾀어서 델꼬 나가더니, 누구네는 또 식 안 올린 메누리가 독약인가 쥐약인가 뭔 약을 먹었담서? 참말로 심난시러 죽겄네, 인제라도 동제를 지내얄랑개벼."

"참말로, 보통 일이 아니랑게. 저그, 갈말 동네, 이린가 어디로 시집간 수박집 딸은 일곱 살 어린아가 차에 치여 잘못 됐디야."

"그 집은 뒷동넨디, 우리 동네 나무 베서 판 것하고 뭔 상관이다요?"

두서없는 잡담 뒤에는, 극약 먹고 병원에 실려 갔다가 퇴원한 그 며느릿감의 집에서 결혼식을 서두른다는 소문이 이어졌다.

"그 집에서 집도 얻어 주고, 세간살이도 장만해 준다고 했디야."

"그렇게 호강시런 딸이 어째서 죽을라고 약을 먹었으까, 잉?"

"순애 결혼식에 올라다가 쌈이 나서 그랬디야. 세상에, 그게 뭐 큰일이라고 죽을 생각끄장 했는가, 젊은 사람들 속을 모르겄어."

"글매 말이여. 아무렇거니 안 죽고 살아나서 다행이구먼."

그 말을 들은 지 겨우 며칠째 되는 날 저녁에, 승우가 불쑥 찾아온 거였다. 두 사람은 한참을 그렇게 나란히 앉아 있었다. 스웨터를 뚫고 들어오는 바람이 제법 찼다. 남희가 몸을 일으켜 냇둑 위에 두 발로 섰다. 승우는 고개를 깊게 숙이고 앉은 채 돌아보지 않았다.

"가 볼게."

남희가 한 걸음 그 곁으로 다가서서 말했지만, 그는 대답하지 않았다. 한동안 침묵이 흐른 뒤, 여전히 움직이지 않은 채로 그가 말했다.

"미안해."

그는 다시 말했다.

"미안해, 이 말밖에 못해서 정말 미안하다."

남희는 대답하지 않았다. 괜찮다고 말해 줄 생각은 미처 떠오르지 않았다. 그녀는 얼어붙은 듯 그 자리에 서 있다가, 아무 말도 듣지 못한 것처럼 집을 향해 걸었다. 돌아와 자리에 누운 그녀의 눈에서 눈물이 났다. 눈물은 귀를 타고 베개까지 흘러내렸다.

동쪽에 달린 쌍닫이문은 솟아오르는 아침 햇살을 언제나 방 안 가득히 받아들였다. 창호지에 걸러졌다고는 해도 직사광선과 다를 것 없는 그 빛에 눈이 부시어, 남희는 잠에서 깨어났다. 새벽이 가깝도록 깨어 있었는데, 어느 틈에 깜빡 잠이 든 모양이었다.

"문 조깨 열어도 되겄냐?"

대답을 기다리지 않고 한동댁이 방문을 열었다. 여간 더러워져서는 티가 나지 않을 것만 같은 칙칙하고 얼룩덜룩한 몸뻬바지에다 빛바랜 헌 스웨터를 입은 한동댁의 머리에는, 작업모 격인 머릿수건이 얹혀 있었다. 문을 열자 한동댁의 몸에 배어 있던 매캐한 냇내가 방안으로 밀려 들어왔다.

"나는 바빠서 대충 한술 뜨고 시방 나간다. 밥 잘 찾아 먹고, 치우는 일일랑 니가 해라. 메칠 새에 날이 확 풀려 놓게, 온 동네가 정신없이 부산하다. 글 안해도 농사일 밀려서 큰일이라고 모다 야단인디, 회관 새로 짓는 공사끄장 시작한다고 세멘트를 산데미로 실어다 부려 놨구먼."

남희는 마지못해 이부자리를 걷어 얹다 말고, 어머니의 찌든 얼굴을 바라보았다. 겨우내, 갈포벽지 만드는 데에 들어갈 칡 줄기를 삼는다고 밤낮으로 붙잡고 있어서인지, 유독 눈이 피곤해 보였다. 그러잖아도 노화의 조짐이 완연했던 한동댁의 눈에는, 맑지 못한 눈물이 삐질삐질 고여 있었다.

"보리밭에 풀도 매줘야 하고, 객토한 새터들 논바닥에 자갈도 줏어내 줘야 하는디, 이틀이 멀다고 동네 부역을 나가야 하게 생겼다. 오늘은 또랑에서 자갈 퍼 나르고 모래 친다더라."

한동댁은 방문을 닫고 삽짝 방향으로 몇 걸음 옮기는 듯하더니, 아무래도 한마디 더 해 둬야 마음이 놓일 것 같았는지 되돌아와서 문을 열었다.

"아침에 아부지가 역정 내시는 걸, 제우 따독거려 놨느라. 니가 왜 그런

가는 모르겠다만, 뭔 일이 맘대로 안 된다고 누워서 끙끙대기로 친다면, 세상 천지에 제대로 돌아댕길 사람에 몇이나 되겠냐."

한동댁의 말은, 긴 세월 숱한 어려움을 조용히 견뎌온 어른다웠다. 그녀가 남편이나 자식들 또는 이웃을 위로할 적에 써먹는 몇 안 되는 격언들로, '등성이가 있으면 골짝도 있겠지' '고생 끝에 낙이 온다는 말도 있잖은개비' '말이 씨가 된다고 함게 그런 소릴랑 입에 담지 마' '선한 끝은 있어도 악한 끝은 없다는디' 같은 것들이었다. 진부하도록 익숙하고 소박한 말들이었지만, 알고 있는 그 모든 격언을 신앙처럼 믿고 지키며 사는 한동댁이었다. 그리하여, 그녀의 조용하고 진심 어린 말씨를 대하는 사람들은, 여기저기서 듣고도 흘려버렸던 그 흔한 격언들을 새삼스레 마음에 새기는 것이었다.

갑자기 지글지글하는 앰프 작동음이 들리더니, 이장의 깐깐한 목소리가 방안에까지 파고들었다.

"아, 아, 마이크 시험 중입니다. 마이크 시험 중입니다. 주민 여러분, 지금까지 아침 식사를 안 한 가정은 없을 줄 압니다. 아침 식사를 마치신 분들은 속히 좀 나와 주세요. 어차피 우리 동네 주민 여러분들 손으로 해야 할 일이니, 부지런히 서두를수록 농사일에 지장이 덜할 줄은 주민 여러분도 아실 겁니다. 더 바쁜 농사철이 닥치기 전에 일을 마무리할라면, 쪼끔 더 서둘러야 되겠습니다. 어저께 말씀드린 대로 남자분들은 바지게에 삽이나 팽이를 얹어서 나오시고, 부녀회원들은 삼태기랑 호미를 지참하고 나와 주세요."

한동댁은 서둘러 마당을 나섰고, 그 종종걸음에 맞추어 '좋아졌네, 좋아졌어, 몰라보게 좋아졌어...'하는 노래가 동네가 떠나가라고 쩌렁쩌렁 울렸다. 아직도 바람은 쌀쌀했지만, 밝은 주황빛으로 피어난 초봄 아침의 햇살은 눈부셨다. 외양간 앞의 두엄더미에서는 모락모락 김이 오르고, 고욤나무 가지 위에 앉았던 참새떼가 와르르 요란스레 날아오르더니 기껏해야 바로 옆의 감나무 가지로 옮겨 앉는 게 보였다.

'우물가에 물을 긷는 순이 얼굴이 하하, 소를 모는 목동들의 웃는 얼굴이 하하...' 귀가 아픈 노랫소리 아래로 여러 사람들의 두서없는 말소리가 뒤섞여 들려오고, 누구를 큰 소리로 부르는 소리, 아낙네들의 드높은 웃음소리도 들렸다. 남희의 우울한 마음과는 달리, 사람들은 저마다 희망에 겨워 떠들어대는 것 같았다. 겨울이 저만치 사라져가는 마을은 너무 밝고 너무 시끄러워서, 마음껏 우울할 자유마저 허락하지 않았다. 이만하면 모든 것이 몰라보게 좋아지지 않았느냐고, 인정을 강요하는 듯한 가사의 노랫소리가 너무 커서 안 들을 자유조차 없었다. 그 소리에 쫓겨 집 안팎을 돌아다니며 쓸고 닦고 치우고 하다 보니, 문득 배가 고팠다. 요 며칠 사이 그녀는 거의 먹지 않고 지냈는데, 배가 고프기는 처음이었다. 그녀는 마루 끝에 걸터앉아, 간단한 찬과 함께 밥을 먹었다. 방안에 누워있는 동안에는 간간이 죽음도 생각했는데, 배고파서 먹는 밥은 맛이 있었다. 찬찬히 둘러본 주변의 모든 풍경도 마냥 천연스러웠다. 그녀의 세상이 온통 검은 빛으로 뒤덮여 깜깜하게 된 것을 전혀 알지 못한다는 듯, 변함없는 일상이 앞에 놓여 있었다. 그녀가 마음의 문에 검은 휘장을 치고 갇혀 있는 동안에도, 창호지 한 장 너머 일상의 바퀴는 여전히 돌아가고 있었다.

한동댁은 끼니때마다 아궁이에 불을 지피고 밥물이 넘쳐흐른 무쇠솥 전을 행주로 가셨으며, 골목 안 아낙네들과 소박한 음식 그릇을 주고받으며 담소를 나누기도 했다. 박만식 씨는 오늘 아침에도 돼지우리 거름을 쳐내고 송아지에게 먹이를 주었으며, 이른 아침밥을 먹기가 바쁘게 회관 짓는 부역을 하러 나갔다. 남희는 말끔히 치워져 있는 돼지우리와 빈 논바닥에 매인 어린 송아지, 송아지 앞에 놓인 쇠죽 함지박을 바라보았다. 그 일들을 하는 도중에, 아버지의 눈에는 딸의 방문이 저절로 들어왔을 터였다.

남희는 헐린 담장 사이로 나가서 논둑길을 타고 걷기 시작했다. 층이 진 논배미 하나를 지날 적마다 조금씩 높아지는 그 길은, 산 아래 버덩으로 가는 농로로 이어졌다. 겨울이라기에는 햇살이 따사롭고, 봄이라기에는 아직 살풍경한 들판이었다. 물기 많은 논바닥은 연초록빛 둑새풀에 덮였고, 논둑 어귀에는 들나물과 씀바귀 같은 올된 봄나물들이 **빼족빼족** 돋아나고 있었다. 그렇다고는 해도 잔디는 누렇게 말라 있는 데다, 죽은 듯한 검은 나무들이 서 있는 먼 산의 응달에는 군데군데 잔설 무더기가 웅크리고 있었다. 산밑 무지개 샘에서 시작되는 시냇물은 겨울 동안의 가뭄을 말해 주듯이 들릴 듯 말 듯 작은 소리를 내며 흐르고 있었다. 넓게 난 농로 대신 냇물을 따라 난 소로를 걸어간 남희는, 작은 징검다리를 건너 보리밭에 올라섰다.

겨우내 모진 추위를 견뎌내느라고 앙당그려져 있기는 해도, 보리밭은 푸른 생명력을 자랑하고 있었다. 그녀는 얼었다 녹은 흙이 푸석푸석 들떠 있는 밭이랑을 가만가만 밟아보았다. 두둑보다는, 보리가 자라고 있는 고랑의 흙이 더욱 들떠있다가 푹 내려앉았다. 보리를 밟아주지 않은 채 이렇게 햇볕 좋고 건조한 날을 며칠만 더 보낸다면, 엄동설한을 이겨낸 보람도 없이 보리가 말라 죽게 될 것 같았다.

'김매기도 곧 해 줘야겠네.'

마치 보리밟기를 위해 길을 나섰던 사람처럼, 차근차근 고랑을 밟아 나가며 남희는 저도 몰래 농사꾼다운 걱정에 빠져들었다. 보리보다 더욱 강한 생명력을 지닌 잡초들은 벌써 거름기를 반질반질하게 머금고서, 고랑이고 두둑이고 멋대로 자리 잡고 있었다. 둑새풀, 망초, 양푼쟁이, 가시랑콩....갖가지 보리밭 잡초들은, 겨우내 묵은 여물만 먹던 소에게 새로운 먹이였다. 보리밭을 매고 나서 아낙네들은, 그것들을 삼태기나 광주리에 담아 이고 마을로 돌아와서 냇물에 씻었다. 보리밭에는 달래와 냉이와 구슬쟁이 같은 나물도 많아서, 일삼아 나물 캐러 다니지 않더라도 보리밭 매는 날 저녁 밥상은 풋것으로 감칠맛이 났다.

남희는 발아래 나 있는 냉이 한 포기를 뽑아 들었다. 죽음 같은 긴 겨울이 가고 모든 것이 한꺼번에 소리 지르며 일어날 때가 왔음을 알리듯, 그 냄새는 생명의 기운을 흠뻑 담고 있었다. 하지만 남희의 시름은 쉽게 가시지 않았다. 언제나 봄은 넘치는 생명력으로 다가왔다. 쟁기 보습에 뒤집히는 검은 흙에 농부들은 본능처럼 설렜고, 괭이 날에 묻히는 고랑의 씨앗에 좀 더 구체적인 희망을 걸었다. 딱딱한 껍질과 굳은 흙을 뚫고 기적처럼 솟아오르는 새싹을 보며 주름진 눈가에 웃음을 머금었다.

그뿐인가, 꽃이 피면, 이삭이 패면, 때마다 그에 따른 환희에 젖었다. 농부의 딸인 남희도 오래전부터 이어져 온 농부의 심성을 이어받고 자연히 본받아 왔다. 하지만 그녀는, 이즈음 빠져있던 상심에서 여전히 헤어나지 못하고 있었다. 그녀는 흙에 애착을 갖고 열심히 일하여, 때 이르게 억세고 거칠어진 손을 지녔다. 하지만 가난은 아직도 그대로이고, 자신의 성장은 꿈꿀 엄두조차 내지 못했다. 희생으로 누군가를 도왔다는 자부심도 없고, 치열하게 사랑해 본 기억조차 없는 가운데, 처연한 배신은 피할 수 없는 현실로 드러났다.

남희는 우울했다. 눈앞을 가로막으며 바짝 다가서 있는 산은, 오늘따라 그녀의 마음을 답답하게 했다. 마을을 바구니 속처럼 둥글게 에워싸서 바깥세상과 갈라놓은 듯한 산. 그리 웅장하거나 수려하달 것도 없이 오밀조밀한 봉우리들은, 자신을 이 좁아터진 마을에 가둬놓기 위해 오늘도 단단히 보초병 노릇을 하는 중이라고, 그녀는 억지를 쓰고 싶었다. 어쩌면 그 것은, 차고 산뜻한 바람결에 맥없이 흩어지려는 절망의 뭉텅이를 놓치지 않고 그러쥐려는 오기였다.

'가난하고 못난 곳, 희망조차 보이지 않아 젊은이들이 도망치는 곳.'

남희는 쥐고 있던 냉이 포기를 이랑에 떨구어 놓고는 보리밭을 나섰다. 개울 반대편의 둔덕 너머에서, 부옇고 푸르스름한 연기가 하늘하늘 솟고 있었다. 해마다 이맘때쯤이면 들판 여기저기서 저렇게 회백색 연기가 피어올랐다. 누군가 마늘밭 보온덮개 짚을 태우는 중이었다. 집집의 마늘밭에서 오르는 그 연기는, 농사철이 시작됐음을 알리는 신호이기도 했다.

달력을 보아가며 농사를 짓는 농부보다는, 부지런한 한두 사람이 들일 시작하는 걸로 농사철의 시작을 가늠하는 경우가 더 흔했다.

남희는 천천히, 산밑을 향해 난 느슨한 오솔길로 접어들었다. 새로 난 넓은 농로로 이어지는 오솔길 양쪽은, 겨울 동안 나무꾼이 휘두른 낫 날에 벌거숭이가 되어 있었다.

　가을까지 앞이 안 보일 정도로 들어찼던 억새도, 떡갈나무도, 그리고 키가 작아 짐이 붙지 않는다고 나무꾼들이 타박하는 철쭉나무까지도 깨끗이 베어져 나갔다. 억센 가시가 있어 나무꾼의 손길을 타지 않은 맹감덩굴이, 지난가을에 익은 붉은 열매를 매단 채 노간주나무에 엉켜 있고, 그 옆에 진달래 한 그루가 용케도 낫질을 피하여 제 모습을 간직하고 있었다. 꽃눈이 제법 통통해진 게, 지금쯤 서너 가지 꺾어다 따뜻한 곳에 두면 머지않아 철 이른 꽃을 피울 것 같았다.

　하지만 그 또한 시들해졌다. 건너다뵈는 논들의 메마른 그루터기들도 을씨년스럽고, 그곳에 엎드려 평생을 보내는 이웃들도 새삼 가련한 느낌으로 다가왔다. 그녀는 지금까지 누려온 자연의 갖가지 혜택, 사계절 변화무쌍하고 아기자기한 기쁨을 외면하고 싶었다.

　흙과 씨앗과 새싹과 가축의 어린 새끼들이며 철 따라 피고 지는 조그만 풀꽃들이 안겨주던 덧없는 희망과 기쁨 때문에, 세상과 동떨어진 곳에서 절망마저도 수굿하게 감내해 온 자신의 바보스러움을 냉정하게 바라보고 싶었다.

　연기는 안골댁네 마늘밭에서 솟는 중이었다. 안골댁이, 마늘밭을 덮었던 짚을 걷어 모아 빈 밭의 불무더기에 연신 대어주고 있었다.

　"보리밭 둘러봤구나. 날이 한참 가물어 놔서, 인제는 참말로 비 조깨 와야 할 텐디."

　남희는 동네 사람 누구와도 마주치고 싶지 않았지만, 정작 속마음과는 달리 싹싹하게 인사했다.

"마늘이 예쁘게 잘 났네요. 오늘, 회관 짓는 데 쓸 모래를 친다던데, 웬일로 안 나가셨어요?"

"딸내미가 나갔니라. 극성시런 예펜네들이 늙은이 나오지 말고 기운 팔팔한 크내기 내보내야 한담서, 싫다는 아를 억지로 끌고 갔어. 새때에 아래뜸 위뜸 펜 갈라서 줄다리긴가 뭔가 한다더라."

웃으며 대답한 안골댁은, 너는 어찌 안 나갔느냐고 묻지 않았다. 안골댁을 따라 남희도 잠시 웃었다. 순애 사촌 올케와 키다리 텃골댁 등의 밉지 않은 극성이 연상되어서였다. 새터댁이 아직 마을에 있을 적에, 새터댁과 이장댁 같은 위뜸의 극성스러운 여자들한테 이끌려서, 남희와 순애도 어머니들이 나가려던 마을 일을 대신 나간 적이 있었다. 그들은 작업을 쉬는 십 분이나 이십 분 동안에 벌어질 줄다리기나 달리기, 고리 걸기 따위의 경기에서 상대 팀을 이기기 위해, 선수를 확보한다며 전날 밤부터 마을을 휘젓고 다녔다.

"기운 팔팔한 메느리 내보내고 늙은이는 빠져요. 아이고, 늙은이 가실 데가 딱 한 군데 있응게 이삼십 년 지달리다가 거그나 가시지, 젊은 사람들 심 자랑 하는 데를 나온다고 그래 싼당가요?"

젊은 며느리나 딸이 있는 집에 들른 여자들 속에서 입담 좋은 새터댁의 조심성 없는 음성이 마당을 울렸다. 무례하고 투박한 농지거리로 오륙십 세 남짓 되는 중늙은이들한테 떼를 썼다. 일찌감치 그런 정도의 농에 익숙해져 있다기보다는, 지난날 동네 젊은이들한테 그러한 말씨를 본보여 준 장본인들인지라, 화를 내기는커녕 한술 더 떠 받아치기도 했다.

"지랄들 한다, 지랄들 햐. 이 망할 것들아, 너그 눈에는 탕국 냄새 나는 할망구로 뵈는개빈디, 우리 영감은 아직도 밤마다 이쁘다고 집적거리 싸서 성가시러 죽겠다."

새터댁이 없는 마을에서도 공동 작업은 계속되고, 쉴 참에 즐기는 아낙네들의 줄다리기 등도 계속되었다. 아래 위뜸 경기에서 이기기 위하여 선수 확보하러 다니는 일도 간간이 이어졌지만, 시침 떼고 툭툭 던지던 새터댁의 농담은 대신하는 사람이 없었다.

"새터댁 그것이, 우스운 소리 잘하고, 뒤끝 없고, 사람은 괜찮은디..."

사나흘 전에, 한동안 감감했던 새터댁 소식이 와서 일남이 대전에 갔다는 말을 전하면서, 안골댁이 중얼거렸다.

아내가 혹시 돌아와서 무릎 꿇고 빌기에 더하여 천하 없는 짓을 해도 받아들일 수 없다고 단언했지만, 일남은 하던 일을 밀쳐두고 부랴부랴 대전행 버스를 탔다. 새터댁이 병원에 누워 있다고, 다른 곳도 아닌 경찰서에서 연락을 해왔다. 새터댁이 허벅지를 칼에 찔려서, 피를 많이 흘린 상태라 했다. 칼질을 한 사람을 알고 있는 듯한 경찰에게 일남이 나무장수 강 씨의 이름을 대며 캐묻자, 긍정도 부정도 하지 않고 얼버무렸다.

'세상에, 이게 뭔 일이디야? 못된 놈 걸으니라고!'

피 흘리고 쓰러진 아내의 처참한 모습을 떠올리고는 일순 저도 몰래 남편다운 충격과 연민에 휩싸였지만, 일남은 곧 마음을 돌려먹었다. 애써 돌려먹을 것도 없이, 평상시의 맺힌 마음이 저절로 되살아났다. 제까짓게 죽든지 살든지 내가 알 게 무언가, 지난 몇 달 동안 겪은 고통과 수모는 일남의 마음을 벌거숭이가 된 앞산보다 더 황량하게 만들었다. 아내가 당장 눈앞에서 피를 펑펑 쏟으며 죽어간다 해도, 왼눈 하나 깜빡 안 할 것 같았다. 한술 더 떠서, 제 손으로 목을 눌러 살아날 목숨도 죽이고 싶은 마음이었다.

"니 에미가 뒈지게 됐단다!"

그는 영문 모르는 아이들 앞에다 불퉁스럽게 내뱉었다. 실은 제 마음의 충격을 견디지 못해 뱉어낸 말인데, 아이들의 반응은 전혀 상관없는 남의 이야기 들었을 때와 크게 다르지 않았다. '그래요?' 여덟 개의 동그랗게 부풀려진 눈동자들은, '뒷집 개가 쥐약을 먹었단다.'라는 말을 들었던 때와 별반 다른 빛이 없었다. 그것은 묘하게도, 일남의 마음에 야릇한 허탈감을 주었다. '제 어미가 그렇게도 뼈 빠지게 일해서 먹이고 거두었거늘, 자식 소용없구나.' 싶어 아내가 가엾기도 하고, 하기에 따라서는 이다음에 일남 자신도 그런 대접을 받을 수 있겠다는 두려움이 일기도 했다. 경찰에서 연락을 받은 이상 모른 체 할 일이 아니기도 했지만, 모른 체 하고 있기가 영 불편했다.

과연 새터댁은, 허벅지를 붕대로 수북하게 동여매고 병원 침대에 누워 있었다. 나무장수 강 씨는 재주도 좋아서, 그 사이에 새터댁을 내세워 실비 주점을 차렸다. 녹슨 철제 탁자 여섯 개짜리의 꾀죄죄한 막걸릿집이지만, 명색이 주점이니 남자들의 희롱이 없을 수가 없거늘, 나무장수는 새터댁이 남자들과 시시덕거리는 꼴도 못 봐주고, 장사를 그만두고 들어앉게 하지도 않았다. 가정이 따로 있다는 그가 생활비를 보태주는 것도 아니니, 새터댁이 버는 돈 아니면 달리 살아갈 방도가 없기도 했다. 나무장수는 새터댁이 장사를 계속할 수 있을 만큼만 풀어주면서, 하루도 마음 편히 살 수 없도록 트집 잡고 들볶았다.

그렇게 잦은 싸움으로 하루하루를 이어가던 중에 드디어 일이 터졌다. 나무장수가 출타하고 없는 저녁, 새터댁은 나이 젊은 단골손님 자리에 불려 가서 시답잖은 수작을 받아 주고 있었다. 남자 손님이 장난스레 새터댁의 손목을 잡고, 새터댁은 본래 좀 헤퍼 보이던 웃음을 까르르 소리 내어 흘리는 중이었다. 하필이면 그때, 나무장수가 들이닥쳤다. 나무장수는 제 기분 따라서는 이보다 더한 광경을 눈감아 줄 때도 있었다.

그런데 이날따라 무슨 일이 잘 안 풀려 기분이 나빴던지, 당장에 탁자부터 뒤집어엎었다. 양지말에서 부자 사업가 행세를 할 때는 새터댁이 감히 상상하지 못했던, 거칠고 과격한 면을 드러낸 지는 이미 오래된 터였다. 그때, 가랑잎에 불붙는 듯한 남편의 소갈머리에 넌더리가 났던 판에 저렇게 너그럽고 여자 마음 나긋나긋 짚어 주는 남자가 있구나 싶었다. 그렇게 호감이 생기기 시작했던 게, 빗나간 인생길의 시초였다.

술에 취한 상태에서 질투에 불타오른 나무장수는 주방으로 달려 들어가고, 남자 손님 둘은 달아나 버렸다. 그는 다짜고짜 식칼을 쥐고 나와, 피할 겨를도 없이 새터댁의 허벅지를 찔렀다.

나무장수가 구치소에 들어가고 보니, 꼼짝 못 하고 누워있는 새터댁을 보살펴줄 사람이 마땅히 없었다. 집을 나간 뒤로, 그녀는 친정집과도 연락을 끊고 지내온 터였다. 일남이 그 일을 맡아 하게 되었다고 누군가가 말했다.

'다른 데도 아니고 허벅지 위쪽이라던디, 기분이 조깨 껄쩍지근하겄어.'

'일냄이 그 성질에, 간호고 뭣이고 병원 침대를 확 뒤집어 엎어번지든

안 할랑가 모르겠네.'

사람들은 나무장수가 아직도 갚지 않고 있는 나뭇값이며 품삯 따위는 까맣게 잊은 듯, 오직 새터댁의 허벅지에만 관심을 쏟았다. 어쨌든 일남 은 여지껏 돌아오지 않고 있었다.

안골댁이 마지막 짚 뭉텅이를 안아다 불길 속에 던지고 돌아서며 혼잣 말처럼 중얼거렸다.

"에구, 또 봄이 오기는 왔는갑다만, 한 해 농사지을 일이 새삼시리 걱정 이다. 영감도 기운이 그전 같들 안해 뵈고, 나도 여그저그 아픈 데가 생기 쌓고, 옥희 그거는 또 서울 저그 오래비한테로 간담서나 툭하면 짜증이 다. 한 번 나가서 고생하다 들어오길래 인제 맘을 잡을랑가 했더니, 봄 되 자 또 시작이여."

남희가 집에 돌아온 건 점심때가 훨씬 지나서였다. 시간이 그렇게 간 줄도 미처 몰랐지만, 오후의 마을 공동 작업이 시작됐을 시간이 지났는데 도 한동댁이 집에 있었다. 노랗게 움이 자란 저장 무를 꺼내서 다듬고 있 던 한동댁은, 마당에 들어서는 딸을 보자 대뜸 한숨이었다.

"에그, 자석이란 게 뭔지..."

얼굴 가득 수심을 드리운 채 건성으로 일손을 놀리는 어머니가, 남희는 지레 저 때문인 줄 알았다.

"참말로, 뭔 이런 일이 다 있는가, 놀랜 가심이 이적지 안 가라앉네."

아닌 게 아니라 한동댁의 목소리는 떨려 나오고, 다시 보니 눈자위가 붉게 충혈돼 있기까지 했다.

"무슨 일이 있었어요? 오후 일은 어째 안 나가고."

"응, 글 안 해도 저녁때는 여자들 할 일이 어중간하게 남았응게 나오지 말고 집안일을 하라느니 그냥 나오라느니 오락가락하던 참이었는디, 영자 저그매한티 그런 일이 있어서 모다 일을 취소했니라."

　남자들은 냇가 자갈밭에서 새참 막걸리를 마시고, 여자들은 모래를 치던 회관앞 공터에서 빵 한 개와 사이다 한 잔씩을 나누어 먹고 있었다. 곧 벌어질 줄다리기를 두고, 아래뜸 위뜸 여자들끼리 서로 이길 자신이 있노라고 우스개소리로 허풍을 주고받는 중이었다.

　그때 집배원 차림의 남자를 태운 오토바이가 마을에 들어섰다. 늘 오던 우편물 집배원이 아닌 데다 자전거가 아닌 오토바이를 타고 왔는지라 약간 의아했지만, 설마 그런 불길한 전보를 들고 왔으리라고는 아무도 짐작하지 못했다. 영자가 가정부로 있는 집주인이 보낸 그 전보에는, 속히 전화해 달라는 말만 적혀 있었다. 마을 이장네 집에 전화가 있다는 걸 집주인이 모르고 있는 듯했다. 놀라는 영자 어머니를 이장이 자기 집으로 데려갔는데, 잠시 후 밖으로 나온 영자 어머니의 얼굴은 새파랗게 질려 있었다. 그녀는 궁금증에 차서 기다리고 있는 아낙네들을 지나쳐 집으로 들어갔다. 이장이 들려주는 말로는, 영자가 병원에 있다는 거였다. 수면제를 많이 먹고 정신을 잃은 상태로 발견되어 입원시켜 놨으니, 부모가 올라와 보라는 게 영자네 안주인의 말이었다.

　"저그매가 옷한질라 지대로 못 갈아입은 채 올라갔응게, 뭔 일인가는 곧 알게 될 것이여. 세상 오래 안 살아도 놀랠 일이 쌨구나. 에그, 뭔 속이 그렇게도 상했는가 모르겄다만, 속상하다고 죽기로 치자면, 세상에 남아

날 사람이 얼매나 될 것이라고 그랬으까."

한동댁은, 아침에 딸의 방문 앞에서 했던 말을 이번에는 영자를 두고 되새김질했다. 그녀는 무 껍질이 묻은 손등으로 눈물을 훔쳐냈다.

"못된 것, 오죽했어야 그런 독한 맘을 먹었으까만, 불쌍한 저그매는 생각도 안 나던가? 사람으로 태어나서 천하에 못 할 짓은, 부모 앞에 세상 등지는 것이라는디."

신데렐라를 꿈꾸는 철부지 소녀 같은 편지가 두어 차례 날아온 뒤로, 영자한테서는 소식이 끊겼다. 전 같으면 읍내에 나간 길에 우체국에 들러 전화라도 한 통 걸어봤을 텐데, 남희는 그런 여유를 잃고 있었다는 걸 이제야 깨달았다. 그녀는 한동안 자신의 문제에 골몰한 나머지 주변 사람들을 잊고 있었다.

딸과 함께 한 자리에서 저녁 몇 술을 뜨고, 박만식 씨는 잔뜩 굳은 표정으로 방을 나갔다. 숟가락을 놓을 때까지도 그는 딸의 얼굴에 눈길 한 번 주지 않았다. 처음에는 어디 아픈가 싶어 내심 걱정하고 아내에게 묻기도 했는데, 다행히 병이 난 것 같지는 않았다. 그럼에도 방구석에 며칠을 틀어박혀 있자, 그는 혹시 용돈에 불만을 품은 건 아닐까 싶었다. 사실 소 판 돈에서 딸의 용돈을 떼어줄 때는, 나름대로 큰맘을 먹은 거였다. 급히 돈 쓸데가 있어 보이지도 않는 딸에게 용돈을 넉넉히 줄 여유가 있었다면, 어미와 송아지를 한꺼번에 팔아 없애고 외양간에 남의 소를 매는 일 따위는 애초에 없었을 것이다. 부모가 직면한 어려운 경제 사정을 모를 리 없는 딸이, 철부지처럼 자기 입장만 생각하는 양이 야속하고 괘씸했다.

남희도 고개를 떨군 채, 눈칫밥 얻어먹는 아이처럼 소리 죽여 수저만 놀리고 있었다. 한동댁은 그런 분위기를 누그러뜨리고자 이런저런 이야기들을 끄집어냈다.

"영자 그것이, 집에서도 농사일 하고 동생들 보니라고 얼매나 애를 먹었어? 그렇게 고생고생 크다가 넘의 집 살이 나간 년을 어디 그냥이나 뒀어야 말이지. 저그 아부지는 그 불쌍한 돈을 뜯어다 화투 쳐서 없애고, 저 그매는 참을성 없이 전화 걸어서 일러바치고 하는디, 저라고 속이 없었어? 소만 해도 그려, 그 불쌍한 것이 얼매나 기가 맥혔겠어? 그라다 봉게 이래저래 몹쓸 맴이 불쑥 생깄던개비여."

"자석 앞에다 두고 저렇게 줏대 없는 소리를 해 쌍게, 요새 젊은것들이 저그 세상만 있고 부모들 세상은 아예 없는 줄로만 알지. 암만 속이 상했다고 어디 그런 짓을 하고 있어, 부모는 안중에도 없는, 천하에 못된 행실을!"

박만식 씨가 문밖으로 나가버리자, 한동댁이 딸의 눈치를 살피며 다독거리듯이 말했다.

"너그 아부지 셍미는 젊어서부터 저랬니라. 속 모르는 사람이 들으면 참말로 인정머리 없는 줄 알기 똑 좋당게. 내가 조깨만 맞서고 어쩌고 했더라면, 우리 집도 시끄럴 때가 더러 있었을 것이구면. 하기사, 세상천지에 그만한 허물 없는 사람이 어디 있겠냐만."

남희는 서랍 속에 있던 돈을 꺼내 핸드백에 넣고, 외출복의 먼지를 떨어 두었다. 치마의 주름을 살리려고 공들여 다림질하고, 거울을 보아가며 머리의 물기를 말렸다. '이렇게 떠나면 되는 것을, 세상은 왜 그리 멀고 아득했을까,' 라고 그녀는 혼잣말을 했다.

기껏해야 읍내 나들이가 전부인 제 생활 범위가 너무 좁다고 느껴질 때, 그녀는 여행을 떠나고 싶었다. 하지만 일상의 틀에서 벗어나는 방법도 모르고 용기도 못 내는 탓에, 기껏해야 지도를 펼쳐놓고 엎드려서 상상 여행을 하는 것으로 그쳤다. 달리는 기차의 창가에 앉아 아득하게 트인 평야와 강물을 보고, 찬란한 도시의 야경을 보는 상상, 옆자리의 낯선 사람과 인사를 나누고 담소하는 상상, 그러다가 어느 작은 역에 내려서 새로운 것들에 대한 설렘을 안고 출구로 발걸음을 옮기는 상상들은 즐거웠다. 하지만 그뿐이었다. 이름 모를 역이며 낯선 바닷가를 막연히 동경하던 시절이 가고 누군가를 찾아 떠나고 싶다는 뚜렷한 목적지가 생겼을 때마저, 그녀의 발은 제자리에 얼어붙어 떨어져 주지 않았다. 그런데 지금, 그녀는 계획에도 없던 혼자만의 여행을 일말의 망설임도 없이 떠나는 것이다.

바람을 쐬고 돌아오겠다는 딸을, 한동댁은 놀란 눈으로 바라보았다.

"바람은 어디 가서 쐰다는 것이여? 읍내나 한 바쿠 돌고 올라먼, 뭘라고 큰 가방은 들고 나간디야?"

"영자 좀 보고 올 거예요."

"그라먼 서울끄장 간다는 소리여? 니가 거그 가서 뭐 할라고?"

"그냥, 궁금해서 가보고 싶어요."

"그려, 니 맘 심란한 줄이사 잘 알겠다. 그래도 그렇지, 저그매가 내리오먼 영자 소식은 어차피 들을 것인디, 비싼 차비 딜이감서 거그까지 가야겄냐. 이눔에 농사일은 봄에 한 번 처지기 시작하먼 가실에끄장 넘 뒤꼭지만 봄서 따라가게 되니라. 내일은 또, 어디서 부녀회원들 앞산에 공동밭 치는 모냥을 사진 찍을라고 온다는디, 밀린 농사일은 언제 할랑가 모르겄네."

"금방 올게요."

전 같으면 이쯤에서 슬그머니 주저앉고 말았을 딸이건만 그럴 기미를 보이지 않자, 한동댁은 딸의 여행을 눈감아 주기로 했다. 그러면서도 걱정거리를 연신 입밖에 풀어놓았다.

"그려, 그동안 죽드락 일만 했응게, 차 타고 어데로 좀 나갔다 올 만도 하지. 그래도, 아부지 딱한 생각도 해 디리야 돼. 자레께 경수한테서 돈 부치란 펜지 온 것 땜시도 걱정이 많으시다. 이것저것 팔아 올렸응게 당분간은 그냥저냥 지나가려니 했는디, 그게 아닌갑더라. 뭔 눔에 책이 그리 비싼지 원. 참말로 요새 촌에서 돈 나올 데라고는 없는디."

한동댁은 도망치듯 문간을 나서는 딸의 뒤통수에 대고 말을 이었다.

"경수한티 들르걸랑, 메칠 새로 돈을 마련해 보내마고 알아듣게 일러라. 외숙모가 쉬는 날 한 번씩 딜이다보기는 하는갑더라만, 끼니나 제대로 챙겨 먹는가 어쩌는가...."

경수의 끼니를 걱정하는 짧은 순간에, 한동댁의 눈자위가 붉어져 있었다. 남희는 어머니를 안심시키고는 걸음을 재촉했다.

양지말뿐 아니라 근처의 다른 동네에도, 고요하고 한가로운 공기는 이미 사라지고 없었다. 마을마다 새마을 공동 작업 판이 벌어져 있었고, 논밭에도 부지런한 농부들의 일하는 모습이 더러더러 보였다. 초록색 새마을 모자를 쓴 공무원의 자전거와 마주쳤는가 하면, 시멘트 블록을 가득 실은 트럭이 흙먼지를 뽀얗게 일으키며 달려갔다. 모두가 바빠 보였다.

남희가 읍내의 시외버스 정류장에 닿았을 때, 뒤에서 다가온 자전거 한 대가 바짝 가까이서 멈춰 섰다. 자전거에서 내린 사람은 뜻밖에 오윤호였다. 윤호는 작업복 차림이었다.

"도망가는 중이라고?"

그가 자전거를 대합실 바깥벽에 기대 세우며 싱겁게 웃었다. 반신반의 하는 표정이었다. 어리둥절하던 남희도 따라 웃었다.

"말만 들은 서울로 도망갈 땐 말을 해야지."

"도망가면서 소문내는 사람이 어딨어? 근데 정말, 어떻게 알았어?"

"흠, 다 소식통이 있거든. 그래서 이렇게 잡으러 왔지."

"농담은…. 근데 읍내는 무슨 일로 왔어?"

"정말로, 골목에서 블록 담 쌓는 일 하다가 아무 자전거나 집어 타고 왔다니까."

듣고 보니 짚이는 데가 있기는 했다. 들길을 걸어 읍내가 보이는 곳쯤에 닿았을 때, 윤호와 한마을에 사는 또래 청년과 마주쳤다. 오토바이를 타고 읍내 쪽에서 오다 멈춰 선 그는, 남희의 큼직한 가방을 유심히 보며 물었다.

"어디, 먼 데 가? 설마, 봄바람에 단봇짐 싼 거 아니지?"

"봄바람에 단봇짐 싼 거 맞아."

그가 검은 장갑 낀 손으로 검은 안경을 벗어 들었을 때야 겨우 알아보았던 게 우습기도 하고, 또래끼리 마주치면 더러 그런 종류의 농담을 주고반기도 했던 터라, 남희는 무심코 대꾸한 다음 지나친 터였다.

윤호가 길 건너 터미널 다방을 가리켰다.

"일단 저 앞 다방에 들어가서 얘기 좀 하지."

"안 돼, 차 시간이 다 됐는걸. 저거 놓치면 앞으로 두 시간이나 기다려야 해."

서울에 가서 영자를 보고 돌아온다는 말에, 윤호는 덤덤하게 고개를 끄덕였다. 산골 마을의 크고 작은 사건들은 어차피 소문으로 흘러 다니는 것이어서, 영자의 자살 미수 소문도 어느새 윤호의 귀에까지 들어가 있었다.

"그게, 소 때문이었어?"

소가 없어진 지 수 개월이 지난 마당에, 사람들은 영자가 소 문제로 속이 상해서 약을 먹었다는 둥, 아버지의 노름 버릇을 고쳐주려고 일부러 소동을 일으켰다는 둥, 남의 집 이야기를 멋대로 씹고 또 전파하였다.

사람이 반 남짓 찬 버스는 시동이 걸려 있었다. 빈 좌석이 많았지만, 탈 사람은 어지간히 탄 것으로 보였다. 아직은 본격적인 농사철이 아니어서 이만큼이라도 승객이 있는 것이지, 모내기 철이나 추수철 같은 때는 거의 빈 차로 움직이기 예사였다.

"오래 있다가 오는 거 아니지?"

출발 준비가 된 버스를 바라보며 윤호가 다소 우울하게 물었다. 영자만 보고 내려온다는 말이 미덥지 못한 눈치였다. 어쩌면 그녀 마음의 어두운 그림자를 꿰뚫어 보는 듯한 표정이었다. 버스가 움직일 기미를 보이자, 남희가 서둘러 발판 위로 올라섰다.

"다음 주 초부터, 농촌지도소에서 농기계 실습 교육이 있어. 현재 신청자는 대부분 남자지만, 경운기랑 트랙터 조작법을 익히겠다는 여성들도 몇 명 있대. 늦지 않게 내려와 봐."

차창 밖에서 진회색 작업복 차림의 윤호가 손을 들어 보였다. 검게 그을린 얼굴 때문인지, 가볍게 웃는 그의 치아가 유난히 희었다.

아직은 앙상한 가지뿐인 포플러 가로수들이, 차창 밖으로 빠르게 스쳐 지나갔다. 검은빛 겨울나무들이 저마다 희망이라는 비밀을 간직하고, 헐벗은 시간을 견디고 있었다. 아무의 눈에도 띄지 않는 가운데, 속에서는 수액을 끊임없이 뿜아 올리며 겨울을 견디는 까닭에, 벌거숭이 나무는 결국 죽음 대신에 찬란하게 푸른 날을 맞이하게 되는 것이다. 남희는 의자에 기대어 눈을 감으며, 조용하면서도 아프게 가슴이 벅차오름을 느꼈다.

그녀는 오후 늦은 시각에야 기차로 갈아탔다. 기차는 오래 달렸지만 지루하지는 않았다. 쉬어가는 역마다 새로운 이름의 푯말이 붙어있고, 각양각색의 수많은 사람들이 타고 또 내렸다. 밤 정거장의 파리한 불빛, 그 아래 서 있거나 걸어가는 사람들의 모습은 여행자의 가슴에 애수를 불러일으키기 좋았다. 모두가 무엇을 찾아 저렇게들 어디론가 떠나고 또 돌아오는 것일까. 저 사람들도 누구를 사랑하고 또 누구의 마음을 아프게 하면서 하루하루를 살아갈 테지. 기적이 울고 기차가 움직였다. 바삐 뛰어오르는 마지막 승객. 천천히 뒤로 멀어지는 역무원. 어제도 그제도, 그리고 아주 오래전에도 기차는 그렇게 오갔고, 하루도 빠짐없이 무수한 어떤 사람들이 타고 또 내렸을 것이다. 하지만 꿈꾸는 먼 곳을 아득하게 그리기만 하며 가슴 태웠던 날들.

'난, 한 마리 눈 어두운 우물 안 개구리였어.'

그녀의 마음 깊은 곳에서, 무엇인가 기지개 켜며 꿈틀거리는 듯했다. 그녀는 한승우를 생각했다. 두 사람의 가슴에 새겨진 추억과 오늘 사이에는 넘을 수 없는 골짜기가 가로놓이게 되었고, 그 책임은 자신에게도 있다는 걸 새삼 깨닫고 있었다. 사랑에서뿐 아니라 삶을 대하는 태도에 있어 너무나 미숙했다는 것을 인정했지만, 그것으로 지난날을 되돌릴 수 없는 노릇이었다. 그 사람과는 다른 길을 걷도록 이미 마련되어 있다는 게 슬펐지만, 이해할 수 없을 만큼 잔잔한 슬픔이었다.

영자는 그녀가 가정부로 일하던 동네 병원의 육 인용 병실에 누워 있었다. 다행인 것은 저승과 이승의 중간 지대를 헤매고 있을지 모른다는 걱정과는 달리, 초췌한 얼굴로나마 남희를 반겨주는 것이었다. 한참을 서로 말없이 손만 잡고 있다가, 영자가 먼저 입을 열었다.

"나 땜시, 니가 여기까지 왔냐."

"그래, 이 바보야."

"미안해서 어쩐다냐."

"미안하기는."

영자의 눈에 눈물이 고였다. 볼이 쑥, 꺼진 탓인지, 그녀의 표정은 어른스럽다 못해 늙어 보였다.

"아이고, 저거 남희 아니냐!"

밖에서 들어오던 노루말댁이, 방안에 여러 사람이 있다는 것도 잊은 듯 문 앞에서부터 목청껏 외치며 다가왔다. 그녀가 창가에 있는 딸의 병상으로 걸어오는 동안, 영자는 맥 빠진 웃음을 흘리며 낮은 소리로 투덜거렸다.

"야, 엄마 땜시 진짜로 죽겄다. 목소리한질라 커 갖고 어찌나 할 말 안할 말 있는 대로 떠들었던지, 이 방 사람치고 내가 왜 여기 있는가를 모르는 사람이 없어."

아니나 다를까, 노루말댁은 몇 마디의 인사말이 끝나기 바쁘게 버릇 같은 푸념을 늘어놓았다.

"저년이 등신이여. 지 에미가 남자 하나 땜시 한펭생을 웬수맹이 사는 거 보도 못했는개벼. 남자라면 그저 이가 갈리더만, 배알도 없는가 그까짓 남자 일로 죽을 맘을 먹었더란다. 징그런 이 세상에 저그들땜시 살아 있는 에미는 뭣이 되라고, 그렇게 인정머리 없는 짓을 했는가 모르겄다, 참말로."

노루말댁의 목소리가 너무 컸으므로, 남희는 옆자리에 누운 환자를 얼른 돌아보았다. 영자 말마따나 이미 다 아는 이야기여서인지, 옆자리의 젊은 여자는 팔뚝에 연결된 링거병에서 약액이 똑똑 떨어지는 양을 멀뚱히 지켜보고 있었다.

"어떻게 생긴 늠인가, 낯반데기나 한번 봤으면 쓰겄어. 멕사리라도 한바탕 잡아 흔들어서 분풀이라도 하게. 하기사, 넘의 자석 나무랠 것도 없이 내 자석이 등신이지. 나 겉으면 그런 늠 만내서 펭생 속 끓이고 사느니 차리리 잘 됐다고 노래를 불렀겄다."

영자는 이미 홑이불을 뒤집어쓰고 돌아누워 있었다. 노루말댁은 병실이 울리도록 요란하게 한숨을 내쉬었다.

"아이고, 자가 어쨌든 살아나서 다행이지만, 바깥 날씨가 환하니 좋응게 그새 또 농사일 걱정이 된다. 딸년 죽었으면 그 질로 따라 죽을 맘먹고 울며불며 올라올 때가 언제라고, 사람 맴이 이리 벤덕시럽당게."

그녀는, 어미의 눈치 없는 푸념이 못마땅해서 이불을 뒤집어쓰고 돌아누운 딸을 살짝 흘겨보고는 밖으로 나가 버렸다. 약 냄새에 찌든 하얀 방에 창백하게 누워있는 사람들, 조심스러운 발걸음과 나직나직한 말소리, 그러한 분위기가 노루말댁한테는 유독 답답하게 느껴지는 듯했다.

주인집 여자의 친정붙이라는 것뿐, 영자는 그 사람에 대해서 아는 게 없었다. 다만, 그 사람을 처음 본 순간 가슴 벌렁거리는 소리가 제 귀에 뚜렷이 들리는 듯했다.

그는, 영자가 한때 정신없이 빠져들었던 남자 탤런트와 무척 닮아 있었다. 영자는 가장 오래, 그리고 최근까지 좋아했던 그 미남 탤런트를, 여자관계가 복잡하다는 주간지 기사를 본 이후로 내심 멀리하던 중이었다. 직접 만나서 정붙인 사이도 아닌지라, 주간지 기사 하나로도 쉽사리 마음 정리가 되었다. 하지만 그와 흡사한 사람을 발견한 순간, 영자는 미처 예상치 못했던 설렘에 휩싸이고 말았다.

나중에 자세히 보니, 정작 얼굴보다는 계집아이처럼 가지런히 빗어내려 찰랑거리는 긴 머리가 비슷할 뿐이었다. 하지만 그런 건 아무래도 좋았다. 중요한 것은, 텔레비전 화면 속의 스타가 아닌 실제 인물에게 그녀가 반해버린 사실이었다. 저 보고 오는 것도 아니련만, 그 사람이 집에 와 있으면 공연히 마음이 뒤숭숭했고, 접대하는 일이 귀찮기는커녕 좀 더 잘 대접할 게 무언가 하고 주제넘은 고민까지 하며, 차든 과자든 과일이든,

정성껏 공손하게 대접했다. '나한테도 이렇게 좀 잘해 봐라,' 오죽하면 그의 사촌 동생인 주인집 아들이 함께 있는 자리에서 농담을 건넬 지경이었다. 영자의 마음을 알아채기라도 했는지, 어느 날 그가 넌지시 말을 건넸다.

"이 생활이 힘들지 않아요?"

그의 음성과 눈빛에는, 외로운 영자가 좀체 만나기 힘든 따뜻함이 있었다.

'힘들긴요, 요즘 같으면 영원히 이 짓만 하고 싶어요. 자주만 와 주신다면요.'

영자의 입에서는 그런 말이라도 나올 뻔했다.

"아뇨."

영자는 모기만 한 소리로 겨우 대꾸했다. 실은 이곳에 와서도 헤헤헤, 깔깔깔, 거리낌 없는 웃음 버릇이 튀어나와, 이따금 주인 여자의 핀잔을 듣던 그녀였다. 그런데 그 사람이 와 있을 때면 저도 몰래 얌전하고 고상해지려고 애를 쓰는 것이었다. 그 사람이 말을 걸어준 날, 영자는 가슴이 울렁거리고 잠도 오지 않았다. 어쩌면 그렇게 점잖고 겸손하고 다정한 미남이 있을까. 힘들지 않냐는 한 마디뿐이었지만, 서울 생활 오 년이 다 되도록 자기의 어려움에 관심 가져 준 사람은 물론, 그런 태도와 그런 어조로 말해준 사람은 처음이었다. 더욱이, 여자나 늙은이나 어린아이도 아닌 젊고 멋진 남자가.

영자가 예전에 열중했던 가수나 탤런트는 이제 아무것도 아니었다. 그들이 텔레비전 화면에서 짓는 표정이나 말씨 하나하나가 그녀의 마음을 사로잡고 사랑의 환상을 안겨주었지만, 그것이 참 공허하다는 것을 비로소 알 것 같았다. 그들 중의 누구도 영자의 존재를 알지 못한 만큼, 영자의 이름을 불러줄 리도 없었다. 그녀는 텔레비전 스타를 향한 사랑이 꿈이었다면, 그 남자를 향한 사랑은 현실이라고 믿었다. 어느 날 그가 영자를 전화로 불러냈다.

"식구들한테 내 이야기까지 할 것은 없고, 아무튼 잘해서 이리로 나와요. 영화 구경시켜 줄게요."

여간해서 자기 시간을 가진 적 없던 영자인지라, 모처럼 꾸며낸 외출 사유는 무난히 먹혀들었다. 그날 남자는 영자에게 점심을 사 주고, 약속대로 극장에도 데려갔다. 대낮에도 깜깜한 극장 안에서는, 야릇하고 진한 장면이 나올 때 쌍쌍으로 앉아 있던 남녀가 비슷하게 따라 하는 모습을 쉽게 볼 수 있었다. 떨리는 손을 내내 만지작거리고 있던 남자로부터, 영자도 드디어 뜨겁고 찐득찐득한 입맞춤 세례를 받았다. 의외의 사건이었지만, 마치 예상하고 준비했던 것처럼 놀랍지가 않았다.

영자는 세상이 온통 제것 같았다. 하루하루가 새로웠고, 이 좋은 세상에 태어나지 못했더라면 억울해서 어쩔 뻔했으랴 싶을 정도였다. 그는 황감하게도 결혼하자는 말까지 했다. 대낮의 여관 입구에서 영자가 두려워 망설일 때, 은근하고 달콤한 목소리로 속삭였다. 내가 너를 이렇게 사랑하는데, 그리하여 머지않아 결혼도 하게 될 텐데, 무얼 두려워하느냐 했다. 영자는 그를 거부할 수가 없었다. 그와 결혼하게 되리라는 믿음보다는, 여러 면에서 격이 맞지 않는 상대임에도, 오직 사랑 하나만으로 밀고 나가려는 그의 사람됨이 크고 미덥게 보여서였다.

그러다 언제부턴가 소식이 툭 끊겨버린 그 남자 때문에, 영자는 시들시들 말라갔다. 그렇다고 주인집 식구들한테 터놓고 상의할 일 같지도 않았다. 나들이가 왜 그리 잦냐고 성화를 대다가 이제 겨우 안심하고 있는 주인 여자가 그 사실을 알게 되면, 도움은커녕 재나 뿌리려고 덤빌 것으로 영자는 넘겨짚었다. 영자는 일을 해도 억지로 했고, 텔레비전 연속극에도 아무런 흥미가 없었다. 좋아했던 배우가 나와도 시들하고, 뭣이 그리 좋은지 내내 시시덕거리는 코미디 프로는 더욱 꼴 보기 싫었다. 영자는 미쳐버릴 것처럼 답답하고 우울했다.

하지만 영자는 그 사람을 믿기로 했다. 겨우 가정부 살이나 하는 촌뜨기 처녀한테 정중한 태도로 꼬박꼬박 존댓말을 해주던 그 사람은, 입만 열면 본데없고 싹수없는 여편네라고 어머니를 깎아내리기 바쁘던 아버지하고 너무나 달랐다.

그러던 어느 일요일 아침, 깨끗한 새 양복 차림으로 구두를 신던 주인집 아들이, 거실을 청소하고 있는 영자를 보고 지나가는 말처럼 흘렸다.

"오늘, 그 형 결혼해."

"무슨 형?"

"너도 잘 아는 영수 형 말이야."

그러고 보니, 어제 주인 여자가 집을 나가며 영자한테 이르기를, 내일 결혼식이 있어서 친정에 미리 가니까 그리 알라고 했다. 이제야 알아챈 영자는, 온몸이 굳어버리는 듯했다. 눈앞이 핑글 돌더니, 무수한 오색 물방울들이 소용돌이 속으로 빨려 들어갔다. 까만 벌레떼의 모습으로 앞을 가리며 다가들었다.

"어디서? 어디서 하는데?"

"왜, 관심 있니?"

주인집 아들이 야릇한 웃음을 머금고 힐끗 돌아보더니, 조금 거만스럽게 밖으로 나가버렸다. 하기는, 늘 도도하고 사람을 얕잡아보는 말투의 주인집 아들을 은근히 아니꼬워하던 참이어서, 그보다 몇 살 위인 그 사람의 겸손과 친절이 지나치게 돋보였는지도 몰랐다.

주인집 아들이 인정머리 없이 닫고 나간 대문을 바라보고 서 있는 영자의 세상도, 그렇게 꼭꼭 닫히는 듯했다. 그때부터 몇 날 며칠 무얼 생각하고 무슨 행동을 했는지, 영자는 잘 기억할 수가 없었다. 기억하고 싶지도 않았다.

"있는 사람들은 다 그런가, 야들 쥔 아짐마 말이 암만 생각해도 서운하구먼. 사람을 이 지경 되게 맨든 놈 나쁘단 소리 한마디도 없이, 애먼 넘의 딸만 나무래 쌓는당게. 주제를 몰랐당가 어쨌당가, 저그들한티는 그리 하찮게 뵈는가 몰라도, 나한티는 금쪽겉이 귀한 자석인디."

그 사이 밖에서 돌아온 노루말댁이, 도무지 이해할 수 없다는 듯이 투덜거렸다.

"서울, 서울, 해 싸도, 나는 서울 좋은 거 벨라 모르겠더라. 너그 아부지가 엔간히 조깨 돌아댕기고 착실하게 농사일만 해 준담사, 우리 동네가 세상에서 젤 좋지."

노루말댁은 벌써 고향이 그리운 눈치였다. 그녀는 당장이라도 집에 가서 농사일을 시작해야 한다며 애를 태웠다. 영자의 상태가 생각보다 나쁘지 않은 데다 어차피 여러 날 병원비 물고 누워있을 형편도 아니긴 했다.

그녀는 다음 날 서둘러서 병원문을 나서며 남희에게 부탁했다.

"니 열이든 모레든, 니가 영자랑 같이 내리오너라. 자는 주인집이랑 볼 일이 조깨 남았다고 항게, 나 혼자 먼저 갈란다."

그녀는 이어서, 영자네 주인집 여자한테 섭섭한 마음을 털어놓았다.

"돈도 좋지만, 아플 때나 부모 옆에서 쉬어야지. 저 하나 보태진다고 설마 산 입에 거미줄 치겠냐. 그래서 첨부터 자를 집에 델꼬 갈 맘으로 왔는디, 행여라도 저그 집에 두고 가깸시 걱정이더랑게, 뭐, 영자를 저그 집에 두면 조카가 위험시럴까 싶어서 사람을 미리 구했담서, 맥없이 걱정해 쌓더라. 죽을 뻔한 넘의 자석은 뒷전이고, 저그 조카 욕 얻어먹을 걱정만 늘어놓더랑게."

남희가 노루말댁을 배웅하고 병실에 돌아왔을 때, 영자가 물었다. 마치 여태 그 생각만 하고 있었다는 듯이.

"야 참, 너는 어쩌고 있냐? 시방도 승우고, 맹탕으로 잘 지내고 있어?"

"그게 아니고...."

"그게 아니면 뭔 화끈한 사건이라도 있었단 말여?"

영자가 예전에 밭이랑에서 킬킬거리며 짓곤 하던, 짓궂은 호기심의 표정이 되어 남희를 바라보았다.

"그게 아니고 니 말대로, 맹탕으로 지지부진, 그러다 끝나 버렸어."

예전 영자였으면 놀란 다음 화를 내고 욕설이라도 내뱉을 만했지만, 아무런 말도 하지 않았다. 두 사람 사이에 잠시 침묵이 흐르자, 다른 병상의 소음이 확대되어 들려왔다. 다리에 붕대를 감고 있는 젊은 여자 곁에, 친구인 듯한 두 사람이 찾아와 아까부터 쉬지 않고 재잘대고 있었다.

"참말로, 자들도 울 엄마 못잖게 떠든다."

영자가 얼굴을 돌린 채 그녀들을 흉봤다. 그런 다음, 목소리를 더욱 낮췄다.

"야, 그 남자 있잖아, 진짜 탤런트 이영준하고 닮았어. 자세히 보면 또 뭐 그렇지도 않지만, 첫인상이 암튼 그랬어."

영자는 어느덧 꿈꾸듯 몽롱하게 지껄이고 있었다.

"나 사실은, 쬐끔 후회된다. 아주 죽어버리기나 했으면 몰라도, 맥없이 동네 소문만 나게 됐잖냐. 추접시러서 어떻게 집에 갈까, 걱정이 이만저만 아녀. 근다고 고향에 안 간단 소리는 하기 싫으니, 왜 그런지 나도 모르겠어."

남희의 어깨에 머리를 기대고 앉아 있던 영자는, 조금씩 무게를 더해오는가 했더니 이내 잠이 들어 있었다. 병실에서 실컷 잤을 법도 한데 마치 잠에 허기진 듯, 기차가 서울역을 출발하고 얼마 되지 않았을 때부터 자기 시작했다. 어쩌면, 그리 짧지 않은 서울 생활을 뒤로 하고 고향으로 돌아가는 감회가 깊어서 자는 체하는지도 몰랐다. 그녀가 서울에서 가지고 가는 것은, 옷가지들이 들어있는 두 개의 가방과 병원비를 내고 남은 약간의 돈이 전부였다. 상처 입은 영자가 쉴 곳은 화면 속의 미남 배우도, 잘나고도 겸손했더라는 그 남자도, 심지어 그녀가 여러 해 동안 집안일을 도맡아 해주던 주인집도 아니었다. 그녀는 지금, 원수인 양 서로 으르렁거려온 아버지의 집으로 가는 중이었다.

고향이 가까워질수록 서울은 그만치 멀어지고 있었다. 새벽 다섯 시면 어김없이 잠에서 깨어 도서관으로 나간다던 경수. 이즈음의 그 시각은, 부지런한 농부들조차 잠에 취해 있을 어둠 속이었다.

"게다가 밥까지 손수 챙겨 먹고, 고생이 정말 심한 거 같다."

대학 입시에만 붙으면 한시름 놓으려니 했건만, 오히려 더 긴장감 도는 경수의 생활이 딱해서 남희가 중얼거렸다. 제가 원해서 들어선 길이지만, 아버지 어머니를 생각하면 잠을 줄이는 일도 한결 쉬워진다며 경수가 웃었다. 그런 끝에 정색하며 말했다.

"입시 공부할 때가 편했어. 그땐 한가지 목표만 보고 매진할 수 있었으니까. 대학에 들어온 후로, 종종 회의를 느끼지. 세상이 어떻게 돌아가든 외면하고 돌아앉아 책만 죽어라 하고 파는 게 맞을까, 그게 세상에 무슨 보탬이 될까, 그런 거. 하여튼 당분간은, 아버지 얼굴을 머릿속에 새겨놓고 공부에 열중하는 거야."

남희는, 머지않아 경수가 반정부 데모하는 무리에 끼게 되리라는 예감에 사로잡혔다. 그것이 진정한 애국심과 정의를 위한 길이어도, 젊은이 개인과 가족들의 앞길에 큰 부담을 준다는 걸 모르는 사람이 없었다. 그리하여, 아버지가 제일 우려하고 겁내는 일이었다. 하지만 결국 경수의 선택에 따를 수밖에 없을 것이고, 그래서 세상살이는 계획대로만 되지 않는 법이었다.

기차에서 시외버스로 옮겨 타고 얼마지 않아, 차창에 가느다란 빗금이 그어지기 시작하더니 비가 제법 세게 내리고 있었다. 들판과 산과 집들이 비에 젖으며 뒤쪽으로 밀려가고, 비포장도로 위의 버스가 흔들릴 때마다 두 사람의 어깨가 강하게, 또 약하게 부딪치곤 했다.

"비 조깨 더 와야 돼, 겨우내 가물어서 농사지을 물이 모지래도 한참 모지래."

통로 건너편 자리에 앉은 초로의 여자가 창밖을 보며 중얼거렸다. 그 옆자리의 조금 젊은 남자가 대꾸했다.

"때맞춰 잘 와 주는구먼요. 이 무렵에 비 오고 나먼, 들판 색깔이 확 달라지는 게 보기 좋지요."

남희의 머릿속에는, 푸석푸석 마른 흙 속으로 단비가 스며드는 보리밭이 펼쳐지고 있었다.

'그래, 경운기 조작법을 배우러 가야겠다, 윤호 씨가 말했던!'

그런 결심을 하면서, 뽀얗게 흐려진 차창에 '안녕'이라고 적었다.

"남희야, 너 승우한테 '안녕'이라고 인사한 거냐?"

어느 사이에 손가락 끝을 지켜본 영자가, 잘 안다는 투로 물었다.

"모르겠어. 무심코, 괜히 적어봤어."

그렇게 대답하고 보니, 가슴이 싸하니 아려왔다. 한동안, 꽃이 피면 그립고 비가 오면 아련히 슬퍼질 것도 같았다.

버스 터미널에 내리니, 평소보다 사람이 많았다. 이날이 마침 장날이라 완행버스 기다리는 손님들이 많은 데다, 비가 오니 비를 피하여 들어온 사람들도 적지 않았다. 비를 피하여 쉬고 있는 이들 중에, 박기수와 이장과 두세 명의 마을 여자들이 보였다. 그들이 앉은 장의자 옆 바닥에는, 큼직한 보퉁이 몇 개가 옆으로 위로 겹쳐서 놓여 있었다. 도망치듯 비 오는 문밖으로 나서는 영자의 뒷모습을 보며, 이장댁이 남희에게 설명했다.

"근래 들어서, 동네에 안 좋은 일이 자꾸 생겼잖아. 그래서, 앞산에 올라 동제 한 번 지내기로 합의를 봤당게. 저번에 공동 작업함서 말만 내놓고 미적미적 미뤘는디, 자레께 밤에는 안골댁이 안 좋은 꿈을 꿨디야. 꿈 얘기를 듣고, 부녀회원들이 나서서 막 서둘렀어. 그 꿈 얘기가 뭐냐 하면, 하여튼 그것이 조깨 불길한 내용이라서, 말하자면 비상이 걸렸당게. 오늘 장 봤응게 니열은 음식 장만하고, 모레 정성껏 제사를 지낼 것이여."

그들 일행은 터미널 건너편 공터에 박기수의 경운기를 대놓고, 비가 그치기를 기다리는 중이었다.

김명희 장편소설

들꽃 연가

인쇄 2025년 10월 19일
발행 2025년 10월 25일

지은이 김명희
발행인 서정환
펴낸곳 신아출판사
주 소 서울특별시 종로구 삼일대로 32길 36, 305호(익선동 운현신화타워)
전 화 (02) 3675-3885 (063) 275-4000
팩 스 (063) 274-3131
이메일 sina321@hanmail.net
출판등록 제300-2013-133호
인쇄·제본 신아문예사

ISBN 979-11-24068-05-2 03810
값 18,000원

Printed in KOREA

이 책은 장수문화원 문화예술진흥사업 지원을 받아 발간하였습니다.